Blinde Arroganz

MARC VOLLMER

Blinde Arroganz

Roman

Bibliografische Information der Deutschen Nationalbibliothek
Die Deutsche Nationalbibliothek verzeichnet diese Publikation
in der Deutschen Nationalbibliografie; detaillierte bibliografische
Daten sind im Internet über http://dnb.d-nb.de abrufbar.

© 2021 Marc Vollmer
Grafik: KC2525/ Expertvector/ 1901543797/ Shutterstock.com
Umschlagdesign, Satz, Herstellung und Verlag:
BoD – Books on Demand

ISBN 978-3-7543-8583-8

Kapitel 1

Selbst mit einem Auge war die Helligkeit in diesem Raum kaum zu ertragen. Von irgendwoher fiel grelles Tageslicht ins Zimmer und blendete Joschs einäugigen Blick auf eine weiß gestrichene Backsteinwand. Er lag auf einem Bett in einem Raum. Davor erkannte er die Umrisse eines Waschbeckens und ein Klosett, dem scheinbar der Deckel fehlte.

Sein Versuch, das zweite Auge zu öffnen, gelang, obwohl es nur widerwillig den Befehlen des Verstandes folgte. Als er seinen Kopf hob, trampelte eine Horde stampfender Schmerzen durch sein Hirn. Das wilde Gedröhne schien an der Schädeldecke lautlos zu explodieren.

Kurz wandte er sich zur Seite, worauf die vier kargen Wände sich zu drehen begannen. Ein heftiges Schwindelgefühl zwang ihn, sich wieder auf das Kissen zurückzulegen. Zwei Dinge standen jedoch für ihn fest. Er hatte nicht die geringste Ahnung, wo er war, und noch weniger wusste er, wie er hierhergekommen war.

Mit geschlossenen Augen tastete er mit den Händen an sich entlang. Er spürte die Weste und das Hemd darunter. Zum Glück trug er seine Hose und der Stoff des Sakkos schien ebenfalls unbeschadet zu sein. Für die Prüfung seiner Füße war er nicht gewillt, nochmals den Kopf zu heben, also schlug er sie zusammen. Die Schuhe gaben ein leises Klackgeräusch von sich. Allem Anschein nach trug Josch seine eigenen Kleider, was ihn für den Moment beruhigte, denn eine ungepflegte Erscheinung war ihm zuwider.

Als Nächstes griff er in die linke Jackentasche. Sein Geldbeutel war nicht da. Dies war zwar unschön, jedoch nicht weiter ein Problem. Geld hatte er selten im Portemonnaie und die Ausweise und Papiere waren ohne größeren Aufwand wieder zu beschaffen. Entweder langsamer auf legale Weise oder deutlich schneller auf illegalem Wege.

In der rechten Tasche fehlte sein Smartphone, was ihn tatsächlich mehr ärgerte. Zwar war auch das durchaus ersetzbar, aber es war ein wichtiger Bestandteil seiner Arbeit. Damit war nicht das Telefonieren gemeint. Dies tat er wie viele andere recht selten mit dem kleinen Hightech-Teil.

Was ihn wirklich aufbrachte, war die Leere der Westentasche. Darin trug er immer seine goldene Taschenuhr mit edel graviertem Aufklappdeckel, die zu jeder vollen Stunde einen herrlichen mechanischen Schlag erklingen ließ. Vor ein paar Jahren hatte er sich dieses edle Stück geleistet, als nach einem ertragreichen Auftrag sein Konto ausnahmsweise mal im Plus stand. Seit er dieses Schmuckstück besaß, genoss er die Blicke der Leute, wenn er die goldene Uhr herauszog und ihn jeder dabei mit leichter Verwunderung anschaute. Dass sie ihn in einer Zeit von Smartwatches und Smartphones für durchgeknallt und exzentrisch hielten, ignorierte er mit großer Selbstverständlichkeit als Ignoranz des gemeinen Volkes.

Die Bilanz seines Status fiel dazu im Vergleich eher bescheiden aus. Vollständig bekleidet, nachweislich völlig mittellos und um ein Stück Ehre bestohlen. Was war passiert? Obwohl sein Kopf komplexeres Denken kaum erlaubte, erinnerte sich Josch vage an eine Kneipe, wo er den Abend mit sogenannten Hackerfreunden verbracht hatte. Tobias Stiller, der sich selbst als König des Netzes bezeichnete, hatte eingeladen. Netking, wie er sich mit Nickname nannte, pflegte diese monatlichen Treffen, um die neuesten Technologien und Einsatzmöglichkeiten zu besprechen. Meist waren die Neuigkeiten eher gering und so pflegte jeder über seine selbstdargestellten Heldentaten zu erzählen. Nach dem Essen war der Abend wie gewohnt im Hochprozentigen versunken und in Joschs Verstand offenbarte sich nur noch ein schwarzes Loch.

Mit dieser Unwissenheit kam in ihm eine Befürchtung auf. Hatte er sich dummerweise an Josefine rangemacht, Netkings Freundin? Seit er sie kannte, neckten sie sich mit zweideutigen Andeutungen und sie zeigte sich immer etwas anzüglich mit ihrem tadellosen Körper. Zu mehr war es nie gekommen. Zumindest bisher. Der König des Netzes teilte vieles, aber nicht den Erfolg und die Frau an seiner Seite. Es kursierten Gerüchte, dass er dem letzten Grapscher, der es wagte, Josefine anzufassen, einen Finger als Erinnerung für seine Untat abgetrennt hatte. Der Gedanke an eine mögliche Verstümmelung legte sich als Angstkloß in Joschs Magen, der ohnehin schon rumorte.

Schnell hob er beide Hände in die Höhe und stellte mit großer Erleichterung fest, dass keiner seiner Finger fehlte. Nachdem auch dieser Zustand geklärt war, kam in ihm eine Unruhe auf. Er war nicht bereit, sich dem körperlichen Elend hinzugeben. Es widersprach seiner Natur, nutzlos und faul dazuliegen und auf Besseres zu hoffen. Mit seinen 47 Jahren fühlte er sich wie ein Greis, der es nur mit großer Mühe schaffte, die Füße vor das Bett zu stellen. Das Schwindelgefühl brachte ihn dabei fast an die Kotzgrenze. Er pausierte im Sitzen eine Weile, bevor er sich am Bettrand abstützte und sich in die Senkrechte brachte. Das Stehen war eine Herausforderung. Um ihn herum drehte sich das Weiße und er war sich nicht sicher, ob er oder die Erde schwankte. Nach Sekunden der Orientierung bemerkte er eine graue Stahltür. Mit kleinen Schritten, jeder schleppender als der andere, bugsierte er sich und seinen Körper zur Tür. Mit einem Ruck zog er an dem Griff. Sie war verschlossen. Josch war an diesem Ort gefangen, der nicht einmal zehn Quadratmeter groß war. Seine Übelkeit nahm zu. Derart heftig, dass er überlegte, sich in Richtung des Klosetts zu bewegen, doch dann atmete er mehrmals durch. Zumindest verebbte so der erste Drang, sich zu übergeben.

Mit beiden Händen stützte er sich an der verschlossenen Tür ab. Er raffte seine Kräfte zusammen und hämmerte mehrmals mit dumpfen Schlägen gegen das Eisen. Doch nichts passierte unmittelbar und so krächzte er mit beschlagener Stimme: »Ist da jemand? Ich will hier raus!«

Mehr schaffte er nicht, denn es folgte ein kratzender Hustenanfall, der erst einmal kein weiteres Wort zuließ. Sein Körper schwächelte und die Knie gaben nach. Erschöpft sackte er in sich zusammen. Da hörte er erst ein Klicken und dann traf ihn ein harter Schlag, der ihn mit Wucht und knacksenden Knien nach hinten warf. Er krachte mit seinem Allerwertesten auf den kalten Steinboden. Jemand hatte die Tür von außen geöffnet.

Niedergeschlagen und benommener als zuvor hob Josch eine Hand und flehte: »Bitte lass mir meine Finger.«

Kapitel 2

Der Geruch von Moder und Feuchtigkeit mischte sich mit dem Gestank von Urin und Chlor. An Vladimirs Handgelenken rieben sich die Seile wie grobes Schmirgelpapier. Das Brennen der schon blutigen Haut wurde mit jeder Stunde quälender. Er saß gefesselt an einen Stuhl inmitten eines Raumes, der mehr einem tropfenden Gewölbe glich. Eingeschüchtert von den Geschehnissen krallte er sich fest an seinen Willen zu überleben.

Einen Tag zuvor war er gerade aus dem Haus gegangen, als ein Transporter vorfuhr und ihn zwei Kerle mit Anzügen ergriffen und niederschlugen. Er wachte mit pochenden Kopfschmerzen in dem fensterlosen Kastenwagen auf, der rumpelnd über Straßen fuhr, die jegliche Eleganz von Autobahnen vermissen ließen. Seine Hände waren mit festem Klebeband an einer Strebe fixiert. Es vermochten inzwischen nur Stunden oder sogar ein ganzer Tag vergangen sein, bis die beiden Entführer ihn aus dem Wagen zwängten und in diesen Raum gedrängt hatten.

»Was haben Sie gefunden?«, hämmerte die Frage auf ihn ein, die ihm schon etliche Male gestellt worden war.

Die beherrschte Stimme sprach mit einem Akzent, den Vladimir nicht kannte. Sie kam von einem Mann, der sich im Halbdunkel einer Ecke verbarg. Lediglich die hagere nicht allzu große Figur war zu erkennen.

»Ich habe keine Ahnung, welche Daten das Programm gesammelt hat. Ich habe sie noch nicht durchgeschaut und selbst die Analyse ist nicht drübergelaufen«, wiederholte er wahrheitsgemäß und fügte hinzu: »Es tut mir leid, dass ich Ihnen nichts anderes sagen kann.«

Ein unzufriedenes Räuspern folgte aus der Ecke und der schmächtige Mann gab ein Handzeichen, worauf einer der Bewacher ihm hinaus folgte. Der Dritte, gekleidet mit

Anzug und Krawatte, blieb zwei Meter vor Vladimir stehen und musterte ihn mit gleichgültigem Blick.

Minuten vergingen, in denen nichts anderes passierte, als dass übel riechende Tropfen von der Decke fielen. Nach unbekannter Zeit kehrten die beiden zurück. Einer verbarg sich wieder in der Dunkelheit und der Zweite trat auf ihn zu. Er öffnete eine Dose und kippte ein Granulat, das nach Abflussreiniger roch, über Vladimirs Kopf, Schultern und Schoss. Verwundert von dieser Aktion wagte er kein Wort zu sagen, sondern ließ es ohne Gegenwehr geschehen. Zu seiner Überraschung goss dann einer der Bewacher einen Eimer Wasser über ihn und das Granulat löste sich zischend auf. Erst spürte er nur ein Prickeln, dann begann das ätzende Gemisch sich in seine Haut zu fressen.

»Warum haben Sie die Daten gesucht und was wollen Sie damit?«, klang es nun gereizter und ungeduldiger aus der Ecke.

Die Flüssigkeit lief langsam über seine Arme. Als sie seine wunden Handgelenke erreichte, waren die Schmerzen ohne Schrei nicht mehr auszuhalten. Keuchend und mit zitterndem Körper kränkelte sein Wille zum Überleben und er brachte mühsam heraus:

»Mich persönlich interessieren die Daten nicht, ich arbeite nur inoffiziell für das BKA, weil die mich wegen eines sau-blöden Fehlers in der Hand haben. Vor ein paar Tagen habe ich von denen diesen Rechercheauftrag bekommen.« Das Brennen zog wie eine Glut durch seine Unterarme, unter der Qual musste Vladimir mehrmals durchschnaufen, um überhaupt halbwegs verständlich weiter zu antworten. »Ich bekam ein paar Anhaltspunkte und programmierte einen Crawler, der das Internet auf bestimmte Hinweise durch-suchte. Aber außer einem Haufen Datenschrott brachte das nichts. Also fing ich an, einzelnen Indizien nachzugehen, und setzte den Crawler auf einige Server an.«

»Was ist BKA und welche Recherche sollten Sie durch-führen?«, fragte der Mann aus der Ecke nach.

Die Unwissenheit irritierte Vladimir, entweder war sie vorgespielt oder er hatte es wahrhaftig mit Idioten zu tun. Allerdings war es in seiner derzeitigen Lage besser, die Fragen seiner Entführer zu beantworten, denn der Abflussreiniger fraß sich weiter immer tiefer in seine Haut und ließ sie taub werden. »Es handelt sich um das Bundeskriminalamt, das dem deutschen Innenministerium unterstellt ist.« Unsicher, ob sein Gegenüber die Formulierung verstehen würde, zögerte er einen Moment und versuchte sich nicht auf den elenden Schmerz zu konzentrieren. »Soweit mir bekannt ist, beschäftigen die sich mit Terrorbekämpfung und anderen größeren Verbrechen. Allerdings waren die letzten Recherchen etwas eigenartig. Es ging um Technologie und Fördermittel, die irgendetwas mit Akkumulatoren zu tun haben.«

»Machen Sie das, weil Sie Ihr Vaterland lieben?«

Wäre die Situation anders gewesen, dann hätte Vladimir gelacht. »Nein, ich bin zwar Deutscher, aber ich fühle mich dem Land nicht verpflichtet. Die Wahrheit ist, dass ich eine Menge Geld für diese Recherchen bekomme. Der Rest ist mir ansonsten ziemlich egal.«

»Haben Sie die Informationen schon an das BKA weitergegeben?«

»Nein, wie gesagt, die Daten sind noch nicht ausgewertet und ich liefere immer nur einwandfreie Qualität.«

Ein kurzes Murren rumorte durch den Raum, doch es folgten keine weiteren Fragen. Vladimir hoffte, dass sich die Sache hier mit einem Deal beenden ließe. Er war auf sich allein gestellt, niemand wusste, wo er sich aufhielt. Er hatte nicht einmal einen Peilsender in seiner Kleidung versteckt. Auch mit einer heldenhaften Befreiung durch die Behörde brauchte er nicht zu rechnen, denn mit jedem Auftrag folgte der Verweis, dass er auf eigene Verantwortung handelte und für begangene Vergehen in vollen Zügen haften würde. »Nachdem Sie nun alles wissen, wäre es zu viel verlangt, wenn mir endlich jemand das ätzende

Zeug abspülen könnte?«, wagte Vladimir, mit gewissem Nachdruck in der Stimme einzufordern.

Die drei Männer grunzten jeder auf seine Art, dann folgte ein Lachen von den zwei Bewachern, das von den feuchten Wänden hallte. Einer der beiden blickte anschließend in die Ecke, daraufhin der Hagere nickte. Worauf er sich vor den Stuhl stellte und seinen Hosenlatz öffnete. Mit einem Grinsen pinkelte er Vladimir ins Gesicht und auf die Brust.

Die Demütigung, der widerwärtige Gestank und das ätzende Kratzen an seinen Hautnerven erstickten alle Hoffnung: Nicht nur auf einen Deal, sondern auch auf die Chance, hier lebend rauszukommen. Er hatte einen Teil wiedergegeben von dem, was er wusste, und es schien nicht zu reichen für ein Weiterleben. Die drei verließen wortlos den Raum. Ließen ihn gefesselt in der Pisse sitzen. Vladimir ahnte, dass er vielleicht nicht heute, aber gewiss in nächster Zeit an diesem Ort sterben würde.

Kapitel 3

Josch war schwarz vor den Augen geworden. Sein Kreislauf kursierte träge durch seinen Körper. Die Sinne benebelt von Schmerz und Furcht. Seine ausgestreckte Hand zitterte und er war bereit, in bettelnder Haltung alles Notwendige zu geben, damit die Strafe nur aus Leid bestehen würde und nicht aus dem Verlust eines Körperteils.

Unterwürfig senkte er den Kopf, als nach einem metallischen Quietschen jemand durch die Tür hereintrat, die ihm zuvor gegen die Stirn geschlagen wurde.

Er wagte nicht aufzuschauen. Für Sekunden geschah nichts, außer dass sein Puls wiederbelebt wurde und pochend das Blut durch die Adern trieb. Seine Ohren fingen an zu rauschen. Langsam glitt sein Blick über den Boden und er sah schwarze Schuhe, die vielleicht bequem, aber äußerst unschön waren. Im Kopf bohrte die Fantasie, wie seine Hand auf dem Tisch lag und ein Finger mit einem Axthieb abgetrennt werden würde. Der Schweiß brach aus jeder Pore seines Körpers aus. Doch das Schweigen hielt an. Sein Blick wanderte hinauf über eine dunkle Hose, die mit scharfer Bügelfalte versehen war. Die Erscheinung widersprach Joschs Vorstellung eines Folterknechts. Mit etwas Mut bewaffnet wanderten seine Augen ein Stück weiter hinauf und er entdeckte den Gürtel, an dem ein Pistolenhalfter hing. Aufkommende Panik stürzte die Courage in eine Schlucht der Ungewissheit. Was hatte er getan, dass ihm nicht nur der Finger, sondern auch sein Leben genommen werden sollte?

Schnaufend und kaum des Denkens fähig, ließ er die noch immer flehende Hand zu Boden sinken und sein Kinn sackte ihm auf die Brust.

Zu seiner Überraschung hörte er eine weibliche Stimme: »Alles in Ordnung, Herr Wildner?«

Völlig irritiert hob er den Blick. Er erblickte ein hellblaues

Hemd, auf dem eine Krawatte ruhte. Mit zurückgelegtem Kopf sah er weiter in die Höhe und war überrascht, was er da sah. Es war ein Lächeln, dass sich in Freundlichkeit mit weißen Zähnen zeigte. Vor ihm stand eine Frau mit streng nach hinten gebundenen Haaren und einem geflochtenen Zopf, der auf ihrer Schulter lag.

»Nichts ist in Ordnung. Wo bin ich?«

»Es ist alles gut. Sie brauchen sich keine Sorgen zu machen«, antwortete ihm die Polizistin in Uniform.

Da die Aussage für ihn keinen Inhalt hatte, sagte er mit zurückkehrender Stimme etwas lauter: »Warum halten Sie mich gefangen?«

Ein herziges Lachen hallte durch den kleinen Raum und es hörte sich so an, als ob das Weibsbild ihn nicht ernst nehmen würde. »Herr Wildner, jetzt beruhigen Sie sich erst einmal. Sie sind nicht gefangen, wir haben Sie nur in Gewahrsam genommen. Wie wäre es, wenn Sie sich auf das Bett setzen würden?«

Mit diesem Vorschlag war er einverstanden. Es war weitaus besser, als auf dem kalten Steinboden zu hocken. Josch versuchte, sich aufzurichten. Mit den Händen rechts und links gelang ihm das nicht im Ansatz. Dann spürte er einen festen Griff unter seiner Armbeuge, und als er sich gerade dagegen wehren wollte, wurde ihm klar, dass die kräftige Hand ihm beim Aufstehen half. Obwohl er es als peinlich empfand, dass ihm eine Frau behilflich sein musste, so hatte er keine andere Wahl. Sein Körper war geschunden, der Kopf schmerzte und die Übelkeit übernahm wieder die Kontrolle.

Von der Anstrengung leicht nach Atem ringend, saß er mit hängendem Kopf auf der Bettkante. Noch immer konnte er sich keinen Reim auf die Situation machen und viel weniger gab ihm seine Erinnerung einen Hinweis auf eine Polizistin. Also fragte er nach dem, was ihm im Moment am wichtigsten war: »Wo sind meine Sachen und vor allem meine goldene Uhr?«

Wieder dieses Lachen, natürlich schön und doch klang es ein wenig herablassend.

»Machen Sie sich keine Sorgen, ich habe sie in ein Tuch gewickelt und sie ist bestens verstaut.«

Besänftigt von der Gewissheit, dass jemand den Wert dieser Uhr verstanden hatte und sie pfleglich behandelte, löste sich Joschs Angespanntheit. Was unter Umständen auch daran lag, dass deutsche Polizisten keine Finger abtrennten, nicht einmal mehr bei Dieben. »Warum wurde ich eingesperrt?«

»Sagen wir es mal so. Es wäre unüblich, einen Vollbesoffenen durch das Polizeirevier spazieren zu lassen«, bekam er dann als Antwort.

Der Begriff des Vollbesoffenen passte zumindest zu seiner Erinnerung und erklärte auch seine quälende Übelkeit. Er hatte einen fürchterlichen Kater, den er jedes Mal durchlitt, wenn er wirklich zu viel getrunken hatte. Mit einem Stirnrunzeln betrachtete er die großgewachsene, gut aussehende Frau in Uniform, die vor ihm stand. Noch immer konnte er sich nicht erklären, was nach dem Saufgelage passiert war, und jeglicher Zusammenhang mit einem Polizeirevier schien ihm ferner als der Horizont. »Wo bin ich und was wollt ihr von mir?«

»Wir haben Sie in Obhut genommen, damit Sie sich und Ihrer Umwelt nicht noch Schlimmeres antun. Sie haben die Nacht in unserer Ausnüchterungszelle verbracht.«

War denn dieser Frau nicht bewusst, dass er einen Blackout hatte? Die Schöne quasselte in Rätseln und gab ihm keine Chance, nur einen zusammenhängenden Teil davon zu verstehen. Weiber, schimpfte er innerlich, zumindest war er so weit bei Verstand, dies nicht laut zu sagen. »Was habe ich denn meiner ach so lieben Umwelt angetan?«

Mit ernster Miene erwiderte sie: »Es war wirklich grausam.«

Sogleich war Josch entsetzt. Mit ihrer Andeutung schoss ihm die Zusammenkunft mit Netking in den Sinn. War es möglich, dass er in seinem Rausch von Alkoholüberfluss jemandem etwas angetan hatte, weil es ihm der König des Darknets befohlen hatte? Hatte womöglich einer seiner Kollegen die Hand an Josefine gelegt und Josch war zum Folterknecht geworden? Er mochte zwar die Menschen nicht, aber ihnen etwas antun, widersprach ihm doch im höchsten Maße. Mit steinernem Blick schaute er die Polizistin an. Sie erwiderte den Augenkontakt für eine Weile, bis sie dann freundlich erklärte: »Sie haben volltrunken auf einer Bank im Park gesessen, als wir Sie aufgegriffen haben.«

»Es ist kein Vergehen, auf einer Bank zu sitzen, dafür wurde sie aufgestellt. Was sollte daran grausam sein?«

»Es war zwei Uhr in der Früh und Sie haben lauthals ›My Way‹ von Sinatra gesungen«, dabei räusperte sie sich: »Obwohl, als Singen konnte man es nicht bezeichnen. Es war eher das Geplärre eines frustrierten Gockels. Wir bekamen zwei Anzeigen wegen Ruhestörung von den Bewohnern des nahe liegenden Mietshauses und haben Sie daher mitgenommen. Sie waren weder einsichtig, noch haben Sie mit diesem nervenden Singen aufgehört. Also hatten wir keine andere Wahl und ich kann Ihnen sagen, die Fahrt mit Ihnen zum Revier war echt die Hölle. Wie kann ein Mensch nur so schlecht singen und jeden Rhythmus so penetrant ignorieren?«

Beruhigt von der Tatsache, dass er in seiner Erinnerungslosigkeit nichts Schlimmeres getan hatte, legte sich der Reiz des Übergebens, genauso wurde das Pochen in seiner Stirn erträglicher. Wieso er singend im Park gesessen hatte und auch das Unvermögen, klangvoll zu singen, war ihm in diesem Moment alles andere als wichtig.

Der Umstand, seine Finger zu behalten und nicht erschossen zu werden, erhellte dagegen sein Gemüt. Zu seinem Glück war die Polizistin nicht weiter auf seine jämmerliche Haltung eingegangen und hatte ihm zumindest diese Peinlichkeit erspart. »Wie geht es weiter? Wie lange werde ich denn eingesperrt für meinen schlechten Gesang?«

»Es steht Ihnen frei, sich noch zwei Stunden auszuruhen oder direkt zu gehen. Was mit der Anzeige passiert, wird letztendlich der Staatsanwalt entscheiden.«

»Ich werde mir erlauben, dieses Etablissement schnellstmöglich zu verlassen«, äußerte Josch spontan und fügte hinzu: »Und was passiert mit meinen Sachen?«

»Die gehe ich gleich holen. Sie könnten schon mal mitkommen und draußen im Vorraum warten.«

Mit einer vorbeugenden Bewegung hievte er sich von der Bettkante, allerdings nicht aus eigener Kraft und Koordination, sondern die Polizistin half ihm. So langsam kam er sich wie ein elender Versager vor, der weder singen konnte noch alleine aufstehen. Als er endlich stand, ging sie voraus und er trottete ihrem recht ansehnlichen Hintern hinterher.

Im Vorraum setzte er sich auf einen der unbequemen Holzstühle und wartete einige Minuten, bis die Polizistin mit einer Plastikkiste zurückkehrte.

»Bitte schön, Ihre Sachen«, dabei nahm sie das Teil heraus, das in ein Papiertuch eingewickelt war. Achtsam entblätterte sie die goldene Uhr und hielt sie Josch entgegen. »Soll ich Ihnen beim Festmachen der Kette helfen?«

Mit einem kaum hörbaren Grunzen nickte er zustimmend und zeigte an die Schlaufe an seinem Hosenbund. Mit Bedacht befestigte die hilfsbereite Hübsche den Verschluss und legte anschließend die Uhr in Joschs Hand. Er nahm sie und steckte sie in die kleine Tasche seiner Weste.

Seine Welt hatte wieder ihre Ordnung gefunden. Schlüssel, Geldbeutel und Smartphone nahm er selbst aus der Kiste und verstaute sie in den Jackentaschen, wo sie für ihn hingehörten. Nicht einen Blick warf er auf das Display, es hatte sowieso niemand angerufen und Nachrichten bekam er auf diesem unsicheren Weg nur äußerst selten.

»Wenn alles da ist, dann müssten Sie mir dies auf dem Formular quittieren.« Sie hielt ihm einen Stift entgegen.

Während er unterschrieb, fragte er: »Darf ich auch erfahren, wie Sie heißen? Denn ich möchte mich für Ihre Fürsorge erkenntlich zeigen.«

»Polizeiobermeisterin Andersen«, gab sie sachlich zur Kenntnis und reichte ihm eine Visitenkarte.

Josch las die Karte, bevor er sie in die Jackentasche steckte. Dann wandte er sich zu ihr: »Muriel, wenn es Ihnen nichts ausmacht, würde ich Sie gerne anrufen und zu einem einfachen Kaffee und Kuchen in meinem Lieblingscafé einladen.«

»Herr Wildner, Sie brauchen mich nicht einzuladen. Es gehört zu meiner Arbeit.«

»Ich nehme die Anmerkung zur Kenntnis. Kann ich jetzt gehen, oder gibt es noch etwas zu klären?«

Mit einem Lächeln erwiderte die Polizistin: »Nein, es ist alles erledigt. Sie können gehen, aber halten Sie sich in nächster Zeit von Parkbänken und Gesangsorgien fern.«

»Werde ich und ich wünsche Ihnen noch einen schönen Tag.«

Sie hob nur kurz die Hand und verschwand in einem der Räume.

Als er aus dem Polizeirevier herausspazierte, begann auch der Kater mit dem Rückzug.

Kapitel 4

Am nächsten Morgen stand Josch im feinen Zwirn mit aufpolierten Lederschuhen und einer edlen gelben Seidenkrawatte vor dem schwarzschimmernden Glaskasten eines der führenden Innovationsunternehmen, das es im Umkreis von hundert Kilometern gab. Das letzte Aufbäumen seines Katers hatte er am Abend zuvor mit ein paar Gläschen Wein erfolgreich vereitelt und hatte daraufhin ausgezeichnet geschlafen.

Es gab im Groben zwei Arten von Auftraggebern. Zum einen die Journalisten und Sensationsreporter, die ihn private Netze durchforschen ließen, damit er Neuigkeiten oder Skandale fand. Oft waren die Annahmen nur ein Fantasiegebilde, was mehr als Wunsch existierte, und so führten seine Ergebnisse zu Unmut oder gar zur Unzufriedenheit. Der Ärger mit den Fanatikern der öffentlichen Meinung wurde schlecht bezahlt und häufig musste er dann zu unschönen Mitteln greifen, um die Bezahlung im Nachhinein zu bekommen. Im Gegensatz dazu war die Spionage in der Industrie wesentlich aussichtsreicher, denn obgleich er etwas fand oder auch nicht, beides wurde als Erfolg angesehen. Dies war dann Balsam für seine professionelle Eitelkeit, was zudem noch lukrativ honoriert wurde.

Schon vor einigen Wochen hatte Dr. Claas per Mail Kontakt mit ihm aufgenommen. Er stellte sich als Entwicklungsleiter vor und Josch wurde erst nach dem zweiten persönlichen Treffen bewusst, dass der Kerl mehr als siebzig Entwickler in seinem Team hatte. Dr. Claas äußerte den Verdacht, dass Konzernunterlagen an die Konkurrenz verkauft wurden. Es schien die übliche Paranoia von diesen Innovationsjunkies zu sein, deren größte Angst es war, dass jemand auf die gleiche Idee kam wie sie oder sie aufgrund ihrer selbstdeklarierten Genialität stehlen würde. Die Erfahrung hatte Josch gelehrt, dass dies durchaus geschah, aber die Vergehen meist nur seltene Einzelfälle waren. Paranoia war ein gutes Geschäft und er würde einen Teufel tun, sich die Penunzen entgehen zu lassen.

Der leise Klang seiner Uhr war zu hören, als er sich bei der Empfangsdame anmeldete. Er würde schon erwartet, wurde ihm mitgeteilt und dies empfand er mehr als angebracht. Anders als das normale Fußvolk stieg er allein in den extra bezeichneten gläsernen Fahrstuhl, der nur in der Führungsetage hielt, und genoss die schrägen Blicke der Angestellten.

Ohne Zwischenstopp fuhr Josch in das oberste Stockwerk, wo die Obrigkeit über den Konzern wachte. Dr. Claas stand bereits am Fahrstuhl und begrüßte ihn mit dem üblichen nervösen Zucken seiner Augenlider. Kurz starrte er auf Joschs Stirn, auf der die blaurot schimmernde Beule nicht zu übersehen war. Doch sie sprachen kein Wort, gaben sich nur die Hände und dann folgte er dem großgewachsenen, schlanken Mann im Rentenalter. Die adrette Sekretärin im Vorraum schaute nicht einmal auf, als sie an ihr vorbeigingen. Josch genoss für einen raschen Moment den entzückenden Anblick, was zugegebenermaßen an ihrer Körbchengröße lag. Das Büro hinter der dicken Eichentür hätte großzügig für zehn Mitarbeiter gereicht, doch es stand nur ein Schreibtisch vor dem Panoramafenster. Eine mehrteilige Sitzecke tummelte sich am gegenüberliegenden Ende. Mit einem Wink deutete der Entwicklungsleiter das Platznehmen auf dem Ledersofa an und setzte sich selbst auf einen der beiden Sessel.

»Darf ich Ihnen etwas zu trinken anbieten oder einen Kaffee? Die Zigarren hat mir mein Arzt leider verboten.«

»Nein danke, Herr Doktor Claas. Ist alles recht so«, log er seinen Klienten an, denn es lag ihm fern, seinem Gegenüber Umstände zu verursachen. Dieser wirkte ohnehin schon angespannt und schlecht gelaunt. Obwohl er gerne eine Zigarre geschnorrt hätte, um den qualmenden Flair von Überheblichkeit paffend zu genießen.

Der hagere Mann stützte sein Kinn mit der Hand ab und schien mehr als besorgt zu sein. »Wie schlimm ist es, Herr Wildner?«

In den letzten Tagen und einigen Nächten hatte Josch damit verbracht, sich in Server zu hacken. Stunden hatte er gebraucht, um chiffrierte Dateien in einem weltweiten Rechner-Cluster zu entschlüsseln. Dr. Claas hatte ihn beauftragt, stichhaltige Beweise zu suchen, dass tatsächlich interne Konzernunterlagen an die Konkurrenz weitergegeben wurden. Allerdings mit der Vorgabe, dass Josch nicht im eigenen Firmennetz suchen durfte, sondern die Beweise bei der Konkurrenz finden musste. Es wäre weniger aufwendig gewesen, hätte Josch direkt nach dem Maulwurf graben dürfen, um den nagenden Verdacht nachzuweisen. In diesem Zuge war er in die Netzwerke von sieben Konkurrenten von Dr. Claas' Firma eingebrochen, um nach einer gestohlenen Innovation zu suchen. Da ihm aber sein Auftraggeber die Technologie nur angedeutet hatte, gestaltete sich dies als schwierig. Also hatte er einige Dokumente gesammelt und auf einer externen Festplatte abgespeichert.

»Das kann ich nicht einschätzen«, antwortete Josch wahrheitsgemäß.

»Was haben Sie gefunden?«

Josch nahm den Datenträger, der nicht größer war als eine Zigarettenschachtel, aus der Jackentasche und legte ihn auf den Tisch. Sogleich stand der schlanke Herr Doktor auf und holte den Laptop von seinem Schreibtisch, um dann die Festplatte einzustöpseln. »Bitte zeigen Sie mir nur das, was nach Ihrer Einschätzung mehr als zehn Millionen für die Konkurrenz wert wäre.«

»Ich habe die Daten in drei Kategorien eingeteilt. Die untere stufte ich als nicht relevant ein, die mittlere könnte ein paar Millionen wert sein und die oberste Kategorie überstieg meine technische Erfahrung, um sie mit einem Gegenwert zu deklarieren. Deswegen werde ich mit der mittleren beginnen.«

Der Alte nickte zustimmend und Josch empfand die Geduld seines Gegenübers als Anerkennung. Sogleich zeigte er Zeichnungen und Berichte, die er recherchiert hatte. Bei jedem winkte Dr. Claas ab.

»Ihre Kategorisierung ist nach meiner spontanen Einschätzung recht ansehnlich. Aber bitte, lassen Sie uns in der oberen weitermachen.«

Weitere Dateien wurden geöffnet. Der Entwicklungsleiter betrachtete den Bildschirm durchaus interessiert und zeitweilig hoben sich seine Augenbrauen. Nach zwanzig Minuten hatten sie die letzte Kategorie durch und Dr. Claas lehnte sich zurück. »Dies sind alles hochinteressante Dokumente, auch wenn keines aus meiner Firma stammt. Kann ich davon ausgehen, dass Sie mir die Festplatte überlassen?«

Das Vertrauensverhältnis zwischen ihnen war durchaus gegeben, was vielleicht auch daran lag, dass Josch einen großzügigen Vorschuss erhalten hatte. »Selbstverständlich, sie ist Bestand Ihres Auftrages.«

»Herr Wildner, Sie haben sich viel Mühe mit der Informationsbeschaffung gegeben, doch soweit ich das auf die Schnelle beurteilen kann, haben Sie nichts gefunden, das meinen Verdacht bestätigt oder zumindest erhärtet. So kommen wir nicht weiter.« Dr. Claas lehnte sich zurück. Die Unzufriedenheit war ihm deutlich anzusehen. »Vielleicht können Sie mir einen Kollegen empfehlen, der andere Erfahrungen und ein besseres Equipment besitzt?«

Diese provozierende Frage traf Joschs Selbstgefälligkeit bis ins Mark. Tief atmete er ein und schnaufte die Luft durch die Nase wieder aus. »Wie Sie wissen, wird mir nachgesagt, dass ich einer der Besten bin. Es gibt keinen Kollegen, der mehr Erfahrung hat, und um meine technische Ausstattung beneiden mich viele.«

Ein kurzes, nicht überzeugtes Nicken folgte, bevor der

Entwicklungsleiter antwortete: »Nehmen wir mal an, Sie hätten recht bezüglich Ihrer Qualifikation. Dann haben Sie sicherlich auch einen Vorschlag, wie sich mein Verdacht bestätigen lässt oder sich als unbegründet erweist?«

Josch schluckte seine Entrüstung runter und versuchte, gelassen zu reagieren: »Können Sie Ihren Verdacht präzisieren, damit ich eine Vorstellung habe, wie meine weiteren Aktivitäten aussehen könnten?«

Erst folgte ein Stirnrunzeln, dann presste Dr. Claas seine Lippen zu einem schmalen Strich zusammen. Es fiel ihm deutlich schwer, eine Antwort darauf zu geben. Einige Sekunden verstrichen. »Ich habe viele Kontakte, natürlich auch zur Konkurrenz, und so manche beiläufige Bemerkung lässt darauf schließen, dass etwas in meiner Abteilung nicht stimmt. Um es deutlich zu sagen, ich habe den Verdacht, dass einer der Mitarbeiter diverse Informationen an einen Mitbewerber verkauft.«

Josch hatte einige solcher Fälle in den letzten zehn Jahren bearbeitet. Es stellte sich dabei heraus, dass die Mitarbeiter oft nicht genug Informationen besaßen, um überhaupt Interessantes anzubieten. Zudem hatten die meisten Leute einfach nur Schiss. Jedoch gab es einen Fall, bei dem eine recht hoch positionierte Führungskraft interne Dokumente für einen neuen Job weitergegeben hatte. Doch Josch dachte nicht im Entferntesten daran, dies seinem Gegenüber mitzuteilen. Damit würde sich sein Auftragsvolumen erheblich reduzieren und es gab Schlimmeres, als sich durch das Leben von Menschen durchzuwühlen, die eigentlich nur ihre Arbeit taten. »Nachdem die externe Suche nach Ihrer Aussage erfolglos war, müsste dies intern fortgeführt werden.«

»Und das würde bedeuten, Sie versuchen, den Verantwortlichen auf direktem Weg zu finden? Allerdings kann ich mir nicht vorstellen, dass jemand so dumm wäre, dazu das Firmennetz zu benutzen. Sie müssten folglich den privaten Bereich durchleuchten«, sagte Dr. Claas.

»Betriebsspionage ist schon ein heikles Thema. Um

Ihrem Auftrag gerecht zu werden, müsste ich die Privatsphäre von Personen verletzen und es ist anzunehmen, dass ich einiges finde, was durchaus über eine Peinlichkeit hinausgeht.«

Mit einem Grummeln lehnte sich der Alte zurück. »Verstehe ich Sie richtig, dass Sie nicht in der Lage sind, solche Vorgehensweisen umzusetzen?«

Josch verkniff sich ein Lachen. Die meisten Leute hatten keine Vorstellung, wie einfach es war, sie auszuspionieren. Dazu brauchte er nicht einmal aus dem Haus zu gehen. Aber er wollte sich garantiert nicht unter Wert verkaufen. »Natürlich bin ich dazu in der Lage und die neueste Technologie steht mir, wie bereits erwähnt, ebenfalls zur Verfügung. Ich möchte es aber nochmals betonen. Es wäre eine massive Verletzung von Privatgeheimnissen nach Paragraf 203 des Strafgesetzbuches.«

»Dann verletzen Sie ihn eben«, gab Dr. Claas bestimmt zurück.

Josch sah den Mann an, dessen Antrieb er nicht verstand, und hob dabei das Kinn als angedeutete Frage.

»Ich verdopple ab heute Ihr Honorar und die bisher geleisteten Stunden werden wie besprochen bar bezahlt. Wie lange brauchen Sie für die Personenuntersuchung?«

»Wenn ich es richtig überschlage, sind es mit den Führungskräften ungefähr einhundert Personen. Ich denke, dies wäre in acht Wochen zu schaffen«, antwortete Josch ohne Übertreibung.

»Sie haben vier Wochen«, bekam er als Antwort. Dies würde er alleine nicht schaffen, Vladimir müsste ihm aushelfen. Kurz überlegte Josch, ob er eine zusätzliche Arbeitskraft anmerken sollte, aber in diesem Metier war es besser, die Anzahl der Wissenden so klein wie möglich zu halten. Er beschloss, seinen Halbbruder nicht zu erwähnen. Stattdessen nickte er.

»Benötigen Sie eine Namensliste?«, fragte der Entwicklungsleiter.

Jetzt konnte Josch ein Schmunzeln nicht mehr zurückhalten: »Machen Sie sich keine Mühe, dies ist eine der leichteren Aufgaben.«

Dr. Claas stand auf und beendete damit die Besprechung.

Nachdem Josch mit dem Aufzug nach unten gefahren war, schaute er sich in der Eingangshalle die Gesichter der herumlaufenden Mitarbeiter an. Jeder hatte das eine oder andere Geheimnis, manche kleiner und nicht wenige waren größer. Er würde sie alle in den nächsten vier Wochen herausfinden. Josch war zufrieden mit diesem Stückchen Macht, das er mit dem Auftrag bekommen hatte.

Dann zog er sein Smartphone raus und stoppte das laufende Programm. Die App hatte das Bluetooth gecheckt und sollte bei einer Verbindung die Verschlüsselung knacken, um anschließend die Kontaktdaten herunterzuladen. Mit einer Berührung des Displays betrachtete er mit einem stolzen Grinsen das Ergebnis. Sein Programm hatte die Kontakte von Dr. Claas gespeichert.

Kapitel 5

Nachdem der Vormittag mehr als ein Erfolg gewesen war, verschob Josch die anstehende Arbeit in den frühen Abend und gönnte sich ein Nickerchen auf dem Sofa. Die halbe Stunde Schlaf und der Kaffee danach hoben seine Stimmung auf ein vortreffliches Niveau. Was ihm zur eigenen Selbstgefälligkeit noch fehlte, war etwas Zeitvertreib in Gesellschaft einer Frau. Ihm fielen einige Kandidatinnen ein. Doch entweder verkannten sie seinen Charme und würden ihm mit Ablehnung begegnen oder er schuldete ihnen Geld. Er schritt zur Garderobe und zog die Visitenkarte der Polizistin aus dem Jackett. Kurz wägte er die Chancen ab. Auch wenn sie gering waren, so war es nicht seine Art, die Dinge unversucht zu lassen. Er wählte die angegebene Nummer, um anschließend verbunden zu werden. Als sich Muriel Andersen mit Dienstgrad und Name meldete, um zu fragen, was sie tun könne, war er für einen Moment fasziniert vom Klang ihrer Stimme. Das tiefere Nachhallen nach einigen Wörtern empfand Josch als erotisch und es wirkte zugleich entschlossen. Dann bedankte er sich ironisch für die exzellente Unterbringung und betonte emotionaler die Fürsorge um seine Repetieruhr. Sie erwiderte es mit einem leisen Lachen. Schließlich wiederholte er seine Einladung zu Kaffee und Kuchen, worauf ein Schweigen folgte. Ohne die Ablehnung abzuwarten, stellte er die Offerte lediglich als kleine Aufmerksamkeit dar. Zu seiner Überraschung teilte sie ihm mit, dass sie sich ohnehin noch mit ihm unterhalten wolle, und nahm die Einladung an. Sie vereinbarten ein Treffen in seinem Lieblingscafé nach Dienstschluss.

Zur verabredeten Zeit saß Josch in seiner Lieblingsecke auf der Sonnenterrasse des Cafés. Der orangefarbene Sonnenschirm schenkte ihm Schatten und der gepolsterte Gartensessel Bequemlichkeit. Das Café lag am Rande der

Stadt nahe einem Waldstück, Vögel zwitscherten durcheinander. Das Idyll und Joschs Behaglichkeit wurden durch das Vorfahren eines schwarzen Audi TT und dröhnender Musik gestört. Er beobachtete mit Argwohn, wie der Wagen eingeparkt wurde. Dem Sportwagen entstieg eine Frau, deren Größe schon fast an die zwei Meter reichte. Mit Sonnenbrille, geflochtenen langen hellbraunen Haaren und hohen Stöckelschuhen stolzierte sie auf das Café zu. Mit prüfendem Blick schaute sie sich um und schritt zielsicher auf Joschs Tisch zu.

»Hallo, Herr Wildner. Wie ich sehe, geht es Ihnen wieder besser.«

Joschs Ego freute sich über die Zuwendung dieser hinreißenden Frau. Er brauchte ein paar Augenblicke, um sein Glück zu akzeptieren. Geschwind stand er auf und rückte ihr sogleich den Stuhl zurecht. Mit einem Lächeln nahm sie die Geste an. »Muriel. Ich freue mich, dass Sie sich Zeit für meine Einladung genommen haben«, dabei setzte er sich wieder und sein Blick verharrte auf ihrer Sonnenbrille. Da sie schwieg, was ihn etwas verunsicherte, fügte er hinzu: »Ich kann die Sachertorte nur empfehlen, darf ich Ihnen ein Stück bestellen?«

»Nein danke, ich nehme nur einen Kaffee.«

Mit einem Wink gab er dem Kellner ein Zeichen, der daraufhin zum Tisch eilte. »Bringen Sie uns zwei Kaffee und zwei Stück von Ihrer Sachertorte.«

Die Polizistin nahm ihre Sonnenbrille ab und legte sie auf den Tisch. Ihre grau-braunen Augen blickten skeptisch. »Machen Sie immer das, was Sie für richtig halten, ohne auf die Bedürfnisse der anderen zu achten?«

»Dies sollten Sie mir nicht unterstellen. Es steht Ihnen durchaus frei, den süßen Hochgenuss zu verschmähen.« Josch hob die Hände, um seine Unschuld zu beteuern.

Es dauerte nicht lange, da hatte der Kellner die Bestellung aufgetragen. Sie nahm einen Schluck von dem Kaffee und beachtete den Kuchen nicht.

Josch probierte als Erstes die Torte und ließ den schokoladigen Teig im Mund zerschmelzen. »Ihnen entgeht etwas.«

Mit ihren strahlend schönen Zähnen lächelte sie ihn unbeschwert und leicht erhaben an. Sie nahm die Gabel, brach ein Stück von der Torte ab und führte es zu ihrem Mund.

Josch genoss den Anblick. Vor allem, weil er sie offenbar doch nicht falsch eingeschätzt hatte.

Eine Weile plauderten sie über den Abend, den Josch in die Ausnüchterungszelle gebracht hatte. Er erfuhr Details, die keiner nach einem Suff wissen wollte. Um letztendlich von dem Thema abzulenken, fragte er sie, ob sie gerne Polizistin sei. Muriel bejahte dies sachlich, ohne ausführlich zu werden. Er hatte den Eindruck, einen wunden Punkt getroffen zu haben, und ging nicht weiter darauf ein.

Als sie das halbe Stück Kuchen gegessen hatte, fragte er sie offen heraus: »Was ist eigentlich der Grund, dass eine junge bezaubernde Frau wie Sie meine Einladung angenommen hat?« Mit siebenundvierzig war er geschätzte fünfzehn Jahre älter als sie und seine beigefarbene Leinenweste saß nach jedem Winter enger über seinem wohlgenährten Bauch. Auch wenn die Wahrheit anders aussah, so bildete er sich gerne ein, eine gewisse Wirkung auf weibliche Wesen zu haben. Aus irgendeinem Grund haschte er regelrecht nach einer schmeichelnden Bemerkung zu seiner Person.

»Ich habe Ihre Akte gelesen und dabei entstand ein gewisses Interesse.«

Die formelle Äußerung nahm seiner Eitelkeit den Schneid und bestätigte die unangenehme Ahnung, dass sie tatsächlich über etwas sprechen wollte, was nichts mit seiner Vorstellung dieser Zusammenkunft zu tun hatte. Er wusste, dass sie von den Beschuldigungen sprach, die sich in seinem Beruf nicht vermeiden ließen. Der überwiegende Teil entsprach der Wahrheit, aber dies brauchte eine Polizistin nicht zu wissen. Nach kurzer Überlegung antwortete er: »Es ist nicht interessant, es sind Unterstellungen, die nicht einmal im Ansatz auf einem Beweis gründeten. Muriel, wir sollten unsere Zeit nicht damit verschwenden.«

»Dafür ist die Liste der Anschuldigungen etwas zu lang. Verletzung der Datenschutzverordnung, Eindringen in die Privatsphäre und sogar Nötigung. Übrigens nur ein paar Punkte davon.«

Der Verlauf des Gesprächs behagte ihm immer weniger und ihr vorwurfsvoller Unterton klang so, als müsse er sich für seine Arbeit rechtfertigen. Die gute Laune hatte sich verloren und Ärger stieg in ihm hoch. »Dann darf ich das so verstehen, dass die Polizei nun glaubt, dass ich alles gestehen werde, nur weil Sie mit dem Po wackelnd und hohen Schuhen hier auftauchen?« Dabei schaute er ohne Scham auf ihr recht freizügiges Dekolleté. »Und wahrscheinlich soll mich Ihr tieferer Ausschnitt soweit bezirzen, dass ich mich schuldig bekenne? Wenn dies der Fall sein sollte, dann müssten Sie schon mit größeren Geschossen auffahren.«

Muriel hob die Augenbrauen. Sie stützte den Arm auf dem Tisch ab und legte die Finger abgespreizt auf ihr Kinn, das sie deutlich in die Höhe hob. »Wann hat Ihnen das letzte Mal jemand gesagt, dass Sie ein Arsch sind? War es gestern oder hatten Sie heute bereits das Vergnügen?«

»Wenn das Zeigen des Mittelfingers auch dazu zählt, dann war es vorgestern«, antwortete Josch ehrlich und dachte dabei an den Journalisten, der äußerst unzufrieden mit den Ergebnissen seiner Recherche war und das Büro mit jener eindeutigen Geste verlassen hatte. Ihr ehrliches Lachen daraufhin raubte ihm den Unmut, der sich zuvor als anschwellende Wut aufgestaut hatte.

Als Muriels Heiterkeit verebbte, folgte wieder der neutrale, professionelle Blick einer Polizeibeamtin. »Ich denke, Sie gehen von einer falschen Annahme aus. Ich habe weder die Absicht, Sie zu bezirzen, noch in anderer Form mit

Ihnen zu flirten. Und wenn Ihnen mein Busen nicht groß genug erscheint, so kann ich Ihnen garantieren, dass er mehr als ansehnlich ist!«

In der kurzen Pause vermied Josch, ihr auf den besagten Körperteil zu starren, bevor sie weitersprach: »Ich interessiere mich für Ihre Arbeit, die nach meiner Einschätzung in der illegalen Beschaffung von Informationen besteht. Ihre Vorgehensweise scheint präzise und effektiv zu sein und würde mir bei anderen Fällen weiterhelfen.«

»Welche Fälle sollten das sein?«, hakte Josch hellhörig geworden nach.

»Herr Wildner, nehmen Sie mich nicht auf den Arm. Sie kennen das Metier gut genug, um zu wissen, welche terrorähnlichen Aktivitäten sich im Internet abspielen, und kennen die Schweinereien, die über das Widerwärtigste hinausgehen. Im Vergleich dazu sind Ihre Vergehen eine Bagatelle.«

»Ich kann mir nicht vorstellen, dass Sie als Straßenpolizistin an derartigen Fällen arbeiten. Und die Ermittlung gehört sicherlich nicht zu Ihrem Arbeitsbereich, oder?«, konterte er mit gekränktem Stolz.

»Es ist die Vorbereitung für meine Zukunft. In knapp einem Jahr werde ich die Prüfung ablegen und hoffe, dann im Bereich der Internetkriminalität zu arbeiten«, gab Muriel zurück.

»In dieser Zeit können viele Dinge passieren. Sie sollten sich nicht damit beschäftigen, was sein könnte, sondern mit den Aufgaben, die Ihnen übertragen wurden. Mit Verlaub, ich habe Wichtigeres zu tun, als kostenfrei für die Zukunft einer Polizistin zu arbeiten.«

Nach einem kurzen Schnaufen durch die Nase erwiderte Muriel leise: »Dann lassen Sie es mich anders formulieren. Es wäre ein Bonus, wenn wir Sie erwischen. Und glauben Sie mir, die Zeit wird kommen.«

Mit den Jahren hatte Josch gelernt, solche Drohungen nicht ernst zu nehmen, aber einem Bonus für andere möglichen Eventualitäten war er nicht abgeneigt. »Wie stellen Sie sich denn eine Zusammenarbeit vor?«

»Ganz einfach, Sie zeigen mir Ihre Technik und wie Sie damit arbeiten.«

Daraufhin lachte Josch. »Dies werde ich mit Sicherheit nicht tun!«

Die Polizistin stand unerwartet auf, setzte ihre Sonnenbrille auf und blickte ihn unterkühlt an. »Sie haben meine Nummer und sollten mich in nächster Zeit anrufen. Und vielen Dank für den Kuchen. Sie hatten recht, er war ein Hochgenuss.«

Mit dem gleichen aufregenden Gang wie bei ihrer Ankunft verließ sie das Café. Sekunden später schallte erst die Musik und dann übertünchte der Motor ihres Autos die Ruhe der Natur. Josch ahnte, dass diese Frau ihm mal gehörig auf die Nerven gehen würde.

Kapitel 6

Erst legte er den Daumen und anschließend den kleinen Finger seiner linken Hand auf den unscheinbaren Scanner. Die Identifizierung seiner Fingerabdrücke wurde mit einem Piep bestätigt, worauf er anschließend die siebenstellige Zahl auf das Tastenfeld neben der Stahltür eingab. Das Schloss klickte und Josch öffnete die Tür, um in sein Reich einzutreten. Es war ein klimatisierter Raum im Souterrain seines Hauses. Die beiden halbhohen Kellerfenster hatte er durch Glasbausteine ersetzen lassen und so fiel nur spärlich diffuses Licht ein. An einer Wand entlang standen schwarze Schränke aus Metall, hinter deren Glastüren die vier Hochleistungsrechner mit gelben und roten Lämpchen im zufälligen Takt blinkten. Jede dieser Multiprozessoreinheiten besaß drei hochverfügbare Highspeed-Internetverbindungen: Kupfer, Glasfaser und sogar Satellit. Gegenüber türmte sich im Halbdunkeln ein wandfüllendes Industrieregal, das mit modernen GPS-Tracker, Abhörwanzen, Minikameras, Richtmikrofonen und anderer Elektronik gefüllt war, die er gelegentlich für seine Arbeit brauchte. In der Raummitte stand ein halbrunder überlanger Tisch, auf dem sich Tastaturen und Computermäuse in Reih und Glied feinsäuberlich nebeneinander paarten. Alles hatte seinen festen Platz, da Josch die penetrante Überzeugung besaß, dass das Leben nur in geplanter Ordnung funktionierte.

Obwohl er schon unzählige Male den Raum betreten hatte, genoss er immer wieder das dumpfe Geräusch des massiven Stahls, als der mechanische Türschließer sie verschloss. Es folgte das klickende Einrasten der Verriegelung und die indirekte Deckenbeleuchtung schaltete sich ein. Sogleich erwachten die vier Riesenwandbildschirme aus ihrem Stromsparmodus. Auf allen blinkte eine Nachricht auf: Stimmenidentifizierung erforderlich!

Josch quittierte dies mit einem zufriedenen Grinsen. Dann hallte seine Stimme mit der Freigabe durch den Raum: »Der Sinn des Lebens ist zweiundvierzig. Punkt.«

Für Unbedarfte ähnelte der bizarre Raum einer Kommandozentrale, um unter Umständen Raketenstarts vom europäischen Weltraumbahnhof zu überwachen. Für ihn war es der Ort, an dem er herrschte und ihm die virtuelle Welt zu Füßen lag. Jedes Mal erfüllte es ihn mit einer wohligen Zufriedenheit, wie sicher und zuverlässig die hoch technisierte Anlage funktionierte. Viele Jahre hatte ihn der Aufbau gedauert und die Kosten entsprachen zwei, wenn nicht sogar drei, vollausgestatteten Mittelklassewagen.

Für gewöhnlich genoss er das Thronen auf dem schwarzen Ledersessel mit gepolsterten Armlehnen und der Massagefunktion, die ihm in langen Nächten schon entspannende Dienste geleistet hatte. Doch heute war es anders. Kaum hatte er Platz genommen, trieb ihn die Ungewissheit, wie der Auftrag in der vorgegebenen Zeit zu erledigen sei. Er kontrollierte mit geübtem Blick und professioneller Routine die Monitore, um festzustellen, dass nichts Ungewöhnliches geschehen war. Mit einem Tastendruck öffneten sich auf allen Bildschirmen im Bruchteil von Sekunden Programme, die sich wie große Kacheln symmetrisch darauf verteilten. Sein Blick schweifte über die Monitore und fokussierte die eine oder andere Anzeige. Vladimir hatte sich seit längerer Zeit auf keiner ihrer Kommunikationskanäle gemeldet.

Mit dem Ellbogen abstützend, rieb sich Josch den Nacken. Er überlegte, welche Möglichkeiten ihm blieben, um Kontakt mit seinem Bruder aufzunehmen. Schließlich brauchte er ihn jetzt und hier für seinen Auftrag abzuarbeiten. Als ihm dazu keine direkte Lösung einfiel, lehnte er sich für einen Moment zurück und positionierte die Finger auf einer der Tastaturen. Nach kurzem Zögern tippte er ein Kommando und es öffnete sich eine der Datenbanken, die von einem Webcrawler gespeist wurde. Er durchforstete das Internet und alle Suchmaschinen nach den vorgegebenen Begriffen. Die Suche lief seit dem ersten Kontakt mit Dr. Claas. Josch las aufmerksam die neuesten Ergebnisse, die der Suchlauf über seinen Auftraggeber gefunden hatte. Claas' wissenschaftliche Laufbahn und sein beruflicher Karriereflug waren ihm bekannt, doch ein neuer unerheblicher Eintrag versetzte ihm einen Hieb. Werner Claas war wie er in einer Bergbausiedlung aufgewachsen.

Josch war neun Jahre alt gewesen, als sein Vater an den Folgen seiner staubgeschwärzten Lunge starb, was damals so manchen Grubenkumpel dahinraffte. Die Zeremonie der Beerdigung war vorüber, die schwarz gekleideten Trauergäste schwankten mit schweren Schritten und geneigten Köpfen zum Leichenschmaus. Da beobachtete er, wie eine Frau mit ihrem Kind in seinem Alter dem Zug nicht folgte, sondern vor dem Grab verweilte. Josch ließ die Trauernden ziehen und kehrte an das Erdloch zurück. Die Bergmannsleute kannten sich mehr oder weniger alle in der Siedlung, aber weder mit dem Jungen noch mit dessen Mutter hatte er je gesprochen. Beim Näherkommen hörte er das Schluchzen der Frau, das ihm wie ein Klagelied erschien. Seine kindliche Neugier trieb ihn an und er fragte, ob sie seinen Papa gekannt hatte. Mit tränennassen Augen schaute sie ihn an. Sie gab ihm keine Antwort, sondern strich ihm sanft über die Haare, so wie es Erwachsene gerne taten, wenn die Wahrheit für ein Kind zu traurig war.
  Seit diesem Tag hatte Josch einen neuen Freund gefunden, mit dem er nicht nur ihre kleine Jungenwelt eroberte, sondern zudem allerlei Unfug anstellte. Vladimir redete mit russischem Akzent, was daran lag, dass es die Heimat seiner Eltern war. Obwohl sie die meiste freie Zeit miteinander verbrachten, sprachen die Mütter untereinander nie ein Wort, nicht einmal ein Nicken bemerkte er, wenn sie sich zufällig auf der Straße begegneten.

Die Jahre vergingen zeitlos, wie es für Kinder üblich war. Das lästige Pilgern in die Schule vereinte sich mit der mütterlichen Schimpfe, dass Hausaufgaben nicht zum Spaß seien und für bessere Noten das Lernen notwendig wäre. Josch und Vladimir stimmten dem gut gemeinten Rat zu, aber bald schon vergaßen sie das Gesagte, wenn sie die Nachmittage und viele Abende gemeinsam verbrachten. In ihrer Fantasie waren sie Piraten, Luftschiffkapitäne, Urwalderforscher, Staudammbauer und manchmal auch nur Kinder, die sich über eine Belanglosigkeit stundenlang verlachten. Die selbsterdachten Geschichten schenkten ihnen Farben in dem grauen, trostlosen Zechenleben. Im Teenageralter bauten sie sich aus alten Regentonnen die Drums für ein Schlagzeug. Das wilde, scheppernde Trommeln klang wie Musik für ihre Träume, an die sie in jener Zeit noch glaubten.

Josch war gerade sechzehn geworden und hatte den ersten Lehrlingslohn bekommen. Mit voller jugendlicher Brust stolzierte er mit Vladimir am späten Nachmittag in Richtung des Wirtshauses. Eine eher spärliche Spelunke, wo sich die Kumpels nach der Arbeit unter Tage trafen, um ihren Unmut über das schwere Leben und andere Ungerechtigkeiten mit Bier und einigen Kurzen zu besiegeln. Beim Eintreten verstummte das gesellige Gemurmel, nur mancher Bierhumpen knallte noch auf den einen oder anderen abgenutzten Holztisch.

Sekundenlang war nichts zu hören, bis ein Mann lallend aus der Ecke rief: »Da kommen die beiden Bastarde vom alten Karl! Gott sei seiner Seele gnädig.«

Josch war irritiert, wieso der Name seines Vaters in einem solchen Zusammenhang genannt wurde. Dann sah er Vladimir an und die beiden Jugendlichen grinsten über die Bemerkung des Besoffenen. Die Gespräche hüllten sich in ein drückendes Schweigen in dem von Zigaretten verqualmten Kneipenraum.

Mit verlorener Sicherheit und hängenden Schultern

schritten die beiden Halberwachsenen zum Tresen und Josch fragte den Wirt: »Was ist hier eigentlich los?«

Der stämmige Mann mit verschmierter Schürze antwortete nur mit einem Kopfschütteln, während er die Gläser weiterspülte.

»Ihr kennt die Wahrheit nicht?«, fragte ein Greis, der armlang entfernt auf einem Hocker saß und sich an seinem Bierglas festhielt. Sein dünnes graues Haar schimmerte schmierig. Die wässrigen Augen von tiefen Furchen umgeben. Die Altersflecken übersäten sein Gesicht und die von Adern überzogenen Hände. Es war ihm anzusehen, dass er sein Leben lang malocht hatte, und so begegnete ihm Josch mit Respekt. »Von welcher Wahrheit redest du, alter Mann?«

»Von eurem Vater, der sich nicht entscheiden konnte und bis zu seinem Tod geschuftet hat, um eure Mütter und euch Bälger zu versorgen.«

Die Blicke der Jungs schweiften durch den Raum, als ob sie erwarteten, dass jemand widersprach. Doch die Anwesenden schwiegen hinter dem dichten Nebel aus kaltem Zigarettenqualm. Sie begriffen noch immer nicht, was ihnen mit seufzender Stimme erzählt worden war.

»Ich kannte meinen Vater nicht«, sagte Vladimir als leise Rebellion.

Josch hingegen wusste, wer seiner war, aber darüber hinaus hatte er kaum Zeit mit ihm verbracht. »Was weißt du über meinen Papa?«, fügte er hinzu.

Mit offensichtlichen Beschwerden im Rücken drehte sich der Alte träge zu den beiden um, atmete krächzend durch und erhob dann seine Stimme wie ein Geschichtenerzähler: »Vladimirs Mutter kam vor ungefähr neunzehn Jahren mit ihrem Mann Alexej aus Russland hierher. Er hatte Arbeit in der Zeche gefunden und sie mieteten sich ein Haus in der Siedlung. Zwei Jahre später gab es Schlagwetter im Stollen. Vierzehn Kumpels überlebten, aber Alexej hatte es erwischt und der Sensenmann hat ihn zu sich genommen.

Wir Bergleute kümmern uns um die Hinterbliebenen und so gab jeder ein Stück ab, damit die Frau für eine Zeit lang versorgt war. Karls Fürsorge war schon damals auffällig, doch die Leute tratschten erst, als Alexejs Witwe nach dreizehn Monaten einen Sohn auf die Welt brachte, der den Namen Vladimir bekam. Josch war acht Wochen früher geboren.«

Der Wirt hatte mit dem Spülen aufgehört. Und kein anderer Kumpel im Raum sprach ein Wort. Es schien, als habe jeder dem alten Mann zugehört. Dieser gönnte sich zwischenzeitlich einen Kurzen, den er in einem Zuge leerte. Nachdem er das Schnapsglas schon fast bedächtig auf den Tresen zurückgestellt hatte, erzählte er weiter. »Keiner von uns wagte es, Karl etwas zu sagen. Ihr beiden Jungs wuchst auf, ohne dass ihr auch nur einen Tag gehungert habt. Karl malochte mehr als jeder andere und plotzte jede Überstunde, die er kriegen konnte, nur um das Geld zwischen euren Müttern aufzuteilen. Ob sie ihm dankbar dafür waren, hat nie jemand erfahren, zumindest schien ihre Trauer auf der Beerdigung echt zu sein. Die Leute redeten nach Karls Tod. Ein Gerücht behauptet, dass er in seinem Testament geschrieben hat, dass beide Frauen den gleichen Anteil von der Rente bekommen. Ob das stimmt, weiß ich nicht, denn eure Mütter haben nie darüber geredet.«

An diesem Tag tranken die Jugendlichen nicht das Bier, das sie ein Stück erwachsener machen sollte. Nun erklärte sich so manches seltsame Verhalten der anderen Männer und deren Frauen, wenn sie sich begegneten.

Als sie das Lokal verlassen hatten, schlenderten sie wortlos einige Meter die Straße entlang. Ihre Wege trennten sich ohne jede Verabschiedung. Sie waren Halbbrüder geworden und verloren gleichzeitig ihre Freundschaft damit, denn in Josch wallten Vorwürfe und er nahm an, dass Vladimir nicht weniger enttäuscht und verärgert war.

Obwohl er einen großen Anteil des Lehrgeldes seiner

Mutter abgab, so zählte sie jeden Pfennig und sie leisteten sich nur das Notwendigste. Die meiste Freizeit verbrachte er in den zwei nahe liegenden Leihbibliotheken, wo sein Interesse der Elektronik galt. Heimlich sparte er ein paar Mark nebenbei, um sich davon Bausätze und Teile zu kaufen, die er im Keller zusammenbaute. Nachdem er die Lehre mit Auszeichnung beendet hatte, suchte er sich Arbeit in der nächsten Großstadt. Weg aus dieser Siedlung, raus aus der gespielten Bescheidenheit, fort von den Leuten, die das Tuscheln und das Geschwätz als ihren Lebensinhalt sahen. In seiner Naivität träumte Josch von einer anderen Welt, in der das Geld floss, das Klagen kein Gehör fand und das Leben einen Sinn hatte.

Es dauerte nicht lange und er erkannte, dass es diese Welt, die er suchte, nicht gab. Er begegnete stattdessen Neid und Habgier, die er so grenzenlos bislang nicht gekannt hatte. Oft besuchte er seine Mutter in der Bergbausiedlung und gab ihr einen Teil seines Lohnes, damit sie ein leichteres Leben hatte. Doch sie legte es auf Seite und gönnte sich alle zwei Wochen nur einen Blumenstrauß, den sie auf den Küchentisch in eine alte vergilbte Vase stellte, so lange, bis das Verwelken unschön aussah. Josch hatte nie mit ihr über das Fremdgehen und die Scheinbigamie gesprochen. Dem Mann aber, den er Papa genannt hatte, hatte er nie verziehen. Denn dieser hatte ihn genauso betrogen wie seine Ehefrau.

An dem Tag, an dem Josch die eigene Mutter zu Grabe trug, fühlte er sich endgültig verlassen. Er stand im kalten, grauen Dauerregen und schaute zu, wie der Schlamm sich über den Sarg ergoss. Die Totengräber waren schon vor längerer Zeit gegangen. Später würden sie wiederkommen, um das Grab mit nasser Erde zu verschließen. Kurz schreckte er auf, als sich eine Hand auf seine Schulter legte. Herausgerissen aus der Trauer erkannte er Vladimir, der mit traurigem Blick und ohne Worte neben ihm stand. Nach einer Weile verließen sie den Friedhof und fanden sich dort wieder, wo der Greis ihnen vor zwanzig Jahren die Wahrheit über ihren Vater offenbart hatte.

Die Kneipe hieß nun *Kaffeeküsch* und war ein gemütlicher Treffpunkt für Kumpelsenioren geworden. Die Grube hatte schon lange den Betrieb eingestellt und die Siedlung beherbergte jene, die nicht rechtzeitig fortgekommen waren. Vladimir und Josch tranken ein paar Bier und sein Halbbruder erzählte ihm, dass er als Programmierer nur einer von vielen war, die ausgebeutet wurden. An jenem Abend überkam sie die Einsicht, dass ihre Jugend spartanisch und manchmal hart gewesen war, aber das Dasein war grundsätzlich ehrlich und die Kumpels kümmerten sich untereinander. So beschlossen sie, auf gemeinsamem Weg die Ungerechtigkeit der Welt zu ihrem eigenen Vorteil zu nutzen.

Inzwischen vergingen zehn Jahre, beide hatten ihre eigenen Einmannfirmen gegründet und eroberten die digitale Welt. Sie besorgten Informationen und spähten Sicherheitslücken aus, spionierten Leute über die sozialen Netzwerke hinweg aus, um alles herauszufinden, was schmutzig, dreckig und widerwärtig war. Bei jedem Geheimnis, was sie entdeckten, genossen sie die damit verbundene Macht. Nicht selten arbeiteten sie zusammen an Aufträgen und tauschten Technologien sowie Erfahrungen für ihr Hackerdasein aus.

Doch nun saß Josch gegenwärtig sinnverloren da und starrte auf die Monitore. Zwei von ihnen ratterten Informationen als Buchstabenfilm herunter. Auf dem dritten Bildschirm war er auf mehreren Chat-Portalen online. Diese waren nicht öffentlich zugänglich. Der Eingang wurde nur jenen gewährt, die von mindestens zwei Mitgliedern die Freigabe erhalten hatten. So lief es im Darknet, Vertrauen gab es nicht.

Josch hatte erwartet, dass Vladimir mit seinem Nickname in einem der Chats angemeldet wäre, doch die Kennung tauchte nirgends auf. Auf dem letzten Monitor starrte er auf drei verschlüsselte offene E-Mail-Accounts, in denen sein Halbbruder ihm für gewöhnlich schrieb. Auch hier fand sich kein Lebenszeichen.

Obwohl sie seit damals mit der Wahrheit über ihren Vater ihre Freundschaft verloren hatten, verband sie das Erlebte und das halbe Blut. Und dennoch sprachen sie seitdem nie wieder ein Wort darüber.

Mit der Erkenntnis, dass er sich an diese sonderbare Form der Brüderlichkeit gewöhnt hatte, stieg in Josch eine einsame Hilflosigkeit auf. Sein Ego wehrte sich dagegen, jemanden zu brauchen. Doch das Gefühl hämmerte gegen das Tor des Schutzwalls, hinter dem er seinen Glauben an die Menschen eingesperrt hatte.

Josch brauchte eine Weile, bis er seine verwirrten Empfindungen verstand. Vladimir war womöglich nur für ein paar Tage abgetaucht und lag mit einer Blondine, deren Vorzüge in ihren dicken Silikonbrüsten bestanden, am Strand auf Hawaii und spielte sich dort als großzügiger Macho auf. Sie hatten in den letzten Jahren beide ihre speziellen Schwächen entwickelt.

Mit ein paar Klicks beendete er die laufenden Programme. Es war Zeit, endlich zu arbeiten und das zu tun, wofür er sich die ganze Technik angeschafft hatte. Josch hatte einen seiner Rechner damit beauftragt, die Datenumgebung von Dr. Claas' Firma abzuhorchen. Es geschah nicht selten, dass die Mitarbeiter das Gebäude zum Essen oder Kaffee verließen und ihren Laptop mitnahmen, um sich aus irgendwelchen Gründen von außerhalb mit dem Firmennetz zu verbinden. Es hatte nur ein paar Tage gedauert, da hatte sein System eine IP-Adresse ausgemacht, die sich fast regelmäßig zur Mittagszeit über VPN auf einem öffentlichen freien Router anmeldete. Dies hatte den Vorteil, dass die Daten keine WLAN-Verschlüsselung hatten. Grundsätzlich galt die VPN-Verbindung als sicher, sofern der Schlüssel nicht zugänglich war. Doch der Laptop dieses unbekannten Mitarbeiters benutzte eine symmetrische Verbindung, die nur mit 128 Bit verschlüsselt war. Eine von Joschs Multiprozessoreinheiten brauchte zwar zwei Tage, um aus dem Datenstrom den Zugangsschlüssel zu berechnen, aber damit war es dann ein Leichtes, in das Firmennetz einzudringen. Natürlich benutzte er dazu einen Zugang über Rumänien, um seine eigene IP-Adresse zu verstecken. Er tippte ein paar Suchbefehle ein und es dauerte keine fünf Minuten, da hatte er gefunden, was er gesucht hatte. Die Mitarbeiterliste enthielt sechsundneunzig Namen. Das waren vierundzwanzig intensive Recherchen pro Woche, was unmöglich zu schaffen war, selbst wenn er die Nächte durcharbeitete.

Josch ärgerte sich über seinen unzuverlässigen Halbbruder, dann verfluchte er sich selbst. Er hatte sich auf diese verdammte Selbstverständlichkeit verlassen, dass Vladimir ihm helfen würde. Sein Thronsaal mit hochmoderner Technik verlor jäh an Glanz. Sein selbst gebauter Stolz bröckelte an den Rändern. Was war eine Maschine wert, wenn sie nicht besser war als ein Mensch? Bisher hatten ihn die Algorithmen fasziniert, sie arbeiteten genau das ab, was ihnen befohlen wurde. Die Computer berechneten Zusammenhänge, die für einen Menschen schier unmöglich zu erfassen waren. Doch dies schien in dem Moment völlig wertlos zu sein, wenn es niemanden gab, der dieser sturen, mathematischen, borniertten Technik die richtigen Befehle gab. Um die Maschinen zu beschäftigen, startete Josch zwei weitere Suchskripte und verließ dann den Raum, ohne nochmals am Türdisplay zu überprüfen, ob alle Sicherheitsmechanismen aktiviert worden waren.

Kapitel 7

Um vier Uhr war Josch hellwach gewesen. Er hatte versucht, die Gedanken abzuschalten, doch sie ließen sich nicht bändigen. Es war ein Pingpong-Spiel, er wollte nicht versagen und gab Vladimir die Schuld. Aber er alleine hatte den Auftrag angenommen und sein Halbbruder wusste nichts davon. Hatte er seine Fähigkeiten überschätzt und würde er es Dr. Claas beichten müssen? Nein. Josch war nicht bereit, sich die Blöße zu geben. Damit würde sein Image einen für ihn nicht wiedergutzumachenden Schaden nehmen. Er war ein Seniorhacker mit viel Erfahrung. Nicht ausgebucht, aber durchaus gut beschäftigt. Bei den Kunden stellte er sich gerne als der Beste dar, was gewiss eine Übertreibung war. Aber es gab keine Rangliste und niemand könnte ihm Gegenteiliges nachweisen. Für Josch war diese Bestätigung wichtig, dass seine Kunden mit ihm zufrieden waren. Was meistens auch gelang. Jedoch dämmerte in ihm ständig die Angst, die Anerkennung zu verlieren. Sie war jeher die Rechtfertigung für seinen Stolz gewesen. Also saß er seit drei Stunden vor den Tastaturen und arbeitete wie ein Besessener.

Ein Hurra auf die sozialen Netzwerke. Seit es sie gab, war es ein Leichtes, die Einträge miteinander zu verknüpfen. Mit jeder Information modellierte sich die Lebensgeschichte eines Menschen, auch wenn er ihn niemals persönlich getroffen hatte. Natürlich galten die Daten als sicher und die Betreiber gaben Millionen für die Beteuerung aus, doch kein erfahrener Hacker war so dumm, Sicherheitslücken an die große Glocke zu hängen. Damit hätte er sich ums eigene Brot gebracht. Die gefundenen Zugangsmöglichkeiten wurden nur in doppelt verschlüsselten Foren im Darknet weitergegeben und manchmal tröpfelte ein Hinweis heraus, damit die Betreiber beschäftigt waren, diese wieder zu schließen.

Bei diesem Fall arbeitete Josch mit einem Verfahren, das der Bundesnachrichtendienst zur eigenen Beweihräucherung veröffentlicht hatte. Herzlichen Dank! Zwar fehlten konkrete Details, aber mit der Idee hatte die Hackergemeinschaft eigene Routinen programmiert, die zudem schneller und effektiver waren. Als Erstes brauchte Josch die Netzwerkadresse des gesuchten Mitarbeiters, an die er mit Hilfe einer Sicherheitslücke kam, sobald sich dieser in einem sozialen Netzwerk anmeldete. Dann nutzte Josch das hackerangepasste BND-Verfahren, um die relevanten Internetknoten abzuhorchen. Nochmals ein großes Dankeschön an die Behörde! Somit war es ihm möglich, den Benutzer digital zu verfolgen. Sein System speicherte jede besuchte Webseite, um sie später auszuwerten. Die Arbeitsweise hatte zwar den Nachteil, dass sich die Netzwerkadresse bei jedem Anmelden änderte, aber die Gewohnheit der Leute war immer wieder beeindruckend. Sie schalteten den Rechner ein und meldeten sich zuerst auf ihrem Lieblingsonlineportal an. Von den sechsundneunzig Mitarbeitern folgten dreiundvierzig dieser Routine und nur fünfzehn waren auf keinem Portal zu finden.

Die Auswertung der gespeicherten Webseiten übernahm ein eher primitives Programm aus dem Bereich der künstlichen Intelligenz. Es erstellt ein virtuelles Profil des Benutzers, das nicht selten erste Geheimnisse offenbarte. Dieses Mal war das Ergebnis allerdings eher ernüchternd. Einige der Männer gaben sich der Pornografie hin und ein Teil der Frauen besuchte die üblichen One-Night-Stand-Seiten. Der Rest ihrer Beschäftigungen waren Hobbys und Dummgequake in irgendwelchen Foren oder Chats.

Eigentlich wäre er mit seiner Arbeit zufrieden, aber er brauchte endlich etwas, was zumindest einen Hauch von Industriespionage zeigte. Normalerweise verließ sich Josch nicht auf sein Glück, dennoch war er enttäuscht, denn ausnahmsweise hatte er darauf gehofft. Der Jeweilige war nicht so dumm, die Fährte offenzulegen.

Mit der erhofften Strategie kam Josch nicht weiter. In seinem Sessel senkte er den Kopf, ließ die Finger auf der Tastatur ruhen und schloss die Augen, um nachzudenken. Der nächste Schritt wäre, die Mails zu hacken, aber dies würde zu lange dauern. Ihm rannte die Zeit davon. Sein jahrelang aufgebautes Image bröckelte gerade.

Nach einer Weile richtete er sich mit einem tiefen Atemzug wieder auf und sah das Blinken eines einsamen weißleuchtenden Unterstrichs im oberen Abschnitt auf einem der Bildschirme. Es war die Rückmeldung eines Skripts, das ihm sofort mitteilte, wenn sich Vladimir auf einem der Kanäle meldete. Josch war frustriert. Nirgends hatte sich sein Bruder eingeloggt oder ihm gar eine Mitteilung geschickt.

Mit lautem Fluchen stand er auf. Er hatte jetzt nicht mehr den Nerv, sich noch um die Mails zu kümmern. Seine Zeitplanung funktionierte sowieso nicht und gleichgültig, wann sich sein Halbbruder melden würde, es war nicht mehr zu schaffen. Josch hasste es, wenn sich die Dinge nicht berechnen ließen. Er hatte keine Wahl: Er brauchte jemanden, der ihm half. Gerade als er durch die Stahltür den Raum verlassen wollte, kam ihm eine Idee. Er ging wieder zurück und öffnete mit einem Klick ein neues Fenster auf dem Display. Im Stehen schrieb er eine Nachricht an den Netking:

› Bin nach unserem Treffen im Polizeirevier aufgewacht.
› Brauche Infos.

Nachdem er die Nachricht abgeschickt hatte, dachte er kurz an die Ausnüchterungszelle zurück, und an seine Befürchtung ein oder zwei Finger zu verlieren. Jedoch schloss er mittlerweile aus, dass er im Suff Josefine begrapscht oder gar Schlimmeres angestellt hatte. Wäre dies der Fall gewesen, dann hätte der Netking schon längst reagiert. Somit stand seiner Idee nichts im Weg. Unter Umständen würde der König ihm bei dem Problem mit der Recherche helfen können. Es war allerdings unüblich, einen anderen Hacker um Unterstützung zu bitten, und widersprach auch seinem Berufsethos. Für die Summe, die ihm Dr. Claas zahlen würde, war er jedoch bereit, sein Ego ein Stück auf die Seite zu schieben. Mit seiner unverfänglichen Frage hatte er einen nützlichen Weg, das Gespräch einzuleiten. Alles Weitere würde sich ergeben. Die Antwort kam zwei Stunden später:

› Treffen 20 Uhr im 7a.

Die Bezeichnung 7a war nichts anderes als ein Kürzel für eine Kneipe, die in Wirklichkeit *AlcStreamer* hieß. Da Josch jetzt etwas Zeit blieb, widmete er sich doch noch dem Mailproblem. Die einfachste Methode war, einen Trojaner einzusetzen. Jedoch war es dafür erforderlich, dass der Benutzer ihn auf seinem Rechner installierte. Da die meisten mittlerweile misstrauisch auf unbekannte Mails reagierten, suchte sich Josch aus der Datenbank eine dem Mitarbeiter bekannte Person heraus. Fingierte Mails zu verschicken war äußerst trivial. Er erstellte einen entsprechenden Header und verschickte eine Bilddatei über einen rumänischen Server, bei dem er wusste, dass er stündlich die Logdateien löschte. Damit blieben seine Mails kaum rückverfolgbar. Mit der Auswahl der Bilder gab er sich keine Mühe, meist nahm er irgendwelche Witze, die klickten die Leute ohnehin an. Der Trojaner befand sich im Bild selbst und aktivierte sich, sobald dieses angeklickt wurde. Im Normalfall hatte Josch dann die Kontrolle über den infizierten Rechner. Aber er hatte den Trojaner angepasst. Die Malware verpackte die Mails von dem attackierten Benutzer in ein Archiv und schickte sie als mehrere kleinere verschlüsselte Dateien mit größeren Zeitabständen auf einen Server in der Mongolei. Diese Vorgehensweise war zwar riskant, da Josch sich mit seinem System einloggen musste, um die komprimierten Dateien anschließend runterzuladen. Aber er kannte den Betreiber aus der Hackergemeinschaft und wusste, dass er sein Handwerk verstand und damit nicht übel verdiente.

Es war schon kurz nach sechs. Josch war mit sich zufrieden. Er hatte 28 Trojaner-Mails herausgeschickt und sein System so eingestellt, dass es alle zehn Minuten kontrollierte, ob bereits kopierte Dateien auf dem mongolischen Server angekommen waren. So verließ er besser gelaunt sein technisches Reich, denn alles Weitere würde automatisch laufen.

Beim Duschen und Anziehen überlegte sich Josch, wie er am besten das Treffen im *AlcStreamer* angehen würde. Zum einen war er schon neugierig, was überhaupt an dem Abend vor zwei Tagen passiert war, denn er hatte noch immer keine Ahnung. Im Endeffekt würde er dem Alkohol die Schuld geben, was nicht einmal gelogen war. Zum anderen war der Umgang mit Netking kompliziert, eine direkte Bitte würde er sicherlich mit Überheblichkeit ablehnen und sich über Joschs Situation abfällig äußern und amüsieren. Er musste das Gespräch so lenken, dass der König des Netzes selbst auf die Idee kam, ihn für eine entsprechende Entlohnung bei der Recherche von Dr. Claas zu unterstützen.

Bevor Josch das Haus verließ, kontrollierte er die Arbeit der Trojaner. Er grinste über die Naivität der Benutzer, denn es lagen bereits sieben Dateien auf dem mongolischen Server. Vielleicht war mit der Unbedarftheit der Leute der Auftrag noch zu schaffen. Kurz blickte er zu dem blinkenden Cursor, der sich in einem schwarzen leeren Programmfenster zeigte. Jedoch war Josch nicht bereit, sich seine Laune verderben zu lassen. »Vladimir, du kannst mich mal«, zischte er vor sich hin.

Als Josch durch die Tür vom *AlcStreamer* trat, war es Josefine, die von einem Tisch in der Ecke aufsprang. Er schluckte. Sie sah umwerfend aus, wie sie in Jeans und Schlabbershirt auf ihn zukam. Sie besaß eine weibliche Natürlichkeit, die ihn verzauberte, jedes Mal, wenn er sie sah. Doch er wusste, dass er nur ein Bekannter für sie war. Nie hatte er verstanden, wieso sie mit Netking schon seit über zwei Jahren zusammen war. Sie kam auf ihn zu und begrüßte ihn mit einer kaum spürbaren Umarmung.

Leise tuschelte sie ihm ins Ohr: »Ich hoffe, du hast die Nacht gut überstanden.«

In diesem Moment war er sich nicht mehr sicher, dass an jenem Abend nicht doch etwas passiert war. Er sah hinüber zum Tisch, wo der Netking in weißem Hemd und Anzugweste sie mit grimmig werdendem Gesicht beobachtete. Der König des Netzes, wie er sich selbst nannte, war Anfang vierzig, trug ein unschönes Spitzbärtchen und gelte sich die Haare nach hinten. Die Erscheinung mochte lächerlich sein, aber seine Untertanen folgten ihm aufs Wort und damit war er gefährlich.

Josch schob Josefine sanft zur Seite und sagte etwas lauter: »Ja, danke der Nachfrage. Mir geht es ausgezeichnet.« Dann schritt er zum Tisch, ohne sich direkt zu setzen. Erst als der King mit dem Kopf nickte, nahm er Platz. Es irritierte ihn, dass Josefine ihn die ganze Zeit anlächelte, als ob er wohlbehalten von einem Kriegseinsatz nach Hause gekommen wäre. Seine Hände wurden feucht.

»Was kann ich für dich tun?«, brummte Netking.

Josch erzählte, wie er in der Ausnüchterungszelle aufgewacht war, und erwähnte den Park, in dem ihn die Polizei lauthals falsch singend aufgegriffen hatte. Von der Angst, einen seiner Finger zu verlieren, verlor er kein Wort. Netking schlug mit seiner Faust auf den Tisch und begann laut zu lachen. Es war keine freundschaftliche Geste, nein, er lachte Josch in vollen Zügen aus.

Nachdem er sich wieder gefangen hatte, sagte er: »Du hast dich an die reizende Lilli rangemacht.«

Erleichtert schnaufte Josch durch. Zwar kannte er die Frau nicht und erinnerte sich nicht mal an ihr Aussehen, aber zum Glück war es nicht Josefine gewesen und so schaute er sein Gegenüber entsprechend erleichtert an.

»Ihre Titten sind echt der Hammer, obwohl die Dinger aus Silikon sind«, gab der King ihm als Antwort auf die nicht gestellte Frage.

Josch schaute sich suchend um, ob er Lilli in dem Lokal wiedererkennen würde. Doch er hatte keinen blassen Schimmer, wonach er suchte, denn Busen hatten bekanntlich alle Frauen. Josefine hatte ihn eine Weile mit einem verschmitzten Lächeln beobachtet und erlöste ihn schließlich: »Nein, sie ist heute Abend nicht hier.«

Mit leicht gesenktem Kopf fragte Josch verlegen: »Was ist denn genau passiert?«

Wieder war es Josefine, die antwortete: »Ihr wart ein so wunderschönes Paar. Erst hast du ihr zwei oder drei Cocktails ausgegeben und dann habt ihr euch da drüben in der Ecke verkrochen. Geknutscht habt ihr wie halbbetrunkene Teenager und hattet euren Spaß.«

Es dämmerte in Joschs Gehirn, die Erinnerung kehrte als grauer Schleier zurück, während er in die besagte Ecke starrte. Er hatte zu viel getrunken und war völlig fasziniert von diesem Wesen gewesen, das ihn in einem dunkelblauen Sommerkleid mit hingebungsvollen Küssen verführt hatte. Plötzlich schien sein Gehirn einen Schalter umzulegen und der Nebel löste sich schlagartig auf. Wild hatten sie rumgemacht und Lilli hatte zwischendurch leise in sein Ohr gekeucht. Doch als seine Hand über den blauen Stoff ihr Bein berührte, hatte er die Erektion unter ihrem Kleid bemerkt. Erschrocken und dann völlig irritiert war er aufgesprungen, um aus dem *AlcStreamer* und von seiner männlichen Begegnung zu flüchten. »Sie hatte einen Steifen«, sagte er entrüstet.

Die beiden lachten ihn ein weiteres Mal beherzt aus. Sein Gesicht hatte Bände gesprochen und so ertrug er die Peinlichkeit. »Lilli war mal Leopold. Als Grund nannte die Transe so merkwürdiges Zeug, dass sie sich in ihrem Körper nicht wiederfindet«, abfällig verdrehte der Netking dabei die Augen. »Ihr Gespräch von Hormonen und Operationen geht einem schon mächtig auf den Geist. Aber zum Glück hat sie noch ihren Schwanz und versteht wohl irgendwann mal, ihn richtig zu benutzen.« Dabei lehnte er sich zurück und strich Josefine über den Rücken, die ihn darauf mit Mandelaugen anhimmelte.

Ebendies war der Teil, den Josch an ihr nicht mochte. Wie konnte sie dem Kerl gegenüber so unterwürfig sein? In diesem Moment verlor ihre Ausstrahlung an Schönheit und seine Sympathie für sie löste sich in ein Nichts auf. Er wartete ein paar Sekunden und fragte dann: »Habt ihr in letzter Zeit etwas von Vladimir gehört?«

Das Pärchen war sichtlich überrascht über den schnellen Themenwechsel. Mit zusammengezogenen Augenbrauen antwortete Netking: »Er kam mal vor ein paar Wochen vorbei. Soweit ich mich erinnere, faselte er irgendetwas von einem Wahnsinnshack. Er erzählte von komplexen Sicherheitsbarrieren, die von den üblichen Routinen direkt abgeblockt wurden. Selbst seine spezielle Anpassung des Predator-Programms brachte keinen Erfolg. So richtig rückte er mit der Sprache nicht heraus. Es scheint so, als hätte er den Server mit einem Bombardement von Anmeldungen überfordert, um dann über einen anderen Port einen Zugang aufzubauen. Als ich ihn nach dem Kunden fragte, hat Vladimir mich angegrinst und meinte nur, dass er zwar nicht legal wäre, aber er dafür nicht ins Gefängnis käme. Ich wurde neugierig. Also hakte ich nach, worin der Hack genau bestand. Ich bekam als Antwort, dass es ein spezielles Portal sei. Du weißt, was das bedeutet. Ich sagte ihm, er solle mir die Internetadresse geben, ich würde mit ein paar Kollegen die Kinderpornos endgültig löschen, den Server ins Nirwana schießen und dem notgeilen Wichser einen Virus auf den Hals schicken, damit sie kapieren, dass sie nun unter Beobachtung stehen. Vladimir winkte nur ab und sagte, dass ich ihm wohl doch nicht helfen könne. Dein Bruder ist schon ein arrogantes Arschloch, irgendwann wird er mit seiner Überheblichkeit noch auf die Schnauze fallen und dann angewinselt kommen.«

In Joschs Gehirn ratterte es. Sein Halbbruder hatte nie etwas von Kinderpornos oder anderen Sauereien erwähnt. Wieso überhaupt hatte er sich mit dem Netking darüber unterhalten? Das ergab für ihn keinen Sinn. Zudem war es unter den Hackern üblich, den perversen Kram als anonymen Hinweis an die Polizei zu melden. Die hingen sich an die Sache ran und außerdem wurden Erfolge an die Presse weitergegeben. Somit hatte der Hacker auch eine direkte Rückmeldung. Allerdings war es nicht mehr als ein Tropfen auf einen heißen Stein, denn die Strafen waren zu gering, und so wucherte das krankhafte Ungeziefer in anderen Ecken des Internets weiter.

Josch überlegte noch, welchen Nutzen Vladimir vom Netking gehabt hätte. Der war als Hacker keine Koryphäe und überhaupt, warum hatte er ihm so viel erzählt? Er nahm an, dass der König ihm Antworten gegeben hatte, die ihn misstrauisch werden ließen. Zwar war die Position des Netkings eindeutig, was die Kinderpornografie anging, aber es wurde gemunkelt, dass er in anderen Bereichen für Erwachsene tätig war. Er war ein sexistischer Chauvinist, der sich in Abwesenheit von Josefine sogar noch etwas darauf einbildete.

»Und was kann ich jetzt für dich tun?«, fragte der Netking herablassend.

»Nichts mehr. Ich wollte nur wissen, was an dem Abend passiert war.« Josch hatte die Idee bezüglich der Unterstützung bei seinem Auftrag aufgegeben. Wenn sein eigener Bruder diesem Kerl nicht vertraute, so würde er sicherlich nicht damit anfangen.

Der Abend verlief mit den üblichen König-Prahlereien und Josch hörte nur beiläufig zu. Seine Gedanken kreisten ständig um dieselben Fragen: Warum war Vladimir von der Bildfläche verschwunden? Hatte er sich übernommen oder war er in eine Scheiße reingerutscht, aus der er nicht mehr rauskam? Verdammt noch mal, wieso meldete er sich nicht?

Kapitel 8

Es war drei Uhr in der Früh, Josch hatte gerade einmal vier Stunden geschlafen. Sein Schädel brummte und der Kreislauf befand sich im schwindligen Tiefflug. Eigentlich hätte er sich wieder schlafen legen sollen, doch er dachte an den letzten Abend. Er verstand immer weniger, was dies alles mit dem Verschwinden von Vladimir zu tun hatte. Gleichgültig, was passiert war, es war trotz alledem kein Grund, sich dermaßen rar zu machen. Die Wahrheit über die sonderbare Begegnung mit Lilli dagegen war ein harmloser Ausrutscher, und auch die Unterwürfigkeit von Josefine gegenüber dem selbst ernannten König des Netzes war nur nebensächlich. Jedoch hatte er sich mit dem Netking getroffen, damit dieser ihm bei seinem Auftrag half. Er brauchte endlich wieder Geld. Sein Konto schrieb schon seit ein paar Monaten rote Zahlen, die langsam drohten, fünfstellig zu werden. Er traute diesem Kerl nicht. Doch ihm fiel kein anderer Hacker mit einem solchen Equipment ein, der nur annähernd das Niveau hatte, ihm aus dem ganzen Schlamassel herauszuhelfen.

Die Dinge wuchsen Josch derart über den Kopf, dass er keinen anderen Ausweg mehr sah. Aber es war nicht seine Art aufzugeben, bevor der Abgabetermin abgelaufen war. Er nahm sich eine Tablette aus dem Toilettenschrank, um die Kopfschmerzen zu besiegen. Als er sich in Pyjama und Morgenmantel die Treppe hinunter in den Keller schleppte, säuselte er vor sich hin: »Eins nach dem anderen.«

Auf einem der Bildschirme meldete sich *KISuspekto*. Das Programm mit künstlicher Intelligenz hatte eine Auffälligkeit bei einer Angestellten von Dr. Claas gefunden. Josch öffnete den Hinweis und verfolgte die digitale Spur, die aus Einträgen und Verweisen auf der Datenbank abgelegt war. Er las die verschiedenen Forenbeiträge von dieser Andrea Schmitz und war überrascht, welche Zufriedenheit und Anteilnahme in ihren Antworten lag. Sie schien mit ihren neunundzwanzig Jahren ausgeglichen und durchweg normal zu sein. Er fand keine Auffälligkeit, warum gerade sein Programm diese Frau Schmitz gemeldet hatte. Vielleicht war sie zu freundlich und passte deshalb nicht in das Muster des üblichen Internetbenutzers, der anonym eine große Klappe hatte. Selbst die Bilder mit ihrem Freund zeigten eine Person, die sich erlaubte, glücklich zu sein. Es war wohl notwendig, seinen Algorithmus nach dem Auftrag zu überarbeiten, denn solche Menschen waren zwar selten, aber sicherlich nicht kriminell. Als Josch die nächsten Einträge checkte, erschien ein tonloses Klingelsignal auf einem anderen Monitor. Er schaltete auf die Kamera, um zu sehen, wer vor seiner Haustür stand. Hellbrauner Zopf mit Lederjacke, mehr war nicht zu erkennen, denn die weibliche Person hatte sich von der Kamera abgewandt. Musste das nun wirklich sein? Hatte die Welt nicht Besseres zu tun, als ihm auf die Nerven zu gehen? Er überlegte, die Besucherin zu ignorieren.

Sekunden später hatte er die Tür geöffnet und die Polizistin strahlte ihn mit einem breiten Grinsen an. »Guten Morgen, Herr Wildner.« Dann musterte sie ihn und lachte amüsiert. »Seidenpyjama mit buntem Morgenmantel und dazu die passenden Pantöffelchen. Hätte ich Ihnen gar nicht zugetraut.«

Josch sah an sich herunter und sein Ego beschimpfte ihn als Trottel. Sich in diesem Aufzug zu zeigen, war ihm mehr als peinlich. »Sind Sie gekommen, um sich über mich lustig zu machen? Dann wäre dies damit erledigt und ich wünsche Ihnen noch einen guten Tag«, gab er mürrisch zurück und wollte gerade die Türe schließen.

Mit einer Hand lehnte sich Muriel dagegen, setzte ihren Fuß in die Tür und sagte: »Wie wäre es mit einem Kaffee?«

Der Ärger stieg in ihm hoch und er war schon dabei, ihr

reflexartig den Weg zu versperren. Doch seine Höflichkeit ließ es nicht zu, sich ungehobelt gegen eine Frau zu stellen.

Stattdessen gab er den Eingang frei und sie stolzierte durch den Flur. »Wo ist denn die Küche oder besser gesagt, wo finde ich die Kaffeemaschine?«

Was dachte sich dieses Frauenzimmer? Belästigte ihn zu einer unchristlichen Zeit und hat auch noch die Dreistigkeit, sich selbst in seinem Haus zu bedienen. Josch schaute raus und erblickte die Nachbarin im Haus gegenüber, die sich ein Stück weiter mit ihren Lockenwicklern aus dem Fenster lehnte. Er knallte die Tür zu, stand im Flur und fluchte innerlich über all die Weiber, die nur Scherereien machten. Im Spiegel sah er sich und sein Ärger bekam eine Schippe drauf. Er würde die Polizistin gleich rausschmeißen, aber zuvor musste er sich umziehen, so wollte er ihr nicht erneut begegnen. Also eilte er in Richtung Schlafzimmer und rief ihr noch hinterher: »Durchs Wohnzimmer auf der linken Seite und dann nach rechts!«

Schnell zog er eine Anzughose mit Hemd und Weste an. Die goldene Repetieruhr steckte er achtsam in die Westentasche und befestigte die glänzende Kette an einem Knopf. Im Bad kämmte er die Haare, sodass sie zumindest halbwegs vernünftig lagen. Für Rasieren und Zähneputzen blieb keine Zeit. Ihm war es absolut nicht recht, dass eine Polizeibeamtin sich in seinem Haus aufhielt.

Als er in die Küche kam, sah er mit Unmut, dass Muriel einige der Schränke geöffnet hatte und diese noch offen standen. Sie bugsierte zwei Kaffeetassen vor den Automaten, der anschließend mit dem Mahlwerk lautstark rotierte. Ohne Kommentar verschloss Josch die Schränke.

Nachdem das mechanische Getöse geendet hatte, setzte er zu einem höflichen Rausschmiss an, überlegte es sich dann aber anders. Er würde ihr zehn Minuten geben, denn ein Kaffee in reizender Gesellschaft kam ihm gerade gelegen. Sie reichte ihm die Tasse mit schaumiger Crema und er fragte: »Sie sind doch nicht vorbeigekommen, um zu überprüfen, ob ich eine Kaffeemaschine habe?«

Muriel sah ihn an und ihre Augenbraue zuckte für einen Moment, dann setzte sie sich an den Küchentisch. »Nein, natürlich nicht. Ich habe dir aufs Band gesprochen, dass ich vorbeikomme, weil ich deine fachmännische Unterstützung brauche.«

Es war ihm nicht die Sache wert, zu erklären, dass er niemals den Anrufbeantworter abhörte. Wenn es wichtig wäre, würde derjenige sowieso wieder anrufen. Ein ungewohntes Gefühl kam in Josch auf. Im Normalfall ließ er sich von einer Fremden nicht duzen, schon gar nicht von einer Polizistin, doch es fühlte sich vertraut an und so fragte er nur: »Dienstlich oder privat?«

Mit einem kurzen Stirnrunzeln ignorierte sie seine Frage. »Seit ein paar Wochen bekommen wir verschiedene Anzeigen herein. Der Zusammenhang ist offensichtlich, alle wollen ihr Haus verkaufen. Allerdings werden die Leute mit Mails oder Nachrichten regelrecht genötigt, damit sie ihr Haus an eine Firma in Liechtenstein für dreißig Prozent unter dem Marktwert verkaufen. Doch diese Firma existiert nicht und die Kollegen vor Ort sind nicht bereit, mit uns zu kooperieren.«

Das war jetzt nicht wirklich ihr Ernst? Sie kam bei ihm vorbei, damit er ihr bei einem lächerlichen Fall aushalf. Dieses Weibsbild war wohl nicht ganz bei Sinnen. Aus ihren zugestandenen zehn Minuten wurden gerade fünf. »Solche Banalitäten interessieren mich nicht im Geringsten. Zudem ist nichts Kriminelles daran, Mails oder Nachrichten zu verschicken. Irgendein Spinner hat die Häuser im Internet gesehen und versucht damit sein Geschäft zu machen.«

»Wenn es so wäre, dann hättest du recht. Aber der Kerl schickt Fotos von den Kindern, Freunden und Bekannten der Hausbesitzer und touchiert sie mit dem Vermerk: Noch geht es ihnen gut.«

Jetzt grinste Josch und hätte sogar gelacht, wenn Muriels Blick nicht so ernst gewesen wäre. »Es lebe das Zeitalter der sozialen Netzwerke. Die Leute sind so dumm und stellen ihre Bilder ins Netz. Und anschließend wundern sie sich über die Konsequenzen. Aber es ist genau diese Naivität, die mir meine Arbeit manchmal so leicht macht. Die Medien sind voll mit Warnmeldungen und doch glaubt jeder, dass es ihn nicht treffen wird, und wenn es dann doch geschieht, ist die Entrüstung groß. Mir soll es recht sein.«

Es dauerte eine Weile, bis Muriel die strenge Miene zum Teil ablegte. »Grundsätzlich mag das stimmen, allerdings wurden diese Bilder nie im Internet veröffentlicht. Es sind Privatfotos, die sich nur ein Hacker über einen illegalen Zugang beschafft haben kann.«

Mit einem Schulterzucken signalisierte Josch seine weiter bestehende Gleichgültigkeit.

»George, du musst mir helfen, diesen Kerl ausfindig machen.«

»Erstens, kein Mensch nennt mich George. Schon immer war ich Josch. Und zweitens muss ich gar nichts. Was habe ich davon, einen Hacker an die Polizei zu verraten? Zudem ist es noch immer nicht dein Job als Straßenpolitesse, eine solche Ermittlung zu führen. Ganz zu schweigen, dass ich mir nicht vorstellen kann, dass du die Befugnis hast, Externe damit zu beauftragen. Drittens, und das ist mein Hauptgrund, habe ich zurzeit Besseres zu tun.« Das hatte gesessen, Josch war mit sich zufrieden, dass er die Angelegenheit geklärt hatte. Er nahm an, dass Muriel gleich sein Haus verärgert verlassen würde. Doch nichts geschah, sie stand nicht einmal auf. Stattdessen saß sie schweigend da und nahm einen Schluck nach dem anderen von ihrem Kaffee.

Joschs Nerven fingen leicht an zu vibrieren. Gleichzeitig kroch so etwas wie ein schlechtes Gewissen in ihm hoch. Als eine Zeit lang nichts passierte, polterte er mit seiner Frage heraus: »Und jetzt?«

Die Polizistin in Zivil hob arrogant ihr Kinn, gefolgt von einem verschmitzten Lächeln. Sie hob ihre Augenbraue wieder. »Erstens werde ich dich in Zukunft Josch nennen. Zweitens bin ich nicht Polizistin geworden, um mich auf der Straße mit irgendwelchen Verkehrsunfällen zu beschäftigen, sondern ich will die drankriegen, die unsere Gesellschaft zu etwas machen, das ich zum Kotzen finde. Drittens, was wohl der wichtigere Punkt sein dürfte.« Sie pausierte kurz und atmete mit einem tiefen Atemzug durch. »Nach dem Tod meines Vaters hat meine Mutter beschlossen, in eine Seniorenresidenz umzuziehen. Sie erträgt die Einsamkeit nicht. Also inserierte sie vor einem Monat das Haus im Internet. Seit zwei Wochen bekommt sie täglich Nachrichten und Mails. Sie hat Angst. Weniger um sich, sondern um ihre Familie. Dieser verdammte Scheißkerl hat ihr ein Foto von meiner vierjährigen Nichte und der Adresse ihres Kindergartens geschickt.«

Obwohl Josch sich um die Privatsphäre von anderen nicht scherte, gab es für ihn eine Grenze. Es war ein selbstauferlegter Ehrenkodex, dass unschuldige Kinder niemals in seiner Arbeit eine Rolle spielten und auch nie für einen Nachweis benutzt wurden. Er ärgerte sich über den dreisten Hacker und beschloss, dem Kollegen eine Belehrung der speziellen Art zu unterbreiten. Wie sich diese gestaltete, würde er später in Ruhe überlegen. »Und was erwartest du jetzt von mir?«

»Dass du mir hilfst. Ich will diesen Mistkerl zur Rechenschaft ziehen, aber vor allem soll meine Mutter wieder ruhig schlafen können.«

Er hatte mit Tränen von ihr gerechnet, doch Muriel sah ihn nur mit ihren braun-grauen Augen an, als ob sie ihm keine Wahl lassen würde.

Ein emotionaler Stoß durchfuhr Josch. Er dachte an seine Mutter, die mit ihren bescheidenen Mitteln alles unternommen hatte, damit es ihm in der Bergbausiedlung gut ging. Selbst dann, als er in die Stadt gezogen war, hatte sie ihn in den Arm genommen und ihm nur Gutes gewünscht und er solle sich melden, wenn er etwas bräuchte. Sentimentaler Mist, dachte er sich als Ausrede, die ihn selbst nicht überzeugte. »Okay. Mal angenommen, ich würde dir einen Tipp geben können, nach wem du suchen solltest, was hätte ich davon?«

»Wie wäre es mit einem Deal, du hilfst mir und ich helfe dir? Ganz einfach, ohne Formalitäten«, erwiderte Muriel.

»Ich kann mir nicht vorstellen, dass du mir bei meinen Problemen helfen könntest.«

»Josch, dazu müsste ich erst einmal wissen, worum es bei deinem Problem überhaupt geht, denn Gedankenlesen lernen wir erst im nächsten Semester auf der Polizeischule der magischen Kräfte.«

In diesem Moment bereute er jedes Wort, das er unüberlegt zu ihr gesagt hatte. Sie hatte ihn in eine Situation manövriert, aus der er nicht ohne Weiteres wieder rauskam. Hätte er doch bloß den Mund gehalten und sie erst gar nicht hereingelassen, dann säße er jetzt am Rechner und würde endlich an diesem verkorksten Auftrag arbeiten. Für ihn war die Situation völlig ungewohnt, niemand saß für gewöhnlich an seinem Küchentisch und bot ihm Hilfe an. Eine Weile überlegte er und warf dann die Bedenken über Bord. Jedoch vertraute er ihr nicht genug, um den Auftrag von Dr. Claas anzusprechen, denn damit war er bereits illegal unterwegs.

Nach einem tiefen Atemzug schilderte er ihr das Verschwinden seines Halbbruders Vladimir, der sich seit Tagen nicht mehr gemeldet hatte. Allerdings erwähnte er Netkings Andeutung nicht, dass womöglich sexuelle Machenschaften im Spiel waren. Muriels Verhalten wunderte ihn, denn für gewöhnlich gackerten die Leute nur über ihre eigenen Probleme, aber sie saß da und hörte ihm zu.

»Handyortung?«, fragte sie, nachdem er alles erzählt hatte.

»Sein Handy scheint aus zu sein. Die gesendeten Nachrichten der Messenger kommen nicht durch.«

»Freunde und Bekannte?«, hakte Muriel nach.

»Auch nichts, niemand hat etwas von ihm gehört.«

»Woran hat er gearbeitet?«

»Ich sagte schon, dass ich keine Ahnung habe«, antwortete Josch mittlerweile ungehalten. Durch ihre Fragerei hatte er den Eindruck, dass sie ihm erklärte, wie er seine Arbeit zu machen habe. Er hasste es, sich rechtfertigen zu müssen. Selbst bei seinen Kunden ertrug er diese Nachfragerei nur mit großem Widerwillen. Ihre Zeit war definitiv abgelaufen, zumindest glaubte er das in dem Moment. Er musste wieder an die Arbeit, und zwar schnell.

Sie schien seinen aufkommenden Groll zu bemerken und schmunzelte verschmitzt, als sie sagte: »Du willst mir jetzt nicht erklären, dass du Vladimirs Dateien schon alle durchsucht hast und in keiner irgendeinen Hinweis gefunden hast, woran er gearbeitet haben könnte? Dann wäre ich echt enttäuscht von dir als Seniorhacker.«

Jetzt fing sie auch noch an, ihn zu belehren. Josch war gerade dabei zu explodieren, doch wieder hielt er inne. Sein Ärger wechselte die Richtung. Wieso war er selbst nicht darauf gekommen? Es musste der Stress mit dem Auftrag sein, aber dennoch war die Idee mehr als annehmbar. Er hatte schließlich die meisten Zugangsdaten von Vladimir, denn diese hatten sie genau für eine solche Situation ausgetauscht, falls dem anderen etwas passieren würde.

»Ich war gerade dabei, die Daten zu sichten, jedoch habe ich noch keinen Hinweis gefunden«, log er sie an.

»In diesem Fall sehen vier Augen mehr als zwei. Dann lass uns mal anfangen«, erwiderte Muriel sachlich.

»Wie meinst du das?«, gab Josch verwundert zurück.

»Ganz einfach. Wir durchsuchen zuerst die Daten von deinem Bruder und anschließend reißen wir dem Kerl den Arsch auf, der meiner Mutter das Leben zur Hölle macht«, dabei verflog jede Freundlichkeit aus ihrem Gesicht, denn sie meinte es ernst.

Mit einem Aufbäumen hob Josch die Brust und verschränkte die Arme davor. »Es gibt kein wir. Du wirst jetzt gehen und ich schaue, was ich machen kann.«

»Vergiss es!«, war ihre unmissverständliche Antwort.

»Das glaube ich nicht«, gab er zurück und starrte sie verärgert an.

Unerwarteterweise hellte sich ihr Gesicht zu diesem unsagbar milden Lächeln auf. Es war keine Erheiterung, sondern er empfand es als mitfühlendes Signal. Momente vergingen, in denen das Schweigen nicht unangenehm war.

Als die Unruhe in ihm wieder aufkam, fragte er leise: »Was willst du eigentlich von mir? Ich bin bestimmt nicht dein Typ und außerdem zu alt.«

»Mit Sicherheit bist du nicht mein Typ und ja, du bist zu alt für mich. Aber irgendwie ist es genau das, was ich im Moment gut brauchen kann. Die Kollegen im Revier sehen mich entweder als karrieregeile Tussi oder haben das Bedürfnis, sich über meinen Arsch äußern zu müssen. Es mag durchaus sein, dass mein Gerechtigkeitssinn etwas übertrieben ist, doch was sollte daran falsch sein, wenn ich mich um meine Mutter sorge?«

An Gerechtigkeit glaubte Josch schon lange nicht mehr, aber es lag nicht an ihm, sie davon zu überzeugen, dass in dieser Welt eher die Ungerechtigkeit regierte. »Ich habe keine Antwort auf diese Frage und ehrlich gesagt, weiß ich immer noch nicht, wieso du zu mir gekommen bist. Ich bin sicherlich nicht der einzige Hacker, der dir bei deiner Mutter helfen kann, und du scheinst zu erwarten, dass ich das auch noch ohne finanziellen Ausgleich tue.«

Sie lachte. »Natürlich, was denkst du denn?«

Es gab genügend Argumente, nicht mit ihr zusammenzuarbeiten, und es gab keinen vernünftigen Grund, der dafür sprach. Und doch ließ sich dieses verdammte, widerwärtige Gefühl nicht leugnen, dass er froh war, dass sie sich an ihn gewandt hatte. »Dann lass uns mal anfangen.«

Ohne ein weiteres Wort schritt er aus der Küche, wohl

wissend, dass sie ihm folgen würde. Im Keller angelangt, legte er die Finger auf den Scanner und gab den Code ein. Muriel sah ihn erstaunt an, als er die schwere Tür öffnete. In dem Moment huschte ein Hauch von Zweifel durch seinen Verstand, denn außer ihm und Vladimir hatte nie jemand anderes diesen Raum betreten.

Kapitel 9

Es schienen Stunden vergangen zu sein, seit die drei Männer Vladimir in diesem Drecksloch an einen Stuhl gefesselt zurückgelassen hatten. Seine Glieder waren steif und die Seile schnürten sich in die Handgelenke. An das taube Gefühl auf der Haut hatte er sich schon fast gewöhnt, doch der Gestank kroch ihm noch immer widerlich in die Nase. Er hatte sich umgeschaut, alte Wände aus grauem Beton, ein winziges Fenster kaum groß genug für eine Katze. Selbst wenn es ihm gelang, sich von den Fesseln zu befreien: Es gab außer der verschlossenen Tür keine Fluchtmöglichkeit und seine Peiniger waren nicht blöde genug, dass sie ihn durch diese hinausspazieren ließen. Nirgends entdeckte er einen Hinweis, wo er sich überhaupt befand. Seine Lage war unter allen Umständen ausweglos.

Plötzlich knarrte die Tür und die drei Anzugträger kamen herein. Obwohl seine Furcht intensiver wurde, war Vladimir erleichtert, denn ohne die geringste Fluchtmöglichkeit bedeutete dies zumindest eine Chance. Er war bereit, ihnen alles zu sagen oder zu geben, und innerlich loderte bei ihm der Gedanke an Hoffnung auf, dass er dafür freikommen würde.

Es war das erste Mal, dass der hagere Mann vor ihn trat. Sein Anzug war maßgeschneidert, die Krawatte mit einer Nadel verziert und seine schmalen Augen verrieten seine asiatische Herkunft. Das schwarze dichte Haar ließ sein Alter kaum erkennen und doch schätzte ihn Vladimir wesentlich älter als die beiden anderen Kerle. Der Hagere stand da und musterte ihn mit ausdruckslosen Augen, die Haltung schien gelassen, aber seine Ausstrahlung hatte etwas Gefährliches. »Sie erledigen also die Drecksarbeit für dieses BKA und wühlen für die in der Scheiße.«

Vladimir antwortete nicht spontan und überlegte, denn es war mit Sicherheit nicht ratsam, diesen Mann zu provozieren. »Das kann ich nicht beurteilen. Aber ich werde wohl deswegen beauftragt, weil ich andere Möglichkeiten habe. Einer Behörde sind die Hände gebunden, weil sie sich an die Gesetze halten muss.«

»Und was haben Sie davon? Bekommen Sie als Dank eine Ehrenmedaille?«

»Nein, ich verdiene mein Geld damit.«

Abfällig reagierte der Alte: »Wie viel Geld bekommt man für die Suche nach Scheiße?«

»Ich kann nicht klagen«, gab Vladimir höflich zurück.

»Ich bin immer wieder beeindruckt von euch Deutschen. Ihr macht für ein paar Euro die Drecksarbeit und seid damit zufrieden, wenn nicht sogar noch stolz darauf.«

»Ich bin nur in Deutschland geboren, aber ich bin mit russischen Werten aufgewachsen. Deswegen verstehe ich nichts vom deutschen Stolz«, rechtfertigte sich Vladimir.

»Dies erklärt natürlich einiges. Ein russischdeutscher Bastard.«

Die Beleidigung ignorierte Vladimir. Was ihn mehr störte, war die Tatsache, wie dieses Gespräch verlief. Was hatte er mit alldem zu schaffen? Wenn er nicht diesen Job angenommen hätte, würde unter Umständen ein anderer Hacker hier sitzen und nicht er. Schon öfters hatte er Aufträge vom BKA übernommen. Meist suchte er nach irgendwelchen Dokumenten und Nachweisen, die auf schwer zugänglichen Servern versteckt waren oder irgendjemand auf seinem Laptop hatte. Es war ihm immer gleichgültig gewesen, was dahintersteckte. Er bekam einen groben Umriss, wonach er suchen sollte, und lieferte ab, was er fand. Nie kam eine Rückmeldung vom BKA, sondern es wurde nur der vereinbarte Betrag überwiesen. Da diese Aufträge recht regelmäßig kamen, war er überzeugt davon, dass er zufriedenstellende Arbeit ablieferte. Nie hatte er dabei direkten Kontakt, weder zu einem Mitarbeiter der Behörde noch zu jenen, die er ausspioniert hatte. Er agierte völlig anonym. Umso schwerer fiel ihm die jetzige reale Situation, in der ihm weder sein Computerwissen noch sein Hackertalent etwas brachten. Vladimir saß hier und wurde gefoltert, gedemütigt und beleidigt. Statt sich kämpferisch und provokant zu geben, würde er keine Fragen stellen und nur antworten, wenn er gefragt wurde. Denn er hatte nicht die geringste Ahnung, was ihn erwartete, und eine Scheißangst.

Der alte Asiate schritt langsam mit gesenktem Kopf und mit hinter dem Rücken verschränkten Armen durch den Raum. Nach einer Weile blieb er stehen, sah Vladimir in die Augen. »Nehmen wir theoretisch an, Sie hätten etwas gefunden, das wesentlich bedeutender ist als jener Mist, den Sie sonst so ausgraben. Eine Weitergabe an dieses BKA würde etwas in Gang setzen, das internationale, nicht überschaubare Konsequenzen hätte und damit wäre doch sicherlich niemandem geholfen.«

»Es liegt nicht in meiner Verantwortung zu beurteilen, was das Gefundene bedeutet. Und es ist auch nicht mein Job, mich um die Konsequenzen zu kümmern. Ich bekomme Aufträge, arbeite sie ab und kassiere das Geld. Der Rest ist mir völlig egal.«

Kaum hatte Vladimir den letzten Satz beendet, traf ihn ein Schlag mit der flachen Hand ins Gesicht. Der Hagere stand vor ihm und rieb sich die Handfläche, mit der er zuvor zugeschlagen hatte. »Sie sind nicht in der Position, mich zu verarschen. Wir wissen beide, dass Sie nicht mit legalen Mitteln arbeiten. Dies spielt auch keine Rolle, aber es wird jetzt das erste Mal sein, dass Sie für Ihren Diebstahl die Verantwortung übernehmen und selbst die Konsequenz dafür tragen.«

Das Gesagte hatte Vladimir nicht gehört, in ihm kochte nur die Wut über den Schlag. Seine Hände ballten sich zu Fäusten. Das Blut jagte Adrenalin durch jede Faser seines Körpers. Das Herz schlug heftig, bereit zur Rebellion. Die Grenze war erreicht. Er wollte kämpfen. Doch sein Verstand besann sich der ausweglosen Lage und so schnaufte er, um regelrecht Dampf abzulassen. Es dauerte eine Weile, bis sich sein Zorn von der Vernunft regieren ließ. Niemals hatte er sich als Dieb gesehen, er war ein Spezialist, der sein Handwerk ausgezeichnet verstand. Im Innersten war er der Held, der sich nicht verarschen ließ. Doch nun tat sich eine Schlucht vor ihm auf, die nicht zu überspringen war. Es blieb ihm keine andere Wahl, wenn er überleben wollte. »Ich habe das Material nicht gestohlen, ich habe es lediglich kopiert. In diesem Sinne wurde nichts entwendet und wenn ich die Kopien vernichte, dann hat es nicht einmal einen Diebstahl gegeben.«

»Dann geben Sie uns den Zugang und wir vernichten es für Sie«, sagte der Hagere mit wohlwollender Stimme.

»So trivial ist das nicht. Ich müsste dazu an einem bestimmten Ort sein, um dort die notwendigen Schritte einzuleiten. Niemand außer mir kann diese Daten löschen.«

»Sie wollen mir erklären, dass ich Sie gehen lassen muss?«

»Ja«, antwortete Vladimir und rechnete mit einem weiteren Schlag, der nicht folgte.

Stattdessen stand der Asiate da und lachte. »Wenn die Informationen so sicher sind und niemand an sie herankommt, dann wäre es so, als würden sie nicht existieren. Also besteht auch nicht die Notwendigkeit, Sie gehen zu lassen. Habe ich das richtig verstanden?«

Vladimir begriff seine eigene Dummheit, er hatte diesen Mann unterschätzt. Die Chancen, hier lebend rauszukommen, fielen gerade gegen null. Er hatte nicht die Wahrheit gesagt, was den Zugang zu den Daten anging. Vielleicht gab es eine Option zu überleben, doch er würde sie niemals erwähnen, nicht einmal, wenn er dafür sterben musste. Also nickte er auf die Frage zweimal bedächtig mit dem Kopf.

»Wissen Sie, womit ich ein Problem habe? Ich glaube Ihnen nicht. Ich habe Ihre Arbeitsweise verfolgt, habe gesehen, mit welcher Raffinesse Sie in die Server eingebrochen sind. Ihr Handeln war stets durchdacht, präzise und vielleicht auch brillant. Und nun wollen Sie mir erzählen, dass Sie keinerlei Vorsichtsmaßnahmen für sich selbst getroffen haben?«

»Ich bin kein Agent. Ich bin ein Hacker, der mit Computern und Programmen arbeitet. Nie hätte ich es für möglich gehalten, dass jemand mich entführt und mich für etwas zur Rechenschaft zieht, für das ich keine Verantwortung trage. Wofür sollte ich Vorsichtsmaßnahmen getroffen haben? Es war für mich ein normaler Auftrag wie jeder andere. Nur ein gewöhnlicher Job, um Kohle abzukassieren«, erwiderte Vladimir und versuchte dabei das Zittern in seiner Stimme zu unterdrücken, was ihm womöglich nicht gelang.

Der hagere Asiate verzog keine Miene, sondern gab einem seiner Männer ein Zeichen mit der Hand. Vladimir versuchte, sich noch umzudrehen, doch bevor er etwas sah, wurde ihm ein stinkiger Kartoffelsack über den Kopf gezogen, der ihm bis zu den Schultern reichte. Er spürte ein Seil oder Ähnliches, das ihm um den Hals gelegt wurde. Die Enge der Schlinge ließ ihn kaum noch atmen. Mit einem Ruck zog jemand daran und sein Kopf wurde nach hinten gezerrt. Wenige Sekunden später hörte er ein Plätschern und dann spürte er das eiskalte Wasser, das über sein Gesicht floss. Im ersten Moment war es nur ein dichter Schauer, doch das Fließen hörte nicht auf. Der nasse Sack verschloss ihm die Nase und den Mund. Vladimir hielt die Luft an. Die Zeit raste dahin und mit jedem nicht geholten Atemzug verkrampfte sich sein Körper.

Seine Hände zogen an den Stricken, seine Beine stemmten sich gegen die Fesseln, aber es waren nur Millimeter von Freiheit, die ihm nicht halfen. Das Luftanhalten wurde zu einer Qual, die er nicht länger aushielt. Sein Mund öffnete sich, um zu atmen, doch es war nur ein Stück vom nassen Sack und viel Wasser, das seinen Mund füllte. Im Kampf ums Überleben brauchte Vladimir eine Weile, bis er bemerkte, dass kein Wasser mehr über ihn gegossen wurde. Sein Kehlkopf war nahe daran, sich zu verkrampfen, und instinktiv schloss er die Augen, um sich zu entspannen. Er ahnte, dass er nur so irgendwann wieder weiteratmen würde können. Nachdem er es geschafft hatte, die wenige Luft durch den durchtränkten Sack in sich aufzunehmen, hörte er die leise Stimme neben sich.

»Wer hat Zugang zu Ihren Daten?«

Vladimirs Verzweiflung fiel ins Bodenlose, als er die Frage hörte. Der Alte hatte ihm die Lüge nicht abgenommen. Die Gedanken rasten durch seinen Kopf, er suchte Argumente oder irgendetwas, um glaubhaft abzulenken. Sein Verstand wühlte sich durch ein schwarzes Nichts. Doch wurde ihm in den Sekunden bewusst, dass er nur die Wahl hatte, seine Absicherung zu verraten oder hier jämmerlich zu sterben. Instinktiv hätte er anders entschieden, aber er schwieg. Minuten schienen zu vergehen. Kein Geräusch war zu hören, nur das Zittern durch die Kälte war zu spüren, die sich durch das eiskalte Wasser wie ein gefrorener Mantel auf ihn legte. Die Stille wurde ein weiteres Mal durchbrochen, nur dieses Mal war es das Plätschern und aus der Verzweiflung wurde sekundenschnell Angst. Es war die gleiche Marter. Luft anhalten. Schmerz peinigte seinen Körper, getrieben von den Lungen, die nahe daran waren aufzugeben. Endlos schien es zu dauern. Mit gefesselten Armen und Beinen wehrte er sich, wollte sich nach vorn neigen. Doch das Seil um seinen Hals ließ es nicht zu, es hielt ihn zurück und mit jeder Bewegung scheuerte sich der Kartoffelsack darunter in seine Kehle ein. Die offene Wunde brannte, als trüge er einen Feuerkranz um seinen Hals. Sein Kopf schmerzte, als würden im schnellen Rhythmus Nadeln hineingestochen werden. Ein Husten setzte ein, der sich von dem eindringenden Wassernebel in seine Atemwege befreien wollte. Schon seit einer Weile floss kein Wasser mehr, doch das Gefühl des Ertrinkens verebbte erst Minuten später.

»Wer hat Zugang zu Ihren Daten?«, wiederholte sich der alte Asiate, doch dieses Mal klang sie lauter und streng.

Vladimir antwortete nicht. Er ahnte, dass ihm die Frage so oft gestellt werden würde, bis er endlich etwas dazu sagte. Sein Verstand blieb stumm und folgte nur dem inneren Schmerz, der sich mit jeder Sekunde steigerte. Es war nicht nur das körperliche Leiden, es war seine Seele, die angefangen hatte aufzugeben. Als das Plätschern wieder anfing, pochte sein Herz wie ein Dampfhammer gegen die Brust. Das Zittern seines Körpers ließ den Stuhl wackeln, auf dem er saß. Die Angst trieb ihn in eine Ausweglosigkeit und gab ihn nicht mehr frei. Sein Stolz hatte längst aufgegeben, die einst geglaubte Ehre verkroch sich jämmerlich und letztendlich blieb ihm nur der kümmerliche Rest eines Lebenswillens. In dem Moment, als das eiskalte Wasser durch den Sack auf seinen Kopf floss, schrie er: »Josch Wildner!« Dann traf ihn ein Faustschlag auf die Schläfe, worauf er ohnmächtig wurde.

Mit donnernden Kopfschmerzen öffnete Vladimir die Augen. Es war finster und es schien, dass er alleine sei, als er auf einer harten Liege aufwachte. Die Kälte hatte seinen Körper nicht verlassen, doch dies spielte keine Rolle. Es war ein anderes Empfinden, das er fast vergessen hatte. Eine in die Tiefe ziehende Scham überkam ihn. Er hatte seinen Bruder verraten. Gleich darauf flammte die Vorstellung auf, wie die drei Männer Josch foltern würden, nur um den Zugang zu den Daten für das BKA zu erhalten. Es hatte alles seine Relation verloren. Gleichgültig, worin der Inhalt dieser Informationen bestand, so waren sie es sicherlich nicht wert, dass sein Halbbruder für ihn leiden sollte. Das Grausame daran war, dass Vladimir nichts mehr ändern konnte. Die Asiaten hatten, was sie wollten, und würden nicht auf sein Angebot eingehen, dass er ihnen selbst die Daten gab. Dafür war es zu spät. Langsam gewöhnten sich seine Augen an die Dunkelheit und er entdeckte eine Gestalt, die am Ende der Liege zu sitzen schien. Er schreckte auf, zog wie ein kleines Kind die Beine an seinen Körper.

»Beruhige dich, ich werde dir nichts tun.«

Die Stimme klang weich und zugleich bestimmt. Es war keine Gefahr, die von ihr ausging. Die Person erhob sich und tätschelte Vladimirs Schulter, worauf sie in der Finsternis verschwand. Er glaubte nicht, dass es tatsächlich geschehen war. Vielmehr nahm er an, dass es die Nachwirkung eines Medikaments war, das ihn zum Halluzinieren brachte. Bevor er erneut vor Erschöpfung einschlief, kreisten die Fragen wie Geier in seinem Verstand. Welchen Fehler hatte er begangen? Woher kannte der Asiate Vladimirs Arbeitsweise und wie hatte er ihn gefunden? Und was war an diesen Daten so wichtig?

Kapitel 10

Muriel folgte Josch die Treppe hinunter. Mit seinem hervorstehenden Bauch unter der Anzugweste watschelte er die Stufen herab, was ungemein lustig aussah, aber ein Lachen wagte sie nicht. Dieser Mann war schon ein Phänomen. In seinem Anzug hatte er stattlich gewirkt, aber jetzt eher wie ein gemütlicher Brummbär. Als sie ihn nun anschaute, war sie sich nicht mehr sicher, ob ihr spontaner, nicht durchdachter Entschluss der richtige gewesen war. Sie verstand sich überwiegend als Kopfmensch, der die Dinge sachlich anging und Entscheidungen abwägte. Doch an diesem Morgen war sie aufgestanden und hatte den Entschluss gefasst, endlich etwas zu unternehmen. Schon seit Tagen hatte sie überlegt, wie sie ihrer Mutter helfen konnte, und zudem hatte sie sich über ihre Kollegen geärgert, denn sie sahen die Angelegenheit eher als billigen Scherz. Kein Einziger nahm persönlich Anteil, im Gegenteil, sondern sie behandelten sie wie üblich als Nervensäge. Damit waren ihr die Hände gebunden und sie wagte nicht einmal, ihren Vorgesetzten zu fragen, ob sie einen Hacker als Berater hinzuziehen durfte.

Es gab nicht viele Menschen, die ihr im Leben wichtig waren, aber ihre Mutter hatte einen großen Platz in ihrem Herzen. Es war für Muriel die reinste Qual, wenn sie sich vorstellte, wie die Person, die sie so liebte, unter den Attacken litt und von Albträumen geplagt wurde, welche Grausamkeiten ihrer Enkelin widerfahren könnten. Obwohl ihr damaliges Treffen im Café alles andere als vielversprechend gelaufen war, glaubte sie an die einzige Idee, die sie hatte: den Mann mit der goldenen Uhr zu besuchen und ihn um Hilfe zu bitten.

Als sie im Souterrain angekommen waren, stellte sich Josch vor eine massive Tür und es dauerte eine Weile, bis einem Klicken ein Piepston folgte. Vorwitzig und doch überrascht hatte sie ihm zugeschaut, wie seine Finger eingescannt wurden und er anschließend einen langen Zahlencode eintippte. Was verbarg sich für Josch hinter dieser Tür, die er mit diesem aufwendigen Identifikationssystem absicherte? Sie hatte in dem Moment keine Vorstellung davon, was sie erwartete. Ihr Instinkt läutete Alarm. Und damit war sie auf der Hut und spürte, wie sich ihre Härchen im Nacken aufstellten. Da sie privat unterwegs war, trug sie ihre Waffe nicht. Aber für diesen älteren, korpulenten Mann brauchte sie diese auch nicht. Sie trainierte schon seit Jahren Krav Maga und hatte keine Scheu, andere zu verletzen, wenn sie sich selbst verteidigen musste.

Ihre Anspannung stieg, als Josch durch die geöffnete Tür verschwand. Als Polizistin hatte sie zwar gelernt, mit nicht vorhersehbaren Situationen umzugehen, aber genauso wurde ihr mantramäßig eingetrichtert, sich nicht in unnötige Gefahr zu begeben. Aber sie brauchte ihn und schritt ihm hinterher.

Als Muriel den Raum betrat, war sie im ersten Moment völlig perplex. Im Gegensatz zu Joschs Haus wirkte er überhaupt nicht rustikal. Schlichtes, makelloses Design und alles schien seinen Platz zu haben. Im Polizeipräsidium war die IT-Abteilung ein Großraumbüro und die Ordnung der Schreibtische von manchen Programmierern ließ oftmals zu wünschen übrig. Demnach hatte sie die Vorstellung entwickelt, dass Josch sich zwar nach außen als Mann von Welt präsentierte, doch als virtueller Gesetzesbrecher in einem unordentlichen Kämmerchen hockte und mit verschmutztem Kaffeebecher auf einer versifften Tastatur klimperte.

»Eindringlinge im Raum. Selbstzerstörung in zwanzig Sekunden«, ertönte eine körperlose weibliche Stimme. Gleichzeitig blinkte ein großes rotes Alarmsignal auf der gläsernen Wand.

Muriel war kurz zusammengeschreckt von der unerwarteten Stimme. Sie checkte die Situation ab, war angespannt, weil die Tür zugefallen war und sie nicht einschätzen konnte, ob ihr möglicher – und einziger - Fluchtweg verschlossen war. Dann sah sie hinüber zu Josch, der sie zu ihrer Erleichterung angrinste, womöglich hatte er bemerkt, dass ihr die Lage nicht sonderlich gefiel.

»Diplomatentausch«, sagte er und das Alarmsignal verlosch sogleich.

»Was war das denn?«

»Nichts Besonderes, es ist eine Sicherheitsmaßnahme, wenn das System bemerkt, dass sich mehr als eine Person im Raum aufhält«, gab Josch fast beiläufig zurück.

»Und diese Selbstzerstörung ist ein Witz, oder?«

Er antwortete nur mit einem verneinenden Kopfschütteln und setzte sich auf den einzigen Bürosessel. Kurz musterte er sie und sprang dann wieder auf: »Ich gehe dir einen Stuhl holen.« Worauf er durch die Tür verschwand, die nicht verschlossen war.

Hier stand sie nun alleine und überlegte, ob es angebracht war, sich umzuschauen. Doch ihr antrainierter Instinkt ließ sich nicht beirren und sie musterte den Raum, in dem das Notwendigste fehlte. Nirgends war ein Computer oder etwas Ähnliches zu finden. Sie schritt zu dem Regal, in dem fein säuberlich allerhand Elektronikkram lag: Abhörgeräte der neuesten Generation, Tabletcomputer in verschiedenen Varianten, einige GPS-Tracker, ein Laserabhörgerät und vieles, das sie nicht erkannte. Grob nahm sie an, dass alles zur Überwachung diente.

Die Tür öffnete sich und mit leichtem Schnaufen kam Josch mit einem Küchenstuhl zurück, stellte ihn neben den Ledersessel und meinte: »Besseres habe ich gerade nicht gefunden.«

Muriel war etwas erstaunt. Ein Mann, der ein Vermögen für Elektronik ausgab, hatte keine bessere Sitzgelegenheit im Haus? Entweder entsprach dies der Wahrheit oder er vermied es mit Absicht, um sie schnellstmöglich wieder loszuwerden. »Ist schon in Ordnung«, sagte sie. »Aber sag mal, wo sind deine Computer?«

Er lugte unter den Tisch, schaute sich überrascht um: »Verdammt, wo sind sie nur?«

Ihr war klar, dass er sich über sie lustig machte, dann zeigte er mit dem Finger auf die rechte Wand.

Muriel betrachtete die Schränke, die mehr als vier Meter lang waren. Als er sie darauf hingewiesen hatte, war ihr natürlich klar, dass es sich um einen Verbund von Computern handelte. Dennoch war es nicht immer verkehrt, sich unbedarft oder gar naiv darzustellen, vor allem nicht bei Männern, die so von sich überzeugt waren. Also ging sie mit überraschter Miene auf sein Spiel ein: »Das ist dein Computer?«

Josch lehnte sich in dem Ledersessel zurück, verschränkte die Arme auf seinem kugeligen Bauch und ließ sich förmlich herab zu einer Antwort: »Nach deinem Verständnis sind es zweiunddreißig zusammengeschaltete Computer und jeder einzelne hat mehr Leistung als dein Rechner im Büro. Um es auf den Punkt zu bringen: Es ist allerfeinste Hochleistungstechnologie.«

Sein hochnäsiges Getue widerstrebte ihr, und sie hatte keine Lust, das Spielchen weiterzuführen. Dafür war sie nicht gekommen und so gab sie als Antwort: »Nicht kleckern, sondern klotzen, würde ich mal sagen.« Sie rückte sich den Stuhl zurecht und ließ sich darauf nieder. »Mit was fangen wir an?«

Seine Lippen pressten sich zusammen, ihre fehlende Begeisterung bezüglich der hochtrabenden Technik schien er ihr zu verübeln. Aber sie war nun mal kein Frauchen, das mit großen Augen einen Mann anhimmelte, nur weil er sich ein übergroßes Spielzeug gekauft hatte. Mit einem angesäuerten Grummeln positionierte sich Josch vor der Tastatur und tippte rasch mit zehn Fingern. Auf einem der Riesenbildschirme erschien das große Symbol der weltweit bekannten Suchmaschine. Muriel räusperte sich und pfefferte ihm dann entgegen: »Willst du mich auf den Arm nehmen?«

»Wieso?«, fragte er unschuldig mit hochgezogenen Augenbrauen. »Versuchen wir es doch mal mit einem speziellen Suchbegriff.«

Sie betrachtete das Geschriebene auf dem Display. Der Begriff *ImmoJunkie* war ihr neu und sie hatte zuerst keine Ahnung, was es damit auf sich hatte. Aber sogleich füllte sich die Anzeige mit mehreren Einträgen. So langsam dämmerte es ihr. »Du kennst den Hacker, den ich suche?«

»Nicht persönlich. Aber seine Masche ist ziemlich bekannt. Er zieht sie schon seit ein paar Jahren durch.«

»Und was bedeutet ImmoJunkie?«

»Das ist sein Nickname. Es ist ziemlich offensichtlich, dass er im Auftrag irgendwelcher Immobilienhaie arbeitet und sich damit seinen Stoff verdient.«

Muriel brauchte einen Moment, um die Zusammenhänge zu verstehen. Das Ganze entpuppte sich als organisiertes Verbrechen und ihre Mutter steckte mittendrin. Ihr erster Gedanke war, wie sie die Kollegen am besten darüber informierte, ohne dass dabei herauskam, woher sie die Informationen hatte. Vielleicht war es besser, die Angelegenheit selbst in die Hand zu nehmen. »Wie kommen wir an die Großen ran?«, preschte sie ungeduldig und mit Angst um ihre Mutter heraus.

»Gar nicht. Die Auftraggeber werden ihn nicht über das Internet kontaktieren, sondern nur über einen Vermittler mit ihm sprechen. Keine Chance für mich als Hacker.«

»Willst du mir jetzt erklären, dass du sonst nichts draufhast?«, erwiderte sie mit einem spöttischen Lächeln. Plötzlich änderte sich die Farbe im Raum, ein schwaches Gelb strahlte von einer Art Ampel aus einer Ecke des Computerschrankes. »Was bedeutet das?«

Josch winkte ab. »Ach, das ist nichts. Ein Hackerkollege versucht nur, in mein Netzwerk einzubrechen. Den Spaß erlauben wir uns gegenseitig, so können wir unsere Systeme untereinander testen.«

Seine Finger tippten gelassen auf der Tastatur, einige Programmfenster öffneten sich auf dem Bildschirm und Buchstabensalat wurde angezeigt, von dem Muriel nichts verstand. Sie lugte nochmals rüber zu ihm: »Und was ist das für eine Ampel?«

»Die habe ich aus dem Film *WarGames* kopiert. Normalerweise steht sie auf *Defcon 4*, also auf Blau, dann ist alles in Ordnung. Gelb bedeutet einen Angriffsversuch. Wenn es heftiger wird, also wenn sich der Kollege Mühe gibt, dann springt sie auch mal auf *Defcon 2* und wird rot. Aber dies hat seit zwei Jahren niemand geschafft.« Als er sprach, hatte er sie nicht angesehen und weiterhin die Anzeige auf den Bildschirmen verfolgt. »Das ist seltsam«, fügte er nach einer Weile hinzu.

Ihr Blick schweifte über die vier großen Monitore. Doch sie verstand zu wenig von den Programmen und nahm an, dass Josch den Angriff auf irgendeine Art abwehrte. Obwohl nicht wirklich etwas Dramatisches geschah und sie sich nicht gerne auf ihre Empathie verließ, spürte sie die aufkommende Anspannung und fragte mit sachlichem Ton: »Was ist so seltsam?«

Es dauerte ein paar Sekunden, bis er antwortete: »Diese Taktik habe ich noch nie gesehen. Was treibt der Kerl nur? Entweder ist er völlig blöd oder so raffiniert, dass ich es nicht erkenne.«

Das Licht wechselte im Raum. Rot. *Defcon 2*.

Josch war kurz perplex, dann flogen seine Finger blitzartig über die erste Tastatur. Die Ampel blieb auf Rot. Schnell schob er sie auf Seite und tippte in einem Wahnsinnstempo auf der zweiten. Muriel zog sich auf ihrem Stuhl zurück. Seine Anspannung war nicht zu übersehen. Seine Blicke wechselten fieberhaft von einem Monitor zum anderen. Nach mehreren Minuten hatte er Schweiß auf der Stirn, grummelte unverständliches Zeug und fluchte zwischendurch.

Das Licht wechselte ein weiteres Mal, dieses Mal war es grellweiß und Muriel war überzeugt davon, dass der Angriff nun abgewehrt war. Allerdings sprang Josch wie ein wild-gewordenes Schweinchen auf und sprintete mit schlappernden Pantoffeln zum Schrank, riss die Tür auf und legte in Windeseile drei Schalter um. Es wurde dunkel. Das monotone Gesumme der Geräte verstummte in der Stille. Nur über der Tür erhellte eine kleine Notbeleuchtung den Raum.

»Alles in Ordnung mit dir?«, fragte Muriel, als Josch niedergeschlagen auf den Sessel plumpste.

»Nichts ist in Ordnung! Das war gerade *Defcon 1*. Der verdammte Kerl hat mich ausgesperrt und die volle Kontrolle über meine Rechner übernommen.«

Die Panik in seinen Augen und die zitternden Hände irritierten sie. Sie hatte das Ganze als ein Spiel verstanden: Kindische Kriegsspiele, die ein paar Hacker zockten, um zu zeigen, wer der bessere von ihnen war. Jedoch war der Moment widersprüchlich. Sie befand sich in einem hochmodernen Computerraum und vor ihr saß ein faltiger, alter Junge, dem gerade sein Spielzeug weggenommen worden war. Sie war sich nicht mehr sicher, ob es die richtige Entscheidung gewesen war, ihn um Hilfe zu bitten.

»Was ist daran so dramatisch? Es dürfte für dich doch keine große Sache sein, dein System wieder unter Kontrolle zu bekommen.«

Es brauchte seine Zeit, bis der Rhythmus von Joschs Schnaufgeräuschen nicht mehr denen einer leisen Dampflok glich. Seine geweiteten Augen wandelten sich zu einem mitleidigen Blick. Aber die Finger krallten sich noch immer an der Tischkante fest und zuckten abwechselnd. Für sich selbst hatte Muriel den Anspruch, keine Schwäche zuzulassen, und bei seinem schon fast jämmerlichen Anblick empfand sie kaum Mitleid, denn wenn jemand auf die Schnauze gefallen war, dann hatte er wacker wieder aufzustehen und sich der Sache zu stellen. Außerdem brauchte sie ihn, um an die Hintermänner von *ImmoJun-*

kie ranzukommen. Am liebsten hätte sie Josch mal gehörig in den Hintern getreten, aber ihr war bewusst, dass das nichts bringen würde. Sie lehnte sich zurück und wartete ab, auch wenn Geduld nicht ihre Stärke war.

Nach einer Weile sagte er mit leiser Stimme: »Es geht nicht darum, das System wieder zum Laufen zu bringen. Ich war überzeugt davon, dass niemand meine Sicherheitsmaßnahmen durchdringen kann, und nun hat es nur ein paar Minuten gedauert.« Seine Hände lösten den verkrampften Griff, bevor er weitersprach. »In der realen Welt existiere ich als Mann, der den Leuten etwas vorspielt, und manchmal überzeuge ich sie damit. Aber in der virtuellen Welt bin ich der Virtuose, der die Musik spielt und die anderen danach tanzen lässt.«

»Ich glaube nicht, dass ein Mensch in zwei Welten leben kann. Es sind nur Rollen, die wir im passenden Moment übernehmen. Ich denke, es ist immer besser, in der Realität zu leben, als sich in einem anonymen Dasein etwas vorzumachen«, erklärte sie ihm in der Hoffnung, dass er endlich wieder zur Vernunft kam.

Josch rieb sich das Kinn, stieß einen Luftstoß durch die Nase. »Diese Realität hat für mich keinen Wert, ich bin dort nichts Besonderes. Aber hinter der Tastatur bin ich jemand, der nicht übersehen wird. Ich habe Jahre und viel Geld gebraucht, um diesen Punkt zu erreichen. Ich dachte immer, ich wäre einer der Besten. Kannst du dir überhaupt vorstellen, was das gerade für mich bedeutet?«

Muriel antwortete nicht auf seine Frage, obwohl ihr das Gefühl des Versagens nicht fremd war. Sie sah Parallelen mit ihrem Leben. Jeden Tag erkämpfte sie sich Anerkennung und Respekt. Nicht selten hatte sie Angst, dass ihr Dasein nichts bedeuten könnte. Oft fühlte sie sich alleine. »Dinge lassen sich ändern, ohne dabei das Wichtige für einen selbst aufzugeben. Du hast jetzt eine Niederlage erlitten, okay. Scheiß drauf, ist dir sicherlich nicht das erste Mal passiert. Also steh auf und mach weiter.«

»Was sollte es bringen, jetzt aufzustehen, die Rechner wieder einzuschalten und dort weiterzumachen, als wäre nichts geschehen?«, fragte Josch. Seine Stimme hatte den mitleidigen Klang verloren, sie war bedächtig.

»Josch, es geht um mehr.«

»Was sollte das sein?«

»Sag mal, verstehst du dein eigenes Gequatsche nicht? Jetzt tritt dir einer in die Eier und du hast nichts Besseres zu tun, als jaulend im Kreis zu hüpfen und ›aua‹ zu plärren.«

Jetzt sah Josch sie mit verärgertem Blick an: »Das ist kein Spaß mehr.«

»Genau, du redest über eine Realität, die es für dich nicht gibt, und vergisst dabei einen wichtigen Punkt.«

»Was habe ich vergessen?«, gab er provokativ zurück.

»Weswegen wir hier eigentlich sitzen. Du hast mir gefälligst dabei zu helfen, diesem ImmoJunkie und Konsorten gewaltig den Arsch aufzureißen. Und außerdem suchen wir deinen Bruder. Beides ist definitiv Realität und kein Spiel.« Sie spürte ihre eigene Aufregung. Ihr Puls schlug schneller, weil sie es hasste, wenn die Leute nur jammerten und nichts dagegen unternahmen.

»Du bist mal eine Nervensäge. Ich bin es echt nicht gewohnt, dass mir jemand in meinem Alter noch die Leviten liest, aber du scheinst recht damit zu haben.« Josch schien sich endlich gefangen zu haben. Er lächelte sie an und fügte ein ›Danke‹ hinzu. Mit schnellem Schritt schoss er regelrecht zu den Schaltern, überlegte kurz, bückte sich und zog ein paar Datenleitungen aus der Wand, bevor er die Rechner wieder einschaltete. »Ich muss zuerst das System checken und vorher noch ein Back-up ziehen, damit ich später analysieren kann, was eigentlich passiert ist. Entschuldige, es dauert eine Weile, bevor wir mit der Arbeit anfangen können. Das wird ziemlich langweilig für dich.« Dabei sah er sie fragend an.

Muriel griff nach ihrem Smartphone, worauf Josch zur

Tür ging und sie öffnete: »Du hast sonst keinen Empfang, alles elektrisch abgeschirmt hier drin.«

Sie stellte sich in den Türrahmen. Es klingelte eine Weile, bis ein Kollege ihren Anruf entgegennahm. Mit der Lüge, dass es ihr unwohl sei, meldete sie sich für den heutigen Tag krank. Der Angerufene meinte noch etwas von den leidigen Beschwerden einer Frau, aber dies ignorierte sie und legte auf.

Kapitel 11

Angenehm und völlig ungewohnt war Joschs Empfindung, als er dem Telefonat lauschte. Muriel würde bleiben und er hatte nicht die geringste Ahnung wieso, denn so bald war es ihm nicht möglich, die Nachforschungen nach den Immobilienhaien weiterzuführen.

Die Panik saß ihm im Nacken und kraulte ihn mit ihren Krallen. Obwohl Kassandra, wie Josch seinen Rechnerverbund im Keller nannte, nichts anderes war als eine Kombination von Soft- und Hardware, so empfand er es, als hätte jemand ihr das Dasein gestohlen und das Rechnersystem auf grausame Art verletzt. Jahrelang hatte er an dem System gearbeitet, unsagbar viele Schwierigkeiten überwunden und jetzt war seine ganze Arbeit zerstört. Es hatte nur Minuten gedauert.

Die Rechner mit dem eigenen Betriebssystem wieder hochzufahren, war sinnlos. Es war nicht abschätzbar, ob ein Virus oder sonst eine Software den Schaden weiter vergrößern würde. Auch war es möglich, dass die Hacker direkt eine Attacke fuhren, sobald Kassandra wieder den Kontakt zum Internet hergestellt hatte. In einer Schublade des Schreibtisches nahm Josch den Stick für Notfälle heraus: ein bootfähiges Linuxsystem, mit dem er zumindest einen Rechner hochfahren konnte, um sich die Katastrophe ohne größere Gefahr anzuschauen. Er steckte den USB-Stick in den Schacht und drückte mit zitternder Hand den Einschaltknopf. Muriel lehnte sich an den Computerschrank und verfolgte jeden seiner Schritte. Seine Welt stand kopf. Jemand hatte ihn zerstörend gehackt und eine gut aussehende Polizistin beobachtete ihn im eigenen Reich. Vor ein paar Tagen wäre beides für ihn unvorstellbar gewesen und nun war es gleichzeitig passiert. Als Zufall eher unwahrscheinlich.

Die Startsequenz fuhr sauber hoch, zumindest bemerkte er keine Fehlermeldungen auf die Schnelle. Nach ein paar Sekunden blinkte der Cursor als Unterstrich auf dem Monitor. Die Textanzeige wirkte primitiv, grüne Schrift auf schwarzem Hintergrund, weder Grafik noch eine Maus waren nötig, denn die Kommandos wurden alle als Befehle eingetippt. Nach der Eingabe mehrerer Passwörter hatte Josch Zugriff auf die Festplatten und holte erst einmal tief Luft, bevor er sich wieder in seinen Luxussessel setzte, um in Ruhe die Logdateien durchzusehen.

Indessen hatte Muriel ihre Jacke ausgezogen und wieder auf dem unbequemen Küchenstuhl Platz genommen. In ihrem gestreiften, eng anliegenden Shirt war ihre weibliche Figur deutlich zu erkennen und wurde durch den geflochtenen Haarschopf zusätzlich betont, der wasserfallartig über ihre rechte Schulter fiel. Selbst ein kurzer Blick darauf irritierte Josch. Für einen Moment wich seine Konzentration der Fantasie, welche Unterwäsche sie wohl trug. Doch die männlichen Gedanken brachen abrupt ab, als ob im Kino die Filmspule gerissen sei. Er spürte nicht einen Funken der Erregung, sie hatte nicht die geringste sexuelle Anziehung auf ihn, stattdessen drängte sich das merkwürdige Gefühl einer freundschaftlichen Verbundenheit auf. Zudem spürte er ihre Blicke, die mit kalter Sachlichkeit und erwartungsvoll auf ihn gerichtet waren. Schnell tippte er die Kommandos ein. Dabei konzentrierte er sich auf die Ausgabe und checkte als Erstes die Datenbank für Dr. Claas' Nachforschungen. So weit schien alles in Ordnung zu sein, stellte er mit Erleichterung fest.

In den schier endlosen Logdateien suchte er nach Hinweisen, was das Ziel oder die Absicht des Hackers überhaupt gewesen war. Schließlich fand er den Grund, wieso er die Kontrolle über sein eigenes System verloren hatte. Ansonsten erkannte er einen Datenscan, der gestartet, allerdings nicht abgeschlossen war. Josch hatte das System schnell genug abgeschaltet.

Muriel schien seine Verwunderung zu bemerken. »Was

ist los, hast du etwas gefunden?«, fragte sie und lehnte sich neugierig nach vorn.

Zuerst grummelte er vor sich hin, bis ihm klar wurde, wie unhöflich er sich verhielt. Aus seinen Überlegungen gerissen, wandte er sich zu Muriel. »Der Angriff war derart professionell, dass ich die Attacken kaum überblicke. Ich ärgere mich maßlos darüber, die Systemdateien nicht zusätzlich abgesichert zu haben. Dann hätte ich das Schlimmste vermeiden können.« Er erntete einen fragenden Blick, wobei sie eine Augenbraue hochzog. »Entschuldige. Der Hacker hat meine Tastatur blockiert und so konnte ich keine Befehle mehr eingeben, um den Angriff abzuwehren oder sonst etwas zu unternehmen. Aber was ich nicht verstehe, warum mir Dateien auf mein System kopiert wurden. Was soll der Quatsch?«

»Vielleicht ist es ein Virus?«, fragte Muriel.

»Nein, dafür sind die Dateien zu groß. Der Kennung zufolge sind es Videos.«

»Wäre es gefährlich, wenn wir sie uns ansehen, vielleicht steckt eine Nachricht darin?«, fragte sie zurückhaltend.

Josch brauchte einen Moment, um nachzudenken. »Ich habe auf dem Stick keinen Videoplayer. Ich kopiere die Dateien und wir schauen sie uns auf dem Tablet an. Obwohl ich nicht wirklich glaube, dass es sich tatsächlich um Videos handelt. Das machen nur Terroristen, aber keine Hacker.« Er gab ein paar Befehle ein und eine Prozentanzeige gab Rückmeldung über den Kopiervorgang. Nachdem die hundert Prozent erreicht waren, fuhr Josch das Linuxsystem herunter, stand auf und zog den Stick aus dem Rechner. Anschließend holte er ein Tablet aus dem Regal, das er für gewöhnlich nur für unterwegs nutzte. Im Stehen schaltete er es ein und steckte den USB-Stick in den seitlichen Schlitz. Der Virenscanner sprang an, aber er fand nichts. Muriel räusperte sich, und als er hochsah, bemerkte er ihren auffordernden Blick. Schnell setzte er sich zu ihr und stellte das Tablet so, dass sie beide auf das Display schauen konnten. Zu seiner Verwunderung wurden die drei Dateien als Video erkannt und selbst eine weitere Virenüberprüfung lief ohne jegliche Warnung durch. Die Kennungen hatten unterschiedliche Zeitstempel, er wählte die Älteste aus und der Videoplayer begann sie ohne Probleme abzuspielen. Muriel rutschte mit dem Stuhl ein Stück näher und sie sahen gespannt auf das Tablet. Ihr Geruch entsprach nicht dem üblichen Parfüms. Unauffällig sog er ihren Duft durch die Nase, genoss ihre Natürlichkeit und war kurz davor, die Augen für einen Moment zu schließen, doch dafür war jetzt nicht die Zeit.

Eine scheinbar fest montierte Kamera zeigte Bilder, die ohne zu schwenken, auf den Oberkörper eines Mannes gerichtet war. Selbst in dem dämmrigen Licht war zu erkennen, dass der Person ein Sack über den Kopf gestülpt worden war. Die zurückgezogenen Schultern endeten in nach hinten gerichteten Armen, was vermuten ließ, dass sie auf dem Rücken gebunden waren. Der Hintergrund war kaum auszumachen, es schien ein Keller oder Ähnliches zu sein. Dann brach die Aufzeichnung ab, sie hatte nur wenige Sekunden gedauert.

Ein Schweigen folgte. Josch zwang sich, ruhig zu atmen. Obwohl auf dem Video nicht viel zu erkennen war, hatte die Kürze gereicht, um die Geschehnisse der letzten Stunden in weite Ferne zu verdammen. Solche Streams gab es zu Tausenden auf diversen Internetportalen und doch war Josch von der real wirkenden Darstellung schockiert.

Es war Muriel, die zuerst sprach: »Was soll das bedeuten? Es sieht wie eine Szene aus einem Horrorfilm aus. Oder kannst du etwas damit anfangen?«

Josch rieb sich mit dem Finger über das Kinn, was er öfters tat, wenn er überlegte. Er suchte Zusammenhänge. Und was hatte das Video mit dem Angriff auf Kassandra zu tun? Eine Ahnung drängte sich ihm auf, doch er war nicht bereit, den allseits bekannten Groschen fallen zu lassen.

Gefasst sah er Muriel an, damit sie seine Emotionen nicht bemerkte. »Ich glaube nicht, dass mir ein Hacker einen Filmausschnitt schickt, ohne sich etwas dabei zu denken, dafür war seine Attacke zu raffiniert. Wir schauen uns das zweite Video an, vielleicht bekommen wir dort einen Hinweis.« Mit einem Mausklick spielte er die zweite Datei ab. Es waren der gleiche Raum, dasselbe Licht und der Mann saß wie zuvor auf dem Stuhl. Nur dieses Mal war eine Gestalt vage im Hintergrund zu erkennen, die ihm einen Schlauch über den Kopf hielt. Das Wasser prasselte auf den Sack und der Körper wand sich gequält und kämpfte ums Überleben. Die Szene fand kein Ende und der Tod näherte sich auf grauenvolle Weise, bis sich das Opfer auflehnte und einen Namen mit gepeinigter, verzerrter Stimme lauthals in den Raum schrie. Danach wurde das Video dunkel und brach kurz darauf ab.

Ohne eine Regung starrte Josch auf das dunkle Display. Es war sein Name, den der Mann gebrüllt hatte. Wie ein Buch, das er rückwärts durchblätterte, durchkämmte er die Erinnerungen seines Lebens immer weiter in die Vergangenheit. Auf welche Frage war die Antwort sein eigener Name? Es gab viele Möglichkeiten, aber keine war so bedeutungsvoll, dass dafür jemand gefoltert werden würde. Das unvermeidliche Gefühl des Unbekannten vermischte sich mit etwas Bekanntem, was Josch für sich nicht zulassen wollte. Vehement sträubte er sich dagegen und schob es auf die miserable Bildqualität. Er glaubte, nein, er hoffte, dass sich seine Erinnerung täuschte.

Muriel hatte ein Bein über das andere gelehnt. Ein Ellenbogen stützte sich darauf und ihre Hand ruhte unter ihrem Kinn. Sie sah Josch mit sachlicher Miene an, die nur ein Profi an den Tag legte, der schon weitaus Schlimmeres gesehen hat. »Mal angenommen, dich hat ein Kollege gehackt, dann habt ihr echt eine krankhafte Art miteinander umzugehen. Bisher habe ich keinen Anhaltspunkt im Video gesehen, dass es nicht authentisch wäre. Aber um herauszufinden, ob es nicht doch ein Fake ist, müssten es meine Kollegen genauer untersuchen.«

Für Josch stellte sich die Frage, ob einer seiner Hackerkollegen dahintersteckte. Gedanklich ratterte er die Liste der Mitstreiter durch. Einige hatten zwar eine gewaltige Klatsche, aber den meisten traute er dies nicht wirklich zu. Genauso wenig hatte er daran geglaubt, dass einer von ihnen fähig wäre, sein System auf *Defcon 1* zu bringen. In den letzten Tagen hatte er sich in einigen Dingen getäuscht und sein Selbstwert hatte arge Schlagseite bekommen. Bisher war er der Überzeugung gewesen, die Menschen recht gut einschätzen zu können und eines der besten Systeme zu besitzen. Doch damit hatte er sich selbst betrogen.

»Es gibt doch noch ein drittes Video?«, fragte Muriel und riss ihn damit aus den Wirren seiner Selbstzweifel.

Ohne darauf zu antworten, rief Josch die letzte kopierte Datei auf. Erst schien die Situation nicht anders zu sein, der Gefolterte saß mit triefend nassem Sack und geneigtem Kopf auf dem Stuhl. Dann war schemenhaft eine Hand zu erkennen, die ihm den Stoff vom Kopf zog. Für einen Moment schloss Josch die Augen. Das Entsetzen und die Bestätigung krallten sich in seiner Brust fest. Mit harten, schnellen Pulsschlägen sah er sich das Video weiter an. Mit geballter Hoffnung kämpfte er, um die Zuversicht nicht zu verlieren. Er war nicht bereit, zu akzeptieren, dass ein Toter auf dem Stuhl saß. Dann packte eine Hand den Mann am Schopf und zog den Kopf zurück. Das Gesicht war deutlich zu erkennen. Ein qualvolles Stöhnen war zu hören. Der Gefesselte lebte. In dem Moment empfand Josch eine in den Himmel schreiende Erleichterung und er hätte Gott dafür gedankt, wenn er gläubig gewesen wäre. Anschließend stoppte der Player, das letzte Video war zu Ende.

Mit offener Hand und geschlossenen Augen rieb sich Josch die Stirn, als er Muriels Stimme hörte: »Wenn du mir eine Kopie mitgibst, werde ich sie bei uns im Labor untersuchen lassen. Dann wissen wir, ob das Ganze nicht doch ein Bluff ist.«

»Das ist nicht notwendig.« Worauf er die Frau ansah, die neben ihm saß. Alles schien unwirklich zu sein. Nichts passte in diesem Moment zusammen. Kein Gedanke war rational. Das Einzige, was er empfand, war tiefe Schuld, nicht schon längst etwas unternommen zu haben.

»Warum? Kannst du es selbst auf die Echtheit überprüfen?«, drangen Muriels Worte wie durch einen Nebel zu ihm durch.

»Nein. Ich weiß, dass es echt ist. Der Mann in dem Video ist mein Bruder.«

In dem Moment schien Muriel zu verstehen, was er gerade durchmachte, und er spürte ihre Hand auf seiner Schulter, die ihn fürsorglich streichelte. Joschs Verstand war von dem Gesehenen überfordert, Panik drohte in ihm auszubrechen. Schließlich half ihm Muriels Berührung, den Boden unter den Füßen nicht zu verlieren. Mit jeder freundschaftlichen Bewegung ihrer Hand schnaufte er durch und fing an, sich Fragen zu stellen. Ihm fehlten die Gründe, warum sein Bruder dort war und für was er überhaupt gefoltert worden war. Gab es eine Verbindung mit den Pornos oder dem sexuellen Missbrauch, den Netking ihm gegenüber angedeutet hatte? In welche verdammte Scheiße hatte sich Vladimir reingeritten? Sein Bruder war jederzeit vorsichtig gewesen, hatte sich immer ein Hintertürchen offengelassen und war niemals bereit, sich für irgendeinen Mist selbst in Gefahr zu begeben. Auch wenn ihre brüderliche Liebe nicht sonderlich groß war, so verließ sich Josch immer auf ihn und vertraute ihm mehr als jedem anderen Menschen. Die Qualen der Folterung mussten unerträglich gewesen sein, sonst hätte Vladimir niemals seinen Namen verraten. Josch war in Gefahr, dessen war er sich sicher.

Ein Klingeln riss ihn aus den Gedanken. Muriel hatte ihr Handy aus der Tasche gezogen und schaute auf das Display. »Meins war es nicht«, lautete ihre sachliche Feststellung.

Worauf Josch seines aus der Innentasche der Weste zog. Verwundert schaute er erst auf das Display und dann zur Tür. Muriel hatte sie offen gelassen. Nur deswegen hatte er überhaupt Empfang. Wieder fokussierte er das Display. Der Anrufer war Dr. Claas. Beschissener konnte der Tag kaum noch werden. Nicht nur, dass Josch in diesem Moment völlig unfähig war, sich auf ein professionelles Gespräch mit seinem Kunden einzulassen, ihm fehlten schlichtweg die Ergebnisse. Er hatte bisher nichts Aussagekräftiges gefunden, das er Dr. Claas hätte mitteilen können. Doch das war jetzt unwichtig. Josch drückte den Anruf weg und schaltete sein Smartphone in den Flugmodus. Es war das erste Mal, dass er einen Kunden und das damit verbundene Geld ohne weiteres ignorierte.

Muriel hatte bei dem Anruf ihre Hand von seinem Rücken genommen. Gerne hätte er sie wieder gespürt, ohne es jemals offen zuzugeben, aber die Fürsorge machte diese Situation erträglicher.

»Was willst du jetzt unternehmen?«, fragte sie ihn im emotionslosen Ton.

»Ich muss meinen Bruder finden.« Das war die einzige Antwort, die ihm einfiel.

»Und wie willst du das anstellen?« Empathie schien nicht ihre Stärke zu sein.

Mit tiefem Schnaufen drehte sich Josch zu seiner Tastatur und legte die Hände darauf, ohne zu tippen. »Ich muss als Erstes mein System wieder zum Laufen bringen, um mich in Vladimirs Archive einzuloggen. Vielleicht finde ich dort einen Hinweis, in welchem dreckigen Schlamassel er steckt.«

Nach einem Blick auf ihre Handyuhr fragte Muriel: »Wie lange wird das dauern?«

Mit einem Schulterzucken antwortete er: »Stunden, unter Umständen Tage. Ich weiß es nicht.«

»Dann werde ich jetzt fahren und sehen, was ich über diesen ImmoJunkie herausfinde.«

Er war es zwar gewohnt alleine zu arbeiten und war meist froh darüber, wenn ihm sein Bruder dabei nicht auf die Nerven fiel, aber in diesem Augenblick hätte er sich gewünscht, Muriel würde bleiben. Sie hatte sich mit scheinbarer Vernunft entschieden, sich um ihre Angelegenheit selbst zu kümmern, und damit gab es für Josch keine Option, sich auf seinen sentimentalen Anflug einzulassen.

»Du schickst mir eine Nachricht, wenn ich dir irgendwie helfen kann?«, hörte er von Muriel, die bereits ihre Jacke angezogen hatte und schon an der Tür stand.

»Ich melde mich«, sagte er und wusste genau, dass er das nicht tun würde.

Sie verließ ihn ohne Verabschiedung und als er die Eingangstür von oben mit einem leichten Knall hörte, schloss er für einen Moment die Augen. Es war wie so oft, er war allein.

Kapitel 12

Den restlichen Tag hatte Josch ohne Unterbrechung im Keller gesessen, um den von den Hackern angerichteten Schaden zu beseitigen. Mittlerweile hatte er herausgefunden, dass es mindestens drei Programmierer waren, die Kassandra ins Nirwana geschossen hatten. Was ihn allerdings verwunderte, war die Tatsache, dass alle IP-Adressen aus Asien stammten. Der Angriff hatte von mehreren Seiten gleichzeitig stattgefunden und die Sicherheitsprogramme überlastet. Josch hatte nie damit gerechnet und der entstandene Schaden war kaum überschaubar. Die Firewall lag in Bruchstücken verteilt, sodass selbst eine Neuinstallation ein Wahnsinnsakt war. In der Benutzerverwaltung waren mehr als 20 neue User eingetragen und sie besaßen alle Adminrechte. Jeder davon war berechtigt, das gesamte System zu kontrollieren. Der Algorithmus zur Verschlüsselung der Kundendaten warf nur die Meldung raus, dass keine Dateien mehr vorhanden waren. Dies war zunächst einmal sekundär. Josch hatte eine Sicherungskopie. Als Erstes sicherte er die Abwehrprogramme gegeneinander ab, damit sie nacheinander arbeiteten und eine Sicherheitsstufe nach der anderen folgte. Leider war ein Test nicht möglich. Diesen würde er später mit ein paar Hackerkollegen nachholen.

Er war schließlich nicht James Bond, der in seinen Aston Martin stieg, um den Bösewichten dieser Welt den Garaus zu bescheren. Zudem fehlte ihm jeglicher Anhaltspunkt. Er hätte nicht einmal gewusst, wohin er fahren sollte. Die einzige Chance, die ihm blieb, war, Kassandra wieder zum Laufen zu bringen und mit seinen Mitteln die Hintergründe zu eruieren. Es war nicht anzunehmen, dass sein Bruder grundlos gefoltert worden war. Vladimir war vieles, aber mit Sicherheit kein Unschuldslamm.

Den größten Teil der Nacht verbrachte er damit, die von

Viren verseuchten Dateien zu bereinigen. Irgendwann wurden seine Augenlider schwer und die Schriften flimmerten längst wie unscharf tanzende Striche. Mehr war nicht zu schaffen, zudem er ohne Internetverbindung nicht an die Daten von Vladimir herankam. Mit Widerwillen und leichter Wut über seine eigenen körperlichen Grenzen trottete er ins Bett.

Josch wachte von dem einfallenden Licht auf und sah auf die Uhr. Er hatte drei Stunden geschlafen. Dies hatte zwar keine große Wirkung auf seine Müdigkeit, aber zumindest arbeitete sein Verstand in einem halbwegs annehmbaren Modus. Nichts hatte er bisher erreicht, doch hatte es keinen Sinn, planlos an die Sache dranzugehen. Behäbig und mit quälenden Verspannungen stand er in der Küche, um sich für die weitere Arbeit eine Tasse Kaffee zu gönnen. Sein Handy gab Signal. Es war eine SMS von Muriel, die nachfragte, wie es denn so lief.

Nachdenklich starrte Josch aus dem Fenster, ohne wirklich draußen etwas wahrzunehmen. Ein Gefühl von freundlicher Zuneigung stieg in ihm auf, die er am Tag zuvor für Muriel empfunden hatte. Recht schnell rissen ihn die Bilder von seinem Bruder wieder aus den Emotionen. Das Handy legte er auf den Küchentisch, ohne auf die SMS zu antworten. Die Sorge um Vladimir trieb ihn in den Keller. Irgendwann würde er ihr zurückschreiben, wenn er jemals wieder an so etwas wie Freundschaft glaubte.

Seinen Luxusbürostuhl hatte er in die Ecke geschoben. Darauf zu sitzen, empfand er als Verrat gegenüber Vladimir. Und so saß Josch auf dem Küchenstuhl, auf dem gestern Muriel gesessen hatte. Das System schien virenfrei und die Firewall war wieder sauber installiert. Doch bevor er die Sicherheitsprogramme vollständig verriegelte, zog er eine Systemkopie als Image. Diese würde später in einer abgeschotteten virtuellen Maschine laufen. Ohne Zweifel nahm er an, dass die Hacker nur darauf warteten, um anzugreifen, und dann wären sie mit diesem Duplikat beschäftigt. Währenddessen hätte Josch Zeit, sich auf einem anderen Weg Zugang zu Vladimirs Daten zu verschaffen. Nach zwei Stunden waren die letzten Arbeiten erledigt. Nicht alles war perfekt, aber es war für ihn in diesem Moment akzeptabel. Der nächste Schritt war, die Internetverbindung freizuschalten.

Sein Nacken verspannte sich, als er die drei Netzwerkleitungen zum World Wide Web einsteckte. Es dauerte nur Sekunden und die Ampel wechselte von Blau auf Gelb. Der Alarm war *Defcon 3.* Unvorstellbar, kaum war er online, wurde die Kopie von Kassandra direkt attackiert. Auf zweien von den vier großen Bildschirmen liefen hexcodierte Zeichen herunter. Im Gegensatz zu den Szenen im Hollywoodstreifen Matrix waren sie so schnell, dass für Josch nichts zu erkennen war. Ohne den Blick von den unlesbaren Anzeigen abzuwenden, kehrte er zum harten Küchenstuhl zurück. Die Ampel wechselte die Farbe. Rot, für *Defcon 2.* Der wiederholte Krieg wütete in vollem Gang. Mit flink eingetippten Befehlen prüfte Josch das System und mit jedem wurde sein Puls um ein paar Schläge langsamer. Nach einer weiteren Kontrolle beruhigten sich seine zitternden Hände. Obwohl die Zeichen noch immer wild über die beiden Monitore flimmerten, überkam ihn das Gefühl des Sieges.

Sein eigentliches System war nach den Überprüfungen völlig sicher und die Hacker verballerten ihre Geschütze auf einer virtuellen Kopie. Zudem hatte die Aktion den Vorteil, dass sie Spuren hinterließen und Josch sie später auswerten konnte. Es galt zu verstehen, welches Ziel sie verfolgten. Vielleicht ergaben sich dadurch neue Hinweise, die ihn zu seinem Bruder führten. Die Tastatureingabe hatte er noch abgesichert und damit sein Schwindel nicht aufflog, verteidigte er das Duplikat mit ein paar Gegenaktionen. Er war mit seinem Ablenkungsmanöver und mit sich selbst zufrieden.

Nachdem die Brut etwas zu spielen hatte, war es an der

Zeit, sich um den Zugang zu Vladimirs Daten zu kümmern. Josch nahm einen älteren Laptop aus dem Regal und positionierte ihn neben den Tastaturen auf dem Tisch. Während das betagte und doch zuverlässige Teil hochlief, öffnete er währenddessen die Tür, er brauchte eine Verbindung zur Außenwelt. Wenn sein eigener Internet-Zugang unbrauchbar war, so lag es nahe, einen anderen zu nutzen. Es dauerte nicht lange und Josch hatte Zugriff auf das WLAN seines Nachbarn. Mit einem Grinsen erinnerte er sich, wie er mit reiner Nachbarschaftshilfe zu dem Passwort gekommen war. Damals war er zwar genervt gewesen, als ihn Herr Schulz mit der Bitte angesprochen hatte, ihm bei seinem neuen Router zu helfen. Allerdings hatte Josch dabei das Passwort auf der Rückseite notiert, bevor er das WLAN mit dem einfachen Drücken der Taste aktivierte und damit seinem Nachbarn eine übergroße Freude bereitete.

Josch wartete ab, ob er ebenfalls auf dem Laptop angegriffen werden würde, aber nichts geschah. Gestern Mittag hatte er mit Muriel die Videos angeschaut und es schien ewig her zu sein. Er hatte gekämpft, um sein System wiederzubeleben, damit er mit den eigenen Algorithmen die Daten von seinem Bruder analysieren konnte. Dieses Vorhaben hatte er in einer Nacht verworfen. Nun saß er mit altbackener Technik da und hatte nur die Wahl, nach banalen Hinweisen zu suchen. Ohne eine Auswertung auf Kassandra fehlte jeder Zusammenhang. Als er sich an der selbst gebauten Cloud von Vladimir mit seinem Benutzernamen und Passwort anmeldete, nagte an ihm das schlechte Gewissen. Schließlich hatte er mit dem Verschwinden vor zwei Tagen schon geahnt, dass etwas Unerwartetes geschehen war. Ihm blieb jetzt nur die Hoffnung, irgendetwas zu finden, das ihn weiterbrachte. Es dauerte nicht länger als ein oder zwei Sekunden, als ihm auf sein Handy eine weitere Kennung per SMS geschickt wurde, die er zur Identifizierung eingab. Die Struktur und

Ordnung der Archive überraschte Josch nicht, jeder Datei-ordner war mit Datum und Kürzel versehen. Sein Bruder hatte seine Arbeitsweise übernommen. Mit einem Klick öffnete er den neuesten Ordner, dieser war erst vor fünf Tagen aktualisiert worden. Es existierte darin nur eine Datei und Josch wusste, dass sie komprimiert und ver-schlüsselt war. Nach dem Anwählen erschien sofort eine weitere Passwortabfrage. Mit einer gewissen Unsicherheit probierte er die Kennung, die sein Bruder ihm damals ge-geben hatte. Es war eine gemischte Kombination aus dem Straßennamen und der Postleitzahl ihres Heimatortes. Es funktionierte. Wie erwartet handelte es sich um eine ver-schlüsselte Datenbankdatei, die er mit einem Programm öffnete, das Vladimir und er vor Jahren entwickelt hatten. Allerdings sind Informationen in einer Datenbank verteilt und ohne die entsprechenden Suchbefehle waren die Zusammenhänge kaum nachvollziehbar. Aber sie hatten vereinbart, dass die relevanten Befehle zusätzlich mitge-speichert wurden.

Mit der Hoffnung, endlich ein paar Begriffe zu finden, mit denen er weiterkam, analysierte er die Suchbefehle, doch was er fand, ergab keinen Sinn. Die Metatags waren *Institut*, *Japan* und *Subventionen*. Da Josch die Sache zu abstrakt war, tippte er die Worte *Porno* und *Kind* in das Suchfeld ein. Er brauchte endlich Gewissheit, dass Vladimir sich nicht in diesem schmutzigen Geschäft bewegte. Es wurden 112 Suchergebnisse gefunden, was spärlich war, denn die Datenbank umfasste mehr als 327.000 Einträge, die mit Texten und Hinweisen gefüllt waren. Im ersten Moment war er beruhigt. Sein Bruder war nicht in dem Gewerbe, das Netking ihm gegenüber angedeutet hatte. Dennoch las Josch die gefundenen Einträge aufmerksam durch. Es gab keinen direkten Hinweis zu Vladimir. In den Daten wurde Schwarzgeld erwähnt, gefälschte Gutach-ten. Das Ganze stank nach Erpressung. Jedoch blieb das Große, der Zusammenhang, wie hinter Milchglas verborgen. Bevor er sich weiter mit den gefundenen Dateien beschäftigte, war noch etwas anderes zu tun. Er stand auf und kappte die Internetverbindung von Kassandra. Die Spielerei hatte lange genug gedauert. Sicherlich wäre es jetzt aufschlussreich gewesen, sich die Logs anzuschauen, um herauszufinden, worauf die Hacker überhaupt aus waren. Aber eins nach dem anderen.

Sein Magen grummelte und daher klappte Josch den Laptop zu. Mit dem tragbaren Rechner in der Hand verließ er den Keller und ging hinauf in die Küche. Beim Essen gab es für ihn gewöhnlich weder Handy noch Arbeit. Er genoss die Speisen, selbst wenn es nur ein Schinkenbrot mit Ei zum Frühstück war. Doch heute war es anders. Mit aufgeklapptem Display saß er am Küchentisch und schob sich eine Käsestulle rein, während er die Einträge weiterlas. Da er mit seiner Vorgehensweise nicht weiterkam, nahm er sich die von Vladimir abgespeicherten Suchbefehle vor. Diese waren meist eine Kombination mit einem Institut. Immer wieder tauchte das Kürzel ECTZ auf. Eine kurze Recherche mit der weltbekanntesten Internetsuchmaschine ergab, dass die Abkürzung für *Elektrochemisches Technologiezentrum* stand. Josch war nicht überrascht, denn es kam öfter vor, dass sein Bruder Aufträge aus der Forschung bekam. So mancher selbst an sich glaubende, eventuell geniale Wissenschaftler scheiterte nicht selten und verschaffte sich den Ruhm, indem er sich die Ergebnisse bei der Konkurrenz besorgte. Desto interessanter waren dafür die späteren Meldungen in den Webnews, Zeitungen oder gar Fernsehnachrichten, wenn von einer parallelen Entwicklung gesprochen wurde. Doch die Leute schienen es tatsächlich zu glauben.

Sein Handy klingelte und er war froh über die Ablenkung, denn es war Muriel, die anrief und ohne Begrüßung direkt losplapperte: »Da du nicht auf meine SMS antwortest, dachte ich mir, ich rufe dich mal an. Wobei ich nicht erwartet hatte, dass du rangehst.«

»Hallo Muriel«, mehr fiel Josch nicht ein, denn er war nicht bereit, ihr zu sagen, dass er sich über ihren Anruf freute. Kurzes Schweigen folgte, sie hatte wohl mehr von ihm erwartet.

»Also, ich habe mit den Polizeikollegen diesen Immo-Junkie näher unter die Lupe genommen und er scheint nicht so pfiffig zu sein, wie ich anfangs dachte. Die von der IT-Abteilung konnten ihn in einem Forum ausmachen, in dem scheinbar die Aufträge erteilt wurden. Natürlich schrieb sie keiner wortwörtlich hinein, aber man muss schon ein Volltrottel sein, um die Nachrichten nicht zu verstehen.«

Josch war kein Verbündeter der Polizei und sogleich ärgerte er sich, dass er Muriel den Tipp gegeben hatte. Er fragte leicht angesäuert: »Wie hast du erklärt, wie du auf ImmoJunkie gekommen bist?«

»Ich bin direkt zum Chef und habe es ihm erzählt.«

»Sag mal, hast du einen Knall?«, kam es erbost von Josch.

»Mach dir keine Sorgen, ich habe deinen Namen nicht erwähnt. Ich habe gesagt, dass ich einen Tipp von einem Bekannten bekommen habe, dem ich von der Erpressung meiner Mutter erzählt habe. Nachdem dem Chef klar war, dass es sich um Familie handelte, hat er mir erlaubt, die Sache mit zwei weiteren Kollegen zu bearbeiten. Und ich war echt überrascht, keiner sagte etwas über Karriere oder den anderen üblichen Scheiß. Und bei dir? Bist du mit der Suche nach deinem Bruder weitergekommen?«

»Nicht wirklich. Ich sichte gerade seine Daten, aber sie ergeben keinen Sinn.«

»Ich habe Mittagsschicht und komme nachher vorbei«, sagte Muriel.

Bevor Josch mit einer spontanen Absage reagieren konnte, hatte sie bereits aufgelegt. Er grinste für einen kurzen Moment und legte das Handy auf die Seite, um sich dann mit dem Laptop zu beschäftigen.

Nach zwei Stunden war er völlig aufgeputscht. Der

blinde Aktionismus manövrierte ihn von einer Sackgasse in die nächste. Kaum glaubte er, einen Hinweis auf seinen Bruder gefunden zu haben, löste der sich wieder auf. In diesem Geflecht schien es von Hackern und Profis nur so zu wimmeln und jeder verwendete dabei kryptische Zeichenketten als digitale Unterschrift. Keiner von ihnen ließ sich als Vladimir identifizieren.

Josch liebte morgens nach dem Aufstehen frisch aufgebrühten Kaffee, doch dieses Mal brauchte er ihn, um erst einmal wieder runterzukommen. Seine Unruhe wurde von dem Gebräu besänftigt. Die von Sorge getriebene Rastlosigkeit entschleunigt und es war ihm möglich, den nächsten Schritt anzugehen. Er wählte sich bei *Silk Road* ein, einer der bekanntesten Darknet-Handelsplattformen für Drogenhändler und zudem ein virtueller Schwarzmarkt, auf dem digitales Gut gehandelt wurde. In der Suchleiste gab er den Namen des Instituts ECTZ ein, worauf eine Liste mit sieben E-Mail-Adressen erschien. Es war merkwürdig, aber er hatte mit deutlich mehr gerechnet. In der letzten Spalte waren Beträge in Bitcoins erkennbar. Mit einem zischenden Fluchen schimpfte er über die Wucherpreise. Jedes Passwort kostete umgerechnet tausend Euro, nur bei der Adresse des Institutsleiters stand der doppelte Betrag. Er hatte nicht die Zeit, den Account selbst zu hacken. Mit großer Überwindung klickte er die teure Mail-Adresse an, denn sein Bitcoin-Konto wies gerade einen Gegenwert von knapp dreitausend Euro auf. Nach ein paar Sekunden erschien das Passwort und Josch wusste, dass er um zweitausend Euro ärmer war. Das *Elektrochemische Technologiezentrum* war bisher die einzige Spur in Vladimirs Daten, die sich weiterverfolgen ließ.

Damit war Punkt eins seiner Idee erledigt, aber bevor er sich mit dem nächsten Schritt beschäftigen konnte, klingelte es an der Haustür. Eigentlich hätte er genervt sein müssen, denn er hasste Besuch, den er selbst nicht eingeladen hatte. Doch statt sich darüber aufzuregen, beeilte er sich, die Tür zu öffnen.

Mit erwartungsvollem Blick stand Muriel davor. »Dir ist schon klar, dass ich notfalls mit Gewalt eindringe.«

Mit einem kopfschüttelnden Lächeln zog er die Haustür auf und bat sie, mit einer Handbewegung hereinzukommen. »Die Kaffeemaschine steht noch immer in der Küche«, fügte er an.

Es schien schon eine Selbstverständlichkeit zu sein, wie sie durch den Flur zur Küche schlenderte. Josch geriet für einen kurzen Moment aus dem Konzept und wusste nicht, warum er sich behaglich fühlte. Sicherlich war Muriel eine attraktive Frau und ihr Hintern war durchaus sehenswert, dennoch spürte er keine sexuelle Anziehung, sondern eine andere Form von gewünschter Nähe. Als er ihr in die Küche nachging, stand sie schon am Kaffeevollautomaten.

»Josch, du siehst müde aus.« Sie rümpfte die Nase und musterte ihn. »Wie wäre es mit einer Dusche?«

Was sollte er darauf antworten? Ihm fehlte definitiv Schlaf und Körperhygiene hatte er genauso vernachlässigt. Aber seit gestern nach dem Abspielen der Videos hatte er kaum geschlafen und selbst das Zähneputzen vergessen. Er nickte nur, um zu zeigen, dass er es gehört hatte.

»Hast du schon etwas über deinen Bruder herausgefunden? Ich könnte die Kollegen einschalten?«

Mit hochgezogenen Augenbrauen zeigte er ihr deutlich, dass dies für ihn keine Option war. Noch nicht. Er erzählte ihr kurz von den Hackerangriffen und etwas ausführlicher von den Informationen, die er auf Vladimirs Cloud gefunden hatte.

»Was hast du als Nächstes vor?«

Josch war gerade dabei zu antworten, als er dann doch stockte. Er überlegte und sagte nichts. Sie war schließlich Polizistin.

»Es ist etwas Illegales, was du vorhast. Habe ich recht, Josch?«

»Ja.«

»Ich kann nur hoffen, dass du niemandem etwas antun wirst.«

»Nein, Muriel. Ich bin ein Hacker und im Gegensatz zu ImmoJunkie nutze ich meine Fähigkeiten nicht zur Erpressung oder anderen Drohungen. Ich boykottiere auch keine Kernkraftwerke, sondern beschaffe Informationen.«

»Aber es ist trotzdem gegen das Gesetz.«

Kurz dachte Josch über ihre Worte nach, dann schüttelte er den Kopf: »Dass mein Bruder gefoltert wird, ist auch gegen das Gesetz. Was sollte ich deiner Meinung nach tun: Hier sitzen und warten, bis sie ihn zu Tode gequält haben?«

Eindringlich schaute Muriel ihn an. »Ich kann das nachvollziehen, aber erwarte nicht von mir, dass ich dir bei etwas Ungesetzlichem helfe.«

»Ich gehe von nichts aus«, sagte er leise und doch war er von ihr enttäuscht.

»Also, was wirst du als Nächstes machen?«

Er ahnte, dass Muriel nicht aufgab, bevor sie eine Antwort bekam. Aber was erwartete sie von ihm, da sie nicht bereit war, ihm zu helfen? Er glaubte auch nicht daran, dass sie gegen ihn vorgehen würde, deshalb erklärte er ihr: »Ich habe in Vladimirs Datenbank des Öfteren Verweise auf ein Institut gefunden und habe mir die Zugangsdaten des Leiters für seine Mails gekauft.«

»Es ist möglich, ein Passwort einfach so zu kaufen?«, fragte sie leicht überrascht. »Und überhaupt, wie willst du nur mit seiner E-Mail an ihn herankommen?«

»Meist sind es Russen, die diese Passwörter hacken. Du kannst davon ausgehen, dass jede Mail-Adresse auf irgendeiner Seite schon gehackt worden ist. Es ist ein normales Geschäft mit Angebot und Nachfrage. Und mit dieser Adresse trage ich über Webmail einen Termin in den Kalender des Institutsleiters ein und schon habe ich einen Grund, bei ihm aufzutauchen.«

Muriel stützte ihr Kinn mit Zeigefinger und Daumen ab

und nickte nur. Sie trank einen Schluck von ihrem Kaffee und stand auf. »Dabei kann ich dir nicht helfen. Ich gehe besser, damit du weiterarbeiten kannst.«

Als er sie an der Haustür nach diesem doch kurzen Besuch verabschiedete, fragte sie ihn abschließend noch: »Erzählst du mir dann, was bei dem Treffen herausgekommen ist?«

Josch reagierte nicht.

Kapitel 13

Beim Aufwachen überfiel Vladimir die Gewissheit, dass alles kein mieser Albtraum war. Der Raum wirkte in dem kraftlosen Licht der verdreckten Deckenleuchte wie ein Kerker und seine Haut brannte am ganzen Körper fortwährend von dem Ätzmittel. Er war in der Hölle. In Luzifers Stätten sollte es heiß sein, doch Vladimir zitterte vor Kälte und mitunter auch vor Angst. Wie viel Zeit vergangen war, wusste er nicht. Er schätzte, dass sie ihn zwei Tage auf diesem Stuhl gefoltert hatten. Sein Magen rebellierte, da sie ihm nur zwischendurch etwas Wasser gegeben hatten. Zu essen gab es nichts. Sein dreckiges Hemd und die mittlerweile mitgenommene Hose waren feucht und gaben ihm die Erinnerung an die Folterung zurück. Er war nicht tot. Das würde sich sicherlich anders anfühlen. Er hob seine Hände und bewegte sie, als wären sie kein Teil von ihm. Auch wenn er nicht damit gerechnet hatte, aber er lebte.

Niemals hatte er Angst vor dem Tod gehabt, denn das hätte bedeutet, Furcht vor dem Leben zu haben. Ihm in solcher Form zu begegnen, hatte einiges geändert, aber es war nicht die Zeit, sich darüber Gedanken zu machen. Er musste um sein Leben kämpfen, denn er hatte etwas gutzumachen. Wie ein Feigling kam er sich vor. Den Namen seines Bruders zu nennen, war eine Schande, die er kaum ertragbaren konnte. Mit Schmerzen in den Gliedern richtete er sich von der unbequemen Liege auf und versuchte, seine Lage abzuschätzen. Ein vergittertes Fenster, eine Metalltür und massives Gestein gaben ihm wenig Hoffnung auf Flucht. In einer Ecke bemerkte er einen Schatten, den er nicht deuten konnte. Vladimir hörte die Stimme, von der er geglaubt hatte, dass sie nur ein Traum gewesen war: »Du brauchst nicht zu suchen. Es gibt keinen Ausweg.«

Aus der Ecke trat ein großgewachsener Mann heraus. Seine Figur ähnelte einem blanken Knochengerüst und in dem Dämmerlicht zeigten die vielen kleinen Schatten, dass sein Gesicht ausgezehrt war. Die Haare schimmerten in einem verdreckten dunklen Grau. Die Kleider hingen wie Lumpen an ihm und an den Füßen trug er löchrige Stoffschuhe. Sein Alter war nicht mehr zu schätzen, zu sehr glich er einem Todgeweihten. Mit schlürfenden Schritten kam er an Vladimir heran und hielt ihm die Hand hin: »Ich bin Peter und seit 67 Tagen hier.«

Mit dem Kopf leicht im Nacken gab er ihm die Hand: »Vladimir und so lange werde ich mit Sicherheit nicht bleiben.«

Ein kurzes Lachen folgte. »Ich kann deinen Optimismus nicht mehr teilen, aber ich wünsche es dir.«

»Weißt du, warum du hier bist?«, fragte ihn Vladimir.

»Ich denke schon, wobei es auf einigen Vermutungen aufbaut.« Peter setzte sich neben ihn und ein fader Gestank drang zu ihm herüber. »Als Ingenieur sollte ich ein Gutachten über eine Energieanlage vor der Küste Norwegens erstellen, die die Wellenbewegung in Strom umwandelt. Schnell stellte ich jedoch fest, dass das Ganze ein Betrug war. Die Energiemesser waren manipuliert und die Maschine selbst bestand nur aus ein paar leeren Tonnen, die mit mehreren Gelenken verbunden an ein Kabel befestigt worden war.«

»Für wen war das Gutachten?«, hakte Vladimir nach.

»Ich hatte den Auftrag von der Europäischen Union erhalten.«

»Und wieso bist du dann hier?«

»Ich hatte das Gutachten fast fertig, als zwei Männer erschienen und mir nahelegten, es so zu formulieren, dass die Maschine einwandfrei funktioniere. Ich hätte nicht ablehnen sollen. Heute weiß ich, dass dies ein großer Fehler war. Sie schlugen mich zusammen und verbrannten meine Haut mit einem Lötkolben, bis ich das Gutachten umgeschrieben hatte. Ich hatte gehofft, dass ich damit aus der Sache raus bin, aber sie fesselten mich anschließend und brachten mich hierher. Sie wollten wohl vermeiden, dass ich mein Gutachten noch nachträglich revidiere. Was ist bei dir passiert?«

Vladimir grübelte kurz über die Zusammenhänge nach und erzählte dann, dass er vom BKA beauftragt worden war, um Informationen über eine neuartige Batterie zu beschaffen. Dabei war er auf einigen dubiosen Servern gelandet, hatte sich jedoch keine weiteren Gedanken darüber gemacht, sondern nur den Auftrag erledigen wollen. Schließlich hatten sie ihn auf der Straße geschnappt, ihn bewusstlos geschlagen und als er aufwachte, saß er gefesselt auf einem Stuhl.

Peter fing an, mit dem Fuß auf dem Boden zu trippeln, leicht aufgeregt fragte er dann: »Hast du deinen Auftrag schon beim BKA abgeliefert?«

»Nein, ich hatte die Informationen noch nicht aufbereitet. Wieso?«

»Das könnte unsere Rettung sein. Wenn sie nichts von dir hören, werden sie dich suchen.« Dabei klang Peters Stimme wie die eines Kindes, das seine Mutter nach dem kommenden Weihnachtsgeschenk ausfragte.

Kurz überlegte Vladimir. »Peter, ich muss dich leider enttäuschen. Das BKA wird einen Teufel tun, eine Verbindung zu mir herzustellen. Das, was ich für die tue, ist meistens nicht legal.«

Peters Kopf senkte sich und er starrte niedergeschlagen auf den Boden.

Vladimir stand mit einem Ruck auf und fluchte: »Verdammt, es muss doch eine Möglichkeit geben, wie wir hier rauskommen. Die können uns doch nicht ewig hier festhalten.«

Peter hob die Hand zur Besänftigung und zeigte mit dem Kinn in eine obere Ecke des Raumes. Vladimir schaute hinüber und erkannte das rote Lämpchen, das sich unter der Kamera befand. Vage erinnerte er sich daran, dass er auch bei seiner Folter gefilmt worden war.

»Selbst wenn wir fliehen könnten, was ich nicht glaube, was würde das für einen Sinn machen? Die haben dich schon mal gefunden und werden es wieder tun. Wir reden hier nicht von einem Haufen irrer Idioten. Sie scheinen gut strukturiert zu sein und handeln wie eine professionelle Organisation«, sagte Peter.

Ohne es offen auszusprechen, wusste Vladimir, wie recht er damit hatte. Es mussten Profis dahinterstecken, sonst hätten sie ihn nicht gefunden. Selbst wenn es für ihn schwer vorstellbar war, aber sie hatten eine Lücke in seinem System entdeckt und sie genutzt, um ihn zu kidnappen. So etwas hatte er bisher nur der NSA mit ihren Großrechnern zugetraut. Aber warum sollte nicht ein anderes System existieren, das ähnliche Möglichkeiten hat? In seiner ausweglosen Situation wünschte er sich, dass sie ihn besser zu Tode gefoltert hätten, bevor er seinen Bruder verraten hatte.

Kapitel 14

Mit dem gekauften E-Mail-Passwort hatte sich Josch über Webmail eingeloggt und einen Termin beim Institutsleiter, einem Maciej Pawlowski, eingetragen. Es war zwar nicht ausgesprochen einfallsreich, aber damit würde er zumindest Zugang in das Gebäude bekommen. Dass ein Treffen mit der obersten Führungskraft standfinden würde, stufte er als eher unwahrscheinlich ein. Chefs nahmen sich nicht die Zeit für ungeplante Termine. Josch ging davon aus, dass er von einer Assistentin oder sogar von der Security abgefangen wurde, um anschließend freundlich, aber bestimmt aus dem Gebäude geführt zu werden.

Es war Viertel vor neun am Morgen. Eine ungewohnte Zeit für Josch, denn für gewöhnlich stand er nicht so früh auf. Mit seinem alten Jaguar, der schon betagt klapperte, ihm aber ansonsten ein durchaus luxuriöses Ambiente bot, fuhr er zum *Elektrochemischen Technologiezentrum*, das außerhalb der Stadt in einem Industriegebiet lag.

Das Institut lag abseits des Gewerbeparks und selbst die Navigationsapp schien überfordert zu sein, denn es wurde nur offroad angezeigt. Josch kurvte durch die verzweigten Straßen und fand eher zufällig das kleine Schild an einem großen Gittertor. Ein mannshoher Maschendrahtzaun umgab das Gelände. Er manövrierte den Wagen zu einer Sprechsäule und meldete sich mit dem vereinbarten Termin an. Ohne Gegenfrage schob sich das elektrische Tor zur Seite. Das Gebäude, ein mit grauen Blechen verkleideter Kasten, war kaum größer als ein halbes Fußballfeld.

Josch parkte seinen Wagen auf dem leeren Besucherparkplatz und wunderte sich, dass nur fünf Autos auf den Angestelltenplätzen standen. In seinem hellgrauen Anzug mit Seidenweste und dunkelblauer Krawatte schritt er gemächlich zum Eingang, der mit übergroßer Fensterfront deutlich zu erkennen war. An jeder Ecke hingen Kameras, die den ganzen Außenbereich überwachten. Das würde Joschs Vorhaben mit der Mikrowanze erschweren.

Am Empfang begrüßte ihn ein junges, blondes Fräulein. Für seinen Geschmack war sie zu auffällig geschminkt. Zudem spannte ihre weiße hochgeknöpfte Bluse über der fülligen Oberweite, die unnatürlich wirkte.

»Guten Morgen, wie kann ich Ihnen behilflich sein?«, lispelte sie ein wenig, was wiederum süß klang.

»Guten Morgen, mein Name ist Georg Schneider. Ich habe einen Termin mit Herrn Pawlowski.« Josch hatte sich entschieden, nicht seinen richtigen Namen zu verwenden.

»Einen Moment bitte, Herr Schneider.« Dabei tippte sie auf dem vor ihr liegendem Tablet und nach einer Weile meinte sie dann: »Sie werden bereits erwartet. Ich bringe Sie gerne zu unserem Geschäftsführer.«

In ihren hohen Schuhen und dem engen Bleistiftrock erfüllte sie alle Klischees einer Empfangsdame. Josch erschien es nicht unangenehm, ihrem wackelnden Hinterteil zu folgen.

Nachdem sie eine Tür geöffnet hatte, sprach sie mit einem eingeübten Lächeln: »Nehmen Sie bitte Platz, Herr Pawlowski wird gleich kommen.« Worauf sie den eher bescheidenen Büroraum verließ, ohne ihm etwas zu trinken angeboten zu haben. Entweder war sie unerfahren oder es war das eindeutige Zeichen, dass er nicht willkommen war.

Nach einer Weile schaute Josch auf seine Repetieruhr, es war zehn nach neun. Der Herr Geschäftsführer ließ ihn warten, was ihn normalerweise geärgert hätte. Aber da er mit ausgesprochen wenig Aufwand ein Treffen bekommen hatte, nahm er die Verspätung mit Gelassenheit hin.

Er hatte nicht wirklich damit gerechnet, so weit zu kommen. Zwar hatte er den Internetauftritt des Instituts studiert und sich durch einige Einträge der Suchmaschine gelesen, aber letztendlich empfand er sich als wenig vorbereitet. Also nutzte er die Wartezeit, um sich eine geeignete Gesprächsstrategie zu überlegen. Zwar war in Vladimirs

Dateien immer wieder das ECTZ erwähnt worden, aber er hatte keine Zusammenhänge erkannt, die ihm in dieser Unterhaltung nützlich sein könnten. Die Tür schwang auf und ein durchschnittlicher älterer Herr mit wachsverschmiertem Seitenscheitel und billigem Anzug trat ein. Ein schmieriger, karrieregeiler Schnösel war Joschs erster Eindruck.

»Guten Tag, mein Name ist Maciej Pawlowski. Ich bin der Leiter dieses Instituts und führe entsprechend die Geschäfte. Was kann ich für Sie tun, Herr Schneider? Soweit ich mich erinnere, kennen wir uns nicht«, worauf er Josch die Hand zur Begrüßung hinhielt.

Die Andeutung war eindeutig, jetzt galt es, die Führung des Gesprächs zu übernehmen. Den ungeplanten Termin zu erklären, würde nur unglaubwürdig wirken.

Händeschüttelnd erwiderte Josch: »Guten Tag, Herr Pawlowski. Ich freue mich, dass Sie so kurzfristig für mich Zeit haben, deswegen will ich gleich zur Sache kommen. Ich interessiere mich für neuartige Technologien und würde gerne mehr Details über Ihr Institut erfahren. Des Weiteren bin ich immer auf der Suche nach neuen Investitionsmöglichkeiten. Sie verstehen, was ich meine?« Die Idee war ihm spontan gekommen, denn die Verlockung des Geldes war immer ein Gespräch wert. Die Reaktion mit hochgezogenen Augenbrauen folgte prompt und somit war Josch mit seinem Einfall mehr als zufrieden.

»Nun denn, Herr Schneider. Wie Sie sicherlich auf unserer Website gesehen haben, entwickeln wir hier die mobile Zukunft. Wir konzentrieren uns auf die fortschrittlichste Batterie für Fahrzeuge, die eine extrem kurze Ladezeit besitzt und eine bisher unerreichbar hohe Leistungsdichte erreicht, was bedeutet, dass unsere Akkumulatoren die Reichweite von Elektroautos mehr als verdoppeln wird.«

»Das versprechen allerdings auch andere Wissenschaftler und wenn sie gefragt werden, wie lange es bis zur Serientauglichkeit noch dauert, dann ist die Antwort meistens Jahre. Wie ist denn Ihre eigene Einschätzung, Herr Pawlowski?«, fragte Josch mit vorgespieltem Interesse.

Der Leiter des Instituts schaute nicht überrascht, strich sich eitel über das gegelte Haar und faltete anschließend die Hände zu einer Raute: die typische Bundeskanzlerin-Geste der Souveränität. »Wie Sie vielleicht wissen, hat Deutschland den Anschluss im Bereich der E-Mobilität schon längst verpasst. Daher ist es für die deutsche Automobilindustrie äußerst wichtig, eine eigene leistungsfähige Batterie zu produzieren, um nicht von den Asiaten oder Amerikanern abhängig zu sein. Wir haben die Bundesregierung davon überzeugt, dass unsere Technologie nicht nur gleichwertig ist, sondern einen weltweiten Vorsprung bedeutet. In diesem Zuge wird das Institut vorrangig behandelt und es werden keine Kosten gescheut, damit wir in einem Jahr eine in Deutschland entwickelte Batterie in Serie schicken können.«

Danach folgte schier endloses Verkaufsgeschwätz, das Herr Pawlowski mit einem schleimenden Lächeln untermalte. Ursprünglich hatte Josch nur einen Termin für eine halbe Stunde eingetragen und nun wurde seine Geduld auf eine Zerreißprobe gestellt. Der Geschäftsführer witterte das Geld und zeigte ihm anschließend eine Präsentation auf dem Beamer.

»Ich bin beeindruckt«, log Josch, als die Marter ein Ende fand. »Ihre Technologie scheint herausragend zu sein. Aber im eigenen Interesse gefragt: Wie schützen Sie meine mögliche Investition vor Industriespionage?«

»Diese Frage ist absolut berechtigt, denn wenn unsere Ergebnisse von einem ausländischen Mitbewerber gestohlen würden, wäre Ihre Investition nicht einmal mehr die Hälfte wert. Deswegen betreiben wir ein internes Netz. Es gibt keine Datenverbindung nach draußen und das Internet kann nur an vorgesehenen isolierten Rechnern verwendet werden.«

»Das bedeutet, Hacker haben keine Chance, an Ihre Ergebnisse zu gelangen, und Sie wurden bisher nicht angegriffen?«, hakte Josch nach und versuchte dabei ein zufriedenes Gesicht darzubieten.

Der Geschäftsführer trat zum Fenster und wirkte nachdenklich, als er hinausschaute. Josch hatte sich während des Gesprächs dafür entschieden, die Mikrowanze einzusetzen. Er nutzte den unbeobachteten Moment und klebte sie hinter einen Steg der Tischplatte, wo sie nicht direkt zu sehen war. Das kleine Teil war nicht nur fähig, Gespräche mitzuhören, sondern übertrug zusätzlich Bluetooth-Daten. Die einzige Schwierigkeit war, dass die Reichweite begrenzt und der Empfang nur im Umkreis von 30 Metern möglich war, was sich auf Grund der Außenkameras als problematisch erweisen würde.

»Natürlich haben es einige Hacker versucht. Vor allem unsere Webseite wurde des Öfteren attackiert. Da diese aber bei einem externen Anbieter liegt, war dies alles unbedenklich. Wie gesagt, unser internes Netz ist von außen nicht zu erreichen. Damit haben wir den besten Schutz«, gab der Geschäftsführer mit einem süffisanten Lächeln zurück, als er sich halb vom Fenster wegdrehte. »An welche Summe hatten Sie gedacht, die Sie unter Umständen investieren wollen?«, fügte er dann an.

Josch rieb sich nachdenklich das Kinn. Die Summe durfte nicht zu hoch sein, denn sonst würde er an Glaubwürdigkeit verlieren, wäre sie jedoch zu niedrig, so verlor Pawlowski das Interesse. »Aktuell denke ich an einen zweistelligen Millionenbetrag.«

Der Institutsleiter lächelte weiter und so war sich Josch sicher, dass die vage Angabe in einem verlockenden Rahmen lag. Nach einem Blick auf seine goldene Taschenuhr sagte er schließlich: »Herr Pawlowski, ich möchte mich für das sehr informative Gespräch bedanken. Allerdings muss ich noch einen anderen Termin wahrnehmen. Ich werde mich bei Ihnen melden, wenn ich weitere Informationen benötige oder eine Entscheidung getroffen habe.«

Es folgte eine kurze Verabschiedung und wenig später saß Josch in seinem Jaguar. Er legte den Laptop auf den Schoß, sodass er von außen nicht zu sehen war, und überprüfte die Verbindung zur Mikrowanze. Das Signal war mittelmäßig, jedoch war nichts zu hören, wahrscheinlich hatte der Geschäftsführer sein Büro verlassen. Langsam fuhr Josch vom Gelände, immer mit dem Blick auf die Signalqualität. Wie erwartet, verlor sich die Verbindung, als er nur einige Meter vom Zaun entfernt war. Das Signal ließ sich mit einem Transmitter verstärken, nur hatte er diesen nicht dabei. Es wäre kein Problem, das kleine graue Kästchen irgendwann nachts in der Nähe des Zauns zu verstecken. Jedoch musste Josch das Gespräch zur gegebenen Zeit nochmals gedanklich durchgehen. Er würde dann entscheiden, ob sich der zusätzliche Aufwand lohnte, denn sein Bauchgefühl sagte ihm, dass Maciej Pawlowski nichts anderes als eine Marionette war.

Kapitel 15

Stundenlang saß Josch im Wohnzimmer und durchforstete dank nachbarschaftlichen WLANs Vladimirs Archive. Die Datenbank bot ein Sammelsurium von Informationen, Dokumenten und Bildern. Über die bescheidene Verbindung würde es Stunden dauern, alles herunterzuladen. Was gleichzeitig bedeutete, dass er sie nicht mit seinen üblichen Algorithmen bearbeiten konnte. Kassandra hätte in Sekunden eine Cluster-Analyse geschafft, doch Josch wagte es nicht, sie wieder ans Netz zu bringen. Zu professionell waren die Angriffe gewesen. Und so hatte er keine andere Wahl, als Diagramme mit Stift und Papier als Gedankenhilfe zu zeichnen, die ihm helfen sollten, irgendwelche Zusammenhänge zu erkennen. Aber er hätte womöglich Tage mit dieser händischen Analyse verbringen können, ohne wirklich etwas zu entdecken. Das Ganze ergab für ihn keinen Sinn. Inzwischen glaubte er auch nicht mehr daran, dass er so seinen Bruder finden würde. Er schrieb an Netking und bat dieses Mal mit großer Überwindung um Unterstützung. Es dauerte keine halbe Stunde und der angebliche König des Netzes teilte ihm mit, dass er ihn am frühen Abend wieder im *AlcStreamer* erwartete.

Mit Tablet und dieses Mal im Anzug traf Josch gegen 19 Uhr ein. Der Netking saß am selben Tisch wie bei ihrem letzten Treffen: »Guten Abend, du scheinst bemerkenswerte Connections zu haben, dass sie dir denselben Platz frei halten?«

Seine Aussage wurde mit einem zusätzlichen Grinsen des Netkings beantwortet. »Als Besitzer genießt man eben diverse Vorzüge. Aber stehle mir nicht meine Zeit mit Nebensächlichkeiten. Was hast du für ein Problem?«

Ohne Umschweife stellte Josch das Tablet auf den Tisch und spielte das zweite sowie das dritte Video der Folterung seines Halbbruders ab. Danach folgte ein längeres Schweigen, was Josch innerlich zermürbte. Die ringsherum herrschende gut gelaunte Kneipenstimmung widerte ihn an. Genauso wie die eigene Hilflosigkeit und die Abhängigkeit von ausgerechnet dem Mann, den er nicht respektierte.

Der Netking starrte gedankenverloren zum Tresen hinüber, bevor er endlich sprach: »Soweit ich erkennen kann, ist das Vladimir.«

Josch nickte zur Bestätigung.

»Woher hast du die Videos?«

»Sie wurden auf meinem System abgelegt.«

»Du musst deinen Bruder aus dieser Scheiße rausholen.«

»Würde ich, wenn ich wüsste, wo er ist«, gab Josch zurück.

»Ich verstehe. Und dafür brauchst du meine Hilfe?«

In einer anderen Situation hätte Josch sich vehement dagegen ausgesprochen, aber jetzt und hier war es die verzweifelte Wahrheit, die ihn zu dieser Bitte zwang. »Mein System habe ich sicherheitshalber stillgelegt und alles andere brachte mich kein Stück weiter. Kannst du eine Ortung der Videos durchführen?«

»Nein, kann ich nicht, das ist nicht mein Spezialgebiet, aber ich weiß jemanden, der das kann«, antwortete der König und wirkte dabei nicht so überheblich wie sonst. Auch ihm schien die Familie wichtig zu sein. Der Netking nahm sein Handy und tippte eine Nachricht. Josch hatte keine Vorstellung an wen. Mit einem Schmunzeln sah der König auf. »Sie wird gleich hier sein.«

Josch durchforstete gedanklich die Liste der möglichen Hacker. Auch mit dem Wissen, dass es eine Frau war, fiel ihm niemand ein, der im Bereich der Bildüberwachung eine Koryphäe oder Ähnliches war. Die beiden Männer verbrachten die Zeit mit belanglosem wortkargem Small Talk. Nach einer Weile richtete sich der Netking auf und winkte jemandem zu, Josch drehte sich um und ohne seine Erinnerungen zu bemühen, erkannte er Lilli, die eigentlich Leopold hieß. Sie näherte sich dem Tisch und der König begrüßte sie mit angedeuteten Wangenküssen und der Eindruck entstand, als wäre sie ihm ebenbürtig.

Dann wandte er sich Josch zu: »Da ihr euch bereits kennt, muss ich euch nicht vorzustellen. Lilli ist eine Zauberin, was die Bilderkennung in sämtlichen Bereichen angeht.« Der Stolz in seiner Stimme war nicht zu überhören.

Zu Joschs Unmut mischte sich das Gefühl der Peinlichkeit. Die Situation schmeckte wie bitterer Schleim, den er nicht mehr aus dem Mund bekam. Vieles hatte er erwartet, aber im Moment sprengte dies seine Vorstellung und so brachte er nur ein kurzes »Hallo« heraus.

Lilli strahlte ihn verzückt an und setzte sich auf den Stuhl neben ihn. »Es freut mich, dass wir uns wiedersehen.« Und dieses Mal hörte Josch den dunklen Ton in ihrer Stimme, genauso wie er den Adamsapfel sah.

»Tobias hat mir geschrieben, dass du ein Problem hast und nur ich dir dabei helfen kann. Natürlich habe ich alles stehen und liegen gelassen. Habe mich gerade noch in die enge Jeans gezwängt und mir die Bluse übergeworfen. Den BH habe ich nicht mehr geschafft.«

Flirtete sie mit ihm? Wäre Lilli eine echte Frau, hätte er ihr jetzt sicherlich auf die Brüste gestarrt, aber unter diesen Umständen konzentrierte er sich auf eine Ecke des Tisches. Der König des Netzes wurde nur von den engsten Freuden bei seinem Vornamen genannt und dazu gehörte Josch nicht. »Der Netking meinte, du könntest mir helfen meinen Bruder zu finden und du wärst die Beste im Bereich der Videoidentifikation.«

Mit enttäuschter Miene erwiderte Lilli: »Schade, ich hatte gehofft, es hätte mehr mit uns zu tun«, dabei schubste sie ihn leicht von der Seite an: »Erzähl mal, um was geht es überhaupt?«

Zum wiederholten Male spielte er die Videos an diesem Abend ab und erzählte, was er bisher in Erfahrung gebracht hatte, und dass er nicht mehr wisse, wie er Vladimir finden sollte.

»Es ist schwer zu erkennen, aber es könnte sich um eine drahtlose Kamera handeln. Vielleicht ist sie aktiv mit dem Internet verbunden, was die Sache wesentlich vereinfachen würde. Sind die Videos allerdings nur als Datei gespeichert und wurden anschließend verschickt, wird es recht schwierig sein, die Kamera zu finden«, analysierte Lilli und schaute sich die Wiederholung an.

»Und was bedeutet das genau?«, fragte Josch unruhig nach und drehte sich das erste Mal bewusst zu Lilli um.

Sie hatte sich in ihrem Stuhl zurückgelehnt, ein Bein über das andere gelegt und streckte dabei ihre Silikonbrüste nach vorn, sodass ihre Spitzen deutlich unter der Bluse zu erkennen waren. »Nun, es bedeutet einen erheblichen Aufwand. Ich brauche dafür mein ganzes Team und eine Menge Rechenpower. Videos sind nichts anderes als aneinandergehängte Bilder und wir würden damit anfangen, nach ähnlichen live übertragenen Bildsequenzen im Netz zu suchen. Unsere Algorithmen sind sehr speziell und vergleichen markante Punkte wie zum Beispiel die Struktur der Wände oder die Form der Möbel. Wenn die Analyse der Livestreams nichts bringt, dann würden wir die Videodatei auf Servern suchen, was allerdings wesentlich aufwendiger ist, da wir jedes Mal die Sicherheitsbarrieren knacken müssen. Aber wenn die Dateien irgendwo liegen, dann können wir sie zurückverfolgen.«

Die Zusammenschaltung von Rechnern als Cluster war Josch nicht unbekannt. Damit wurden die Aufgaben optimal verteilt, denn wenn ein System das Internet absuchte, analysierte ein anderes die gefundenen Daten. Es war, als würde eine Vielzahl von Rechnern an mehreren Fließbändern gleichzeitig arbeiten. Dazu waren allerdings Masterprogramme notwendig, die die Organisation und das Verteilen dieser Aufgaben händelten. Diese zu programmieren, ähnelte schon einem komplexen Zauberwerk. Jedoch war Josch nicht so sehr von der Technik beeindruckt, sondern dass Lilli ein Team leitete, das über derartige Ressourcen verfügte.

Vielleicht war er mit den Jahren zu engstirnig geworden, aber diese Frau stellte gerade sein Weltbild auf den Kopf. Es passte für ihn nicht zusammen, dass ein Mensch mit seiner Sexualität im Unklaren war und gleichzeitig die Souveränität besaß, ein Heer von Nerds zu führen. Vor allem aber erklärte es das Verhältnis zwischen ihr und Netking. Es war nicht zu übersehen gewesen, dass er großen Respekt vor ihr hatte. »Wie lange würde es dauern?«

»Kann ich nicht sagen, ein paar Tage werden wir schon brauchen und dazu eine Anzahlung«, erwiderte sie gelassen.

Bei der Zeitangabe kam in Josch Panik auf. Es war bereits über ein Tag vergangen, als er Vladimir halb tot gesehen hatte. »Wie viel?«, fragte er mit einem leichten Zittern in der Stimme.

»Ich denke für den Anfang würden 5.000 genügen.«

Josch versuchte, tief Luft zu holen. Doch die Verzweiflung schnürte ihm die Kehle zu. Zwar verdiente er nicht schlecht, aber das Geld floss ihm wie rieselnder Sand durch die Finger. Entweder genoss er das Leben mit Essen und Trank auf feudale Weise. Oder er gab sein Geld für die neueste Elektronik aus. Einiges verschleuderte er in luxuriösen Bordellen, wo er sich die Zuneigung kaufte, die er für gewöhnlich nicht erhielt. Im Endeffekt hatte er schon lange keine schwarze Zahl mehr auf seinem Bankkonto gesehen und hatte definitiv nicht den Hauch einer Idee, wie er das Geld auf die Schnelle beschaffen könnte.

Lilli schien sein Unbehagen zu bemerken und lächelte ihn mit einer Mischung aus Sanftmut und Verwegenheit an. »Es gibt eine Alternative.«

»Und die wäre?« Dabei kam eine kleine Hoffnung in Josch auf.

»Als Anzahlung verbringst du zwei Nächte mit mir und

wir machen dort weiter, wo wir an unserem letzten Abend aufgehört haben.«

Seine verdrängte Erinnerung wurde wieder gegenwärtig. Ihr steifer Penis unter dem geschmackvollen Kleid durchfuhr Josch wie ein widerlicher Schauer. Als Lilli sich nun mit der Zunge über die Oberlippe strich, überkam ihn eine aufkommende Übelkeit, die nur zum Teil aus Ekel bestand. Er fühlte sich ausgeliefert. Er wandte sich von ihr ab, starrte in eine Ecke des Raums, um dieses Gefühlschaos unter Kontrolle zu bekommen. Es brauchte Zeit, bis sein Verstand nicht mehr von Emotionen regiert wurde und er wieder die Worte fand: »Ich möchte mich bedanken und werde es mir überlegen. Kann ich deine Nummer haben, damit ich dich kontaktieren kann?«

»Gerne, Josch«, sagte sie, worauf sie aus ihrer Handtasche einen Stift herausnahm und ihre Nummer auf einen Bierdeckel schrieb. Sie überreichte ihm das kleine Stück Pappe und fügte hinzu: »Ich würde mich freuen, wenn du dich gegen das Geld entscheidest.«

Mit einem Nicken stand Josch auf, verabschiedete sich kurz vom Netking und von Lilli, um den *AlcStreamer* mit schnellen Schritten zu verlassen.

Vor der Tür lehnte er sich an die Außenwand und rang nach Luft. Der Gedanke, eine männliche Prostituierte für eine Transe zu werden, raubte ihm den Atem. Es war ihm unmöglich, sich zu beruhigen. Zu viel war passiert. Sein Ego war nicht nur angekratzt, es war angeschlagen wie ein Ritter, der ohne Schwert kämpfte und nicht die geringste Chance hatte, seine Ehre zu bewahren. Josch schämte sich dafür.

Ziellos schlenderte er durch die Straßen. Sein Magen wollte sich übergeben und in seinem Kopf kämpfte eine Horde wild gewordener Zombies gegen jede Normalität. Kein Lichtstrahl als Führung in einem schwarzen Tunnel ergab sich, nicht einmal ein Funke zeigte ihm die Richtung aus dieser Ausweglosigkeit. Es waren wohl Stunden vergangen, als er das leise klingende Schlagen seiner Repetieruhr hörte. Er nahm sie aus der Westentasche, klappte den goldenen Deckel auf und betrachtete die präzise Schönheit. Ein Besinnen, ein Zurückkommen, wehte als zarte Brise durch seine Gedanken. Fast wieder mit klarem Verstand sah er sich um und stellte verwundert fest, dass er nur zwei Straßenkreuzungen von Vladimirs Haus entfernt war. Der Nebel in seinem Hirn löste sich immer mehr auf und er fragte sich, wieso er nicht schon längst daran gedacht hatte.

Sein Halbbruder bewahrte einen Schlüssel in einem kleinen Zahlentresor neben der Garage auf und Josch kannte die Nummer. Kurz darauf stand er in Vladimirs Rechnerraum. Die Sicherheitspasswörter hatten sie für einen möglichen Notfall ausgetauscht. Das System war ähnlich wie Kassandra aufgebaut und so loggte er sich mit ein paar Befehlen ein. In fast freudiger Euphorie begann er die Datenbank seines Bruders zu durchforsten, als plötzlich der Alarm losging. Diese verdammten Mistkerle hatten darauf gewartet, dass jemand das System seines Bruders hochfuhr. Josch versuchte erst gar nicht, den Hackerangriff abzuwehren, sondern kappte direkt die Internetverbindung. Doch die Sekunden hatten genügt, dass die Tastatur keine Befehle mehr von ihm annahm, und auch sonst schienen die Rechner kurz vor dem virtuellen Knock-out zu stehen. Niedergeschlagen schaltete er das System ab und blieb für eine Zeit lang sitzen. In hilfloser Gewissheit akzeptierte er, dass es nur einen Weg geben würde, seinen Bruder zu retten: zwei Nächte mit Lilli.

Kapitel 16

Josch wusste nicht, was ihn mehr antrieb. Die Suche nach seinem Bruder oder die Vorstellung, sich einem Transsexuellen hingeben zu müssen? Die Gefühle rangen mit sich und es herrschte blanke Verzweiflung. In den letzten zwei Tagen hatte Josch nichts erreicht. Netking hatte ihm zwar den Kontakt zu Lilli hergestellt, aber ansonsten schien er ihm nicht helfen zu wollen. Der Spruch über Familie war nichts anderes als eine Farce. Der primitive Versuch, die Datenbank von Vladimir zu analysieren, entpuppte sich als aussichtslose Suche nach dem kleinsten Hinweis in einem übergroßen Datenhaufen. Der Besuch im Technologiezentrum hatte so viel gebracht, als würde er Sand in der Wüste schaufeln. Josch war noch immer davon überzeugt, dass er sich die Wanze hätte sparen können. Die einzige reelle Chance bot ihm Lilli an. Doch der Preis schien ihm unbezahlbar.

Es blieb ihm nichts anderes übrig, als Kassandra wieder zu aktivieren. Sein System war der letzte Strohhalm oder nur die banale Ausrede, nicht tatenlos die Tatsachen hinzunehmen. Die aktuellen Probleme bestanden darin, dass ein großer Teil der Programme nicht korrekt lief. Die Konfigurationen waren völlig zerschossen und obwohl er seine eigene Datenbank nach dem Angriff geprüft hatte, spuckte sie nur noch verschlüsselte Hieroglyphen aus. Die einfachsten Suchbefehle blieben nutzlos. Selbst das teilweise Rückspielen der Datensicherung brachte keine Veränderung. Die Hacker hatten womöglich eine Systemdatei manipuliert und die zu finden war eine Sisyphusarbeit. Josch würde Tage, wenn nicht gar Wochen brauchen, bis Kassandra wieder ihren Dienst verrichtete. Da er auf diesem Wege nicht weiterkam, separierte er einen Rechner und spielte dort ein vollständiges System-Back-up auf. Das würde aber noch mehr als zwölf Stunden dauern.

Als er gerade die Logs durchsah, um eventuell eine schnellere Lösung zu finden, blinkte ein kleines Fenster auf einem der großen Displays auf. Es war der Hinweis auf eine Mail mit dem Betreff: *dringende Anfrage*. Zumindest funktionierte das Mail-Programm noch. Es wäre sehr unwahrscheinlich gewesen, dass Vladimir ihm auf diesem unsicheren Weg eine Nachricht schicken würde.

Josch öffnete die Mail. Es war ein möglicher Auftrag für einen Online-Dienstleister, der seinen Server absichern wollte. Der Anbieter beklagte sich darüber, dass einige überaus raffinierte Benutzer die Dienste nutzten, ohne dafür zu bezahlen. Dies kam immer mal vor, aber das Problem war für gewöhnlich von jedem besseren IT-Fachmann zu lösen. Er las die Nachricht zweimal durch und fragte sich, wie der Absender an seine Mailadresse gekommen war. Diese war nicht allgemein bekannt. Er überlegte kurz, aber in der jetzigen Situation schien es ihm nicht relevant. Vielmehr entstand so etwas wie ein Hoffnungsschimmer, denn unter Umständen brachte der Auftrag genug Geld, um Lilli zu bezahlen. Ohne weiter darüber nachzudenken, beantwortete er die Mail, dass er an der Sache interessiert sei und einen Tagessatz von 2.500 Euro verlangte.

Zu seiner Überraschung erhielt er bereits Minuten später die Antwort. Es wurden Josch eine Adresse und ein Termin um 15 Uhr am heutigen Tag mitgeteilt. Unterschrieben war die Mail von einem Takashi Yamamoto. Es schien dringend zu sein, denn ansonsten waren seine Kunden nicht so schnell entschlossen. Was womöglich daran lag, dass es sich in den meisten Fällen nicht um legale Aufträge handelte. Gleichzeitig ärgerte er sich, bei der Dringlichkeit hätte er mehr Geld verlangen sollen. Doch Freude und Frust spielten ein Pingpong-Spiel. Er war erleichtert, dass er so Lilli mit der Suche der Videoübertragung beauftragen konnte. Im Gegenzug würde er für den Job Zeit brauchen, Zeit, in der sein Bruder um sein Leben kämpfte. Dazu kam noch die Ungewissheit, ob er weiterkommen würde, wenn Kassandra optimal funktionierte. Gleichgültig, wie Josch es drehte, dieser Auftrag war seine einzige Option und er konnte nur hoffen, dass Vladimir so lange durchhalten würde.

Pünktlich kam er an der Adresse an, allerdings war er etwas irritiert. Josch hatte ein Firmen- oder Bürogebäude erwartet, stattdessen stand er vor einem Mietshaus mit fünf Etagen. Zu seiner Erleichterung prangte ein goldenes Schild neben der Tür mit der Aufschrift *ODG ~ Online-Dienstleistungsgesellschaft*. Er klingelte und ein Riese im schwarzen Shirt und mit baumstammdicken Armen öffnete ihm die Haustür. »Was wollen Sie?«, fragte er fast freundlich.
    »Ich habe einen Termin mit Herrn Yamamoto.«
    »Kommen Sie herein, Sie werden schon erwartet.« Der Muskelprotz schloss hinter Josch die Tür und führte ihn durch eine Art Aufenthaltsraum mit Kochnische. Im rückseitigen Bereich klopfte er an eine milchige Glastür. Es dauerte einige Sekunden, bis ein Mann mit maßgeschneidertem Anzug, pechschwarzen Haaren und kaum kleiner als der Türsteher öffnete.
    »Guten Tag, mein Name ist Takashi Yamamoto und Sie müssen Herr Wildner sein. Es ist mir äußerst angenehm, dass Sie sich so schnell Zeit nehmen konnten«, dabei sprach er ohne Akzent und sein Gesicht ähnelte einer Statue, glatt und leblos.
    »Sie hatten Glück, entsprechend den Umständen konnte ich es terminlich gerade so einrichten«, gab Josch zurück und versuchte, in den schmalen grau-braunen Augen seines Gegenübers eine Reaktion zu erkennen. Ohne Erfolg. Die Erscheinung dieses Mannes war widersprüchlich, er wirkte europäisch, doch seinem Aussehen nach war er Asiate.
    Nachdem Josch eintrat und Yamamoto hinter ihnen die Tür geschlossen hatte, waren sie alleine in einem puristisch eingerichteten Büro. Sein möglicher Auftraggeber bot ihm

einen Stuhl vor einem übergroßen Schreibtisch an und setzte sich dann ihm gegenüber.

Wie aus Stein saß der Mann aufrecht da, seine Hände lagen auf dem Tisch und die Fingerspitzen berührten sich gegenseitig. Die Zeit schien stillzustehen. Nach einer Weile des Schweigens und des beidseitigen Musterns brach Josch die Stille: »Ich war etwas verwundert über Ihre Anfrage. Meistens erhalte ich meine Aufträge aus der Industrie oder von den Medien. Darf ich fragen, wie Sie auf mich gekommen sind?«

»In meinen Kreisen sind Sie als erfahrener Dienstleister bekannt. Es wäre mir in diesem Zuge unangenehm, einen Namen zu nennen.«

Die Antwort besaß genauso viel Information, wie das Gespräch bei Joschs Friseur. Also hakte er nach: »Wenn das so ist, wäre es erlaubt zu fragen, woher Sie stammen?«

»Es ist gestattet«, darauf legte der Mann eine kurze Pause ein, bevor er weitersprach: »Ich bin in Deutschland geboren. Mein Vater war Deutscher und meine Mutter stammte aus Japan. Ich lebte zeitweise in beiden Ländern und bin nun beruflich für eine gewisse Zeit in Deutschland.« Während Yamamoto sprach, verzog er keine Miene. Seine Ausstrahlung als kühl und sachlich zu bezeichnen, wäre eine maßlose Untertreibung gewesen.

Josch beließ es dabei und wandte sich dem Geschäftlichen zu: »Was genau kann ich für Sie tun? Aus Ihrer Mail folgere ich, dass Ihr Server einen höheren Sicherheitsstandard benötigt.«

»Diese Annahme ist korrekt. Anfangs hielten sich die unberechtigten Zugänge in einem akzeptablen Rahmen, jedoch nahm die Anzahl in den letzten Wochen beträchtlich zu, sodass der finanzielle Schaden nicht mehr hinnehmbar ist.«

Josch fühlte sich in seiner Gegenwart unwohl, dennoch fragte er mit einem charmanten Lächeln nach: »Grundsätzlich ist es nicht von Wichtigkeit, aber können Sie mir erklären, um welche Dienstleistungen es sich handelt?«

Ohne überflüssige Bewegung stand Yamamoto auf, schritt langsam um den Tisch und hielt fast mechanisch die Hand als Aufforderung hoch: »Folgen Sie mir bitte, ich zeige es Ihnen. Dann können Sie sich am besten ein Bild davon machen.«

Josch folgte Yamamoto hinaus. Sie schritten eine offene Treppe hinauf. Das Gebäude entsprach nicht einem Mietshaus, denn es gab keine massiven Eingangstüren, sondern offene Flure. Einige der durchsichtigen Glastüren waren nur angelehnt. Als sie an der ersten vorbeigingen, wagte Josch einen kurzen Blick hinein. Es schien sich um ein Schlafzimmer zu handeln. Auch in den anderen Räumen war der einzige Unterschied das Mobiliar, aber in allen entdeckte er jeweils ein leeres Bett.

Am Ende des Ganges öffnete Yamamoto eine Tür, ohne vorher anzuklopfen, und verweilte dann im Türrahmen. Das Stöhnen einer Frau war deutlich zu hören und sie forderte obszöne Dinge, die unnatürlich laut klangen. Nach einer Aufforderung des Deutschjapaners trat Josch ein Stück näher heran. Wie schon in den anderen Räumen sah er ein Bett, aber dieses Mal rekelte sich darauf eine hübsche Brünette mit gespreizten Beinen. Von heftigem Keuchen begleitet, führte sie sich im schnellen Rhythmus einen Dildo in die Scham ein. Als sie Josch in die Augen schaute, lächelte sie ihn an. Er wendete seinen Blick verlegen seitlich ab und entdeckte vor ihr eine professionelle Kamera und einen größeren Monitor. Da der Bildschirm schräg stand, erkannte er nichts, aber er hörte eine schnaufende Männerstimme: »Du geile Fotze, gleich spritze ich dir auf die Titten.«

Josch hatte genug gesehen und trat zurück in den Flur, worauf Yamamoto die Glastür verschloss.

»Ich denke, Herr Wildner, Sie konnten sich ein Bild der Dienstleistung machen, die wir anbieten. Unser Anliegen ist es, die Kunden zufriedenzustellen, gleichgültig, welche Spezialitäten gefordert werden. Entsprechend wird eine nicht unerhebliche Gebühr fällig. In diesem Zuge können Sie sicherlich nachvollziehen, dass ich recht ungehalten bin, wenn sich Personen Zugang verschaffen, ohne dafür zu bezahlen.«

Genauso sachlich wie die Formulierung war Yamamotos Mimik. Seine sogenannte Ungehaltenheit war ihm nicht im Geringsten anzusehen. Während er gesprochen hatte, war er zwei Türen weitergegangen und hatte eine massive Holztür mit einem Schlüssel aufgeschlossen, den er an einer Kette aus seiner Hosentasche gezogen hatte.»Unser Server wurde von einer IT-Firma eingerichtet, jedoch muss ich die Kompetenz beklagen. Selbst nach mehrmaliger Aufforderung war es den Spezialisten nicht möglich, die Probleme zu beheben.«

In dem kleinen Raum standen zwei Metallschränke sowie ein Tisch mit Monitor und einer Tastatur. Josch erkannte die Standardtechnik, die weit unter Kassandras Niveau lag. Auch wenn er nicht verstand, warum die Fachleute der Auftragsfirma das Problem nicht lösen konnten, war er überzeugt, dass die Aufgabe keine wirkliche Herausforderung darstellte.»Herr Yamamoto, es wird eine Weile dauern. Ich muss Ihr System erst analysieren, um dann die entsprechenden Änderungen vorzunehmen. Aber ich denke, mit meiner Erfahrung wird dies eine durchaus lösbare Aufgabe sein.« Josch legte seine Hände auf dem Rücken zusammen, um Gelassenheit zu signalisieren.»Wir sind uns einig mit der Höhe der Vergütung?«

Es war der graue Schimmer, der Yamamotos Augen kalt aussehen ließ. Regungslos sahen sie Josch an und er empfand es als eine unausgesprochene Maßregelung.

Yamamoto antwortete: »Wir sollten die Formalitäten heute bei einem Abendessen besprechen. Es wäre sicher unterhaltsamer, wenn Sie in weiblicher Begleitung erscheinen würden, da der finanzielle Teil mitunter schnell erledigt sein wird.«

Es war nicht unüblich, Geschäftliches bei einem Abendessen zu besprechen. Die Aufforderung, eine Frau mitzubringen, war aber mehr als eigenartig. Josch hob eine Augenbraue, während er nach einer Antwort suchte.

Der Deutschjapaner kam ihm zuvor: »Wenn Ihnen die Möglichkeit nicht gegeben ist, so wäre ich Ihnen gerne behilflich. Die Auswahl in unserem Angebot ist vielseitig und ich nehme an, wir werden eine passende Dame für Sie finden.«

Erstaunt sah Josch zu dem Mann auf, der ihm ein durchaus reizvolles Angebot gemacht hatte. Der unterschwellige Hinweis, dass er sich eine Frau ausleihen musste, ließ sein männliches Ego rebellieren. Er hatte das nicht nötig, was zugegebenermaßen nicht stimmte. Doch mit einer legeren Handbewegung winkte er ab und erwiderte: »Ich nehme das Abendessen gerne an und werde selbstverständlich mit Begleitung erscheinen. An welche Art von Restaurant dachten Sie, Herr Yamamoto?«

»Es gibt in der Stadt einen Japaner, der traditionelles Essen zubereitet. Ich werde Ihnen die Adresse per SMS zukommen lassen. Wir treffen uns dort um 20 Uhr.«

Hatte Josch eine Frage überhört, oder klang das eher nach einem Befehl statt einer Bitte? Mit aufgesetztem Lächeln antwortete er: »Vielen Dank für die Einladung.«

Worauf der Rundgang und die Besprechung beendet waren. Yamamoto begleitete ihn zum Ausgang und reichte ihm die Hand. Sein Händedruck war dermaßen kraftvoll, dass Josch mit Schmerz das Knacken seiner Finger spürte.

Kapitel 17

Auf der Rückfahrt war Josch aufgebracht. Eigentlich hatte er geplant, direkt mit der Arbeit anzufangen und nicht noch Zeit bei einem Geschäftsessen zu vertrödeln. Zu alledem musste er auf die Schnelle eine Begleitung finden. Seine letzte Beziehung war so lange her, dass er sich kaum daran erinnerte. Lilli war die Einzige, die seit einer Ewigkeit Interesse an ihm zeigte. Die Vorstellung, einen Abend mit ihr zu verbringen, verursachte bei ihm ein arges Unwohlsein. Es blieb ihm nur, beim Escort-Service anzurufen. Er fluchte innerlich. Gab es denn zurzeit keine schlichten Lösungen? Die extravagante Begleitung würde ihn eine Stange Geld kosten und er brauchte es doch so dringend für die Nachforschung der Videos. Ohne diese Investition würde Yamamoto ihm unter Umständen den Auftrag nicht geben, der Typ war nicht im Geringsten einzuschätzen. Dann kam Josch eine Idee, an die er nicht so recht glaubte, aber er war letztendlich verzweifelt genug, um es zu versuchen. Er wählte eine Nummer auf seinem Smartphone und aktivierte die Freisprecheinrichtung. Das Klingeln dauerte eine Weile und er war sich nicht sicher, ob er auf den Anrufbeantworter sprechen würde. Dann wurde das Gespräch entgegengenommen. »Hallo?«, sagte eine Frauenstimme.

»Hallo Muriel, hier ist Josch. Wie läuft die Ermittlung gegen ImmoJunkie?«

Eine kurze Pause folgte, bevor sie antwortete: »Ganz gut so weit, aber ich glaube nicht, dass du mich deswegen anrufst.«

»Das stimmt. Ich bräuchte eine Begleitung für ein geschäftliches Essen bei dem exquisiten Japaner in der Stadt.« Direkt auf den Punkt zu kommen, war seine Art, einem längeren sinnlosen Gespräch aus dem Weg zu gehen.

»Aha?«, kam nur als Antwort.

»Hättest du nicht Lust, mich heute zu begleiten? Die Kosten übernimmt mein Kunde.«

»Essen ist immer gut. Um wie viel Uhr soll es denn losgehen?« Ihre Stimme klang fast nach Begeisterung.

»Ich komme dich um halb acht abholen.«

»Gibt es eine Kleiderordnung oder gehen auch Straßenklamotten?«

»Es würde helfen, wenn es nicht allzu prüde wäre. Du verstehst? Ein bisschen sexy, ohne offensiv zu wirken.«

»Verstanden. Ich bin dann um halb acht bei dir«, worauf Muriel auflegte. Sie schien ihm nicht zu vertrauen, sonst hätte sie ihm ihre Adresse gegeben.

Punkt 19:30 Uhr klingelte es an Joschs Haustür. Er öffnete und schluckte erst einmal. Muriel stand in einem kniefreien leicht durchsichtigen roten Kleid und einer kurz geschnittenen Jeansjacke vor ihm. Sie trug die Haare offen, die wie eine Mähne auf ihren Schultern lagen. Sie hatte sich die Augen geschminkt und ihre Lippen glänzten in einem passenden Rotton. Durch die beigen hohen Schuhe war sie sogar ein Stück größer als er. Ihre Wirkung war phänomenal. Schade, dass sie nicht sein Typ war, denn ihre Erscheinung war eindrucksvoll und mehr als aufreizend. »Willst du mich nur anstarren oder gehen wir los? Ich habe Hunger«, sagte sie mit einem Grinsen.

»Ja, ja, ich bin schon fertig. Wir können direkt fahren.«

Josch hielt ihr die Tür des Jaguars auf und sie stieg ein, als wäre sein Verhalten eine Selbstverständlichkeit. Gerne hätte er ihr damit imponiert, aber es war offensichtlich, dass ihr schon so mancher Mann die Tür aufgehalten hatte. Die Adresse, die ihm Yamamoto vor einer halben Stunde geschickt hatte, kannte er und brauchte deswegen nicht das Navi einzuschalten. Sie waren gerade losgefahren, als Muriel ihn nach dem Grund des Essens fragte. Da der Auftrag ausnahmsweise legal war, erzählte er ihr, wie es dazu gekommen war, und erläuterte sogar einige Details vom Rundgang durch das Online-Bordell.

»Und was habe ich mit der ganzen Sache zu tun?«, fragte sie berechtigterweise.

»Ein Geschäftsessen ist nicht ungewöhnlich, so haben die Parteien die Möglichkeit, sich besser kennenzulernen. Auch wenn es schon seltsam ist, dass eine Begleitung gewünscht wird. Aber der Kunde ist nun mal König. Zumindest hast du so die Gelegenheit zu einem exquisiten Essen und genießt den Abend.«

»Was ist mit der Suche nach deinem Bruder? Wenn ich das richtig verstehe, überlässt du ihn seinem Schicksal, nur um ein paar nackte Frauen anzugaffen und die Sache dann als Auftrag zu bezeichnen.«

»Muriel, ich brauche das Geld, um die Suche nach Vladimir zu finanzieren.«

»Kann ich dir irgendwie helfen?«, kam es kleinlaut von ihr.

»Nein, die Sache muss ich ohne die Polizei regeln.«

Mit einem Murren gab sie klein bei. Josch vermutete, dass ihr die Situation nicht gefiel. Statt sich weiter mit ihm zu unterhalten, sah sie aus dem Fenster und antwortete nur noch einsilbig. Der Abend fing mehr als bescheiden an.

Das japanische Restaurant war feudal. Einzelne Bereiche waren mit weißen Papierwänden halb offen abgegrenzt und die Klientel schien gehoben zu sein. Es entsprach fast Joschs Ansprüchen. Das Einzige, was ihn spontan störte, waren die fehlenden Stühle. Die Gäste saßen auf Kissen auf dem Boden und aßen von kniehohen Tischen. Der Deutschjapaner begrüßte sie gleich am Eingang.

»Darf ich Ihnen meine Begleitung vorstellen, Muriel Andersen.«

»Sehr erfreut, Muriel. Mein Name ist Yamamoto, Takashi Yamamoto.«

Josch verkniff sich ein Grinsen bei dieser aller Welt bekannten Darbietung.

»Vielen Dank für die Einladung, Herr Yamamoto«, dabei lächelte sie ihn an, als wäre sie eben in die Rolle des Bond Girls geschlüpft.

Nachdem er ihr aus der Jeansjacke geholfen hatte, führte Takashi sie zu einem Tisch in einer abgelegeneren Ecke. Josch blieb nichts anderes übrig, als den beiden hinterherzutrotten. Zu seiner Erleichterung brachte ihm eine Japanerin zwei weitere Kissen.

Als Vorspeise wurden Teigbällchen serviert. Yamamoto erklärte sogleich, dass es sich dabei um Takoyaki-Bällchen mit gefüllten Oktopusstückchen handelte. »Probieren Sie! Wenn es Ihnen nicht schmeckt, dann werde ich etwas anderes kommen lassen«, reagierte Yamamoto umgehend, als Muriel das Gesicht verzog.

Ihre Überwindung war ihr anzusehen. Sie atmete durch und nahm daraufhin nicht ungeschickt mit den Stäbchen ein kleines Stück in den Mund. Ihre Miene wurde nicht besser, aber sie kaute mit geschlossenen Augen, ohne es direkt runterzuschlucken.

»Essbar, auch wenn es nicht ganz meinem Geschmack entspricht«, antwortete sie und nahm ein weiteres Stück. Josch vermutete, dass sie es nur tat, um den Gastgeber nicht zu kränken, denn dieser beobachtete sie aufmerksam. Immer wieder trafen sich ihre Blicke. Ein wortloses Abtasten des Gegenübers. Josch kam sich wie das fünfte Rad am Wagen vor. Er konzentrierte sich indessen auf die Köstlichkeiten und war froh über die fast gewöhnliche Ablenkung nach den Ereignissen der letzten Tage.

Als Hauptspeise wurde eine Miso-Ramen-Suppe serviert, dazu wurden allerlei Beilagen auf dem Tisch verteilt. In einem Schälchen gab es gebratenen Reis, eine größere Platte bot gegrillten Fisch in verschiedenen Varianten und auf einem schön verzierten Teller waren Sorten von frittiertem Fleisch angerichtet. Josch wäre unter anderen

Umständen begeistert gewesen, er hätte es geliebt, die japanischen Spezialitäten zu probieren. Stattdessen kam Unruhe in ihm auf, die Zeit verrann und er saß tatenlos hier rum.

Yamamoto referierte dabei über jedes Gericht, erklärte sogar die Zubereitung, allerdings sprach er überwiegend mit Muriel.

Obwohl der Gastgeber sich kühl und ohne erkennbare emotionale Regung verhielt, gewann Josch den Eindruck, dass die Luft zwischen den beiden knisterte. Muriel positionierte sich mit durchgestrecktem Rücken, zog nicht selten ihre Schultern zurück und präsentierte dabei ihre nicht allzu große Oberweite. Ihr natürliches Lächeln und das wiederholte Spiel mit ihren Haaren waren wohl Signale, dass sie an Yamamoto durchaus Gefallen fand.

Obwohl Josch kein Frauenversteher war, so war die Situation mehr als eindeutig. Der Deutschjapaner gab sich als Gentleman und Muriel genoss die Aufmerksamkeit, die er ihr in seinem höflichen Getue schenkte.

Als Nachspeise folgten kleine Reiskugeln mit verschiedenen fruchtigen und süßen Füllungen. Yamamoto nannte sie Mochi und erntete dabei ein erfreutes Lächeln von Muriel. Sie sahen zwar köstlich aus, aber klebten Josch zu sehr am Gaumen. Er probierte eine und beschloss, das eigentliche Thema anzusprechen: »Herr Yamamoto, ich würde gerne den finanziellen Aspekt unseres Vertrages besprechen.«

Nicht ungehalten von dem Vorschlag, wendete sich dieser von Muriel ab. »In Ihrer Mail erwähnten Sie einen Tagessatz von 2.500 Euro, dies empfinde ich als angebracht. Wenn Sie mir eine hundertprozentige Lösung garantieren.«

Ein absolutes Sicherheitssystem existierte nicht, dessen war sich Josch bewusst. Selbst sein eigenes System lief noch immer nicht verlässlich, um das er sich hätte kümmern sollen, statt hier rumzusitzen. Doch Yamamoto mit Einschränkungen zu kommen oder gar über Eventualitäten zu diskutieren, kam für ihn nicht infrage. »Um meine Unkosten abzudecken, benötige ich eine Vorauszahlung von drei Tagessätzen. Sollten Sie am Ende nicht zufrieden sein, so werde ich Ihnen den Betrag ohne Abzüge zurückzahlen.«

»Zwei Tagessätze sollten ausreichend sein.«

Gerne hätte Josch sich eine Reserve verschafft, aber die Anzahlung würde sich mit der Forderung von Lilli decken. »Einverstanden, dann sind wir uns einig. Ich werde morgen früh mit der Arbeit beginnen.«

Yamamotos Nicken war kaum zu erkennen. »Herr Wildner, das Geld wird morgen Vormittag auf Ihrem Konto sein.«

Worauf er sich wieder Muriel zuwandte und Josch damit zeigte, dass seine Anwesenheit für diesen Abend nicht mehr erforderlich sei.

»Takashi, Ihre Art Verhandlungen zu führen war mir bisher in dieser Form nicht bekannt. Aber soweit ich es beurteilen kann, ist Ihre Methode ziemlich effektiv.«

Josch empfand es als etwas übertrieben, aber sie hatte das Kinn mit drei Fingern dabei abgestützt und wirkte äußerst überzeugend.

»Ich habe zwei Jahre die japanische Managementkultur studiert und habe mich für den Genchi-Genbutsu-Stil entschieden. Was nichts anderes bedeutet, als Entscheidungen mit notwendigen Informationen in optimaler Geschwindigkeit zu treffen«, erklärte Yamamoto und sah ihr dabei in die Augen, ohne zu blinzeln.

Muriels übermäßiges Interesse und Takashis Vorführung von Souveränität wirkten auf Josch etwas überspannt. Er hatte für diese Art der Zuneigung wenig Verständnis und würde sich das nicht länger antun. Er wartete, bis der Nachtisch abgeräumt war. »Muriel, es tut mir leid, aber ich hätte noch einige Vorbereitungen zu treffen.«

»Josch, das ist kein Problem. Ich werde mir nachher ein Taxi nehmen«, gab sie ihm als Antwort, worauf er sich verabschiedete. Weder sein Gastgeber noch Muriel zeigten sich überrascht. Er war kaum aufgestanden, da hatten sie sich wieder einander zugewandt und beachteten ihn nicht mehr. Josch störte es nicht weiter. Ganz im Gegenteil, der Abend war besser verlaufen als erwartet. Den bitteren Beigeschmack konnte er vertreten.

Kapitel 18

Nachdem Josch gegangen war, bestellte Takashi zwei Junmai Sake. Muriel nippte zuerst an dem fruchtig schmeckenden Reisschnaps, bevor sie sich einen größeren Schluck gönnte. Ihr Gastgeber beobachtete sie dabei und ihr schoss der Gedanke in den Kopf, ob er mit dem Schnaps einen Hintergedanken verfolgte. Sie kannte sich gut genug und das Gläschen würde kaum Wirkung bei ihr haben. Allerdings wurde Takashi etwas redseliger und erzählte ihr von seinen Eltern, die vor Jahrzehnten sich im Rahmen eines Wissenschaftleraustausches in Deutschland kennengelernt hatten. Da sie hier bessere Möglichkeiten vorfanden, blieben sie. Seine Mutter beantragte nicht einmal die deutsche Staatsangehörigkeit, denn sie liebte Japan und wäre gerne wieder in ihre Heimat zurückgekehrt. Muriel wagte nicht, zu fragen, ob seine Eltern noch lebten oder womit Takashi sein Geld verdiente. Dieser Mann strahlte eine derartige Souveränität aus, dass es ihr als unhöflich vorkam. Zudem genoss sie es, wie er die Konversation führte. Sachlich gesehen hatte sie Josch damit einen Gefallen erwiesen, doch ihre Faszination ließ sich nicht leugnen. Das Kribbeln in der Magengegend kam mit Sicherheit nicht vom Essen oder vom Reisschnaps. Jedoch hielt ihre Vernunft sie davon ab, sich intensiver auf ihre eigenen Gefühle einzulassen. So jemanden wie Takashi hatte sie zuvor nicht kennengelernt. Seine Erscheinung strahlte etwas Geheimnisvolles aus und sie konnte nicht einschätzen, was sich dahinter verbarg. Obwohl es sie sehr reizte, dies herauszufinden, beschloss sie, den Abend zu beenden. »Ich muss morgen früh raus und würde mir jetzt gerne ein Taxi rufen.«

»Wenn Sie es erlauben, werde ich Sie nach Hause bringen«, bot Yamamoto mit einer unaufdringlichen kühl wirkenden Freundlichkeit an.

Muriel war schon fast bereit, das Angebot anzunehmen. »Vielleicht das nächste Mal. Trotzdem Danke.«

Mit leicht geneigtem Kopf reagierte er mit der Andeutung eines Lächelns: »Dann werde ich mich schnellstmöglich um eine entsprechende Gelegenheit bemühen. Ich benötige eine Möglichkeit, Sie kontaktieren zu können.« Er griff in die Tasche und hielt ihr einen mit Gravuren verzierten goldenen Montblanc Füller hin.

Muriel nahm den schweren Stift und sah sich suchend um.

»Schreiben Sie Ihre Telefonnummer auf die Tischdecke, ich werde die Kostbarkeit nachher herausschneiden«, sagte er mit einer Selbstverständlichkeit, worauf Muriels Herz zwei Takte schneller schlug.

Es war für sie völlig ungewohnt, dass jemand ihr eine derartige Wertschätzung entgegenbrachte. Sie schrieb die Nummer seitlich an den Rand, um die Decke nicht vollständig zu ruinieren. Was Unsinn war, denn nach dem Zerschneiden war die Tischdecke nur noch tauglich für den Müll. Sie gab Takashi den Stift zurück. Worauf er aufstand, um Muriel zur Tür zu begleiten. Dabei hatte er seine Hand auf ihren Rücken gelegt und sie bereute jeden Meter, mit dem sie dem Ausgang näher kamen. Der Schauer hatte sich in ein Kribbeln verwandelt, das unter der Führung seiner Hand auf eine sinnliche Art über ihren Körper tanzte.

An der Tür angekommen, nahm er ihre Hand und hauchte einen angedeuteten Kuss auf die Oberseite ihres Handrückens. »Sie nun gehen zu lassen, kann nur mit der Hoffnung auf ein Wiedersehen ertragen werden.«

Auf der Rückbank des Taxis lehnte Muriel den Kopf gegen die Kopfstütze und holte tief Luft. Der Wirbel an unbekannten Gefühlen verlor ein wenig an Kraft, ohne sich gänzlich aufzulösen. Sie fühlte sich wie ein Teenager nach einem unvergesslichen Date. Ihre Fantasien überschlugen sich und in ihr lechzte eine Sehnsucht nach dem Körper von Takashi. Was hatte dieser Mann mit ihr nur angestellt? Er war nicht einmal ihr Typ. Für gewöhnlich stand sie auf die Badboys, muskulöse Türsteher mit bulligen Motorbikes. Ihr letzter Freund Fred entsprach dem ganz und gar. Die Beziehung war oberflächlich gewesen, aber zu Beginn recht angenehm. Letztendlich hatte sie es dann doch beendet. Fred spielte zwar nach außen den harten Kerl, aber sobald sie alleine waren, fing das zärtliche Geschmuse an. Dazu kam noch dieser Blümchensex, der anfangs nett war, doch ihr so viel Befriedigung verschaffte wie das befreiende Pinkeln an einer Autobahnraststätte. Anzugträger hatten sie bisher nicht interessiert, doch bei Takashi war es völlig anders. Die Art, wie er sie mit seiner Aufmerksamkeit durch den Abend geführt hatte, schenkte ihr das Gefühl, begehrenswert zu sein. Die Souveränität, die er ohne Worte ausstrahlte, wirkte wie ein unwiderstehlicher Zauber. In den Stunden mit Yamamoto hatte sie den Eindruck, neben sich zu stehen, und obwohl ihr Kopf in jeder Lage regierte, hatten die aufbauschenden Emotionen sie völlig aus dem Konzept gebracht.

Zu Hause angekommen, funktionierte zumindest ihr Verstand wieder in halbwegs rationalen Mustern. Sie würde sich ein paar Tage Zeit nehmen, um dieses Durcheinander für sich zu klären. Das Ziehen zwischen ihren Beinen würde morgen früh hoffentlich vergessen sein.

Nach einer Nacht mit aufwühlenden Träumen saß Muriel auf dem Revier und versuchte, sich auf ihre Arbeit zu konzentrieren. Zeitweise schossen ihr Bilder und Fantasien in den Sinn, wie Takashi ihren Körper berühren würde, um ihn mit seinen Händen zu beherrschen. Aber nein, sie hatte zu arbeiten! Der Rest war nur sinnlose Geilheit und sonst nichts. Sie schrieb Josch, dass er ihr die Videos von Vladimirs Folterung zur Überprüfung schicken sollte. Zu ihrer Überraschung waren sie bereits nach einer halben Stunde in ihrem elektronischen Postfach. Sie kopierte sie auf einen Stick und eilte hinunter zur IT-Abteilung.

»Moin Gregor, kannst du dir mal etwas anschauen?«, fragte sie sogleich den grauhaarigen immer übel gelaunten Kollegen, der gerade dabei war in sein Brötchen zu beißen.

Seine Antwort zeigte eine Miene, die an Muffligkeit kaum zu übertreffen war. Er kaute den Bissen fertig und meinte dann: »Es gibt Frühschichten, an denen kann es nicht mehr schlimmer werden. Dann kommt Muriel und es wird schlimmer.«

»Ja, eines meiner Talente.« Sie grinste breit. »Ich habe hier drei Videos und die solltest du dir mal anschauen.«

»Welcher Wahnsinn sollte mich geritten haben, dir bei irgendwelchen selbstpropagierten Irrwegen zu helfen?«, gab er bärbeißig zurück.

»Ganz einfach, ich werde es für mich behalten, dass du mir beim letzten Nahkampftraining an meine Titte gefasst hast«, erwiderte sie mit unschuldigem Augenaufschlag.

»Moment! Du hast sie mir absichtlich hingehalten.«

Muriel lachte laut. »Klar, träum weiter.«

Er lächelte sie tatsächlich an. »Lass sehen. Was hast du dieses Mal?«

Sie steckte den Stick in den Rechner und spielte die Videos ab. Gregor sprach kein Wort und schien sich auf jedes Detail zu konzentrieren, dabei rieb er ständig einen Daumen über den Zeigefinger, was ein leises schabendes Geräusch erzeugte. Als das dritte Video abgespielt war, fragte Muriel: »Was hältst du davon? Glaubst du, dass sie echt sind?«

Er überlegte einen Moment. »Ähnliches habe ich schon ein paar Mal gesehen. Die tauchen in unregelmäßigen Abständen immer wieder mit anderen Folteropfern auf.«

»Hast du sie geprüft oder waren das nur Fakes?«

»Ich habe sie damals mehrfach auf ihre Echtheit geprüft und keines davon zeigte ein einziges manipuliertes Merkmal. Ich bin mir ziemlich sicher, dass diese hier auch echt sind. Aber ich müsste sie natürlich noch analysieren.«

»Kann ich die anderen Videos sehen?«

»Selbst wenn ich es wollte, ich komme an die Dateien nicht mehr ran. Das BKA hat die Sache übernommen und alles ist unter Verschluss.«

»Wer bearbeitet die Fälle?«

»Ich muss einen Typen verständigen, sobald ähnliches Material auftaucht. Ein gewisser Lechner. Lass die Dateien hier und morgen Mittag kann ich dir mehr dazu sagen.«

Muriel sah ihn fragend an und hob dabei die linke Augenbraue. Sie hatte die Ahnung, dass Josch sich dagegen wehren würde, doch welche Wahl hatte sie? Die Sache war bereits am Rollen, zudem war es eine Chance und ihr fehlten die Argumente, ihrem Kollegen zu widersprechen. Er handelte nach Vorschrift und dies war für sie ein gangbarer Weg. »Danke, Gregor«, dabei schritt sie schon in Richtung Tür.

»Muriel?«

»Ja?«

»Beim nächsten Training darfst du mir ruhig deine andere Titte hinhalten.«

Sie verließ lachend den Raum. Normalerweise hätte Muriel Spaß daran gehabt, die Sache in einem freundschaftlichen Schlagabtausch klarzustellen. Doch während das letzte Video abgespielt wurde, hatte sie das Vibrieren ihres Handys gespürt und wollte nun unbedingt wissen, wer ihr eine Nachricht geschrieben hatte. Etwas abseits stellte sie sich in den Gang und ihre Aufregung stieg, denn es handelte sich um eine unbekannte Nummer. Takashi hatte ihr tatsächlich eine Nachricht geschickt. Sie las sie mehrfach durch und spürte bei jedem Satz ein leichtes Kribbeln. Mit höflichen Worten lud er sie zu einem Essen in seine Wohnung ein. Was Muriel für ein zweites Treffen als nicht ganz angebracht empfand. Jedoch bat er sie auch, das westliche Denken dafür abzulegen und die Tradition des respektvollen Dienens zu akzeptieren. Gleichgültig, wie sie die letzten Worte drehte, Muriel verstand sie nicht. Wer sollte wem mit Respekt dienen? Entweder lag hier ein Missverständnis vor oder die geheimnisvolle Seite dieses Mannes war deutlich größer, als sie es bisher angenommen hatte. Sie zweifelte, ob sie die Einladung annehmen sollte.

Hastig machte sie sich auf den Weg zurück. Ihr Vorgesetzter würde sich schon fragen, wo sie denn abgeblieben wäre. Im Treppenhaus überlegte sie bereits, was sie für diesen Abend anziehen würde.

Ihr Schreibtisch war stets aufgeräumt. Alles hatte seine Ordnung und in einer Ablage waren die unerledigten Berichte und Formulare. Muriel griff den obersten Papierstapel und wollte gerade loslegen, als ein Gedankenschwall sie nicht mehr losließ. Sie wägte die Möglichkeiten des Dienens ab und war nahe daran, im Internet nach japanischen Traditionen zu suchen. Doch sie zwang sich letztendlich mit ihrer Arbeit anzufangen. Als endlich Mittagszeit war, hatte sie nur ein Teil von ihrem Pensum geschafft. Zu sehr lenkten sie die abwegigen und fantastischen Vorstellungen ab. Sie hatte definitiv zu wenig Informationen. Kurz überlegte sie, Yamamoto danach zu fragen, doch sie schrieb ihm nur, dass sie die Einladung gerne annehme. Seine Antwort war eine Adresse mit Uhrzeit für heute Abend.

Kapitel 19

Als Josch vor dem Gebäude der Online-Dienstleistungsgesellschaft stand und ihm eine Frau von Anfang zwanzig
die Tür öffnete, war er für einen Moment verblüfft. Dabei
lag das nicht an ihrem freizügigen Babydoll, sondern er
war davon ausgegangen, dass der breitschultrige Bodyguard ständig Wache hielt.

»Guten Morgen, aber wir empfangen keine Kunden hier«,
sagte sie und legte ihren Kopf dabei niedlich auf die Seite.

»Guten Morgen, mein Name ist Georg Wildner. Ich bin
hier, um den Server abzusichern. Der Auftrag wurde mir
von Herrn Yamamoto erteilt.«

Die Tür wurde zu Joschs Überraschung bis auf einen
Spalt geschlossen und er hörte das laute Rufen: »Kelly,
Schatzimausi. Kennst du einen Yamamoto? Der soll an-
geblich einen geschickt haben, um irgendwas an einem
Ding zu sichern?«

Die Antwort kam prompt und nicht weniger leise: »Verdammt Jenny, lass den Kerl rein, sonst kriegst du richtig
Ärger.«

Die Tür ging auf und die junge Frau stand in ihrer reiz-
vollen Wäsche barfuß da. Sie neigte den Kopf zu Boden
und vollzog einen Knicks: »Tut mir leid, mein Herr.«

Mit dieser Reaktion hatte Josch überhaupt nicht gerechnet. Für einen Moment wusste er nicht, wie er sich verhalten sollte. »Nichts für ungut. Es ist alles in Ordnung.« Er
trat ein und die junge Frau hob den Kopf und schaute ihn
fragend an. »Ich kenne den Weg und werde mich gleich
an die Arbeit machen.« Als er die Treppe hinaufstieg, sah
er noch, wie sie im Parterre in einem der Zimmer verschwand.

Obwohl es früh am Morgen war, war einiges los. Fast
hinter jeder Glastür waren eindeutige, nicht jugendfreie
Geräusche und Laute zu hören. Zielsicher und mit dem

festen Willen, sich nicht ablenken zu lassen, durchquerte Josch den Flur und fand die Tür zum Serverraum. Er drückte die Klinke herunter, doch sie war abgesperrt. Mit suchendem Blick wandte er sich um. Auf dem Gang war niemand zu sehen. An eine Glastür zu klopfen, wo gerade ein Kunde per Video befriedigt wurde, kam für ihn nicht infrage. Also ging er zurück, die Treppe hinunter und in Richtung Yamamotos Büro. Er klopfte, aber nichts war zu hören. Da kam Jenny um die Ecke und beäugte ihn mit dem gleichen fragenden Blick wie vorhin an der Tür.

»Ist Herr Yamamoto zu sprechen?« Dabei zeigte Josch mit einem Finger in Richtung des Büros.

»Den kenne ich nicht. Da drin ist niemand«, antwortete Jenny.

»Haben Sie vielleicht den Schlüssel zum Serverraum?«

Kaum hatte er das gesagt, plärrte sie wieder in die andere Richtung: »Kelly, Schatzimausi. Hast du den Schlüssel für den Dingsbumsraum?«

»Ach, du Scheiße, das habe ich vollkommen vergessen«, dröhnte es zurück.

Zwei Sekunden später stand eine ältere Frau in Jeans und Pulli vor Josch. Sie trug gelbe Gummihandschuhe, in einer Hand einen Putzeimer und mit der anderen streckte sie ihm einen Schlüsselbund entgegen. »Entschuldigen Sie bitte. Der Chef hat mir Bescheid gesagt, aber ich hatte nicht so früh mit Ihnen gerechnet.«

»Ist schon in Ordnung«, besänftigte Josch sie und nahm den Schlüssel. Dabei achtete er tunlichst darauf, ihre Handschuhe nicht zu berühren. Es hatte sicherlich Gründe, warum sie diese Dinger trug.

Als er endlich im Serverraum saß, fiel ihm ein, dass er das Passwort nicht wusste. Leicht frustriert schlug er auf die Leertaste der Tastatur, der Bildschirmschoner deaktivierte sich und der Desktop war direkt zu sehen. Das erwartete Log-in mit Benutzername und Passwort fehlte. Er kontrollierte die Rechte und musste feststellen, dass jeder ohne Anmeldung Administratorrechte besaß. Was war das denn für eine Schlamperei? Auch die Konfiguration der Sicherheitseinstellung war die reinste Pfuscharbeit. Als Erstes nahm er die eigene tragbare Festplatte aus der Tasche und kopierte seine Arbeitsprogramme auf den Server. Es dauerte nicht lange und die Analyse zeigte, dass der Rechner nicht nur ein paar Sicherheitslücken besaß, es waren regelrechte Krater, die jeder Schuljunge mit einer frei verfügbaren Hacker-CD hätte aufreißen können. Es dauerte eine Weile, bis er das Zugangsprogramm für die Onlinekunden ausgewertet hatte. Die Statistik verblüffte ihn. Der Laden schien größer zu sein, als er gerechnet hatte. Es waren über 2000 Anmeldungen pro Tag. Zudem verschafften sich ein Drittel davon auf illegalem Weg einen Zugang. Was bei diesen praktisch nicht vorhandenen Sicherheitsvorkehrungen nicht sonderlich schwierig war. Josch fluchte innerlich, denn dieser Job würde mehr Zeit in Anspruch nehmen, als er geplant hatte. Er schnaufte kurz durch und schaute auf sein Handy. Die Überweisung von Yamamoto war immer noch nicht eingegangen.

Als er sich dem Monitor wieder zugewendet hatte, klopfte es an der angelehnten Tür. Kurz darauf stand Jenny in dem kleinen Serverraum. »Brauchst du was oder kann ich dir etwas zu trinken bringen?«

»Nein, danke«, antwortete Josch und streifte sie nur mit einem kurzen Blick, bevor er wieder auf den Bildschirm schaute.

Jenny beugte sich nach vorn und stützte sich mit den Händen auf dem Tisch ab. »Vielleicht kann ich etwas anderes für dich tun?«

Aus Höflichkeit drehte er sich zu ihr und sein Blick verharrte für den Bruchteil einer Sekunde auf den Ansätzen ihres Busens, der unter dem Babydoll verführerisch hervorquoll. »Jenny, ich bin hier zum Arbeiten und nicht zum Vergnügen.«

Mit vorgezogener Unterlippe und gespielter Traurigkeit fragte sie: »Gefalle ich dir nicht?«

Die Verlockung war mehr als groß. Schon seit Wochen hatte Josch mit keiner Frau geschlafen. Doch als er ihr in die Augen blickte, war der Reiz verschwunden. Sie war für ihn ein erwachsenes Kind, das nur spielen wollte. »Du bist eine attraktive Frau, aber ich schätze mal, dass ich doppelt so alt bin wie du. Würdest du mich jetzt bitte weiterarbeiten lassen?« Demonstrativ wandte er seinen Blick zurück auf den Bildschirm.

»Dann eben nicht.« Eingeschnappt verließ Jenny den Raum.

Ohne weiter darüber nachzudenken, widmete sich Josch wieder dem Server. Er richtete Benutzer, Rechte und Passwörter ein. Dann startete er das Analyseprogramm und prompt sank die Anzahl der unberechtigten Kunden auf knapp zehn Prozent. In seinem Smartphone notierte er die Änderungen und das Ergebnis. Dies brauchte er für seinen Abschlussbericht, um den Aufwand gegenüber Yamamoto entsprechend zu rechtfertigen.

Die nächste Baustelle war der Webserver, der in seiner Konfiguration einem Kindergartensandkasten glich, in dem jemand versucht hatte, Sandhäufchen aufeinanderzustapeln. Das Anlegen der Zugangsdateien für jedes Webverzeichnis war aufwendig und als Josch den ersten Teil bearbeitet hatte, klopfte es wieder an der Tür. Schon fast genervt drehte er sich um und musste bei dem Anblick, der sich ihm bot, erst einmal schlucken.

Im Türrahmen stand eine in Strapsen und enggeschnürter Korsage schön anzusehende mollige Erscheinung mit braunem Lockenkopf. »Hallo, ich bin Bernadette«, sagte sie mit einem ungezwungenen Lächeln.

Josch nahm die provozierende Weiblichkeit wahr, aber sein Blick galt ihrem Gesicht. Ihre Augen strahlten in einer natürlichen Freundlichkeit und endeten in bezaubernden Krähenfüßen. Die rundlichen Wangen in zartem Rosa touchiert, betonten die Stupsnase. Hätte Josch in diesem Moment seine Traumfrau beschreiben müssen, so wäre es Bernadettes Antlitz gewesen. »Was kann ich für dich tun?«, stotterte er.

»Eigentlich nichts, ich wollte nur wissen, ob du etwas brauchst?«

»Nein, danke. Im Moment nicht. Arbeitest du hier?«

Bernadette präsentierte ihr Outfit mit offenen Händen. »Was sollte ich denn sonst hier tun?« Sie lachte. »Ich bin hier sicherlich nicht zum Spaß, schließlich habe ich drei Mäuler durchzufüttern. Außerdem ist der Job nicht schlecht bezahlt und die Arbeitszeit relativ flexibel.«

Josch begriff die Dummheit seiner Frage. Bernadette machte einen Schritt in den kleinen Raum und sah dabei auf den Monitor. »Was machst du eigentlich hier?«

Gerade als er ihr antworten wollte, klingelte sein Smartphone. Ungeschickt fummelte er es aus der Innentasche seiner Jacke und betrachtete das Display. »Entschuldige bitte, aber das Gespräch könnte wichtig sein.«

Bernadette lächelte ihn an und es fiel ihm schwer, sich auf das Telefonat zu konzentrieren.

»Hallo Josch, hier ist Muriel. Hast du kurz Zeit, ich habe Neuigkeiten für dich?«

»Das passt schon. Was gibt es denn?« Er versuchte, dabei ruhig zu bleiben.

»Mein Kollege meint, dass die Videos echt sind, und es gäbe noch andere. Eigentlich wollte er sie erst bis morgen checken, aber er hat die Sache beschleunigt und mir gerade Bescheid gegeben.«

»Was soll das heißen, es gibt noch andere?«

»Derartige Folterungen wurden schon öfters aufgenommen, allerdings darf ich die Videos nicht sehen. Sie liegen alle beim BKA unter Verschluss und die von Vladimir sind nun auch dort.«

»Was? Du meinst das Bundeskriminalamt bearbeitet die Sache?« Seine Stimme klang nun doch schon leicht hysterisch. Bernadette erschrak. Es war ihr deutlich anzumerken, dass sie nichts mit der Polizei zu tun haben wollte. Mit schnellen Schritten war sie aus dem Raum verschwunden. Dieses Mal fluchte Joschs Verstand im Gleichklang mit seiner Enttäuschung.

»Tut mir leid, aber mein Kollege musste den Dienstweg einhalten und folgte nur der direkten Anweisung von einem Tobias Lechner. Allerdings habe ich ihm verschwiegen, dass es sich bei den Dateien um Kopien handelt.«

»Ist schon gut, vielleicht bringt es sogar was, wenn das BKA zusätzlich ermittelt. Danke für die Info.« Damit beendete Josch das Gespräch, ohne eine Antwort abzuwarten. Die Tatsache, dass Vladimirs Folterung kein Einzelfall war, machte ihm Sorgen. Womöglich steckten professionelle Kidnapper dahinter und die waren zu weitaus Schlimmerem im Stande, wenn sie das Gewollte nicht bekamen. Schnell checkte er sein Konto. Endlich. Das Geld von Yamamoto war überwiesen. Sogleich wählte er eine Nummer.

»Lilli? Ich bin es, Josch.«

»Ja, bitte.«

»Ich habe das Geld und würde dir gerne die Videos schicken, damit du mit der Suche nach Vladimir beginnen kannst.«

»Das ist aber schade. Ich hatte gehofft, du würdest dich für die Alternative entscheiden.« Ihre Stimme mit dem männlichen Timbre klang enttäuscht.

»Lilli, lass uns beim Thema bleiben. Gib mir bitte einen Zugang, wo ich die Dateien ablegen kann, damit du schnellstmöglich anfangen kannst.« Seine Worte glichen schon fast einem Flehen, was nun nicht mehr zu ändern war.

»Du solltest mich nicht unterschätzen«, mahnte ihn Lilli.

»Inwiefern?«

»Glaubst du etwa, ich kann mir keine Dateien drahtlos von einem freigeschalteten Tablet runterziehen? Du solltest lernen, deine Emotionen besser im Griff zu haben und nicht nachdenklich in den Raum zu starren, wenn dir ein unvergleichbares Abenteuer angeboten wird. Fakt ist, mein Team hat bereits mit der Arbeit angefangen. Alles andere werde ich dir erzählen, wenn du mir das Geld heute Abend in mein Penthouse bringst.«

Josch realisierte, dass sie die Dateien von seinem Tablet auf ihr Smartphone übertragen haben musste, als sie sich die Videos angeschaut hatte. Lilli hatte nicht einmal das Passwort gebraucht. Es war natürlich eine Schmach für einen Hacker, aber das störte ihn nur wenig. Vielmehr missfiel ihm die Tatsache, dass er von ihr abhängig war. Ohne ihre Hilfe würde er seinen Bruder nicht finden. Josch verdrängte den Unmut darüber und fragte: »Wie ist deine Adresse?«

»Ich habe sie dir mit gewünschter Uhrzeit in eine Datei auf dein Tablet geschrieben. Ich nehme an, du wirst sie finden.«

Sie hatte also alles bereits geplant. Er empfand Anerkennung für sie, aber zugleich war sein Stolz verletzt worden.

Ihr Penthouse lag zwei Straßen vom *AlcStreamer* entfernt. Der Bodyguard vor ihrer Tür hatte Josch ohne einen Kommentar passieren lassen. Nun stand er alleine vor einem Panoramafenster und seine Blicke streiften über die Straßen der Stadt, die als beleuchtete Züge in der Dunkelheit zu erkennen waren. Nicht nur der Ausblick war glamourös. Der glänzende schwarze Marmor mit den grau abgestimmten Designermöbeln verlieh dem Raum ein exquisites Ambiente, was durch die beiden roten Ledersofas deutlich hervorgehoben wurde. Die Einrichtung hatte ein Vermögen gekostet. Josch wartete und versuchte dabei, seinen tobenden Unmut zu bändigen.

Lilli trat aus dem hinteren Bereich hervor. Ihre hochhackigen Hausschuhe klackerten auf dem harten Boden. Sie trug eine beigefarbene hauchdünne Satinrobe mit zugezogener Schlaufe und darunter war ein Negligé mehr als deutlich zu erahnen, was unter normalen Umständen sehr aufreizend gewesen wäre. Mit zwei Gläsern Champagner in der Hand begrüßte sie ihren Gast: »Josch, ich bin sehr erfreut, dass du gekommen bist.«

Welche Wahl hatte er, als sich hier und jetzt nicht zu prostituieren? »Lilli, du siehst bezaubernd aus. Und ich bin ziemlich beeindruckt von deiner geschmackvollen Einrichtung.«

»Danke sehr, und ich bin sehr angetan davon, dass dir nicht nur meine Wohnung gefällt«, gab sie mit einem verlegenen Kichern von sich. Sie reichte ihm das langstielige Glas und streifte ihm dabei zärtlich über seine Hand. Mit einem Schritt näherte sich Lilli und ihre Körper waren keine zwei Handbreit auseinander. Für Josch war dies eindeutig zu viel, in ihm schäumte eine tatenlose Rebellion auf. Ein Kampf von Ausweglosigkeit und einer niederschlagenden Gewissheit, dass er sich zu ergeben habe.

»Josch, es ist dir anzusehen, dass ich dich mit meiner Transsexualität anwidere«, klangen Lillis Worte mit nun sanfter Traurigkeit. Dabei trat sie zurück und nahm Abstand von ihm.

Er sah diesen Menschen an und ein Anflug von Bedauern mischte seine Empfindungen auf. »Leopold, es ist kein Anwidern.«

»Woher kennst du meinen alten Namen?«, und ihre Stimme bekam einen rauen Unterton. Sie klang mehr wie jene eines Mannes.

»Netking hat ihn erwähnt, als ich ihn fragte, was damals passiert ist.«

»Und seitdem verurteilst du mich?«

»Nein. Ich kann nicht verurteilen, was ich nicht kenne. Doch diese Unkenntnis hält mich ab, Zuneigung oder Ähnliches für dich zu empfinden. Ich kann mit deiner Transsexualität nicht umgehen, auch wenn ich zuvor niemanden kennengelernt habe, der so leidenschaftlich weiblich ist.«

In dem Gesicht, das einer schönen Frau gehören sollte, traten Tränen in die Augen. Sie flossen als Perlen über die gepflegten Wangen und fielen als Tropfen der Enttäuschung auf den kalten Marmorboden. »So etwas Wunderbares, Wohlgemeintes und gleichzeitig Brutales hat mir noch niemand gesagt. Danke Josch für deine Ehrlichkeit, auch wenn du mir damit die kleinste Hoffnung geraubt hast, dass wir den damaligen Abend jemals weiterführen werden.«

»Nein, das wird niemals passieren«, flüsterte Josch. Er drehte sich um und schritt langsam in Richtung Ausgangstür.

»Wäre es zu viel verlangt, wenn du mich wieder Lilli nennen würdest?«

Mit einem Lächeln wandte er sich zu ihr. »Es ist der Name, der zu dir gehört. Ich möchte mich für das Versehen von vorhin entschuldigen, Lilli«, worauf Josch weiter zur Tür ging.

»Vladimir scheint in Albanien zu sein. Eine genaue Ortung war bisher nicht möglich, aber mein Team arbeitet daran«, sagte Lilli mit der gewohnten weiblichen Stimme.

Josch hielt inne. »Ihr habt meinen Bruder schon gefunden?«

»Du bist ein absoluter Schnellmerker«, lachte sie und setzte sich auf eines der Sofas. »Mein Team von 17 Spezialisten hat 53 Rechner als Cluster zusammengeschaltet. Ja, die Suche läuft auf vollen Touren, allerdings ist Vladimirs Standort noch ziemlich ungenau. Wir können ihn nur auf einen Umkreis von 100 Kilometern eingrenzen.«

»Wie habt ihr das angestellt?«, fragte Josch anerkennend.

»Wir haben parallel nach Videostreams und Dateien auf unzähligen Servern gesucht. Es war schon ein wenig Glück dabei, dass wir den Stream gefunden haben, denn wir mussten über jedes Bild die Gesichtserkennung laufen lassen, um die Ähnlichkeit mit Vladimir zu berechnen. Die Übereinstimmung beträgt ungefähr 80 Prozent, aber wir sind uns ziemlich sicher.«

»Und wieso könnt ihr den Standort der Kamera nicht genauer bestimmen?«

»Zum einen ist die Kamera nur sporadisch in Betrieb und zum anderen laufen die Streams über wechselnde Eingangsserver. Es werden wahrscheinlich verschiedene WLAN-Netzwerke benutzt. Eine andere Erklärung haben wir zurzeit nicht.«

Josch dachte an seinen Nachbarn. Zwar war es aufwendig, die WPA2-Verschlüsselung zu knacken, aber mit entsprechender Technik nur eine Frage von Zeit. »Wäre es nicht einfacher, den Sender über die Internet-Zieladresse zu ermitteln?«

»Das haben wir gleich zu Anfang versucht, aber nach dem ersten Server ist die Spur nicht mehr nachzuvollziehen. Die klinken sich in das anonyme Tor-Netzwerk ein und das ist fast unmöglich zu hacken. Das Einzige, was wir zurzeit machen können, ist eine Vielzahl von Einwahlservern zu überwachen und darauf zu warten, dass entsprechendes Bildmaterial über die Leitung kommt.«

Für Josch war klar, dass Lillis Team versuchte, über eine Art von Triangulation den Standort zu ermitteln. Es war ähnlich wie beim GPS: Je mehr Satelliten, desto besser war die Positionsbestimmung. Die Vorgehensweise war ziemlich aufwendig, aber wer ein Tor-Netzwerk nutzte, wusste seine Spur zu verwischen.

»Dann ist es wohl besser, wenn ich jetzt gehe. Ich will packen und mich auf den Weg nach Albanien machen. Wird ein langer Trip.«

»Josch, du schuldest mir 5.000 Euro Anzahlung.«

»Entschuldige.« Er nahm einen Briefumschlag aus seiner Jackentasche und überreichte ihn Lilli.

»Du solltest dich jetzt auf den Weg machen. Ich schicke dir die Koordinaten, sobald sich der Umkreis verringert.«

»Ich zähle auf dich, Lilli.«

»Nein, du hast mich gefälligst zu bezahlen.« Ihr Lächeln dabei war ein Spiegel ihrer Enttäuschung.

Kapitel 20

Der Chauffeur, der sie um zwanzig Uhr mit einer Limousine abholte, war einen Kopf kleiner als Muriel. Kein Wort hatte er gesprochen, sondern zur Begrüßung nur genickt und ihr anschließend die hintere Tür des Wagens aufgehalten. Die Fahrt ging quer durch die Stadt und sie überlegte sich dabei, ob das eng anliegende dunkelblaue und doch hochgeschlossene Leinenkleid mit weißen Punkten die richtige Wahl gewesen war. Doch es passte zu ihrer inneren Einstellung. Die weibliche Betonung ihrer Figur kannte sie als Garant, als Frau gesehen zu werden. Zudem war es ein indirekter Hinweis, einem Abenteuer nicht abgeneigt zu sein. Jedoch war das Verbergen ihrer nackten Haut ein Signal der Aufforderung, denn sie würde sich nicht bedenkenlos hingeben, sie erwartete eine Eroberung. Kurz bevor sie an einem Bungalow ankamen, war sich Muriel sicher, dass Gefühle für sie in dieser Nacht keine Rolle spielen würden.

In seiner kimonoähnlichen Kleidung mit den leichten Stoffschuhen präsentierte Takashi sich wie der fast typische Japaner. Es gab nur zwei Dinge, die dem widersprachen: Er war groß und das Grau in seinen Augen intensiv. Sie hatten kaum ein Wort gewechselt, als sie bei ihm eintrat. Mit höflicher Manier führte er sie in das bescheidene Wohnzimmer, in dem sie einen Cocktail tranken, der eine starke Mixtur mit Gin war. Sein Verhalten war kontrolliert und Muriel fühlte sich wohlig eingeschüchtert. Sie hatte seine Offensive erwartet, doch dieser Mann verhielt sich zurückhaltend geheimnisvoll.

Nachdem sie mehrfach an dem Drink genippt hatte, fragte er: »In welcher Beziehung stehst du zu diesem Wildner? Als Paar seid ihr sehr unterschiedlich und es war auch keine Zuneigung zu erkennen.«

Daraufhin verschluckte sie sich fast. »Josch und ich ein

Paar? Eher friert die Hölle zu und außerdem ist er mir zu alt. Er ist ein Bekannter oder vielleicht sogar ein Freund. Wir haben beide ein Problem und versuchen, uns gegenseitig zu helfen. Mehr ist da nicht.«

Yamamoto schien mit dieser Antwort zufrieden zu sein und rückte ein Stück näher an Muriel heran, ohne dabei aufdringlich zu sein. Wenn das so weitergeht, werde ich noch morgen früh hier angezogen sitzen, dachte sie und legte ihre Hand auf seine.

Die Nuancen in Takashis Mimik änderten sich. Seine Gesichtszüge wurden hart und der Blick schalt sie, als ob sie etwas Unrechtes getan hatte. »Du bist gekommen und warst bereit, dein westliches Denken abzulegen. In diesem Fall hast du die Initiative mir zu überlassen und dich in Zurückhaltung zu üben.«

Seine Worte in der Nachricht waren also ernst gemeint gewesen. Muriel zog die Hand zurück und neigte den Kopf leicht zu Boden. »Ich werde mich bemühen, auch wenn ich die vorgegebenen Regeln nicht kenne.«

»In deiner Erscheinung bist du noch keine Watashi, aber ich werde dich das Dienen lehren und du wirst verstehen, dass es eine Ehre ist.«

So langsam dämmerte es Muriel, wohin die Reise ging. Einer Begegnung von souveräner Führung und leichter Unterwürfigkeit war sie absolut nicht abgeneigt. Sie mochte Männer, die wussten, was sie wollten. »Ich werde mein Bestes geben und mich in respektvollem Gehorsam üben.«

Seine leichte Kopfbewegung zeigte Zustimmung. »Doch bevor ich meine Zeit verschwende, will ich wissen, ob du ungebunden bist.«

Jetzt verlief das Ganze in eine völlig verkehrte Richtung. Muriel war gekommen, um sich sexuell zu vergnügen, und nicht um sich vor einem Typen zu rechtfertigen. Aber da sie schon mal hier war und es nicht einmal eine Lüge war, antwortete sie: »Ich bin ungebunden und habe keine partnerschaftliche Verpflichtung.«

»Gut, dann solltest du dir nun etwas Entsprechendes anziehen«, antwortete Takashi und führte sie am Arm in einen spärlich eingerichteten Nebenraum, in dem sich nichts anderes befand als eine größere Anrichte und ein Kleidungsstück, das an einem Bügel an der Wand hing. »Zieh dir den Yakuta an.«

Fragend schaute sie ihn an. Das Teil ähnelte vom Schnitt her dem, was er trug. Nur war ihres nicht dunkelblau, sondern aus dünner Baumwolle und mit bunten Blumen bestickt. Sie griff nach dem Bügel und Takashi bewegte sich nicht von der Stelle. Muriel begann sich auszuziehen. Als sie nur mit Büstenhalter und Slip nach dem Yakuta griff, hielt er sie davon ab und räusperte sich. Sie verstand den Hinweis und zog sich daraufhin nackt aus, worauf er ihr das Kleidungsstück reichte. Sie brauchte eine Weile, bis sie ahnte, wie es zu tragen war. Die ganze Zeit hatte er ihr ohne Scham oder sonstiger Zurückhaltung zugeschaut. Es war kein Gaffen, vielmehr das respektvolle Betrachten der Entstehung einer Dienerin. Obwohl sie sich noch immer ein klein wenig dagegen sträubte, erregte sie der Gedanke. Dann hielt er ihr zwei Holzstäbchen hin und betrachtete ihr langes Haar, das seitlich über den Stoff fiel. Sie drehte ihren Schopf zum Dutt zusammen und fixierte ihn mit dem Holz. Schließlich schob er ihr ein Paar Stoffschuhe vor die Füße und sie schlüpfte hinein.

»Folge mir und halte Abstand, wie es sich für eine Dienerin gehört«, sprach er sanft und mit einer Verständlichkeit, die bei Muriel ein leichtes Kribbeln erzeugte. In dem Moment legte sie ihre Widerwilligkeit ab und war bereit, ihm als Dienerin zu gefallen. Sie betrachtete es als Spiel. Eines, das ein Ende hatte. Gleichgültig, was heute geschah, morgen würde sie wieder Polizistin sein.

Sie durchquerten den Raum, der am ehesten einem Wohnzimmer glich, und folgten einem weißen Gang bis zu einer Tür aus Glas. Bevor Takashi sie öffnete, zog er seine Schuhe aus und trat in das graugekachelte Zimmer.

Muriel tat ihm gleich und stand dann barfuß in einem Bad, das überdimensioniert und befremdlich anders war. Die Toilette entpuppte sich als ein in den Boden eingelassenes Porzellanbecken ohne Sitzgelegenheit. Die großzügigen Waschbecken waren mit überragenden Armaturen versehen, die Schwanenhälsen glichen. Die Dusche befand sich hinter einem abgemauerten Teil, der mehr als die Hälfte des Raumes einnahm.

Takashi nahm einen Schemel aus der Ecke und stellte ihn in die Mitte des Duschbereiches. Mit dem Rücken zu Muriel vernahm sie seine Worte: »Entkleide mich.«

Diese Forderung war ihr fremd. Entweder wurde sie von den Männern ausgezogen, was bisher nicht oft geschehen war, oder sie entkleidete sich selbst, um sich rasch der sexuellen Erwartung hinzugeben. Sie stellte sich vor ihn und löste den Bund von Takashis Yukata. Dabei richtete er seinen Blick stur aus dem Fenster. Mit der Blöße der weißen Haut stieg in ihr die Erregung auf. Verheilte Narben verteilten sich auf dem männlichen, drahtigen Körper und erinnerten sie an Agenten, die es nur im Film zu geben schien. Sie trat hinter ihn und zog den Baumwollstoff vorsichtig von seinen Schultern. Als sie ihn seitlich aufgehangen hatte, sah sie sich den Mann näher an, der nur noch mit eng anliegenden Boxershorts bekleidet war. Seine Statur war nicht mit ausgeprägten Muskeln versehen, sondern feingliedrig und jeder Ansatz deutlich zu erkennen. Unsicher, ob sie ihm die Unterwäsche ausziehen sollte, wartete sie einen Moment und nahm sich heraus, die männliche Gestalt ausgiebiger zu betrachten. Es folgte keine weitere Anweisung und auch sonst passierte nichts. Takashi stand nur da. Sie griff nach dem Bund, um ihm das letzte Stück Stoff auszuziehen, und als Bestätigung hob er nacheinander die Beine an. Sein nackter Hintern war grenzwertig phänomenal und Muriel dachte kurz daran, ihm einen Klaps darauf zu geben, doch sie war seine Dienerin und dies hätte ihr nicht zugestanden.

Nach einer Weile seiner absoluten Nacktheit setzte sich Takashi auf den kniehohen Schemel. Die Beine stellte er etwas auseinander und den Rücken hielt er so gerade, dass sich die Struktur der einzelnen Muskeln abzeichnete. »Du hast mich jetzt zu waschen«, hallte es ein wenig später von den Kacheln zurück.

Suchend schaute sich Muriel um und entdeckte einen Naturschwamm mit Seife am Rande eines Waschbeckens. Sie nahm den Duschkopf, stellte das Wasser auf eine angenehme Temperatur und benetzte leicht seinen Schenkel. »Ist es so recht?«, fragte sie mit einem schüchternen Lächeln und kam sich dabei etwas albern vor. Es folgte nur ein Nicken von ihm.

Mit dem Schwamm in einer Hand und dem Duschkopf in der anderen, fing sie an, seine Schultern und den wohlgeformten Oberkörper nass abzureiben. Wie gerne hätte sie sich ausgezogen, um diese Haut auf ihrer zu spüren. Ihre Brüste gegen seinen Körper zu pressen und sich Takashis Berührungen hinzugeben. Doch stattdessen saß er fast unbeweglich da. Nachdem sie den Rücken fertig hatte, kniete sie vor ihm nieder und schrubbte leicht über seine Beine. Der Schambereich war genauso unbehaart wie der Rest seines Körpers. Muriel kam seiner Männlichkeit nicht allzu nah, jedoch hob sie sich und pellte sich aus der Vorhaut heraus. Von ihrer eigenen Erregung getrieben, wagte sie es und rieb langsam mit dem nassen Schwamm über seine steifer werdende Erektion. Takashi nahm es ohne Reaktion und lautlos hin. Im Gegensatz zu ihm tobte in ihr die Lust und sie unterdrückte jedes Schnaufen oder gar Keuchen, das sich aus ihrer Mitte drängte. Von ihrer Fantasie gebannt, hörte sie seine Worte: »Du hast mich nun abzutrocknen und wieder anzukleiden.«

Die Aussicht auf das Nichterfüllen ihres Verlangens ließ sie stocken. Als sie noch in ihrer Enttäuschung vor ihm kniete, stand er auf. Sie folgte ihm nach einer Weile, drehte die Armatur zu und legte den Schwamm zurück. Mit einem weichen Handtuch trocknete sie seinen Körper ab und dabei lechzte ihre Libido nach Befriedigung.

Als sie Takashi wieder bekleidet hatte, trat er aus dem Bad heraus und zog sich die Schuhe an. Seine Erwartung war eindeutig und sie folgte ihm ohne weitere Anweisung durch den Flur, aus dem sie gekommen waren. Er schritt in das Ankleidezimmer zurück und sie stand rechts hinter ihm, als er sich umdrehte. »Du hast mir heute ausreichend gedient und dafür werde ich dich belohnen. Entkleide dich nun selbst.«

Endlich! Ohne zu wissen, was sie erwarten würde, stieg ihr abgekühltes Begehren als Flamme wieder auf. Mit sinnlicher Langsamkeit zog sie sich aus und zwischen ihren Beinen spürte sie die Feuchte. Takashi beobachtete jede ihrer Bewegungen und ließ sie für Sekunden nackt stehen, ohne eine Gestik anzudeuten. Dann wandte er sich ab und nahm ein Seil aus einer Schublade der Anrichte. Der meterlange Strick war nicht dicker als ihr kleiner Finger.

»Das Dienen bedeutet mehr als eine Hörigkeit in den passenden Momenten. Es ist eine Hingabe, die als Pflicht verstanden werden muss. Bist du dazu bereit?«, fragte Takashi und hielt das Seil in seinen Händen.

Nein, sie wollte keine Pflichten. Ihr Verstand hämmerte jedoch hart gegen die Alarmglocken. In dem Taumel der sachlichen Argumentationen, auf die sie sich immer verlassen hatte, erstrahlte ein Regenbogen der Gefühle. Nie zuvor hatte ein Mann sie so behandelt. Sie fühlte sich respektiert und gleichzeitig angenommen. Keiner ihrer bisherigen Typen hätte die sexuelle Gelegenheit verstreichen lassen. Und nun stand ein Takashi Yamamoto mit einem Seil vor ihr und aus ihren Fantasien wurden Sehnsüchte, die niemals so vielschichtig und intensiv gewesen waren. War sie bereit, sich dieser brennenden Leidenschaft zu stellen? Muriel neigte den Kopf. »Ich will es versuchen«, sagte sie, da ihr eine eindeutige Antwort unmöglich war.

Ihr Gegenüber zeigte für Sekunden keine Reaktion. Stille

herrschte und sie schien nur ihr Herz zu hören. Unregelmäßig stärker und schwächer pochte es. Schließlich zog Takashi das Seil durch seine Hände, legte erst eine, dann eine weitere Schlaufe um ihre Taille. Unter dem Bauchnabel kreuzte er es, legte es über ihre Scham und machte einen Knoten, um es dann auf den Boden fallen zu lassen.

»Dreh dich um«, befahl er ihr, ohne dabei laut zu werden.

Sie tat es und kehrte ihm den Rücken zu. Sie spürte seine Hand an ihren Waden. Er ergriff den Strick und zog ihn entlang ihres Beines nach oben. Sie zog für einen Moment scharf die Luft ein, als sich das Seil straff zwischen den Lippen ihrer Scham und ihren Pobacken spannte. Takashi schien es dann auf ihrem Rücken zu verknoten.

»Bis zu unserem nächsten Treffen wirst du es tragen. Dabei hast du deine Lust zu zügeln, damit ich sie zur gegebenen Zeit auskosten kann.«

Obwohl sie ahnte, dass es ihr schwerfallen würde und es gegen alles war, was sie sich vorgenommen hatte, gefiel ihr seine Forderung. Sie verband sie mit der einnehmenden Aufmerksamkeit, die er ihr entgegenbrachte. Muriel freute sich darüber, dass Takashi ein weiteres Treffen plante.

»Zieh dich nun an, damit dich mein Chauffeur nach Hause bringen kann«, waren seine letzten Worte. Er hatte ihr noch beim Anziehen zugeschaut und sie anschließend zur Tür gebracht, die nun ohne Kommentar hinter ihr geschlossen wurde.

Während der Rückfahrt herrschte ein leichtes Chaos in ihrem Kopf. Obwohl der Knoten ihre Erregung nicht zur Ruhe kommen ließ, beschäftigte sie nur eine einzige Frage: Wie würde sie das Seil unter ihrer Uniform verbergen können, damit es keinem auffiel?

Kapitel 21

Die Analysesoftware zeigte noch zwei Prozent von unberechtigten Besuchern an, die für ihr sexuelles Videovergnügen nicht bezahlten. Josch hatte an diesem Morgen eine neue Firewall installiert und trotzdem schafften es einige User, sich auf den Server des Online-Dienstes zu hacken. Er notierte es in seinem Smartphone und schrieb, dass es sich eventuell um professionelle Angriffe handelte. Ein Laie würde dies mit YouTube-Kenntnissen alleine nicht schaffen. Die Tür des kleinen Serverraums schwang langsam auf, ohne dass Josch zuvor ein Klopfen gehört hatte. Er hatte sie mit Absicht zugezogen, um in Ruhe zu arbeiten, denn in seinem Jaguar vor dem Gebäude wartete bereits sein gepackter Koffer für die Reise nach Albanien.

»Na, schöner Mann. Wie wäre es mit einer wohlverdienten Pause?«, fragte Bernadette.

Josch freute sich, sie wiederzusehen. Doch er war gänzlich überfordert, zu gerne hätte er sich mit ihr unterhalten. »Sei mir nicht böse, aber ich muss das hier fertig machen.«

»Schade eigentlich, dann werde ich wohl besser gehen.«

Das Schicksal war grausam, wie gerne hätte er ihr widersprochen und sich auf einen Plausch eingelassen. Er fand keine passende Antwort und als sie auf sein Schweigen hin die Tür zuzog, ärgerte er sich, obwohl seine Vernunft ihm beteuerte, dass es das Beste sei. Außerdem war er genervt von diesen verdammten zwei Prozent und zudem hasste er die Vorstellung, mit dem Auto über 2000 Kilometer durch die Gegend zu fahren. Ein Flug und das Anmieten eines Wagens vor Ort wären weniger anstrengender, zudem würde er nicht einen Tag verlieren. Doch Josch war das Risiko zu groß. Seine Polizeiakte war garantiert nicht sauber und die Grenzkontrollen an den Flughäfen schärfer als an jeder Ländergrenze.

Nachdem sich seine innere Anspannung etwas gelegt

hatte, dachte er endlich strategisch nach. Das Betriebssystem war sicher und die Onlinezugänge mit Benutzername und Passwort verriegelt. Also blieb nur noch eine Möglichkeit: Die Software für die Liveschaltung der Kameras hatte ein Schlupfloch. Mit dem Handy klinkte er sich ins Darknet ein, denn er wusste, wo er zu suchen hatte. Es kostete ihn wesentlich weniger Zeit, als sich auf einer öffentlichen Suchmaschine durch Hunderte von Einträgen durchzuwühlen. Es dauerte keine zehn Minuten und er stieß auf einen Beitrag. Natürlich wurde nur beschrieben, wie das Leck zu nutzen war und nicht, wie es abgesichert wurde. Dies war nicht weiter dramatisch, denn es gab bereits ein Sicherheitsupdate auf der Herstellerseite. Josch spielte das Patch für die Software auf den Server und anschließend zeigte sein Analyseprogramm grün blinkend null Prozent an. Eine halbe Stunde lang beobachtete er das System, kontrollierte mehrfach die Logs und war von sich begeistert. Er hatte es geschafft. Manchmal erschienen die Dinge trivial, auch wenn sie länger dauerten als geplant. Schnell packte er seine Sachen zusammen und meldete sich vom System ab. Das neue Passwort würde er Yamamoto mit der Rechnung schicken.

Die Fahrt war die reinste Tortur. Er hatte es mit kleineren Pausen bis in die Nähe der slowenischen Grenze geschafft. Sein Jaguar vermochte zwar für eine kurze Strecke ein edles Gefährt sein, aber der Wagen war zu alt. Das Klappern erweiterte sich von vorne links bis knapp unter das Heck, was vermutlich am Auspuff lag. Die Temperaturen im Mai waren in Deutschland erträglich gewesen, aber je weiter er nach Süden kam, desto unangenehmer wurde die Wärme. Die Klimaanlage hustete nur den Hauch einer kühlen Brise. Die meiste Zeit trieb ihm die schwülwarme Luft den Schweiß auf die Haut.

Die vergangene Nacht hatte er auf einem Rastplatz im Wagen geschlafen. Die ersten Sonnenstrahlen und ein wohlgelauntes Vogelgezwitscher hatten ihn früh geweckt. Sein Genick war derart verspannt, dass jede Kopfbewegung einen Stich bis zur Schädeldecke bohrte. Sein Rücken japste und war steif wie ein Bügelbrett. Den Füßen fehlte Blut und so kribbelten sie, als fielen Tausende von Ameisen über sie her. Kurzum, Josch fühlte sich so mies, wie er auch roch. Aber die größte Misere war schlechthin, dass es weit und breit keinen Kaffee gab. Also fuhr er erst einmal los und hielt hinter der Grenze an einer Tankstelle an, wo sein Gaumen mit dem wohl schrecklichsten Gebräu gefoltert wurde, das er je getrunken hatte. Mit Grauen versuchte Josch den Gedanken zu verkraften, dass er erst die Hälfte der Strecke hinter sich hatte.

Den ganzen Tag fuhr er, gönnte sich nur ekelhaftes Fast Food und lauwarmes Wasser. Gegen Abend stand er stundenlang in einem Stau vor der Grenzkontrolle zu Albanien. Die Schlange kroch im Schneckentempo voran, und als er endlich einen Einblick auf die Grenze gewann, erkannte er auch, wieso. Die Zöllner kontrollierten jeden Wagen eingehend. Albanien hatte die Einreise massiv verschärft, um den Schleppern, Drogenschmugglern und Terroristen den Kampf anzusagen. Josch beobachtete schockiert, wie sie eine Gruppe von jungen Männern aus einem Mercedes zerrten, sie auf den Boden drängten und ihnen mit Kabelbindern die Hände knebelten. Ihm wurde mulmig. Zwar war er nie verurteilt worden, aber aufgrund der Vielzahl seiner Anklagen besaß er höchstwahrscheinlich eine dicke Akte bei der deutschen Polizei. Als er an den Zollbeamten heranfuhr, hoffte er nur, dass die Bürokratie tatsächlich so behäbig war, wie alle behaupteten. Mit verschwitztem neutralem Gesichtsausdruck sah er den Mann an. Der drehte Joschs Personalausweis mit grimmiger Miene und verglich das Bild. Dann winkte er ihn ohne ein Wort durch. Grenzübergreifende Erleichterung.

Ein Stück hinter der Grenze steckte er sich das Headset ins Ohr. Als er den Kontakt angewählt hatte, dauerte es eine kleine Ewigkeit, bis überhaupt ein Freizeichen kam und die Verbindung mit argem Rauschen stand.

»Lilli, ich bin gerade über die Grenze von Albanien gefahren«, sagte er leicht gereizt und hatte dabei die Begrüßung vergessen.

»Ich wünsche dir auch einen schönen Tag, Josch.«

»Entschuldige, aber ich sitze seit zwei Tagen im Auto und verbrachte gerade mehrere Stunden in einem schier endlosen Stau.«

»Dann werde ich mal über deine Unhöflichkeit hinwegsehen. Außerdem habe ich gute Neuigkeiten für dich. Wir konnten die Kamera auf einen Umkreis von zehn Kilometern eingrenzen. Der Standort befindet sich in der Nähe von Fier.«

Ungehalten stänkerte Josch entgegen: »Das ist jetzt nicht dein Ernst. Wie soll ich einen Mann auf einer Fläche von 75 Quadratkilometern finden?«

»Ganz ruhig, komm erst mal runter. Die IP-Adresse ist nicht ständig online. Wir lauern hier Tag und Nacht auf das Signal. Fahr du nach Fier und bis dahin kann ich dir vielleicht Genaueres sagen.« Dann legte sie ohne weitere Worte auf.

Josch steuerte den nächsten Rastplatz an, um Dampf abzulassen. Lilli tat mehr, als er je von ihr erwarten konnte, und doch knisterten seine Nerven wie Hochspannungsseile unter Dauerstrom. Unzählige Flüche später stieg er zurück in den Wagen und fuhr weiter in Richtung Süden. Dass die Klimaanlage inzwischen komplett den Geist aufgegeben hatte, bemerkte er nicht.

Die restlichen 200 Kilometer fuhr er durch. Er landete mitten in der Nacht in einer menschenleeren Innenstadt. Schön wäre sie gewesen, hätte sich nicht der Verfall mit funktionalen Bauten abgelöst. Wie in anderen Städten wichen die einst architektonischen markanten Häuser dem einheitlichen Grau von Betonbauten. Er hatte gehofft, noch etwas zu essen zu bekommen oder zumindest ein banales Bier. Nichts. Hier war alles zu.

Gerade hatte er sich mit der notgedrungenen Diät abgefunden, da sah er an einer Straßenecke das leuchtende Schild eines Hotels. Er eilte darauf zu und zu seiner Verwunderung war die Rezeption besetzt. Ein Zimmer, ein Bett und zwei kühle Bier. Das Leben konnte scheinbar selbst hier wundervoll sein und jedem Deutschen war bekannt, dass ein paar Bierchen durchaus eine Mahlzeit ersetzten. Ohne auf Lillis Rückmeldung zu warten, schlief er nach eineinhalb Flaschen ein.

Am Morgen schreckte er auf. Wie lange hatte er geschlafen? Ein schneller Griff zum Handy verriet ihm, dass es kurz nach neun war und keine neuen Nachrichten eingetroffen waren. Er wählte Lillis Nummer. »Guten Morgen, Lilli. Ich muss mich nochmals entschuldigen, aber die Fahrt war echt der Horror für mich.«

»Alles gut, Josch. Ich bin nicht aus Zucker, auch wenn ich gerne zuckersüßer Sirup auf deiner Haut gewesen wäre.«

»Lilli!«

»Ist schon gut.« Es folgte ein kaum hörbares Seufzen. »Allerdings sind wir nicht wirklich weitergekommen. Acht Kilometer Durchmesser, mehr war nicht drin. Die Verbindung der Videodaten wurde ständig unterbrochen oder sie wechselte häufig die Server.«

»Und nun, was soll ich hier machen?«

»Josch, wir haben nur eine Chance. Du musst den Router finden.«

»Kein Problem, ich klingle an jeder Haustür in einem Radius von vier Kilometern. Das schaffe ich locker in zwei oder drei Monaten und vielleicht finde ich dann auch die verweste Leiche meines Bruders.«

»Stopp! Halt mal den Ball flach. Wir haben die IP-Adresse vom Router und durch den wechselnden Anschluss liegt es nahe, dass er WLAN hat. Du brauchst nur in die Nähe zu kommen und dann überträgst du uns die Kennung.«

Josch schnappte nach Luft und nach dem dritten Ausatmen sagte er: »Prima Plan, so brauche ich nur noch vier Wochen.«

Hatte Lilli tatsächlich gelacht?

»Nachdenken, bevor du sprichst! Scheint ein grundsätzliches Problem von dir zu sein. Also? In welchem Raum saß Vladimir auf den Videos?«

Die Erinnerung war nur vage, da er sich damals nur auf die Person konzentriert hatte. »Ein dunkler, schäbiger Raum?«

»Schon mal nicht schlecht für den Anfang, Josch. Wir haben die Wände analysiert. Er handelt sich um alten Beton, der für gewöhnlich nur in Industrieanlagen zu finden ist. Und da anzunehmen ist, dass Vladimir nicht in einer aktiven Anlage gefangen gehalten wird, haben wir gute Chancen, wenn du zuerst die stillgelegten Werke abfährst.«

Das war ein Plan, der sogar funktionieren könnte. »Ich nehme an, ihr habt schon eine Liste für mich?«

»Hast du bereits als Mail mit den dazugehörigen GPS-Daten.« Ihr Schmunzeln war selbst ohne Bild zu erahnen.

»Wie bekommt ihr diese Daten, wenn mein Handy ein drahtloses Netzwerk entdeckt, um dann die Router-Adresse rauszubekommen?«, fragte er dieses Mal deutlich sachlicher.

»Ich habe dir eine Webadresse geschickt. Dort lädst du dir einen Trojaner runter und dann haben wir volle Kontrolle über dein Smartphone«, erklärte Lilli, als wäre es das Normalste auf der Welt.

»Super, dann lasse ich mal datentechnisch die Hose runter.«

»Wäre mir auch lieber, wenn es deine echte Hose wäre.«

»Danke, Lilli.« Er machte eine Pause, da er es wirklich so meinte. »Ich mache mich jetzt auf den Weg. Sobald ich beim ersten Punkt bin, lade ich euren Virus runter.«

»Bis dann und viel Glück.« Sie legte auf.

Kapitel 22

Die Straßen waren eine Katastrophe. Sein in die Jahre gekommener Jaguar humpelte und krächzte, als Josch in Richtung einer alten Kettenfabrik fuhr. Die sieben Stockwerke des hohen Gebäudes hatte die Zeit schon dunkelgrau angefressen. Das Smartphone zeigte keinen einzigen drahtlosen Internetzugang an. Selbst als er auf dem Schotterparkplatz eine Runde fuhr, erkannte er nirgends ein Signal. Den ersten Punkt seiner Liste hakte Josch erfolglos ab. Er sparte sich den Anruf und fuhr zu den nächsten Koordinaten.

Bei der heruntergekommenen Schlachterei gab es kein WLAN, sie lag zu abgelegen und die umliegenden Häuser waren mehrere hundert Meter entfernt. Leicht frustriert stieg er wieder in seinen Wagen. In ihm wuchs ein ungutes Gefühl, als er zur nächsten Station fuhr.

Dieses Mal war es eine verlassene Schule und dort bekam Josch endlich ein Signal. Mit wachsender Zuversicht spazierte er um das Gebäude herum. Am stärksten schien das Netz im hinteren Teil des Hofes zu sein. Um den eingezäunten Platz standen mehrgeschossige Mietshäuser, nur war dort weit und breit kein Betongebäude zu erkennen. Er schritt ein Stück am Zaun entlang, bis drei Balken einen manierlichen Empfang signalisierten. Dann wählte er sich mit seinem Smartphone auf Lillis genannte Webadresse ein. Nichts geschah. Nach ein paar Sekunden kam eine Meldung, ob er eine Datei mit dem Namen *Kontrollverlust* herunterladen wollte. Widerwillig klickte er auf die Bestätigungstaste. Es hatte keine halbe Sekunde gedauert, da erschien eine weitere Nachricht: ›*Falscher Router!*‹

Der aufkommende Hoffnungsfunke, Vladimir hier zu finden, erlosch schlagartig und Josch rieb sich enttäuscht die Stirn. Womöglich war das Signal von einer der Mietwohnungen gekommen. Er sortierte eine Weile seine Gedanken. Es war nicht notwendig, die Häuserreihen abzulaufen. Nach Lillis Aussage war sein Bruder in einem Keller einer alten Fabrik oder Ähnlichem.

Bei den nächsten sieben Punkten auf der Liste wiederholte sich das Prozedere. Entweder gab es kein WLAN oder es erschien die Meldung, dass der Router nicht die richtige Adresse hatte. Joschs Zweifel wuchsen immer stärker. Sein Handeln kam ihm reichlich naiv vor. Er war es gewohnt, mit raffinierten Programmen eine virtuelle Spur zu verfolgen und sich eine Strategie zu überlegen, um seinen Auftrag zu erfüllen. Aber jetzt fuhr er die Landschaft ab und tappte schon fast ziellos mit dem Handy durch die Gegend auf der verzweifelten Suche nach einem Signal. Abgesehen davon, dass ihm die Füße wehtaten und ihn der Hunger quälte, steigerte sich in ihm die Angst, dass er seinen Bruder nicht finden würde. Doch ihm blieb nichts anderes übrig.

Den ganzen Tag hatte er damit vergeudet und die Dämmerung brach an. Seine Fahrt führte ihn durch ein eher heruntergekommenes Viertel, wo an manchen Ecken Damen des ältesten Gewerbes standen und ihm fröhlich zuwinkten. Mehrere Hundert Meter abseits der Häuser lenkte Josch den Wagen auf ein riesiges Gelände. Nach den Kühltürmen zu urteilen, war es einmal ein altes Kraftwerk gewesen. Es war eine gigantische Ruine, überwiegend aus Stahl und Beton. Da er mit seinem Wagen nicht weiterkam, stieg er aus und lief fast eine halbe Stunde zwischen den immer dunkler werdenden Trümmern herum. Es war beschwerlich und er war froh, dass der Himmel wolkenlos war, sodass der Mond sein graues Licht auf die Erde warf. Doch nirgends war ein Signal zu finden. Erst als er an einer bewohnten Straße vorbeikam, zeigte sein Smartphone mehrere Zugangspunkte an. Was ihn nicht weiter überraschte. Wie auch an den Orten zuvor war es offensichtlich, nahezu jeder besaß heutzutage einen WLAN-Router. Dann kam plötzlich ein Pling und eine Nachricht erschien: ›Treffer!‹

Ohne die Mitteilung in dem Moment wahrzunehmen, war er schon dabei weiterzugehen. Doch dann sah er ein weiteres Mal auf das Display und verharrte auf der Stelle. Seine Zweifel lösten sich in einem Nichts auf und so etwas wie Hoffnung ließ ihn die Strapazen vergessen. Er hatte den Router gefunden und damit womöglich auch seinen Bruder. Josch hob den Kopf und sah sich um. Links von ihm befand sich ein Straßenzug von gemauerten, in die Tage gekommenen Einfamilienhäusern. Rechts davon stand eine Halle, die dem Verfall sehr nahe war. Doch selbst als er die Gegend mit wachgerüttelter Aufmerksamkeit durchforstete, fand er keinen Anhaltspunkt auf einen Raum mit schäbigen Betonwänden. Von einem Router oder gar einer Kamera ganz zu schweigen. Ein weiteres Mal scannte er die Umgebung mit eindringlichen Blicken ab. Die Auswertung der Kennung musste offenbar falsch sein. Aufgebracht rief er bei Lilli an: »Hier ist nichts!«

»Guten Abend, Josch. Dein Unmut verleitet dich zur Unhöflichkeit. Doch das Signal ist eindeutig und die IP-Adresse stimmt absolut überein. In diesem Moment wird sogar ein Stream übertragen. Dein Bruder scheint nicht alleine zu sein. Er spricht mit jemandem, der leblos auf einer Pritsche liegt.«

Ohne auf ihre Rüge zu reagieren, polterte er panisch los: »Und was soll ich jetzt machen?«

»Reiß dich zusammen und konzentriere dich. Das Signal existiert definitiv, ansonsten hätten wir keine Videodaten bekommen. Beweg deinen netten Hintern und such das Umfeld weiter ab. Dein Bruder kann nicht weit sein.« Die Verbindung brach ab.

Lilli hatte recht. Er war nicht hierhergekommen, um beim ersten größeren Problem aufzugeben. Er schnaufte mehrfach durch. Dann aktivierte er die App, die ihm die Signalstärke des WLANs anzeigte und schritt mit vorgehaltenem Handy los. In der Dunkelheit schaute er rechts wie links und suchte nach möglichen Anzeichen. Hinter einer Ecke entdeckte er wenige Meter entfernt einen Haufen Schrott, der rostend vor dem Gebäude lag. Etwas war anders als bei dem üblichen Geröll, der sonst hier rumlag. Nachdenklich betrachtete er das Metall. Er brauchte eine Weile, bis ihm klar wurde, dass gedämpftes Licht hindurchschimmerte. Josch rannte hinüber und entdeckte ein Kellerfenster. Er spähte hinein. Zwei Asiaten saßen auf klapprigen Stühlen an einem Tisch. Keiner schien ein Wort zu sprechen, stattdessen starrten die beiden konzentriert auf ein kariertes Brett, auf dem sich schwarze und weiße Spielsteine befanden. Einer setzte einen weiteren Stein darauf und der andere nickte nur nachdenklich mit dem Kopf. Ein Brettspiel? Mühle war es nicht.

Waren dies die Bewacher seines Bruders? Josch musste vorsichtig sein. Immerhin war ihre Anwesenheit in dem zerfallenen Kraftwerk ein Indiz dafür, dass es hier etwas zu verbergen gab. Hoffentlich war es Vladimir. Da er keine weitere Person im Raum entdeckte, drehte sich Josch und kontrollierte die anderen ebenerdigen Fenster. Sie waren alle dunkel. Mit jedem Schritt achtete er darauf, kein Geräusch zu verursachen, und tapste auf Zehenspitzen um das fast Fußballfeld lange Gebäude herum. An irgendeiner Stelle musste es einen Eingang geben. Die ungewohnte Bewegung und die zunehmende Anspannung ließen seine Beine zittern, sodass er an einer Ecke für einen Moment die Hände auf die Knie stemmte und kurz durchatmete. Nicht schlappmachen, befahl er sich.

Einige Meter weiter entdeckte er ein halb offenes Tor und bewegte sich möglichst lautlos dorthin. Vorsichtig spähte er hinein. Stockfinstere Stille. Er überlegte, wie es nun weitergehen sollte. Hineinspazieren und bei den Herren nachzufragen, ob sie seinen Bruder gefangen hielten, wäre unter allen Umständen die dummste Option. Zuvor brauchte er einen Hinweis oder besser noch ein Lebenszeichen von Vladimir. Danach würde er entscheiden, wie er seinen Bruder befreien konnte. Es war nicht auszuschließen, dass er das alleine schaffte, aber zuerst brauchte er die Gewissheit, dass sein Bruder hier war. Er trat ein und sah die eigene Hand vor den Augen nicht. Das Licht seines Smartphones schenkte ihm zumindest einen zwei Meter reichenden Lichtkegel. Er irrte schier endlos an den dreckigen Wänden entlang, bis er endlich eine Treppe entdeckte. Schleichend stieg er hinab und erreichte einen Flur, der mit Notlichtern beleuchtet war. Eine Tür war angelehnt und durch den Spalt fiel Licht. Sein Puls raste, doch statt ihn aufzuputschen, schlug sein Herz in angsterfüllter Enge, als er sich näherte und das Brettspiel erkannte. An dieser Stelle kam er nicht weiter. Er konnte unmöglich den Keller durchsuchen, ohne dass die Asiaten es bemerkten. Es war offensichtlich, Josch brauchte eine Ablenkung für die beiden. Spontan fielen ihm die Damen wieder ein, die ihm zugewunken hatten. Vielleicht benötigte es finanzielle Überzeugung, aber sie würden ihm sicher behilflich sein. Er stieg die Treppe hinauf und eilte zurück zum Wagen, um wenige Momente später das Gelände zu verlassen.

Sein Hemd klebte am Ledersitz, als er in das Viertel hineinfuhr. Der Schweiß rann ihm aus jeder Pore. An einer etwas belebteren Ecke hielt er an der Bordsteinkante. Sogleich stolzierten drei auffällig geschminkte Frauen auf den Jaguar zu. Josch stieg aus und sie schreckten einige Meter zurück. Es schien in Albanien nicht üblich zu sein, Verhandlungen in jenem Gewerbe auf höfliche Art zu führen. Mitunter konnte es illegal sein, aber dies wusste er nicht. Die Frauen musterten ihn und verhielten sich übervorsichtig. Ohne weiter auf sie zuzugehen, nahm er die Geldbörse aus seiner Hosentasche und zog zwei Hunderteuroscheine heraus. Das Schrecken der Damen verflog augenblicklich. Eine drückte ihren Busen in einer billig wirkenden Bluse hoch. Eine andere mit tiefem Ausschnitt schnellte geschwind in seine Richtung und die Dritte lächelte ihn lasziv an.

Da sie weder Deutsch noch Englisch verstanden, zog

Josch sein Smartphone aus der Tasche und schrieb in den Übersetzer, ob Interesse an einer kleinen Party bestehen würde. Die drei lasen zusammen den Text auf seinem Display und nickten bereitwillig. Dann fügte er hinzu, dass es eine Überraschung für zwei Bekannte wäre, die sich bei ihrem Job im alten Kraftwerk sehr langweilen würden. Nach dem Lesen war ihre Reaktion zögerlich. Eine schritt hinter den Wagen und telefonierte. Sie schien das Kennzeichen ihrem Zuhälter mitzuteilen. Josch war sich sicher, dass sie einen GPS-Tracker auf ihrem Handy aktiv geschaltet hatte. Dann kam sie auf ihn zu und plapperte etwas, was er nicht verstand, hielt dabei die Hand hoch und zeigte die Fünf an. Er schüttelte den Kopf, fünfhundert Euro waren eindeutig zu viel, er hob drei Finger. Ein nettes Grinsen der Damen folgte und letztendlich einigten sie sich auf vier.

Nach einer Anzahlung von zweihundert Euro fuhren sie zurück. Josch sah im Rückspiegel bei der Einfahrt auf das dunkle, öde Gelände, dass die Damen auf der Rückbank nervös wurden. Ihre Gesichter zeigten keine Angst, aber sie waren auf der Hut. Nachdem er geparkt hatte, öffnete er ihnen mit einem charmanten Lächeln die Tür. Sie stiegen etwas widerwillig aus. Josch bemerkte, dass zwei der Damen Pfefferspray in der Hand hatten. Die dritte hielt ihr Handy so, als hörte jemand anderes mit. Er zückte den nächsten Hunderter aus dem Geldbeutel und besänftigte so ein wenig die Lage. Die Damen folgten ihm auf dem Schotterweg und das Laufen in ihren hohen Schuhen verursachte das eine oder andere Geschimpfe. Josch ignorierte es.

Vor dem Tor angekommen, schrieb er in den Übersetzer, dass zwei Bekannte von ihm drin sitzen würden und sie nach ihnen rufen sollten. Er gab den Asiaten die Namen Tom und Karl. Als sie ausgestiegen waren, klangen die Rufe wenig engagiert. Zu leise, als dass sie jemand hören würde. Mit auffordernden Händen signalisierte Josch ihnen, sich mehr anzustrengen. Die Frauen riefen lauter. Durch die Nacht hallten die erfundenen Namen Tom und Karl.

Es dauerte keine Minute, bis helle Lichtkegel in schneller Bewegung in der Halle zu sehen waren. Josch spurtete neben das Tor, drängte sich an die Wand und hielt für einen Moment die Luft an. War er zu langsam gewesen? Doch die beiden Anzugträger, die zuvor im Kellerraum gespielt hatten, stellten sich breitbeinig einige Meter vor den Eingang. Sie strahlten die Frauen mit ihren Taschenlampen an, ohne dabei ein Wort zu sagen.

Wie im Rampenlicht flanierten die Damen auf die Herren zu und tänzelten um sie herum. Ein Gickeln und Lachen hatte die Rufe längst abgelöst. Josch war überrascht, wie aufreizend sie ihr Spiel auf dem heruntergekommenen Hof verstanden. Ihre Hände streiften über den Stoff der Anzüge und die Männerblicke wirkten nicht mehr so streng, sondern folgten den weiblichen Bewegungen. Die Annäherungen wurden intensiver und die Asiaten ließen es sich gefallen. Als einer der Männer sogar einer der Frauen an den Hintern fasste, war für Josch die Sache geritzt. Sie hatten angebissen.

Ungesehen konnte er nun durch das Tor und lief in Richtung Treppe. Vorsichtig stieg er in das Halbdunkel hinab. Unten brannte nach wie vor die Notbeleuchtung. In dem 20 Meter langen Flur stand er vor unzähligen Türen rechts wie links. Selbst wenn Vladimir hier wäre, wie sollte er ihn finden?

Sekunden vergingen und sein Gehirn ratterte unschlüssig die Möglichkeiten durch. Seine Blicke schweiften an den Wänden und dem Boden entlang, bis Josch eine alte Eisenstange entdeckte. Er griff sich das massive rostige Teil und stellte sich vor eine braun verwitterte Metalltür. Zweimal kurz und einmal kräftig lang waren seine Schläge, die dumpf durch den Flur hallten. Das weibliche Gekreische war noch in vollem Gang und bis hier herunter zu hören. Er wiederholte den Beat von *We will Rock you* immerfort. Vladimir und er hatten ihn als Jugendliche auf den alten Regentonnen getrommelt. Es war eine der verrücktesten schönsten Zeiten, die sie zusammen erlebt hatten. Zwei Mal kurz und einmal kräftig lang. Josch pausierte mit seinen Schlägen und horchte in den Gang. Doch der Rhythmus schlug im gedämpften Scheppern weiter und echote aus dem hinteren linken Teil des Flures.

So schnell es seine Behäbigkeit zuließ, rannte Josch zu der Stelle und stand vor einer weiteren Stahltür. »Vladimir, bist du da drin?«, rief er und eine Hoffnung lag tonnenschwer auf seiner Brust.

»Ja, ich bin es. Vladimir.«

Über alle Grenzen froh, drückte Josch die Klinke runter, aber die Tür war verschlossen und weit breit entdeckte er keinen Schlüssel. Er konnte zwar Firewalls durchbrechen, aber er hatte nicht die geringste Ahnung, wie eine reale Tür zu knacken war. Würde er jetzt kurz vor seinem Ziel scheitern? Fieberhaft überlegte er und spürte kalten Schweiß. Er rannte zurück zu dem Raum, wo die Kerle gesessen hatten. Bevor er eintrat, horchte er kurz, ob die Damen noch beschäftigt waren. Wie ein Hund im Jagdtrieb durchsuchte er das karge Zimmer, in dem sich zwei Stühle, ein Tisch, ein Bett und mehrere alte Schränke befanden. Nichts! Nirgends war dieser verdammte Schlüssel zu finden. Wie ein Häufchen Elend sackte er auf dem Stuhl zusammen. Sein Blick stierte in Richtung Tür. War es denn möglich? An einem rostigen Nagel im Rahmen hing ein Bund von Schlüsseln. Das Adrenalin beschleunigte seinen korpulenten Körper, als er aufsprang, den Bund nahm und zurück zu seinem Bruder eilte. Mit schwer kontrollierbaren Fingern probierte er einen Schlüssel nach dem anderen. Keiner passte. Mit der aufkommenden Panik zitterten seine Hände immer stärker und es wurde schwieriger, das Schlüsselloch zu treffen. Ständig sah er sich um und rechnete damit, dass die Asiaten zurückkamen. Der Sechste passte endlich und öffnete die alte Metalltür.

Das schwache Licht in dem Raum gab ihm keine Möglichkeit, das Gesicht der Gestalt vor ihm zu erkennen. Dann hörte er die erlösendsten Worte seines Lebens: »Josch?«

Die Anstrengungen waren vergessen, als er Vladimir in die Arme schloss. Aus einer unbegreiflichen Freude heraus weinte er. Doch dann löste er sich rasch von seinem Bruder. »Wir haben keine Zeit. Wir müssen hier weg!«

Vladimir drehte sich zu einer Liege und sagte in die Dunkelheit: »Wir hätten es beide schaffen können.«

»Ist da noch jemand?«, fragte Josch nach.

»Nein, nicht mehr. Peter ist heute Morgen gestorben.«

»Dann komm! Wir können nichts mehr für ihn tun.« Josch zog seinen Bruder in den Flur und schloss die Tür, damit sein Entkommen nicht direkt entdeckt werden würde. Halb tragend schaffte er Vladimir die Treppe hinauf, als das Weibergeschnatter plötzlich verstummte. Sofort wuchtete er sie beide hinter etwas Großes aus Metall auf der anderen Seite der Tür. Die Entscheidung kam keine Sekunde zu spät, denn die Asiaten gingen lachend mit Taschenlampen bewaffnet in Richtung Treppe. Erst als die Lichter nach unten hin verschwanden und nichts mehr zu hören waren, schob Josch seinen Bruder durch das Tor nach draußen. Die Damen hatten den bereits Platz verlassen.

So schnell es seine letzten Kräfte zuließen, zerrte er Vladimir in Richtung Auto. Sein Herz hämmerte von der Anstrengung und der Gewissheit, dass jeden Moment die zwei Männer die Flucht ihres Gefangenen bemerken könnten. Vor dem Jaguar standen die drei Prostituierten und lachten vergnügt, ohne auf seinen Bruder zu achten. Mit panischer Handbewegung brachte Josch sie dazu, eiligst einzusteigen. Vladimir hievte er auf den Beifahrersitz und stieg dann selbst ein. Der Schotter knallte in den Radkästen, als er das Gaspedal voll durchtrat. Nur weg hier! An etwas anderes konnte er nicht mehr denken.

Er raste zurück zum Viertel, um die Damen wieder dort abzusetzen, wo er sie eingeladen hatte. Während der Fahrt atmete Vladimir schwer neben ihm. Im Licht der Laternen war zu erkennen, in welch elendem Zustand er war. An der Ecke angekommen, bezahlte Josch die Restschuld. Die drei Damen stiegen zufrieden aus und eine drückte ihm sogar einen Schmatzer auf die Wange.

Mit quietschenden Reifen fuhr er los. Ständig kontrollierte er, ob sie verfolgt wurden, doch dies schien nicht der Fall zu sein. Sie waren nur einige hundert Meter vom Hotel entfernt, als er das Röcheln von Vladimir vernahm: »Josch, du musst mir verzeihen.«

Die Frage nach dem Was hörte sein Bruder nicht mehr, er hatte das Bewusstsein verloren.

Kapitel 23

In Muriel brodelte noch immer die Wut über diesen *ImmoJunkie*, der ihre Mutter mit schrecklichen Nachrichten erpresst hatte, damit sie ihr Haus unter Wert verkaufte. Sie hatte den Hinweis damals von Josch bekommen und die Kollegen leiteten eine Ermittlung ein. Jetzt saß sie in der Einsatzbesprechung und durfte nur zuhören. Zumindest bekam sie die Information, dass der Hacker weiterhin intensiv überwacht wurde, um über ihn an die Hintermänner ranzukommen. Damit befand sich ihre Mutter erst einmal außer Gefahr und das genügte Muriel für den Moment. Als der nächste Punkt auf der Tagesordnung besprochen wurde, vibrierte ihr Handy in der Hosentasche. Obwohl sie die Neugier quälte, konnte sie es jetzt nicht rausziehen. Muriel musste warten, bis die Planung abgeschlossen war.

Nachdem die Besprechung zu Ende war, schaute sie kurz auf das Display und eilte sogleich auf die Toilette, um die Mail von Takashi unbeobachtet zu lesen. Er lobte ihr Verhalten vor zwei Tagen. Sie sei auf dem besten Weg, eine ehrenvolle Watashi zu werden. Es war verrückt: Muriel fühlte sich geehrt, als seine Dienerin Anerkennung zu bekommen. Gleichzeitig brannte in ihr die Sehnsucht, diesem Mann mehr zu geben, als ihr bisher erlaubt gewesen war. Sie las den restlichen Text und freute sich, dass er ein weiteres Treffen vorschlug. Yamamoto würde heute Abend bei ihr vorbeikommen und erwartete, dass sie ihn mit einem Essen verwöhnte. Zum Glück hatte sie Frühschicht, aber dennoch war die Zeit knapp. Sie musste schließlich noch einkaufen, wobei sie sich über das Kochen nicht sorgte, denn selbst schwierige Gerichte beherrschte sie auch ohne Kochbuch.

Am Nachmittag im Einkaufszentrum schlenderte sie durch die Gänge und grübelte über das, was geschehen war. Sie verstand nicht, was Takashi von ihr wollte. Sie hatte

einen Abend erwartet, der nach einem anregenden Vor-
spiel die nackte Lust befriedigt. Stattdessen ließ er sich von
ihr waschen, was nicht unerotisch war und sie erregte.
Aber ihm schien die Sache mit der Dienerin wichtiger zu
sein. Es war sinnlos, sich länger damit zu beschäftigen, und
so widmete sie sich wieder dem kleinen Was-soll-ich-ko-
chen-Problem. Sie entschied sich für ein wenig aufwendi-
geres Gericht, das angemessen war. An der Kasse bückte
Muriel sich mehrmals in den Einkaufswagen, um ihren Ein-
kauf aufs Band zu legen. Sie spürte das Seil, das sich mit
aufkommendem Schmerz zwischen den Beinen in ihrer
Scham rieb. Seit ihrem letzten Treffen hatte sie es getra-
gen, ohne den Hintergrund erkannt zu haben. Vielleicht
bedeutete es den Beweis von Respekt oder war es nur
ein Spleen von einem etwas durchgeknallten Japaner mit
dem Hang zur deutschen Reinlichkeit? Sie lachte innerlich
über diese mentale Sexualität, die sie mit Hingabe genoss.

Zu Hause angekommen, stellte sie die Einkaufstasche
in die Küche und ging ins Schlafzimmer, um die Uniform
auszuziehen. Nackt stand sie, nur mit dem Strick gekleidet,
vor dem Spiegel. Zum Glück war dieser unter der weiten
Polizeihose nicht zu erkennen gewesen. Auch wenn ihr
das Geschenk so manchen sinnlichen Moment schenkte,
in denen der kleine Knoten ihre Klitoris verwöhnte, so
waren die Toilettengänge eher umständlich. Sie musste
das Seil aus der Poritze und zwischen ihren Schamlippen
befreien, bevor sie sich erleichtern konnte. Seit gestern
Abend verspürte sie ein leichtes Brennen. Ein roter Striemen war deutlich über ihrer Scham zu erkennen und so
nahm sie sich eine kleine Tube aus dem Schrank, um die
wunden Stellen einzureiben.

Bei der Vorbereitung des Essens ließ sie ein Gedanke
nicht los. Wäre es erlaubt, zu fragen, wie lange sie diese
Qual noch ertragen musste? Zwar erregte sie die Kombination aus Lust und Schmerz, doch das Brennen zerstörte
derweil jede weitere Fantasie darüber, was dieser Mann

mit ihr noch anstellen würde. Eine halbe Stunde vor der vereinbarten Zeit war alles vorbereitet und sie beschloss, sich umzuziehen. Ihre Wahl war ein blumiges Sommerkleid, das sie ohne Slip trug.

Punkt acht Uhr war der kleine Esszimmertisch gedeckt und in der Küche wartete das Essen. Es klingelte und Muriel öffnete. Takashi stand in Maßanzug und Seidenkrawatte vor ihrer Tür. Seine Selbstsicherheit und die fesselnden Augen schoben ihren Verstand zur Seite. In diesem Moment sehnte sie sich nach einer Berührung von ihm, gierte nach einem Kuss und dem Vielen, das darüber hinaus geschehen könnte. Mit einem musternden Blick schien er ihren Zustand zu erkennen.

»Guten Abend, Muriel. Du siehst bezaubernd aus.«

Das unerwartete Kompliment freute sie. »Danke. Komm doch bitte rein.«

Takashi betrat ihre kleine Wohnung und schaute sich um, dabei verzog er keine Miene und auch eine angebrachte Nettigkeit verweigerte er. Sie wurde zunehmend nervös und überlegte, wie sehr sich ihre Welten unterschieden. »Wollen wir uns setzen? Das Essen ist bereits fertig.«

Mit einem Nicken schritt er zu Tisch und setzte sich mit zurückgezogenen Schultern kerzengerade nieder. Seine Hände legte er entspannt neben das Gedeck. Muriel ging indessen in die Küche und trank ein Schluck Wasser zur Beruhigung, bevor sie das Gericht auf dem Geschirr platzierte. Sie hegte keinen Zweifel daran, dass ihr das Essen gelungen war, doch eine leicht schwebende Unsicherheit blieb. Schließlich war er Halbjapaner und sie kannte ihn zu wenig, um zu wissen, ob es ihm schmecken würde. Muriel servierte die beiden Teller. Sie hatte sich für Steak mit Rosmarinkartoffeln und Speckbohnen entschieden.

»Es sieht köstlich aus. Ist das Fleisch auch medium gebraten?«

»Natürlich«, antwortete Muriel mit einem selbstsicheren Lächeln.

Im Gegensatz zu ihrem Besuch im japanischen Restaurant sprachen sie während des Essens kein Wort miteinander. Takashi nahm sich Zeit und aß mit Bedacht, was Muriel als Anerkennung auffasste. Präzise schnitt er das Fleisch, kaute gemächlich und trank zwischendurch von dem leichten Rosé. Alles an ihm gefiel ihr, seine kontrollierte Art zog sie in den Bann.

Nachdem das Messer neben der Gabel halb schräg auf den leeren Tellern lag, stand sie auf und räumte ab. Die Flasche Wein genauso wie die Gläser ließ sie auf dem Tisch. Als sie aus der Küche zurückkam, sagte sie: »Ich hatte nicht die Gelegenheit, ein Dessert vorzubereiten, aber ich könnte eine andere Süßigkeit anbieten.«

Seine nun kalt wirkenden Augen fokussierten sie, als habe sie etwas Falsches gesagt. Ein Schauer lief ihr über den Rücken.

Takashi stand auf und dabei wurde das Kribbeln noch verrückter. Doch er rückte ihr nur den Stuhl zurecht. »Setz dich.« Er nahm seinen Platz ihr gegenüber wieder ein und zog eine kleine, bunt verzierte Schachtel aus der Jackentasche. Diese stellte er in die Mitte des Tisches und wartete ein paar Sekunden. »Wie ist es dir mit dem Seil ergangen?«

»Ich habe es nie abgelegt und trage es noch immer.«

»Das hatte ich auch von dir erwartet, aber es ist nicht die Antwort auf meine Frage.«

Muriel hatte den Eindruck, dass seine Augen schmäler wurden.

Mit einem tiefen Atemzug hob sie die Brust. »Anfangs war es aufregend, wenn der Knoten sich an meiner Liebesperle rieb. Er hat mich ein Stück erregt, aber mehr auch nicht. Mit der Zeit scheuerte es und das Brennen war unangenehm, aber ich ertrug es, ohne einmal daran zu denken, das Seil abzulegen. Die Striemen sind deutlich zu sehen.«

Hatte er gerade anerkennend genickt? Muriel wusste es nicht, selbst wenn es so wäre, dann war die Gestik unscheinbar und kaum erkennbar gewesen. Sie rechnete damit oder vielmehr hoffte sie, dass er ihre Scham sehen wollte, um sich selbst von den Wunden zu überzeugen. Als keine Aufforderung seinerseits folgte, war sie enttäuscht. Schier endlose Momente des Schweigens verstrichen, in denen sich ihre Blicke trafen. Zwischendurch neigte sie den Kopf, um sich nicht nur aus dieser Anspannung zu lösen, sondern ihm einen Hauch von Unterwürfigkeit anzubieten.

Yamamoto unterbrach die Stille: »Du trägst das Seil bis zur Morgenstunde, dann darfst du es ablegen. Bewahre es sorgfältig auf, denn du wirst mich zur gegebenen Zeit darum bitten, es wieder tragen zu dürfen.«

»Ja, das werde ich.«

Wie mechanisch griff er zu der Schachtel, öffnete sie und zeigte Muriel den Inhalt. Es befanden sich darin zwei silbern schimmernde Klammern, die wie zierliche Blumen aussahen und mit feinen Ornamenten verziert waren. Sie brauchte nicht zu fragen. Sie erkannte die Brustwarzenklemmen und ahnte, welchen süßlichen Schmerz sie schenkten.

»Du hast sie dann anzulegen, wenn ich es von dir verlange«, sagte er langsam und doch bestimmt.

Nun war es raus. Die bisher ungesagte Bestätigung der Kontrolle ihres Körpers. Er würde fordern und verlangte Gehorsam. Muriel war unentschlossen. Sie mochte zwar die Verlockung, wie es sich in einem gemeinsamen Rollenspiel entwickelte, aber sich auf Zuruf zu unterwerfen, dies war ihr völlig fremd. Er schien ihr Zögern zu bemerken, nahm eine Klammer heraus und präsentierte sie auf seiner offenen Hand. »Du hast sie jetzt anzulegen.«

In ihrem Kopf polterte das Chaos. Sie kannte das Spiel auf andere Weise. Nie zuvor hatte sie sich diese Klammern selbst angelegt. Doch in ihr wuchs das Bedürfnis, ihm zu gefallen, und das trieb die aufziehende Erregung voran. Sie setzte sich auf, drückte ihren Rücken durch und knöpfte sich das Sommerkleid bis zum Nabel auf. Vorsichtig nahm sie die Klemme aus seiner Hand. Anschließend schob sie den Stoff etwas zur Seite, sodass ihre nackte Brust zu sehen war. Mit einem verstohlenen Blick musterte sie ihn auf die Schnelle und genoss, dass er sie beobachtete. Da die Brustwarze nicht weit genug hervortrat, feuchtete sie Daumen und Zeigefinger an und stimulierte die rosa Spitze. Das aufkommende Gefühl zog in ihre Mitte und als sich dann die Knospe verhärtete, umschloss Muriel sie mit der Klammer. Der Schmerz war wie ein Biss, der nach dem Loslassen des Metalls noch heftiger wurde. Es brauchte eine Weile, bis die Pein ein Niveau erreicht hatte und sich nicht mehr steigerte. Sie fühlte, wie sich die Lust feucht zwischen ihre Beine drängte. Takashis Anwesenheit, seine Blicke und das Ziehen an ihrer Brustwarze ließ Hitze in ihr aufsteigen.

Als er wieder zur Schachtel griff, erwartete sie, dass er ihr die zweite Klammer reichen würde. Stattdessen verschloss er den Deckel und stand auf. »Du solltest mich jetzt zur Tür begleiten und dafür dein Kleid richten.«

Sein abweisendes Verhalten nagte an ihr, sie fühlte sich nicht beachtet. Es war die Wertschätzung, die sie vermisste. Langsam verschloss sie die Knöpfe und erst als der letzte im Knopfloch saß, folgte sie ihm. An der Tür waren ihre Erregung und zum Teil auch ihr Ehrgefühl verflogen. Sie vermutete, dass er es bemerkt hatte, als sie ihm die Tür aufhielt.

»Es ist für mich eine große Anerkennung, wie ernst du das Dienen nimmst. Dein Stolz und deine Weiblichkeit zeigen mir Persönlichkeit. Ich werde dich von nun an als meine Watschi ansehen.«

Mit seinen Worten kehrte etwas zurück. Sie fühlte sich angenommen und respektiert. Gerne wäre sie ihm um den Hals gefallen, um seine schmalen Lippen zu küssen. Doch damit hätte sie alles zerstört. »Danke.« Mehr wagte sie nicht zu sagen.

»Ich werde dir eine Nachricht schicken, wenn du die

Klemme ablegen darfst.« Was sie mit einem dankenden Schließen ihrer Augen erwiderte.

»Und wenn ich von dir fordere, dass du sie wieder anlegen sollst, dann will ich einen Beweis dafür bekommen.«

Dieses Mal nickte sie, ohne zu wissen, was er damit meinte.

Takashi verließ ihre Wohnung. Es dauerte zwanzig Minuten, bis endlich eine SMS mit zwei Worten von ihm kam: *BEFREIE DICH.*

Kapitel 24

Die Ausdünstungen seines Bruders während der Fahrt stanken und waren richtig widerlich. Josch störten aber der Schmutz und Vladimirs Verwahrlosung nicht. Er war so froh, ihn gefunden zu haben, und doch trieb ihn die Sorge. Ständig hielt er die Hand auf dessen Brust, um zu fühlen, ob er atmete. Sein Bruder lag noch immer benommen auf dem Beifahrersitz, als er vor dem Hotel vorfuhr. Josch öffnete die Beifahrertür und versuchte, mit aller Kraft den regungslosen Körper aus dem Fahrzeug zu hieven. Ohne Erfolg. Mit eindeutiger Gestik bat er den dunkelhäutigen Pförtner, ihm zu helfen. Es war ihm egal, was der von ihm dachte, als sie beide zusammen seinen Bruder in das Einzelzimmer brachten. Mit einem Zehneuroschein bedankte er sich bei dem Herrn, der mit einem schelmischen Grinsen verschwand. Vladimir lag auf dem Bett und Josch hatte einige Mühe, ihm die versifften Klamotten auszuziehen. Im Gegensatz zu ihm war sein Bruder eher sportlich gewesen, aber nach mehr als einer Woche Gefangenschaft war Vladimirs Körper geschunden und ausgemerzt. Mit einem feuchten Handtuch wusch er vorsichtig den Schmutz herunter. Die großflächigen Verletzungen schienen nur oberflächlich zu sein, doch seine Haut fühlte sich schuppig und rau an.

Nachdem er ihm einen frischen Pyjama angezogen hatte, weckte er ihn auf. Es dauerte lange, bis Vladimir wach genug war, um aus einem Glas Wasser zu trinken. Er schlürfte es wie ein Verdursteter und das meiste floss dabei wieder aus seinem Mund.

»Ich dachte, sie hätten dich erwischt«, waren Vladimirs einzige Worte, bevor er wieder die Augen schloss und das Bewusstsein verlor. Für Josch ergab dies alles keinen Sinn. Wer sollte hinter ihm her sein und aus welchem Grund? Warum hatten die Asiaten seinen Bruder gefangen gehalten und was wollten sie von ihm? Es musste einen Zusammenhang mit den Einträgen in Vladimirs Datenbank geben, aber diese zu finden war schier unmöglich. Dafür war die Datensammlung zu groß und Josch wusste viel zu wenig von dem, was geschehen war. Zwar hatten die Hacker Kassandra von Asien aus angegriffen, aber für ihn war es unerklärlich, ob ein Zusammenhang bestand.

Die Stunden vergingen, in denen Josch gehofft hatte, Vladimir würde sich erholen. Doch sein Bruder sah noch immer mehr tot als lebendig aus. Obwohl er kein Wort Albanisch sprach und er große Zweifel hatte, dass sie ihm hier helfen würden, beschloss er, seinen Bruder in ein Krankenhaus zu bringen. Gerade wollte er hinunter zum Pförtner, als er im Flur des Hotels einen Hausmeister entdeckte, der eine Glühlampe wechselte. Dieser half ihm mit großer Freundlichkeit, Vladimir in den Jaguar zu bringen, und überraschenderweise lehnte er das Trinkgeld ab.

Das Krankenhaus war ein in die Tage gekommenes dreistöckiges Gebäude. Josch fuhr langsam am Haupteingang vorbei, um dort einen Parkplatz zu ergattern. Er glaubte, sich getäuscht zu haben, als er zwei Anzugträger erblickte. Mit einem Schwenk drehte er noch eine Runde. Dieses Mal achtete er auf deren Gesichter. Es waren Asiaten. Die Zufälle nahmen überhand und waren kaum noch zu erklären. Anders als geplant parkte er den Wagen etwas abseits. Beim Aussteigen schaute er nach Vladimir, dessen Zustand unverändert war, auch wenn sein Gesicht nicht mehr ganz so blass war. Josch ließ seinen Bruder im Wagen zurück und suchte sich eine Ecke, wo er ungesehen den Eingang des Krankenhauses beobachten konnte. Die beiden Männer in ihren schwarzen Anzügen patrouillierten auf dem Gehweg. Mit ihrer Erscheinung waren sie so auffällig wie Pinguine in der Wüste. Minutenlang stand Josch da und überlegte. Was würde passieren, wenn er mit Vladimir an ihnen vorbeigehen würde? Wären diese Kerle fähig, in aller Öffentlichkeit etwas zu unternehmen? Es spielte keine

Rolle, denn allein das Wissen über seinen Aufenthaltsort würde ausreichen, um ihn zur gegebenen Zeit wieder zu schnappen. Trotz alledem lag sein Bruder im Jaguar und brauchte dringend ärztliche Hilfe. Gleichgültig, welche verzweifelte Entscheidung Josch treffen würde, Vladimir wäre dem Tod näher als zuvor.

War jetzt nicht die Zeit, die Polizei einzuschalten? Schließlich hatte er kein Verbrechen begangen und nur seinen Bruder befreit. Im Kopf spielte er das Szenario durch, wenn er den Beamten erklären musste, dass Vladimir entführt und gefoltert worden war. Es würde gewiss einen bürokratischen Rattenschwanz mit den deutschen Behörden hinter sich nachziehen und letztendlich würde jemand nach dem Grund der Entführung fragen und dann hätte Josch keine andere Wahl, als zu gestehen, dass er und sein Bruder sich illegal auf fremden Servern eingehackt hatten. Zumindest wäre Vladimir dann medizinisch versorgt, aber anschließend im Gefängnis zu landen, verursachte bei Josch ein übles Gefühl. Für die Albaner waren sie womöglich skrupellose Cyberterroristen.

Eine andere Möglichkeit wäre, Muriel anzurufen. Sie hatte versucht, ihm zu helfen, ohne Bedingungen zu stellen. Josch konnte es nicht erklären, aber er vertraute ihr, als wäre sie eine Freundin, die er schon lange kannte. Doch Muriel hatte ihm erklärt, dass sie ihn zwar nicht verraten würde, aber auch nicht bereit war, etwas Illegales zu tun. Sie war eben Polizistin und glaubte noch an die Gerechtigkeit. Nach längerem Überlegen kam er zu dem Schluss, dass Muriel ihnen hierbei nicht weiterhelfen konnte.

In der Anrufliste seines Handys fand Josch direkt die Nummer, die er suchte. Das Drücken der Wähltaste kostete ihn Überwindung, denn es war ihm mittlerweile peinlich. Nachdem er Lilli von der Befreiung Vladimirs erzählt hatte, schnaufte er kurz durch und fragte: »Kannst du mir ein weiteres Mal helfen? Ich habe die Vermutung, dass die Asiaten alle Krankenhäuser und was weiß ich noch alles überwachen.« Er schaute kurz hinüber zu seinem Bruder. »Vladimir sieht elend aus und er braucht unbedingt einen Arzt.«

»Was kann ich für dich machen?«

»Besorge mir einen Arzt, der ihn per Video untersucht, damit ich weiß, wie es überhaupt um ihn steht. Dann kann ich immer noch entscheiden, ob ich nicht doch besser zur albanischen Polizei gehe.«

»Gib mir eine Stunde.«

»Danke. Ich werde mit ihm zurück ins Hotel fahren und auf deinen Anruf warten.«

Dieses Mal war es ein anderer Pförtner, der ihm für ein großzügiges Trinkgeld half, den fast leblosen Körper ins Zimmer zu schleppen. Als Vladimir wieder im Bett lag und Josch nach der ungewohnten Anstrengung zu Atem gekommen war, quälte ihn die Unruhe. Er pendelte in dem kleinen Hotelzimmer von einer Ecke zur anderen. In den nächsten anderthalb Stunden schaute er mindestens elf Mal auf seine goldene Repetieruhr. Dann klingelte es endlich.

»Mein Name ist Dr. Seebrück, zeigen Sie mir den Patienten!«

Josch sparte sich die eigene Vorstellung und schaltete direkt auf Video um. Er hielt das Handy über Vladimirs Gesicht und bekam die Anweisung, den Oberkörper freizumachen. »Mein Gott, was ist mit dem Mann passiert? Seine Haut scheint verätzt zu sein und die Dehydratation ist derart fortgeschritten, dass es nicht mehr lange dauern wird, bis die Nieren versagen. Falls dies nicht schon geschehen ist.«

»Herr Doktor, sagen Sie mir bitte, wie ich ihm helfen kann.«

»Normalerweise würde ich ihn sofort ins Krankenhaus einweisen, aber wir müssen anscheinend improvisieren. Er bräuchte eine geeignete Infusion, allerdings kann ich mir nicht vorstellen, dass Sie Entsprechendes zur Verfügung haben.«

»Nein, habe ich leider nicht.«

»Es ist wichtig, dass der Patient viel trinkt. Und gleichzeitig müssen die Giftstoffe aus dem Körper raus. Glauben Sie, dass Sie ihn zwischenzeitlich wecken können, damit er Wasser lassen kann?«

»Ich werde es versuchen.«

»Mehr kann ich zurzeit nicht für ihn tun. Ich melde mich in vier Stunden wieder bei Ihnen.«

»Danke.«

In den folgenden Stunden gab Josch seinem Bruder in regelmäßigen Zeitabständen kleine Schlucke zu trinken. Anfangs war es mühselig, ihn aus seinem fast komaähnlichen Schlaf zu wecken, aber es gelang mit der Zeit immer ein bisschen besser.

Wie versprochen, rief der Arzt nach vier Stunden an. »Hat der Patient etwas getrunken?«

»Ja, ich gebe ihm jede Viertelstunde Wasser. Aber bisher konnte ich ihn nicht dazu bewegen, auf die Toilette zu gehen.«

»Seien Sie geduldig. Ich melde mich in acht Stunden wieder und sollte sich sein Zustand verschlechtern, rufen Sie mich sofort an.«

Das Klicken auf der Gegenseite beendete das Telefonat. Josch wählte sogleich Lillis Nummer, denn er war ihr etwas schuldig. Es dauerte keine drei Freizeichen, als jemand das Gespräch entgegennahm. »Lilli, ich muss mich bei dir bedanken.«

»Josch, auch wenn es vielleicht unglaubwürdig klingt, aber ich habe es gerne für dich gemacht. Und du weißt, dass du mehr von mir haben kannst.«

»Lilli!«

»Ist schon gut, aber du kannst nicht erwarten, dass ich so schnell aufgebe.«

Es war Zeit, das Thema zu wechseln. »Wie hast du es

eigentlich geschafft, dass dieser Arzt uns so schnell geholfen hat? Der meldet sich pünktlicher als jeder Wecker.«

»Das war relativ einfach. Als ich mit meinen Bodyguards in sein Sprechzimmer reingeplatzt bin, tat er sich schwer mich wieder rauszuwerfen.«

»Ist nachvollziehbar. Und wieso ist der so engagiert?«

»Anfangs war er etwas zurückhaltender, als ich ihn auf seinen Medizinereid hinwies. Jedoch erklärte ich ihm dann, dass ich seiner Frau erzählen würde, dass er es mit einer Transe getrieben habe, und sofort war seine Motivation so erfrischend wie ein Frühlingsmorgen.«

»Lilli, du überraschst mich immer wieder aufs Neue.«

»Ich würde jetzt eigentlich sagen, dass du das Beste noch überhaupt nicht kennst, aber ich hebe es mir für später auf.«

Natürlich ahnte Josch, was sie damit meinte, jedoch war er gerade nicht in der Lage, über die vergebliche Mühe zu diskutieren. »Lilli, ich muss mich um Vladimir kümmern.«

»Bis dann, Josch. Pass auf dich auf.«

Erst flößte er seinem Bruder noch ein halbes Glas Wasser ein und verließ anschließend das Hotelzimmer. Es brauchte nicht lange und er hatte in einer Nebenstraße ein Stehrestaurant gefunden, wo er zwei Liter frischgekochte Hühnerbrühe kaufte.

Die Suppe war noch zu heiß, um sie seinem Bruder zu geben. Also setzte er sich auf den unbequemen Sessel neben dem Bett. Der Arzt hatte keinen übermäßig besorgten Eindruck gemacht. Demnach war der Zustand von Vladimir nicht derart kritisch, wie er befürchtet hatte. Joschs Nacken entspannte sich und der Druck verpuffte ein wenig. Nun hatte er Zeit. Er musste sich vorerst keine Ausrede für die albanische Polizei ausdenken und wenn es seinem Bruder besser gehen würde, kam der nächste Schritt. Mit der Frage, wie lange er nicht mehr geschlafen hatte, fielen ihm dann die Augen zu.

»Ich will nicht sterben!«, schrie Vladimir im Schlaf. Josch

war aufgewacht und versuchte seinen Bruder mit leisen Worten zu beruhigen, doch der winselte und jammerte weiter um Gnade. Der Anblick war jämmerlich, die Asiaten hatten ihn gebrochen. Ihm wurde klar, dass sein Bruder nie mehr der Alte sein würde.

Erst schien es Todesangst zu sein, allerdings nach einer Weile verstand Josch, dass sein gefolterter Bruder leben wollte. Mit lauter Stimme weckte er ihn, gab ihm ein wenig von der Hühnersuppe und danach noch etwas Wasser. Diese Routine hielt er nach jeder halben Stunde ab.

Am Morgen schaffte er es sogar, Vladimir alleine ins Bad zu bringen. Ein dünner Strahl dümpelte in die Toilettenschüssel. Wahrscheinlich war niemand zuvor so froh über ein bisschen Pisse gewesen, wie Josch es gerade war. Im Laufe des Tages trank sein Bruder die kalte Hühnerbrühe mit größeren Schlucken. Josch gönnte sich etwas Ruhe und legte sich neben ihn ins Bett. Sein Kreuz schmerzte unter der Streckung, aber es fühlte sich himmelgleich an.

Stunden später wachte er auf. Sein Bruder hatte sich aufgerichtet und starrte aus dem Fenster. »Josch, ich muss dir unbedingt etwas sagen.«

»Lass gut sein. Ich habe deine Schmerzen auf dem Video gesehen, als du meinen Namen in den Raum geschrien hast.« Er nahm seinen Bruder vorsichtig in den Arm. »Ich bin so froh, dass du lebst. Und jetzt lass uns Frühstück bestellen, ich verhungere.«

»Josch?«

»Ja?«

»Bitte keine Hühnersuppe mehr.«

Kapitel 25

Das Rührei mit den Speckwürfeln sah köstlich aus und die kleinen gebratenen Würstchen dufteten deftig lecker. Vladimir saß mit knurrendem Magen am Rande des Bettes und betrachtete das Frühstück auf dem Servierwagen. Vor zwei Wochen hätte er es ohne erwähnenswerte Beachtung in sich reingeschaufelt, aber in diesem Moment war es ein Geschenk. Mit zitternden Händen schnitt er das warme Brötchen auf, strich Butter auf eine Hälfte und häufelte etwas von dem Ei darauf. Der erste Biss war ein Hochgenuss, der sich in all den Nuancen für ihn zu einer Gaumensinfonie steigerte. Er frühstückte länger als eine halbe Stunde, bis seine Eingeweide anfingen zu rebellieren. Das Grummeln und das Würgen zwangen ihn, sich mit wackeligen Beinen ins Bad zu schleppen.

Vladimir kotzte das Essen ins Klosett. Nachdem er das kniende Anbeten des Porzellans beendet hatte, zog er sich am Waschbecken hoch und spülte sich den Mund mit frischem Wasser aus. Was er im Spiegel sah, erschreckte ihn. Vor der Folterung hatte er sich als einen Mann gesehen, der mit dunkelblonden Haaren, blassblauen Augen und ausgeprägter Nase auf die Frauenwelt durchaus überzeugend wirkte. Mehr oder weniger hatte er sich in Form gehalten und fast regelmäßig trainiert. Dennoch übte er eine gewisse Wirkung auf das andere Geschlecht aus und sorgte sich nie um den weiblichen Nachschub. Jetzt hatten seine Augen jede Energie verloren. Seine Haut fühlte sich wie ein schwabbeliger Umhang an, der auf seinen knochigen Schultern hing.

Mit körperlicher und geistiger Kraftlosigkeit wankte er zurück ins Zimmer, schob ungeschickt den Frühstückswagen zur Seite und kroch ins Bett.

Sein Bruder schnalzte kurz mit der Zunge und stand auf. »Ruhe dich aus. Ich werde dir nachher noch etwas frische Hühnersuppe holen.«

Außer seiner Mutter hatte ihn nie jemand umsorgt oder sich um ihn gekümmert. Mit den Jahren hatte er es akzeptiert, auch wenn er sich oft wie ein Einzelkämpfer fühlte. Doch dieser Moment erschien ihm so ehrlich und er empfand große Dankbarkeit für die Fürsorge seines Bruders und dafür, dass er ihn gerettet hatte.

Zwei Stunden später hatte sich sein Magen beruhigt und er löffelte ohne ein Murren die Suppe. Sie unterhielten sich und lachten gemeinsam über den Beat von Queen, den Josch im Keller des Kraftwerkes geschlagen hatte und der ihre Jugend auf eine unvergessliche Art erfüllt hatte. Eine Geschichte ergab die andere und die Erinnerungen plätscherten mal wild und dann wieder sanft. Sie waren sich einig. Ihre Kindheit war bescheiden und allzu oft nicht von Glück beseelt, aber ihre jugendliche Freundschaft war die beste Zeit ihres Lebens gewesen. Die Welt da draußen stand gerade völlig kopf und doch hatte Vladimir in diesem albanischen Hotelzimmer etwas zurückbekommen.

»Josch, wie geht es jetzt weiter?«

Mit einem Stirnrunzeln sah ihn dieser an. Sekunden verstrichen. »Eine echte Strategie habe ich noch nicht. Du solltest mir erst einmal erzählen, wie du in diesen verdammten Schlamassel geraten bist.«

Es war so viel passiert in den letzten Tagen. Vladimir brauchte eine Weile, um den Anfang zu finden. »Es war ein ganz gewöhnlicher Auftrag. Ich hatte schon mehrere vom BKA erhalten. Wie üblich erhielt ich ein paar Informationen und eine Richtung, in der ich suchen sollte. Routine eben. Allerdings wurde mir mit der Zeit klar, dass es sich um etwas Größeres handelte. Meine Recherchen führten mich immer wieder nach Japan. Es war, als ob alle Fäden an einem Punkt zusammenliefen.«

»Und was hat dieses Institut in Deutschland damit zu tun? Wie heißt es noch mal?«, fragte Josch.

»Das ECTZ? Es ist so eine Art Projekt, das nach meinen Informationen Millionen an Fördergeldern beantragt und zum Teil auch schon bekommen hat. Die Verbindungen zu der japanischen Organisation sind etwas vage, aber ich bin mir ziemlich sicher, dass ich irgendwann hätte nachweisen können, dass die Fördergelder über das Institut nach Japan fließen.«

»Und was sollten dann die Hackerangriffe auf Kassandra und dein System?«

»Welche Hackerangriffe?«

»Ich dachte, dass es wieder eine der Spaßaktionen unserer Kollegen sei, aber dann ging das innerhalb von wenigen Minuten bis *Defcon 1* und ich musste den Stecker ziehen. Ich fand dann auf Kassandra drei kurze Videos, auf denen du gefoltert wurdest. Aber sie haben mir mein System übel zerschossen.«

Vladimir war entsetzt und gleichzeitig schämte er sich ins Bodenlose. »Josch, das ist alles meine Schuld. Es tut mir leid. Ich hielt die Qualen nicht mehr aus und habe denen erzählt, dass du der Einzige bist, der an die Daten rankommt.«

»Welche Daten meinst du?«

»Als sie mich gefoltert haben, fragten sie immer wieder nach den Informationen und Daten. Nach einer Weile hatte ich verstanden, dass sie die Dateien meinten, die ich im Auftrag vom BKA auf einigen Servern gefunden hatte. Wie üblich legte ich alles in meiner Datenbank ab, um später eine Analyse durchzuführen. Ich habe keine Ahnung, was dahintersteckt und wieso die so ungemein wichtig sind. Aber sie ließen nicht locker und glaubten mir nicht, dass außer mir keiner einen Zugang zu meinem System hat. Nach Stunden gab ich auf und sagte ihnen deinen Namen.«

Josch winkte ab. »Das spielt jetzt keine Rolle mehr. Aber die Angriffe hatten es in sich, da waren absolute Profis am Werk.«

Vladimir nickte und antwortete nachdenklich: »Ich bin davon ausgegangen, dass unsere Systeme sicher sind. Dabei habe ich die Lage total unterschätzt. In dem Moment, als ich festgestellt habe, dass es sich um eine weltweite Organisation handelt, hätte ich vorsichtiger sein müssen. Ich war ein Idiot und ich habe uns beide in eine beschissene Situation gebracht.«

Josch rieb sich das Kinn, ohne etwas darauf zu sagen. Er widersprach nicht, sondern nickte nur nachdenklich.

»Die werden nicht eher aufgeben, bis sie jede dieser Dateien haben, und glaub mir, wenn es notwendig ist, bringen sie uns dafür um, Josch.«

»Ruh dich ein bisschen aus. Ich werde einen Kaffee trinken gehen und mir überlegen, wie wir aus der Nummer wieder rauskommen.« Josch stand auf, legte ihm kurz die Hand auf die Schulter und verließ das Zimmer.

Zwar fiel Vladimir das Einschlafen schwer, aber das anschließende längere Nickerchen hatte ihm gutgetan. Es war schon nach drei, als er aufwachte. Sein Bruder stand am Fenster und starrte hinaus, als er ihn ansprach: »Was hältst du davon, wenn wir eine Kleinigkeit essen gehen? Ich muss mal raus hier, so langsam fällt mir die Decke auf den Kopf.«

»Dann sollten wir uns unterwegs ein paar Kotztüten besorgen«, erwiderte Josch mit einem Grinsen.

Sein Bruder half Vladimir beim Anziehen. Obwohl dessen Kleidung zwei Nummern zu groß war und sie an ihm unansehnlich herunterhingen, fühlte er sich anschließend wieder halbwegs als Mensch. Einer, der lebte, zumindest in diesem Moment. Den Weg hinunter bis vor das Hotel schaffte er alleine, doch nach einigen Metern auf der belebten Straße fielen ihm die Schritte schwerer und so stützte er sich mit einer Hand auf Joschs Schulter ab. Zwischendurch hielten sie für kleinere Pausen an und Vladimir beobachtete das Treiben um sie herum. Die Albaner waren ein freundliches Volk. Auch wenn immer ein Stück Traurigkeit in ihren Augen zu sehen war, so schienen sie mit dem

Gegebenen zufrieden zu sein. Ein Mann in seinem Alter stand mit einem Jungen vor einem Gemüseladen, erst diskutierten sie und dann lachten sie miteinander. Vladimir dachte an seinen Vater. Wie lange war es her, dass er die Wirklichkeit so wahrgenommen hatte?

Zwei Straßen weiter fanden die Brüder ein bescheidenes, kleines Restaurant, das mit rot-weiß karierten Tischdecken, Stoffblumen in Plastikvasen und unzähligen Accessoires an den Wänden mehr unbeholfen als geschmackvoll eingerichtet war. Das Lokal diente nicht als Touristenfang und die Gäste waren ausschließlich Einheimische. Früher hätte Vladimir es als schäbig bezeichnet. Sie wurden intensiv beim Eintreten gemustert, als sie sich an einen Tisch am Fenster setzten. Die in Folie eingeklebte Speisekarte bestand aus einer abgegriffenen Seite und die klein gedruckten englischen Übersetzungen waren kaum verständlich. Sie bestellten ein Reisgericht mit Hähnchen, zumindest hofften sie es. Nach 20 Minuten wurde ihnen ein Reistopf mit Hähnchenkeulen in der Mitte des Tisches serviert. Es roch herrlich und sah mehr als appetitlich aus. Als sie gerade mit dem Essen anfingen, traten zwei kleinere Herren in das Lokal. Beide trugen dunkle Anzüge, schwarze Krawatten und waren eindeutig Asiaten. Sie bewegten sich in dem verwinkelten Raum auf einen Tisch zu, von dem aus sie den größten Teil des Lokals überblicken konnten.

Josch wurde nervös. Er erzählte Vladimir von den gleichangezogenen Kontrollgängern vor dem Krankenhaus. »Sind das Japaner?«, fügte er anschließend leise hinzu.

»Ich kann es dir beim besten Willen nicht sagen. Aber eine gewisse Ähnlichkeit mit den Kerlen, die mich gefoltert haben, besteht.«

»Wir müssen hier raus.«

»Ich weiß.«

Josch bezahlte. Dann verließen sie das Restaurant mit dem Versuch, nicht hektisch zu wirken. Aber die Anzugträger bemühten sich nicht einmal, unbemerkt zu bleiben.

Sie standen im gleichen Zuge auf, warfen ein paar Scheine auf den Tisch und folgten ihnen. Josch zog Vladimir durch die engen Straßen direkt zu seinem Wagen, der er in der Nähe des Hotels geparkt hatte, bugsierte ihn auf den Beifahrersitz und eilte auf den Fahrersitz. Der Motor des Jaguars heulte auf, als er aus der Parklücke schoss. Was völlig überflüssig war, denn der Verkehr auf der Hauptstraße bremste ihre Flucht.

»Was hast du vor?«, fragte Vladimir.

»Keine Ahnung, erst mal weg von hier.« Dabei sah Josch in den Rückspiegel und fluchte leise. »Wir werden von einem schwarzen Mercedes verfolgt.«

Durch die fortlaufenden Spurwechsel wurde Vladimir durchgeschüttelt und ihm drehte sich der Magen um. Zudem nahm sein Bruder jede Abzweigung, die sich vor ihnen auftat. Im ständigen Wechsel von Gas geben und bremsen galoppierten sie über die holprigen Straßen. Vladimir sah nach hinten, der Mercedes ließ sich nicht abschütteln. Erst als der Verkehr zunahm und sich andere Autos zwischen sie drängelten, wurde der Abstand größer. Hinter einem Lastwagen scherte Josch plötzlich aus und verfehlte um Haaresbreite einen Betonpfosten, als er auf eine Schnellstraße abbog. Nach unzähligen Blicken in den Rückspiegel schnaufte sein Bruder durch. »Ich denke, wir haben sie abgehängt.«

»Kannst du mal rechts ranfahren?«, fragte Vladimir leise.

»Hast du sie noch alle? Wenn wir jetzt anhalten, werden sie uns gleich wieder erwischen.«

»Gut, dann kotze ich dir ins Auto.«

Der Wagen stoppte am Seitenrand. Vladimir riss die Tür auf und übergab sich in die Büsche. Mit leerem Magen und dem widerlichen Geschmack von Galle im Mund kehrte er eiligst zurück. »Wo fahren wir jetzt hin? Wir können unmöglich wieder ins Hotel.«

Josch ließ die Reifen beim Anfahren quietschen und gab ordentlich Gas. Sie waren schon eine Weile gefahren, bis er dann meinte: »Wir müssen irgendwie zurück nach Deutschland. Du hast nicht zufällig irgendwo einen Pass deponiert?«

»Klar doch, als sie mich hierher brachten, habe ich unterwegs die Entführer gebeten, meinen Pass bei der nächsten Post zu hinterlegen.«

Joschs Gesicht verzog sich zu einer Grimasse. »Ich habe keine Idee, wie ich dich über die Grenze schaffen soll. Die haben jeden und alles auf der Hinreise kontrolliert.«

»Vielleicht ist es bei der Ausreise anders?«, gab Vladimir zurück.

»Ich denke nicht, dass wir das ausprobieren sollten.«

»Wie wäre es mit dem deutschen Konsulat?«

»Die Schlitzaugen kontrollieren die Krankenhäuser. Sie verfolgen uns, sobald wir aus dem Hotel kommen, und ausgerechnet eine Patrouille vor dem Konsulat sollen sie vergessen?«

»Josch, dann musst du eben alleine zurück.«

Sein Bruder drehte sich kurz zu ihm um und sah ihn verärgert an. »Du glaubst doch nicht, dass ich mir den Hintern für dich aufreiße, um dich dann alleine wieder zurückzulassen. Wir fahren zur Grenze, dann schauen wir weiter.«

Vladimir sagte nichts, für seine Dankbarkeit fand er keine Worte.

Kapitel 26

»Von wem haben Sie die Videos?«, keifte jemand Muriel in ihrem Büro an. Sie sah von ihrem Rechner hoch und bemerkte einen Mann, der in einem hellen zerknitterten Anzug und dilettantisch gebundener Krawatte in der Tür stand. Er war geschätzt Ende dreißig und sein blondes Haar mit Seitenscheitel wirkte altbacken. Der Kerl hatte sich nicht vorgestellt, geschweige denn gegrüßt. Kurz schaute sie auf die Uhr. Es war einige Minuten vor drei und sie wollte gleich Feierabend machen. Muriel erhob sich und verschränkte die Arme vor der Brust. »Guten Tag, ich bin Polizeiobermeisterin Andersen. Wer sind Sie bitte und was kann ich für Sie tun?«

»Lechner, BKA. Wir haben von einem Ihrer Kollegen die Videos erhalten und ich will jetzt wissen, woher Sie die haben.«

»Können Sie sich ausweisen, Herr Lechner?« Dabei hielt Muriel unbeeindruckt ihre Arme vor der Brust verschränkt.

Mit einem genervten Schnaufen zog er die kupferfarbene Dienstmarke aus der Tasche, worauf der deutsche Adler und eine Dienstnummer zu erkennen waren. Er war tatsächlich vom Bundeskriminalamt.

»Nachdem wir das Kindergartengetue nun durchhaben, erwarte ich eine Antwort.« Die Züge um seinen Mund wurden härter und seine blassblauen Augen wirkten kalt und unsympathisch.

Muriels Herz schlug schneller. Ihre Finger kribbelten und ihr Verstand sprang von einer möglichen Antwort zur nächsten. Sie schlitterte über dünnes Eis, denn entweder verriet sie Josch oder stellte sich gegen die direkte Anweisung einer bedeutenden Behörde. »Ich kann Ihnen den Namen nicht nennen. Die Videos stammen von einem Informanten.«

»Es ist mir völlig schnuppe, welchen Status Ihr Spitzel

hat und was Sie ihm zugesagt haben. Es handelt sich hierbei um einen Fall der nationalen Sicherheit und ich habe weder die Lust noch die Zeit, mit Ihnen darüber zu diskutieren. Nennen Sie mir den Namen und was Sie sonst über diesen Fall wissen.«

Auch wenn Lechner sie nicht überzeugte, so drängte ihr Dienstbewusstsein sie dazu, diesem Lackaffen zu antworten: »Ich weiß nur das, was auf den Videos zu sehen ist. Inwiefern damit die nationale Sicherheit gefährdet ist, kann ich nicht beurteilen. Jedoch wissen Sie selbst, dass die Geheimhaltung der Identität eines Informanten gesetzlich festgeschrieben ist.«

Er zog scharf Luft durch die Nase ein. Sein Brustkorb hob sich und seine Stirn legte sich angespannt in tiefe Falten. Seine Augen wurden schmal und fixierten Muriel argwöhnisch. »Da Sie nicht gewillt sind, mit einem BKA-Beamten zu kooperieren, werden Sie sich vor einer internen Ermittlung verantworten müssen.«

Muriels Nacken verkrampfte sich und schmerzte von einer Sekunde auf die andere. Sie wusste, dass sie im Recht war, aber seine Androhung verunsicherte sie. Es war nicht förderlich für ihre Karriere, wenn gegen sie intern ermittelt werden würde. Dabei spielte es keine Rolle, ob die Anschuldigung berechtigt war oder nicht. »Ich habe Ihnen nichts mehr zu sagen«, erwiderte sie, ohne den Blickkontakt zu unterbrechen.

Lechner sah für einen kurzen Moment aus dem Fenster, dabei entspannte sich seine Körperhaltung. Gelassener sah er Muriel wieder an. »Sie wissen, wer die Person auf dem Video ist?«

Er hatte sie ertappt, sie hatte ihm nicht alles gesagt. Der Nackenschmerz zog sich zu ihrem Hals hinauf und die Anspannung verursachte ein fieses, tiefes Stechen. Muriel gab ihm auch nach Sekunden keine Antwort.

»Sein Name ist Vladimir Kalinin und er hat Informationen, die weit über Ihr Verständnis hinausgehen. Wenn wir ihn nicht finden, wird es dramatische Konsequenzen für die Sicherheit unseres Landes haben. Es ist Ihre Entscheidung, inwiefern Sie dies verantworten können.«

Da er den Namen kannte, hatte Lechner sicherlich auch seinen Halbbruder bereits überprüft. Sie verstand nicht, warum der BKA-Beamte sie so aggressiv behandelte, obwohl sie ihn mit der Übergabe der Videos unterstützt hatte. Wusste er insgeheim, dass ihr Kontakt zu einem Hacker ursprünglich einen anderen Grund hatte? Muriel wurde das Gefühl nicht los, dass dieser Beamte eine Verbindung rekonstruierte und unter Umständen glaubte, sie habe mehr mit der Sache zu tun. Sie wog ab. Lechner wusste garantiert, wer Josch war, und wenn sie seinen Namen nannte, wäre es lediglich eine Bestätigung. Nichts weiter. Aber zugleich fühlte sie sich, als würde sie einen Freund verraten, der ihr geholfen hatte. »Ich halte mich an das Gesetz und an meine Befugnisse. Dementsprechend muss ich Sie bitten, sich an meinen Vorgesetzten oder eine höhere Instanz zu wenden.«

Muriel hatte eine aufbrausende Reaktion erwartet oder eine weitere Drohung, doch stattdessen grinste er sie überraschenderweise arrogant an und drehte sich ohne Kommentar zur Tür.

Als der BKA-Beamte das Büro verlassen hatte, schloss sie für einen Moment die Augen und ließ sich auf den Bürostuhl plumpsen. Sie war überzeugt davon, dass sie mit Konsequenzen zu rechnen hatte. Im Kopf spielte sie etliche Strategien durch, aber egal, wie sie es drehte, die Situation würde sich nicht ändern. Sie wurde mit jeder Sekunde zappeliger und beschloss, nach draußen zu gehen. Frische Luft half bekanntlich.

Abseits der Raucherecke ihrer Kollegen zog sie ihr Handy aus der Tasche und scrollte zu einer Nummer in der Anrufliste. Sie hielt kurz inne und überlegte, was sie sagen sollte, dann drückte sie den Button auf dem Touchdisplay.

»Wildner«, meldete sich die vertraute Stimme.

»Hallo Josch. Ich wollte mich nachträglich für das Abendessen bedanken. Du warst an dem Abend so schnell weg, dass ich keine Gelegenheit dazu hatte.« Sie hörte selbst das leichte Zittern in ihrer Stimme.

»Hallo Muriel.« Es folgte eine kurze Pause. »Ist alles in Ordnung bei dir?«

Ihn nun auszufragen, kam ihr nicht richtig vor, zumal er angespannt wirkte. »Bei mir ist alles so weit okay. Bist du zu Hause? Wir müssen uns unterhalten.«

»Nein, bin ich nicht und ich weiß auch nicht, wann ich wieder zurück bin. Um was geht es denn überhaupt?«, kam die Frage von ihm und sie gewann den Eindruck, er sei leicht genervt.

»Es geht um Vladimir. Wir müssen dringend reden.«

»Wird schlecht gehen.«

»Wieso?«, hakte sie spontan nach.

»Ich bin in Albanien.«

Erst hatte sie Lechner wegen Vladimir unter Druck gesetzt und nun erzählte Josch ihr von einer Reise. »Hast du nichts Besseres zu tun? Ich dachte, du wolltest deinen Bruder suchen«, sagte sie mit vorwurfsvollem Unterton.

»Der sitzt neben mir.«

Damit hatte sie nicht gerechnet. Um ihren Magen legte sich ein Strick, der sich schlagartig im Krampf zusammenzog. »Josch!«, platzte sie heraus, »haben sie dich gefangen genommen?«

»Nein, Muriel. Beruhige dich. Ich habe Vladimir befreit. Wir sitzen beide im Auto und suchen einen Weg, aus Albanien wieder rauszukommen.«

Seine Worte lösten allmählich den Krampf ihres Magens. Sie brauchte ein paar Sekunden, bis sie wieder sprechen konnte. »Entschuldige, ich bin gerade etwas durch den Wind. Was ist passiert und was macht ihr in Albanien? Kann ich etwas für euch tun?«

»Lange Geschichte und alles ein wenig verworren, aber es geht uns so weit gut. Wärst du keine Polizistin, könntest du uns unter Umständen helfen, aber die Sache ist nicht sauber und ich will dich nicht mit hineinziehen. Ich erzähle es dir, wenn wir zurück sind.«

»Dazu ist es zu spät. Das BKA war heute bei mir und hat nachgefragt, von wem ich die Videos bekommen habe.«

Ein Schweigen folgte von der anderen Seite und nur ein Rauschen war zu hören. Schließlich hörte sie Joschs Stimme. »Was hast du ihnen gesagt?«

»Nichts.«

»Bekommst du Ärger deswegen?«

»Mit Sicherheit. Ein gewisser Lechner hat mir die Hölle heißgemacht. Ich nehme an, dass er nicht so leicht aufgeben wird, bis er die Informationen bekommt, die er haben will. Die kennen den Namen deines Bruders. Hat sich das BKA bei dir gemeldet und dich nach ihm befragt?«

Muriel bekam keine Reaktion auf ihre Frage, stattdessen hörte sie Josch mit jemand anderem reden: »Vladimir, kennst du diesen Lechner?« Es folgte von seinem Bruder keine Antwort oder sie hatte sie nicht verstanden. Vielleicht hatte er Josch auch nur ein Zeichen gegeben.

»Nein, das BKA hat sich bei mir nicht gemeldet.«

»Kennt dein Bruder diesen Lechner?«

»Muriel, das spielt im Moment keine Rolle. Wir müssen erst einmal hier rauskommen, und dann klären wir alles Weitere.«

Joschs Geheimnistuerei ärgerte sie, denn sie hatte den Kopf in der Schlinge für jemanden, den sie nicht einmal kannte. Es war eine Sache, dass er ihr geholfen hatte, aber es erschien ihr nicht fair, sie jetzt ohne weitere Informationen abzufertigen. Doch eine Diskussion würde nichts bringen. »Gut, wir reden darüber, wenn du wieder hier bist. Pass auf dich auf und melde dich bei mir. Ich kann und will diesen Lechner nicht mit etwas hinhalten, wofür ich nicht verantwortlich bin.«

»Verstehe ich. Ich melde mich, wenn wir zurück in Deutschland sind.«

Danach brach die Verbindung ab. Josch hatte aufgelegt.

Am Abend nach ihrer Schicht verkroch sich Muriel in Jogginghose und Kapuzenpulli auf ihrem Sofa unter einer Wolldecke. Ein Glas Wein stand vor ihr auf dem Wohnzimmertisch, aber sie hatte nur daran genippt, zu sehr war sie in Gedanken versunken. Schon in der Grundschule wollte sie Polizistin werden. Die damalige Vorstellung hatte zwar nicht das Geringste mit dem echten Berufsleben gemein, dennoch liebte sie ihren Job. Obwohl sie sich ständig als Frau behaupten musste, verstand sie sich gut mit den meisten Kollegen. Sie besuchte jede Weiterbildung und hatte einen klaren roten Faden für ihre Karriere. Doch gerade scheiterte sie an ihren eigenen Ansprüchen. Es wäre ein Leichtes gewesen, Lechner den Namen zu sagen, und doch hatte sie es nicht getan. Es war rechtens, einen Informanten nicht zu nennen, und dennoch fühlte es sich nicht richtig an. Sie grübelte eine Weile darüber, gab es schließlich auf und trank einen großen Schluck aus dem Weinglas.

Nachdem sie sich zwei Mal nachgeschenkt hatte, spürte sie, wie der Alkohol sie in einen leichten Nebel tauchte. Als sich eine unechte Gelassenheit in ihr ausbreitete, schweifte ihr Blick durchs Wohnzimmer und blieb an einem kleinen Kästchen hängen. Die beiden blumenförmigen Brustklemmen darin hatte Takashi ihr bei ihrem letzten Treffen gegeben. Mittlerweile waren 24 Stunden vergangen und er hatte sich nicht mehr bei ihr gemeldet. Für einen Moment überlegte sie, ob sie eine Klemme anziehen sollte und ob ihm ein Selfie ihrer Brust gefallen würde. Sie lachte, der kleine Rausch brachte sie auf ungewohnte Gedanken. Sie war noch immer von Takashi fasziniert und von seiner Art, wie er sie als Frau wahrnahm. Er weckte in ihr Gefühle, die ihr fremd waren und doch etwas auslösten, was sie näher kennenlernen wollte.

Ihre Gedanken schweiften zurück zu den Geschehnissen des heutigen Tages. Obwohl Lechner sich ihr gegenüber wie ein herrisches Stinktier verhalten hatte, hatte er mit seinen Äußerungen nicht ganz unrecht. Sie übernahm eine Verantwortung, die sie in ihren Ausmaßen nicht im Geringsten einschätzen konnte. Zudem kannte sie Josch doch kaum. Sie fand keine Lösung. Es war unmöglich, allen gerecht zu werden, und gleichgültig, wie sie es drehte, in jedem Fall war sie die Dumme. Sie beschloss, beim nächsten Treffen mit Lechner die vollständige Wahrheit zu sagen und die Freundschaft mit Josch ruhen zu lassen. Zwar mochte sie diesen älteren Hacker mit seiner zeitweilig überheblichen Art, aber sie schlitterte in etwas hinein, was ihr unkontrollierbar schien.

Sie war froh darüber, dass der Alkohol ihre Augenlider schwer werden ließ. So war sie nicht mehr fähig, ihre Entscheidung nochmals infrage zu stellen. Sie trank den letzten Rest aus dem Glas, legte die Decke zusammen und trottete leicht schwankend ins Schlafzimmer.

Kapitel 27

Vor einer halben Stunde hatten sie die Autobahn verlassen. Sie kontrollierten nicht mehr allzu häufig, was hinter ihnen geschah. Es schien sie niemand zu verfolgen. Sie folgten den unpersönlichen Anweisungen der Navi-App zur Grenze nach Montenegro. Mit halbgeöffneten Scheiben fuhren sie auf Landstraßen, die sich an steilen Felswänden entlang bergauf und bergab wanden. An manchen Stellen wurde die Straße so eng, dass Josch ein Stück zurückfahren musste, um ein entgegenkommendes Auto vorbeizulassen. Die Landschaft war überwältigend. Eine auftürmende steingraue Bergwelt mit ihren Tälern, die von gemächlichen bis wilden Bächen durchzogen wurde. Durch das Treiben der windgescheuchten Wolken wechselte das Spiel von Licht und Schatten. Josch versuchte, jeden Moment dieser rauen Landschaft aufzunehmen, doch das Fahren verlangte seine ganze Konzentration und es stresste ihn, wenn Einheimische ihn mit lautem Hupen überholten. Die Sommerhitze des Nachmittags legte sich, je höher sie in die Berglandschaft fuhren. Die Luft war kühler, frischer und auch wenn es ihn zwischendurch fröstelte, schloss Josch nicht die Fenster und stellte auch nicht die Heizung des Jaguars an. Die Strapazen der trüben, hoffnungszehrenden Tage wichen mit jedem Atemzug und ließen in ihm eine Lebendigkeit zurückkehren.

Von Vladimirs Idee war er nicht sonderlich begeistert. Sein Bruder hatte eine Bekannte kontaktiert, die in den Bergen lebte. Er kannte sie über ein Forum im Darknet. Sie hatten sich mit sogenannten Gefälligkeiten ausgeholfen, die ein oder andere Information ausgetauscht und sich untereinander illegale Zugänge zu Dokumentenservern verschafft. Nach seiner Meinung war dies mitnichten eine bescheidene Basis für eine vertrauensvolle Beziehung. Das Darknet war nicht der geeignete Ort, um Freundschaften zu schließen, denn dort regierte nur der Eigennutz. Um Gesetze oder gar Moral scherte sich niemand in dieser virtuellen Welt. Aber Josch hatte keine andere Wahl und so fuhren sie zu den GPS-Koordinaten, die Vladimirs Bekannte ihnen mitgeteilt hatte.

Als sie auf eine unbefestigte Straße abbogen und Josch mit Sorge um seinen Jaguar die Steinschläge in den Radkästen hörte, klingelte sein Smartphone und er freute sich, als er sah, wer anrief.

»Hallo Josch, wie geht es euch?«

»Hallo, Lilli. Schön, von dir zu hören. Vladimir geht es besser und er erholt sich gut.«

»Und warum kurvt ihr durch die Berge von Albanien?«

Jetzt fiel es Josch wieder ein. Er hatte ihr mit dem Trojaner sein Handy freigeschaltet, als er auf der Suche nach seinem Bruder war. Sie wusste praktisch immer, wo sie waren. »Wir wurden verfolgt und müssen nun einen Weg finden, Vladimir ohne Pass aus dem Land rauszubekommen.« Ihm fiel dabei auf, dass es ihm nicht schwerfiel, ihr zu vertrauen. Seine anfänglichen Bedenken, dass Lilli die Kontrolle über sein Smartphone hatte, waren verflogen. Es störte ihn nicht einmal.

»Warum seid ihr nicht zum deutschen Konsulat gefahren? Ihr habt nichts angestellt und dort seid ihr erst einmal sicher.«

»Es gibt nur eins in Tirana und wir gehen davon aus, dass die Kerle eine Wache dort positioniert haben. Schließlich haben sie uns schon am Hotel aufgelauert und waren auch am Eingang des Krankenhauses.«

»Sind sie euch noch immer auf der Spur?«, fragte Lilli nach.

»Ich denke, wir haben sie mittlerweile abgehängt. Aber ihre Ressourcen scheinen unbegrenzt zu sein. Wir müssen sogar davon ausgehen, dass sie es waren, die mich gehackt haben. Im Moment habe ich noch keine Vorstellung, wie groß diese Organisation ist und welche Mittel sie noch zur Verfügung haben.«

»Das klingt nicht gut, Josch.«

»Ich weiß, außerdem muss ich dir noch etwas sagen.«

»Dann mal los, aber dir ist schon klar, dass dein Schuldenkonto bei mir so langsam ins Unermessliche steigt.«

Josch sah förmlich, wie sie am anderen Ende der Leitung grinste. Obwohl er keine körperliche Zuneigung für sie empfand, war sie für ihn eine Freundin geworden. »Das BKA ist an dem Fall dran.«

Es folgte sekundenlanges Schweigen, bis sie ihm antwortete: »Das ändert einiges. Ich arbeite nicht mit der Polizei zusammen und muss mein Team darüber informieren. Dann entscheiden wir, wie wir damit umgehen. Bis dahin kann ich nichts mehr für dich tun.«

»Das verstehe ich, aber bisher besteht keine Verbindung zu dir oder deinem Team und ich werde alles daransetzen, dass das so bleibt.«

»Ich würde dir das gerne glauben, jedoch kannst du das nicht garantieren. Ich muss jetzt die Sache mit meinen Leuten besprechen. Pass auf dich auf.«

Ein Knacken unterbrach das Gespräch, bevor er antworten konnte.

Die Fahrt zog sich zwei Stunden hin. Keiner von ihnen setzte sich mit einer Lösung auseinander oder sprach die Geschehnisse an. Jeder für sich genoss die Aussicht auf die Landschaft. Alles wirkte schroff und kantig. Das spärliche Grün zwischen den Felsen zeigte die Unbarmherzigkeit der Natur. Auf den kurvigen Bergstraßen gab es kaum Autos und Häuser fanden sich nur vereinzelt. Dann hatten sie noch drei Minuten zu fahren und Josch zweifelte, ob die Koordinaten stimmten. Das nächste Dorf war einige Kilometer entfernt.

»Sie haben Ihr Ziel erreicht«, verkündete das Navi, als sie auf einen Parkplatz für Wanderer einfuhren.

Josch und Vladimir stiegen aus. Hinter ein paar Bäumen entdeckten sie einen alten orangefarbenen Käfer, der mehr

Rostflecken besaß als lackierte Stellen. Dahinter kam eine grauhaarige Frau mit spindeldürrer Figur hervor, die sie durch ihre enge Jeans und den eng anliegenden Rollkragenpullover noch überaus betonte. Sie hielt eine Flinte in den Händen, die äußerst gepflegt wirkte. Zudem wetterte sie ein paar kurze Sätze, die Josch nicht einmal im Ansatz verstand. Sie hatten unter Umständen ein weiteres Problem.

Vladimir trat in langsamen Schritten auf die Frau zu und hob beschwichtigend die Hände. »Helena?«

Die Flinte senkte sich leicht zu Boden. »Wen hast du sonst hier erwartet?«, erwiderte diese Frau in einem nicht akzentfreien Deutsch.

»Ich bin es, Vladimir. Und das ist mein Bruder Josch.«

»Das kann jeder behaupten. Sag mir, über was wir uns das letzte Mal im Forum unterhalten haben!«

»Wie Passwörter von Word-Dokumenten zu knacken sind.«

Sie lachte mit einem kurzen Schnaufen. »Das war kein Knacken, sondern du hast mir ein Makro geschickt, das stundenlang Passwörter ausprobiert hat. Keine Glanzleistung, mein Lieber.«

»Aber es hat funktioniert oder etwa nicht?«

Die Flinte zeigte nun vollends zu Boden und Josch wurde klar, dass Vladimir Helena keine Geheimnisse anvertraut hatte. Das besagte Makro konnte sich jeder aus dem öffentlichen Internet herunterziehen. Es gab in Hackerkreisen spezielle Algorithmen, die die Passwörter in Bruchteilen von Sekunden ausgaben.

»Was wollt ihr von mir?«

Vladimir fasste die Ereignisse der letzten Tage sachlich kurz zusammen. Er hielt sich dabei an die Fakten und erwähnte keine Mutmaßungen. Helena hörte ihm aufmerksam zu, aber sie zeigte keinerlei Regung.

Nachdem er fertig war, musterte sie ihn, dann sah sie Josch an. »Ich weiß nicht, ob ich euch glauben kann. Mein

Bauchgefühl sagt mir allerdings, dass ihr wirklich verfolgt werdet. Ich habe selbst erfahren, wie es ist, wenn man keine Ahnung hat, wie es weitergehen soll. Zu meinem Glück hatte ich Menschen, die mir geholfen haben, und ich habe den Eindruck, dass ich dem Schicksal nun etwas zurückzuzahlen habe. Aber ich warne euch: Wenn ihr nur die kleinste falsche Bewegung macht, werde ich nicht zögern und von meiner Freundin Gebrauch machen.« Helena hob die Schrotflinte höher und nahm sie in beide Hände. »Ihr könnt die nächsten Tage bei mir unterkommen, bis ihr wisst, wie ihr wieder zurück nach Deutschland kommt. Ich fahre vor und ihr folgt mir.« Worauf sie sich umdrehte und zu ihrem Käfer ging. Die Flinte auf den Rücksitz bugsierte und anschließend den Motor anwarf.

Die beiden Brüder stiegen in den Jaguar und Josch fragte: »Traust du ihr?«

»Nein, dafür kenne ich sie viel zu wenig. Aber es scheint die beste Alternative zu sein, die wir aktuell haben.«

Sie fuhren zehn Minuten und kamen letztendlich an einem in die Jahre gekommenen grau gewordenen Holzhaus an, bei dem sich keiner bemüht hatte, es halbwegs in Schuss zu halten. Die Brüder saßen im Auto und starrten entsetzt den Bretterverschlag an. »Glaubst du, dass sie hier wohnt?«, fragte Josch.

»Ich habe keine Ahnung und es spielt auch keine Rolle. Wir sind nicht in der Position, Ansprüche zu stellen.«

Helena hatte neben dem Haus geparkt und eilte hinüber zu einer Scheune. Sie öffnete das breite Tor und winkte Josch zu, dass er seinen Wagen hineinfahren sollte.

Als er anschließend ausstieg, sagte sie: »Es ist besser, wenn niemand den Wagen sieht. Die Kiste ist auffälliger als ein rosa Elefant im Zoo.«

Zusammen gingen sie zum Haus hinüber. Die alte Tür knarrte laut, nachdem Helena das Vorhängeschloss aufgeschlossen hatte. Sie traten in eine große Essküche ein, die nicht minder heruntergekommen war. Der Holzofenherd hatte offensichtlich den Zweiten Weltkrieg überlebt. Auch die Schränke und der Küchentisch mit seinen Stühlen waren abgegriffen und hatten ihre besten Tage schon lange hinter sich gelassen. Für Josch war es fast unvorstellbar, dass hier jemand lebte. Es war für ihn mehr ein Unterschlupf als ein Zuhause.

»Ihr seht aus, als ob ihr etwas zu essen vertragen könntet.« Helena ging zum Kühlschrank, der zumindest nicht den Anschein machte, Jahrzehnte alt zu sein.

Josch war unschlüssig, ob es nicht besser war, für die Dauer ihres Aufenthaltes in dieser runtergekommenen Baracke zu hungern.

Doch Vladimir antwortete bereits: »Mordshunger wäre untertrieben.«

In dem Moment legte Helena einen Teil ihrer Strenge ab, ihr mit Falten durchzogenes Gesicht zeigte sogar ein Lächeln. Grotesk, aber schon fast menschlich. »Setzt euch.« Sie nahm allerlei aus dem Kühlschrank und verteilte es auf dem Tisch. Richtete Teller und Besteck an, um dann einen Laib Brot aus einer alten Holzkiste zu nehmen.

Vielleicht lag es an der Bergluft. Das selbst gebackene Brot, der leicht würzige Schafskäse und die grobe Salami waren an Einfachheit nicht zu überbieten. Es war das beste Abendbrot, das Josch seit Langem gegessen hatte. Wenn auch der verdünnte Rotwein ein Affront an die Winzerkunst war. »Was machst du hier so alleine?«, brach er das Schweigen.

Helenas Blick verdüsterte sich und es war ihr anzusehen, dass sie ihr Misstrauen überwinden musste, bevor sie antwortete: »Als Frau fehlen einem die Möglichkeiten, wenn der Mann im Gefängnis gestorben ist. Außerdem vergessen die Leute nicht, dass ich vor mehr als zwanzig Jahren beim Aufstand dabei gewesen war. Also habe ich mich hierher zurückgezogen und kämpfe auf meine Weise gegen das weiter, was die Leute nicht bereit sind zu sehen.«

Vladimir rümpfte die Nase und sah sie fragend an. »Und was wollen die Menschen nicht sehen?«

»Das Offensichtliche. Die Regierungen erzählen uns Lügen und beuten die Menschen aus, um immer mehr Macht und Geld zu bekommen.«

Josch bemerkte, wie Helenas Augen schmal wurden. Ihre Stimme klang vorherrschend hart und ihre Gesichtszüge verkrampften sich. Der blanke Fanatismus. »Woher kannst du so gut Deutsch?«, versuchte er vom Thema abzulenken.

»Mein Mann war Deutscher. Er kam damals hierher, um uns in unserem Widerstand zu unterstützen. Es dauerte nicht lange und wir verliebten uns ineinander. Doch als die Polizisten bei einer Demonstration getötet wurden, verhafteten sie ihn. Es gab keine wirklichen Beweise. Es reichte, dass er Ausländer war. Fast achtzehn Jahre habe ich ihn im Gefängnis besucht. Eines Tages teilte er mir dann mit, dass er Krebs habe. Ich versuchte alles, damit er medizinisch versorgt wurde, doch das stand einem angeblichen Polizistenmörder nicht zu. Zwei Wochen vor seinem Tod durfte ich dann aus angeblichen Sicherheitsgründen nicht mehr zu ihm. Sie hatten ihn ins Spital verlegt und dort waren keine Besucher erlaubt. In dieser Zeit habe ich angefangen, seine Kontakte in Deutschland wieder aufzunehmen, und so lernte ich die Sprache immer besser.«

»Was sind das für Kontakte?«, fragte Vladimir skeptisch.

»Wir sind eine Gemeinschaft, die es sich zur Aufgabe gemacht hat, die Regierungen zu überwachen und mit allen Mitteln jeden Missbrauch aufzudecken.«

»Wie macht ihr das?«

»Die Menschen nennen es Internet, schon mal gehört?«, spottete Helena.

»Wir versuchen, sämtliche technische Möglichkeiten zu nutzen. Unter anderem haben wir in einigen behördlichen Büros Programme installiert, mit denen wir den Schriftverkehr zum kleinen Teil überwachen. Durch das Netzwerk und Insiderinformationen bekommen wir recht schnell mit, wenn die Großen wieder versuchen, eines ihrer Dinger zu drehen. Es ist uns schon einige Male gelungen, diese verdammten Hurensöhne am Arsch zu kriegen.«

Josch rieb sich das Kinn. Ihre Überzeugung beruhte auf Besessenheit. »Dazu ist aber einiges an Technik notwendig, außerdem dürften die wichtigen Informationen verschlüsselt sein.«

»Danke, ist mir bekannt. Acht Semester Mathematik sollten dafür reichen«, sagte sie mit einem Zwinkern.

»Aber ohne entsprechendes Equipment bringt dir das theoretische Wissen nichts«, fügte Vladimir an.

»Stimmt.« Helena stand auf und signalisierte den Brüdern, ihr zu folgen. Abseits hinter einer Holzwand versperrte eine von der Decke hängende dicke Folie den Eingang. Sie schob den Kunststoff zur Seite und dahinter befanden sich tischhohe Metallschränke. Auf einem klapprigen Tisch standen zwei Monitore. Ein Luftzug war deutlich zu spüren, als sie eintraten. »Voll klimatisiert und dazu zwei Ryzens mit jeweils 32 Prozessorkernen. Das System ist über eine bidirektionale Satellitenverbindung mit dem Internet verbunden. Die Rechenpower sollte wohl reichen, oder etwa nicht?«

Vladimir nickte zustimmend, ohne beeindruckt zu sein.

»Mit den Jahren lernten wir, dass wir Verbündete brauchten, die uns mit Geldmitteln versorgen. Es war nicht sonderlich schwer, diese zu finden. Im Gegenzug bekommen sie von uns Hinweise und erlangen damit eine gewisse eigene Sicherheit gegenüber den jeweiligen Regierungen.«

Nachdenklich stand Josch in diesem in Folie eingepackten Raum. Helena tat nichts anderes als er und sein Bruder. Sie beschaffte Informationen und wurde dafür bezahlt. Allerdings gab es einen gravierenden Unterschied. Er war nie besessen gewesen von seiner Arbeit. »Sind es nur Regierungen oder auch Organisationen, die ihr überwacht?«

Die dürre grauhaarige Frau sah ihn argwöhnisch an und

schielte dann kurz zur Seite. »Man muss es als System betrachten: Organisationen unterstützen die Politik und umgekehrt. Es ist ein Geben und Nehmen, wobei jeder von ihnen verdient und seine Macht damit ausbaut.«

»Reichen eure Kenntnisse auch bis nach Japan?«

»Das Land interessiert uns nicht. Wir haben genug mit unseren eigenen Problemen zu tun.«

»Nehmen wir mal an, wir hätten ein Problem, bei dem es nicht um Geld oder Macht geht.«

»Welches sollte das sein?«, fragte Helena.

»Unser Leben.«

Sie spazierte langsam durch den Raum und schaute dabei auf den Boden. »Uns geht es um Gerechtigkeit. Wenn euer Leben in Gefahr ist, so solltet ihr Hilfe bekommen. Was könnte ich zum Beispiel für euch tun?«

»Eine Möglichkeit wäre, dass du uns dein System zur Verfügung stellst.«

Helena unterbrach ihr Herumspazieren, stand still und schien zu überlegen. »Es wäre für uns vielleicht von Vorteil, wenn ihr euch unserer Bewegung anschließen würdet.«

»Nein, Helena. Das kannst du vergessen. Wir sind nur Dienstleister und keine Kämpfer für eine Sache, mit der wir nichts zu tun haben. Aber im Gegenzug stehen wir mit zwei oder drei Diensten in deiner Schuld und die würden ein gutes Stück über ein Makro hinausgehen.«

Sie zögerte nicht lange und nickte. »Einverstanden. Aber ihr erklärt mir alles, was ihr auf meinem System treibt.«

Josch rieb sich die Hände. »Dann lass uns mal anfangen. Wir müssen endlich rauskriegen, hinter was diese Organisation eigentlich her ist. Sie wollen Vladimirs Daten und es ist mir schleierhaft, was daran so wichtig sein soll.«

Ein Nicken folgte von Helena, worauf sie die Rechner bootete. Sein Bruder setzte sich an die Tastatur und loggte sich auf seinem E-Mail-Account ein.

»Was hast du vor?«, fragte Josch.

»Die allgemeine Lage checken.« Dann klickte sich Vladimir zu den Nachrichten durch. Eine Vielzahl stammte von Josch und dazwischen einige mit kryptischen Zeichenfolgen, die nur lesbar waren, wenn sie entschlüsselt wurden.

Josch zeigte mit dem Finger darauf: »Von wem sind die?«

»Das sind die indirekten Nachrichten vom BKA. Die Mails sind nicht zurückverfolgbar, aber zumindest nur primitiv verschlüsselt.« Sein Bruder tippte ein schier endloses Passwort ein, worauf die ersten vier Zeilen lesbar wurden. Er klickte die letzte an. Josch überflog den Text. Vladimir wurde mit höchster Dringlichkeit aufgefordert, die verfügbaren Auswertungen schnellstmöglich zu schicken.

»Ist das BKA das Bundeskriminalamt von Deutschland?«, erkundigte sich Helena beiläufig.

Josch nickte.

»Was habt ihr mit der Polizei zu tun?«, fragte sie und ein Funke ihrer Paranoia blitzte in ihren Augen auf.

Dieses Mal antwortete Vladimir: »Ich hacke mich für die durch diverse Server und beschaffe Informationen, an die sie sonst nicht rankommen.«

Mit schnellen Schritten verschwand Helena und kehrte mit der Schrotflinte zurück. Sie zielte auf Vladimir. »Hände weg von der Tastatur«, befahl sie ihm, der darauf sofort die Arme hob. »Ganz ruhig, Helena. Du hast es uns doch erlaubt«, sagte er mit einem leichten Zittern in der Stimme.

»Ihr habt mich verarscht. Ich wusste nicht, dass ihr Bullen seid.«

Jetzt war Schluss. Josch schritt auf Helena zu, griff entschlossen die Flinte am Lauf und drückte sie zu Boden. »Wir sind nicht von der Polizei. Vladimir hat illegale Aufträge angenommen. Es waren Jobs, für die er bezahlt wurde, weil die Leute vom BKA diese selbst nicht durchführen wollten oder konnten. Keiner von uns beiden ist froh über diese Situation. Und jetzt lass das Gewehr los, setz dich an den Rechner und lies selbst die Mails, die er vom BKA bekommen hat. Wenn du nur einen Hinweis findest, dass die Polizei sich dort zu erkennen gibt, werden wir augenblicklich dein Haus verlassen.«

Mit kalten Augen sah Helena ihn an. Sie zeigte nicht die geringste Emotion, ließ aber das Gewehr los und setzte sich vor den Rechner. Schweigend las sie eine Mail nach der anderen, sogar die, die nicht vom BKA waren. Ein paar Minuten später drehte sie sich zu ihnen um. »Ihr seid stink-normale Hacker, die Informationen beschaffen. Und das Ganze macht ihr nur wegen des Geldes?«

»Genau«, sagte Josch, der mittlerweile die Flinte in die Ecke gestellt hatte.

»Und warum will man euch dann umbringen?«

»Wir wissen es nicht. Deswegen brauchen wir dein System, um es herauszubekommen.«

Helena stand auf und gab den Stuhl frei. »Dann solltet ihr endlich anfangen.«

Joschs Körper entspannte sich ein wenig und doch traute er dieser Frau keinen Millimeter. Sie war unberechenbar und litt an einem ausgewachsenen Verfolgungswahn.

Kapitel 28

Den ganzen Tag in dem in Folien umgebenden Raum zu sitzen, war für Vladimir, als wäre er verpacktes Frischfleisch. Das Brummen der Computerlüfter und das Gesumme der Klimaanlage verstärkten den Eindruck: Ware in einer Tiefkühltruhe im Supermarkt zu sein. Der Luftzug ließ ihn frösteln.

Helena hatte ihnen am Vormittag erlaubt, ihr System zu nutzen. Gemeinsam mit Josch hatten sie ihre Programme durchgeschaut. Die meisten waren bekannt, sie entsprachen den üblichen Suchalgorithmen in der Szene. Vladimir hatte seinen Platz nur zum Pinkeln verlassen. Josch war mehrfach hinausgegangen und einmal war er für zwei Stunden spazieren gegangen. Helena war entgegen seiner Erwartung nicht immer präsent, sie arbeitete draußen. Was, wusste er nicht. Es interessierte ihn auch nicht.

Seine Kopfschmerzen wurden langsam unerträglich. Er kam nicht weiter. Der Zugriff auf die Cloud funktionierte nicht sonderlich schnell. Dies lag vor allem daran, dass die Anlage über Satellit mit dem Internet verbunden war. Jedoch erwies sich die Analyse der Datenbankeinträge mit diesen Mitteln nicht effektiv. Vladimir wandte sich zu Helena, die sein Tun mittlerweile wieder über seine Schulter mit kritischem Blick beobachtet hatte. »Ich müsste ein paar Skripte runterladen und sie auf deinem Rechner installieren. Anschließend kann ich sie wieder löschen.«

»Was bedeutet das genau?«, hakte sie skeptisch nach.

»Es handelt sich um Programme, die mit der Programmiersprache Prolog ausgeführt werden. Damit könnte ich eine modifizierte Wissensdatenbank aus meinen gesammelten Daten generieren, die ich mit speziellen Regeln verknüpfen kann. Mit dem Ergebnis berechnet ein Zusatzprogramm aus der künstlichen Intelligenz anschließend eine virtuelle Karte von gewichteten Zusammenhängen.

Die Qualität der Datenaufbereitung wäre um ein Vielfaches besser als das, was ich bereits erreicht habe.

»Ich nehme an, es handelt sich um neuronale Netze.«

Vladimir nickte und ihm fiel wieder ein, dass Helena Mathematik studiert hatte und ihr somit die Algorithmen nicht unbekannt waren. »Du arbeitest damit für deine Nachforschungen?«

Helena schüttelte leicht den Kopf und ihr Lächeln wirkte überheblich. Sie übernahm die Maus und nach ein paar Klicks hatte sie einen Dateiordner geöffnet. Vladimir erkannte sofort, dass alle notwendigen Programme vorhanden waren. Er und sein Bruder hatten sie zuvor übersehen.

»Mit solchen Spielereien habe ich mich am Anfang beschäftigt, doch ich habe recht schnell festgestellt, dass eine derartige simple Analyse sinnlos ist. Wenn der Datenbestand zu groß ist, werden zwar Zusammenhänge etwas anschaulicher, aber meistens sind sie immer noch zu komplex, um sie zu verstehen. Das Problem der KI ist nach wie vor, dass die Algorithmen nicht kreativ sind. Es werden nur Wahrscheinlichkeiten berechnet.«

Josch hatte auf dem Stuhl gesessen und zugehört. Mit scheinbar gewecktem Interesse stand er auf und stellte sich hinter sie, um auf den Monitor zu schauen. Vladimir war beeindruckt, denn Helena hatte es auf den Punkt gebracht. Ohne die richtige Lernstrategie und eine entsprechende Vorgabe für die KI-Programme ergaben die Auswertungen zu oft Ergebnisse, die einen nicht weiterbrachten. Viele Nächte hatte er mit seinem Bruder darüber diskutiert, aber im Endeffekt hatten sie so lange die Parameter geändert, bis letztendlich die Testdaten ein halbwegs akzeptables Resultat lieferten. Die Schwierigkeit war, den Algorithmen präzise zu vermitteln, was sie zu lernen hatten. Die Programme dachten nicht nach, sie verglichen lediglich Muster. Ein Optimum schien es nie zu geben. »Wie würdest du vorgehen?«, fragte er Helena.

»Dazu müsste ich erst wissen, um welche Arten von Daten es sich handelt und was ihr eigentlich finden wollt.«

In einem längeren Gespräch, unterbrochen von Josch, erklärte ihr Vladimir, dass die Datenbank mit Dokumenten, Mails und Chateinträgen gefüttert worden war.

Josch übernahm nach einer Weile die Ausführungen. »Wir konnten bisher nicht herausfinden, warum diese Daten so wichtig sind, dass mein Bruder deswegen gefoltert wurde. Aber zurzeit denke ich, dass diese Leute uns sogar dafür töten würden. Das BKA wird uns dabei nicht helfen. Offiziell gibt es keine Zusammenarbeit und sie würden Vladimirs Beauftragung bei jeder Gelegenheit abstreiten. Es wäre ein regelrechter Skandal, wenn diese Geschichte rauskommen würde. Wir sind zwischen irgendwelche Fronten geraten. Das Einzige, was wir herausfinden wollen, ist, wie wir aus diesem Wahnsinn wieder rauskommen.«

Ein fast gleichgültiges Schulterzucken war Helenas Reaktion, sie war sichtlich unbeeindruckt. »Wie viele Einträge hat die Datenbank?«

»Mehrere Hunderttausend und ein großer Teil ist in Japanisch.«

»Das ist nicht besonders viel. Welches Linguistikprogramm habt ihr für die Übersetzung benutzt?«

»Wir haben die gehackte Schnittstelle von einer der größten Suchmaschinen benutzt. So hatten wir uneingeschränkten Zugang und umgingen damit die Beschränkung auf die Textlänge«, antwortete Vladimir mit einem gewissen Stolz.

Doch Helena lachte nur. »Tolle Idee. Und ihr habt Übersetzungen erhalten, die nicht einmal ein Muttersprachler versteht. Es existieren mittlerweile Linguistikprogramme, die nicht nur die Wörter übersetzen und diese in grammatikalische Regeln packen, sondern die zudem einen sinngemäßen Zusammenhang in den Sätzen suchen und dann die Übersetzung entsprechend anpassen.«

Ohne sich seine Begeisterung anmerken zu lassen, hatte

Vladimir zugehört. Diese unscheinbare Frau hatte tatsächlich etwas drauf. Sein Bruder und er waren zwar dazu fähig, in die meisten Server einzubrechen, aber die Datenanalyse blieb immer noch eine spezielle Herausforderung. »Hast du solche Programme?«

Es dauerte vier Klicks und Helena hatte ein entsprechendes Sprachprogramm geöffnet. »Wie sollte ich sonst meine Arbeit machen? Allerdings ist es nicht ratsam, das Programm mit der Analyse parallel laufen zu lassen. Es ist besser, erst die Übersetzung abzuschließen und in dieser Zeit die Analyse zu konfigurieren. Ich kann euch die entsprechenden Programme auf einem Stick speichern.«

Josch rieb sich mit einer Hand das Kinn und Vladimir wusste genau, worüber er nachdachte. »Das wäre hilfreich, wenn wir ein lauffähiges System hätten. Aktuell sind unsere Rechner gerade offline und daher können wir sie nicht nutzen.«

»Und das bedeutet was?«

»Wir müssten dein System dazu nutzen.«

»Vergesst es! Ich lass mir doch nicht meine Rechner mit eurem Mist zumüllen.«

Damit hatte sie nicht unrecht, Vladimir hätte genauso reagiert. »Dein System bleibt sauber, die Ergebnisse werden direkt auf der Cloud abgelegt und es wird keine einzige Datei auf deine Festplatte gespeichert.«

Mit dem Zusammenpressen ihrer Lippen war Helena deutlich anzusehen, dass ihr die Sache trotzdem nicht recht war. »Nur unter der Voraussetzung, dass keiner von euch beiden die Tastatur oder die Maus anfasst. Ich werde mein System bedienen.«

Sofort hob Vladimir die Hände vom Tisch. »Einverstanden. Wie fangen wir an?« Er erntete prompt einen bösen Blick von ihr. »Entschuldige, wie fängst du an?«, korrigierte er seine Frage.

»Als Erstes brauche ich den Zugang zu deiner Datenbank. Das Übersetzungsprogramm kann dann schon einmal anfangen, die japanischen Informationen in deutscher Sprache in einer neuen Tabelle abzulegen. Wenn das erledigt ist, können die Kategorien berechnet werden.«

»Was kann ich mir darunter vorstellen?«, wollte Josch wissen.

»Okay, Linguistik für Anfänger. In jeder Sprache gibt es verschiedene Arten, etwas mitzuteilen. In unserem Fall sind Anweisungen wichtig und die dazugehörige Reaktion. Zusätzlich gibt es Informationen, die als Wissen weitergegeben werden. In den Kategorien werden diese Sprachmerkmale getrennt und dann in Unterkategorien unterteilt. Es ist nichts anderes, als aus einem großen unüberschaubaren Problem viele kleine verständliche zu erstellen.«

Vladimir hatte Zweifel, ob dies funktionieren würde. Zumindest war sich Helena ihrer Sache sicher und so gab er ihr die Zugangsdaten und die Verschlüsselung für seine Datenbank. Unmittelbar startete sie das Linguistikprogramm, das parallel mehrere Dateien übersetzte.

Draußen war es schon dunkel und als die Übersetzungen abgeschlossen waren, war es bereits elf. Josch und er hatten ihr aufmerksam bei ihrer Arbeit zugeschaut, denn das Programm brauchte zwischendurch Anweisungen, wenn die Erkennung nicht eindeutig war. Helena hatte viel Erfahrung und überlegte meist nicht lange. Ohne den Blick von den Monitoren abzuwenden, klickte sie weitere Programme an. »Ich werde zuerst die Wissensinformationen in Kategorien packen, dann haben wir zumindest einen Überblick, um was es sich überhaupt handelt.« Mit ein paar Befehlen rannten die Anzeigen schon über die Bildschirme. »Das wird einige Zeit dauern. Wir sollten eine Runde schlafen.«

Schlaf fand Vladimir allerdings nur wenig. Obwohl sein Körper von den Strapazen ausgelaugt war, lag er lange wach und dachte nach. In dem Verlies und mit den qualvollen Schmerzen hatte er seinen Lebenswillen verloren.

Jetzt waren seine Chancen zwar besser geworden, dennoch erschien ihm die Lage aussichtslos. Den Verrat an Josch würde er sich nie verzeihen. Als er dann endlich eingeschlafen war, quälten ihn Albträume. Sein erster Gedanke am nächsten Morgen war, wie lange sie überleben würden.

Mit argen Verspannungen im Rücken und im Nacken schleppte er sich mit schlürfendem Gang zu den Rechnern. Josch saß bereits mit Helena vor den Monitoren und sie diskutierten über das Ergebnis.

»Moin, ist schon etwas rausgekommen?«

Josch wandte sich zu seinem Bruder. »Moin, es wurden vier Kategorien priorisiert.«

Helena murrte nur ein kaum verständliches »Guten Morgen«.

»Und was bitte, sind diese Kategorien?«

Josch las vom Bildschirm ab: »Fördergelder, Institut, Batterie, Investitionen und Gutachten.«

»Echt super. Das sind alles Begriffe, die ich in meinem Suchalgorithmus schon verwendet habe.«

Helena ignorierte seine Aussage, als wäre sie so unwichtig wie die Anzahl der Schneeflocken am Nordpol. »Da die Fakten nun gewichtet sind, werde ich die nächsten Schritte durchführen. Daraus ergeben sich die Aktivitäten, die dahinterstecken.«

Eine weitere kritische Bemerkung schluckte Vladimir runter, denn die Idee mit der Kombination von Tatsachen und resultierenden Handlungen war ein durchaus vielversprechender Ansatz. Falls es funktionieren würde. Aber das gegenüber Helena zuzugeben war eine andere Sache. »Gibt es hier irgendwo einen Kaffee?«

»Ich starte die Skripte, dann können wir frühstücken. Du kannst den Tisch decken.«

Hatte diese Frau das tatsächlich gerade gesagt? Sie klang schon fast wie seine Mutter. Egal, er hatte im Moment sowieso nichts Besseres zu tun. Vladimir trottete in den weiträumigen Küchenbereich und suchte in den Schränken das Geschirr zusammen. Josch folgte ihm und setzte Kaffeewasser auf dem Holzherd auf. Anschließend schlug sein Bruder sechs Eier in eine Gusspfanne. Indessen nahm er Wurst, Käse und Butter aus dem Kühlschrank.

Kurz darauf erschien Helena und betrachtete den Küchentisch: »Hey, Jungs! Gar nicht mal übel. Das hatte ich jetzt nicht erwartet.« Sie nahm einen größeren Laib aus dem Brotkasten und schnitt dicke Scheiben mit einem unterarmlangen Messer ab.

Josch schien zu überlegen, ihr eine entsprechende Antwort zu geben. Aber der Anblick des Frühstücks und der Duft von gebratenem Ei ließen wohl auch ihm das Wasser im Mund zusammenlaufen. Sie aßen und redeten dabei wenig. Jeder schien seinen eigenen Gedanken nachzugehen.

Danach räumte Helena den Tisch ab und Josch half ihr dabei. Er selbst sah nicht ein, sich an den Aufräumarbeiten zu beteiligen. Schließlich hatte er den Tisch gedeckt. Vladimir schlenderte hinüber zu den Rechnern. Das Programm spuckte schon die ersten Ergebnisse aus. Er war überrascht, wie primitiv die Zusammenhänge waren. Kurz darauf erschienen die anderen beiden und betrachteten ebenfalls die Resultate.

Mit ihrem Finger fuhr Helena über einen der Monitore und zeigte dabei auf einzelne Einträge. »Ist zwar ziemlich aufwendig, aber die Strategie kann durchaus lukrativ sein, wenn ein entsprechendes Netzwerk von Fachleuten zur Verfügung steht«, plapperte sie vor sich hin.

»Was meinst du damit?«, fragte Josch.

»So, wie es aussieht, handelt es sich um eine Organisation, die verschiedene Aktivitäten durchführt.«

Josch konzentrierte sich auf die Einträge und rieb sich das Kinn. »Verstehe ich das richtig. Eine Organisation fingiert eine neue Technologie, also in dem Fall eine Superbatterie, mietet irgendwo ein Gebäude und staubt dann Fördergelder in Millionenhöhe ab?«

Helena nickte. »Ja, mit den entsprechenden Wissenschaftlern werden Forschungsberichte gefälscht und irgendein Gutachter schreibt die Rapports, wie innovativ und sensationell die Sache läuft.«

Josch hob den Zeigefinger. »Ich habe mich doch mit dem Leiter von diesem Institut unterhalten. Ich dachte erst, es wäre nichts anderes als das Geschwätz eines Verkäufers, aber so langsam dämmert es mir. Dieser Pawlowski schwärmte von ihrer neuen Batterie, aber vor allem würde sie Deutschland wieder an Spitze der Elektromobilität bringen. Wir wissen alle, wie wir Deutschen sind. Wir wollen immer die Besten sein und dafür sind wir auch bereit zu zahlen. Und was ist des Deutschen liebstes Kind? Natürlich das Auto. Wenn es diese Superbatterie tatsächlich nicht gibt, dann haben wir Millionen für ein Luftschloss bezahlt.«

Vladimir dachte an seinen Zellengenossen. »Peter erwähnte auch, dass er wegen eines Gutachtens für ein Wellenkraftwerk erpresst worden war, das ebenfalls nur eine Attrappe gewesen ist. Aber was mir nicht in den Kopf geht, ist die Tatsache, dass diese Organisation dafür sogar tötet. Und warum entführen die mich für ein paar Daten?«

Helena stützte ihren Ellenbogen auf dem Tisch ab und fuhr sich mit der Hand durch die grauen Haare. »Es geht nicht um die Dateien oder deren Inhalte im eigentlichen Sinn. Es muss als Ganzes betrachtet werden. Mit diesen Informationen können die Machenschaften nachvollzogen werden. Das Netzwerk, also zumindest ein Teil davon, würde auffliegen. Die Beteiligten wären mit ihren Diensten nicht mehr nutzbar und es würde Jahre dauern, ein neues Netzwerk aufzubauen. Was nicht nur viel Zeit braucht, sondern auch Kosten verursacht. Es wäre ein enormer Verlust. Ich sage es mal direkt. Euch umzubringen, wäre wesentlich günstiger und effektiver.«

Josch schlug sich mit der flachen Hand auf die Stirn. »Es kann doch nicht sein, dass wir Deutschen so doof sind.«

Das darauf folgende Lachen von Helena klang gekünstelt und sie brauchte eine Weile, bis sie sich gefangen hatte. »Ihr Deutschen lebt von eurer Arroganz. In vielen Fällen mag das funktionieren, aber oft ist es nur Ignoranz.«

Der Schock saß wie ein dicker Kloß in Vladimirs Magengegend. »Wir kommen aus der Sache nicht mehr raus. Diese Organisation wird erst aufgeben, wenn sie haben, was sie wollen. Sie haben mich gefoltert, nur damit sie ihre Dateien wieder bekommen. Aber da sie nun wissen, dass keiner außer Josch und mir Zugang zu der Datenbank hat, wären die Daten auch sicher, wenn sie uns beide töten.«

Helena nickte, ohne etwas zu sagen. Dann schaute Vladimir seinen Bruder an, der die Arme vor der Brust verschränkt hatte, und meinte: »Das mag vielleicht stimmen, aber aufgeben kommt nicht infrage, denn eines mögen wir Deutschen mit Sicherheit nicht: Wenn einer versucht, uns zu bescheißen.«

Kapitel 29

Muriel betrachtete sich im Spiegel. Das blaue Kleid reichte ihr fast bis zu den Knien und betonte ihre langen Beine. Der Ausschnitt ließ den Blick frei zu den Ansätzen ihrer kleinen Brüste, die ohne Büstenhalter unter dem fließenden Stoff ein Hingucker waren. Sie drehte sich vor ihrem Spiegelbild und war zufrieden, wie ihr Busen, der Hintern und die Beine zur Geltung kamen. Etwas argwöhnisch fiel ihr Blick auf ihre Hüften. Sie waren zu schmal und damit fehlten ihr an dieser Stelle die weiblichen Rundungen. Doch sie hatte gelernt, dies mit dem Gang zu kaschieren. In den hohen Pumps flanierte sie durch das Schlafzimmer. Sie setzte dabei die Schritte etwas mittig, sodass ihre Hüfte leicht mitschwang. Nur eine Sache war offen. Sie blieb stehen, sah sich im Spiegel an und streifte einen Träger von der Schulter, sodass ihre nackte Brust zu sehen war. Die metallene, blumenförmige Klemme setzte sie passgenau um ihre Brustwarze. Der Schmerz war ertragbar und doch gegenwärtig. Takashi hatte ihr vor einer Stunde mitgeteilt, dass sein Chauffeur sie an ihrem freien Tag zu einem Brunch abholen würde. Er hatte ihr vorgegeben, eine Klammer anzulegen. Mit der Vorstellung, wie er sie mit diesem Accessoire betrachten würde, stieg in ihr ein leichtes Kribbeln auf.

Es klingelte an der Tür. Sie zog den Träger hoch, richtete ihr Kleid und sah ein letztes Mal in den Spiegel. Sie hatte sich nur dezent geschminkt und besaß eine natürliche Ausstrahlung. Sie war zufrieden mit dem, was sie sah. Genau so wollte sie sein. Im Flur nahm sie die dunkelblaue Handtasche und öffnete die Haustür. Der Regen der Nacht hatte längst aufgehört und die Sonnenstrahlen des Vormittages ließen die erwärmte Luft wieder aufsteigen. Wie erwartet stand der gleiche, nicht großgewachsene Chauffeur im schwarzen Anzug in der Tür. Muriel überlegte für einen Moment, warum er keine Mütze trug, was er scheinbar ahnte. Er lächelte verschmitzt und neigte den Kopf nur andeutungsweise zur Begrüßung.

Kurz darauf saß sie hinter ihm im Wagen und sie fuhren die Strecke, die sie bereits kannte. Das Ziel war Yamamotos Bungalow. Ihr Smartphone gab ein Signal. Sie überflog die unbedeutende Nachricht einer Bekannten und schaltete daraufhin ihr Handy aus. Heute würde sie es nicht mehr brauchen. Sie gierte dieses Mal nicht wie ein Teenager auf das Wiedersehen, stattdessen kontrollierte sie ihre Aufregung. Takashi hatte sich erst nach eineinhalb Tagen wieder gemeldet und in dieser Zeit hatte sie für sich beschlossen, ihre Gefühle im Zaum zu halten. Sein Verhalten hatte sie beeindruckt und sie hatte sich eindeutig in diesen Kerl verknallt. Aber von ihm kamen nicht die erhofften Signale.

Am Haus angekommen, geleitete der Chauffeur sie zur Tür und drückte für sie auf den Klingelknopf. Als sich nach einigen Sekunden die Tür öffnete, zog sich der Fahrer wieder mit einem verschmitzten Lächeln zurück. Beim Anblick von Takashis kurzärmligen Poloshirt und der Stoffhose stieg Enttäuschung in Muriel auf. Für ihren Geschmack kleidete er sich etwas zu konventionell im Vergleich zu ihrem Kleid. Aber was hatte sie erwartet? Ohne Begrüßung nahm er ihre Hand, führte Muriel in den Flur und hob dann ihren Arm, um sie vor sich zu drehen. »Du siehst bezaubernd aus.«

»Danke.« Sie nahm das Kompliment an, aber es hatte keine Wirkung auf sie. Die Sache wurde mehr und mehr zum Spiel. Kurz wendete er sich von ihr ab und nahm von der Anrichte zwei gefüllte Sektkelche und wartete, bis sie an dem Champagner genippt hatte. Sie schmeckte einen leicht bitteren Beigeschmack, aber meinte sich zu täuschen. Wahrscheinlich war es nur die Zahnpasta. Takashi stand dicht vor ihr und beobachtete sie geduldig, wie sie mit Pausen trank. Dabei strich er ihr zärtlich über den Unterarm. Seine Finger tanzten auf ihrer Haut und verscheuchten mit jeder Bewegung mehr ihrer Bedenken. Ihre Härchen stellten sich auf und der Wunsch nach mehr, ließ ihren Puls schneller schlagen.

Dann passierte es. Takashi sah sie mit grauen kalten Augen an und küsste sie. Seine Lippen touchierten erst die ihren, nahmen einen unaufdringlichen Kontakt auf. Sie hielt das Glas in der Hand und schloss die Augen. Die sanfte Berührung war wie ein Stück Erlösung. Fester trafen sich ihre Münder und sie fühlte, wie Leidenschaft als eine Brise der Sinnlichkeit an ihrem Rücken hinunterstrich. Muriel öffnete leicht den Mund und wünschte sich, die Spitze seiner Zunge zu spüren. Doch nach Sekunden verlor sich diese Zärtlichkeit. Mit der Erwartung auf einen weiteren Kuss hielt sie die Lider geschlossen, bis sie seine Stimme leise hörte: »Wir sollten das Frühstück nicht kalt werden lassen.«

Noch leicht benommen fiel ihr das Akzeptieren schwer. Hatte sie sich falsch verhalten? Hätte sie mehr Hingabe zeigen sollen? Zweifel stiegen wie Blasen auf und verdichteten sich.

Takashi nahm Muriel an der Hand und führte sie ins Esszimmer, wo die gegenüberliegenden Seiten des Tisches eingedeckt waren. Auf jeder standen ordentlich angeordnet neun viereckige weiße Schälchen. Muriel erkannte Reis, Gemüse, Nudeln und vieles mehr, das sehr köstlich aussah. Ihr Appetit hatte aber gerade kein Verlangen nach Essen. Takashi rückte ihr den Stuhl zurecht und setzte sich ihr gegenüber. Mit durchgestrecktem Rücken musterte er sie und sein Blick verharrte auf ihrer Brust. »Du solltest die Klemme abnehmen, damit du das Essen ohne den Schmerz genießen kannst.«

Dieser Mann flipperte mit ihren Gefühlen. Der Kuss hallte in ihr sinnlich nach und lief mit der Enttäuschung um die Wette. Muriel hatte sich kurz gefangen und nun sprach er die Klemme an, die sie fast vergessen hatte. Dennoch war sie in dem Moment erleichtert. Sie trug das Teil schon über eine Stunde und spürte jetzt wieder das mittlerweile unangenehm gewordene Kneifen an ihrer Brustwarze. Gleichzeitig war sie verunsichert und überlegte, ob sie den Träger abstreifen sollte, damit er ihren Busen sah. Doch sie empfand es als unangebracht, sich am Tisch zu entblößen. Sein Blick pendelte langsam von den Augen zu ihrem Ausschnitt und wieder zurück. Sie spürte seine Erwartung und legte darauf die Hand auf ihr Dekolleté. Sie strich unter ihr Kleid und löste vorsichtig die Klemme. Der aufflammende Schmerz war so intensiv, dass sie die Augen schließen musste und scharf die Luft durch den Mund einsog. Als sie Takashi wieder ansah, war sie sich sicher, er hatte jede ihrer Bewegungen und Gesten verfolgt. Nachdem das Brennen ihrer Brustwarze langsam verebbt war, legte sie die Klemme wie eine Trophäe auf den Tisch. Takashi schien ihr als Anerkennung ein Nicken zu schenken, doch so recht wusste sie es nicht. Sie verstand immer weniger und dies steigerte sich, als er zu ihr sagte: »Ich hoffe, dass dir das Essen schmeckt.« Worauf er die Stäbchen nahm und sich damit ein Stück Gemüse in den Mund steckte.

Muriel verstand es als Aufforderung. In einem leicht gefrusteten Anflug probierte sie sich erst einmal vorsichtig durch und nahm von jedem Schälchen nur ein kleines Stück. Nach einer Weile wunderte sie sich über das seltsame Gefühl. Es war, als ob eine Taubheit ihren Körper erobern würde. Das Führen der Stäbchen wurde immer schwieriger und sie hatte das Bedürfnis, sich hinzulegen. »Takashi, entschuldige. Dürfte ich mich auf dem Sofa ein wenig ausruhen?«

Der Mann stand auf und zeigte nicht eine Geste der Sorge, stattdessen griff er ihr unter den Arm und half ihr beim Aufstehen, um sie aufs Sofa zu führen. Sobald sie den weichen Stoff spürte, fielen ihr die Augen bleischwer zu und ihr Bewusstsein entschwand in einen dichten Nebel.

Als Muriel aufwachte, hatte sie kolossale Kopfschmerzen und ihr war schwindlig. Sie erkannte nicht, wo sie war, alles war verschwommen. Aber sie spürte, dass sie nicht mehr auf Takashis Sofa lag, der Stoff unter ihr fühlte sich durch das Kleid hart und ruppig an. Der Raum um sie herum schien wesentlich kleiner zu sein als sein ausladendes Esszimmer. Ihr linker ausgestreckter Arm tat weh und als sie ihn zurückziehen wollte, registrierte sie einen Widerstand. Sie drehte sich um, tastete mit der freien Hand ihr Handgelenk ab, das von einer metallenen Manschette umschlossen war. Von Panik getrieben, riss und zog sie an dem Teil, doch es gab nicht nach. Sie war eine Gefangene.

Aus dem ersten Schreck wurde Wut. Ihr Herz fing an zu rasen und mit jedem tiefen Atemzug wurde ihr Blick klarer. Nun erkannte sie auch, dass ihr Handgelenk von einer zweifingerbreiten Kette an einem Rohr an der Wand festgehalten wurde. Das blitzartige Aufrichten verursachte einen schlagartigen Schmerz unter ihrer Stirn. Für einen Moment musste sie die Augen schließen. Einatmen und ausatmen befahl sie sich. Ruhe bewahren. Das hatte sie in der Polizeiausbildung gelernt. Als der Schmerz wieder erträglich war, öffnete sie ihre Augen. Sie saß auf einem Feldbett in einem weiß gestrichenen Raum mit einem kleinen Oberfenster. Der Lichteinfall war hell und sie nahm an, dass es noch Stunden dauern würde, bis die Dämmerung einsetzte. Das Letzte, woran sie sich erinnerte, war, dass sie beim Essen mit Takashi sehr müde geworden war. Danach war nichts mehr. Hatte ihr dieser verdammte Mistkerl etwas ins Essen oder in den Champagner getan und sie anschließend hier eingesperrt? Gedanklich ging sie die Möglichkeiten durch, vielleicht stellte er sie auf die Probe und sie hatte seine Affinität völlig unterschätzt. Es herrschte Chaos in ihrem Kopf. Sie hatte das Spiel genossen, fühlte sich als Frau angenommen und jetzt war sie gefangen, ohne den Grund dafür zu wissen. Sie checkte den Raum ab und suchte vergeblich nach ihrer Handtasche mit dem Smartphone darin.

Muriel lehnte sich gegen die Wand und dabei kullerten ihr Tränen über die Wangen. Nicht nur, dass sie sich als Polizistin in eine beschissene Situation gebracht hatte. Sie besaß noch das übermäßige Talent, sich immer auf die falschen Typen einzulassen. Und was dem Ganzen die Krone aufsetzte, war die Tatsache, dass sie sich in diesen verkackten Deutschjapaner verknallt hatte.

Es mochte womöglich keine Stunde vergangen sein, als sie vor der Tür ein Geräusch hörte. Sie überlegte, ob sie nach Hilfe rufen sollte, doch dann klickte es bereits im Schloss. Die Tür öffnete sich und Yamamoto stand mit einem kleinen Tablett im Türrahmen.

»Sag mal, hast du sie nicht mehr alle? Mach mich los!«, keifte sie ihn an.

Er schritt zu ihrem Bett und stellte das Essen mit der Wasserflasche ab. Er war gerade dabei, sich umzudrehen, als sie ihn fragte: »Takashi, was soll das? Willst du mich für dein Spiel gefügig machen, oder was soll der ganze Mist hier?«

Mit langsamer Bewegung drehte er sich zu ihr und sah sie emotionslos an. »Es hat nichts mit dir zu tun. Ich brauche dich für meinen Auftrag. Du bist nur ein Joker in einem Spiel.«

»Du benutzt mich? Alles, was zwischen uns war, diente nur einem Plan, bei dem ich eine Spielkarte bin?«

Er widersprach nicht, reagierte nicht einmal, sondern verließ schweigend den Raum und verschloss die Tür hinter sich.

Sie zog die Beine an sich ran, umklammerte sie mit den Armen. Vergeblich versuchte sie, seine Worte zu verstehen. Welchen Auftrag hatte er und was für eine Rolle spielte sie dabei? Sie hatte nicht den geringsten Anhaltspunkt. Der Anfang war dieses Geschäftsessen in dem japanischen Restaurant gewesen, bei dem sie angeblich nur als Begleitung eingeladen worden war. Wenn dies ein Spiel war, dann gab es nur eine mögliche Lösung: Josch hatte sie belogen.

Kapitel 30

Die Klimaanlage unter der Folie pfiff regelrecht die kalte, trockene Luft durch den Raum. Sie war das reinste Gift für Joschs Nebenhöhlen. Er ignorierte den bekannten Schmerz, der sich mit jeder Stunde ein Stück mehr unter seiner Stirn eroberte. Beim Durchchecken seiner Mails sah er die beiden Nachrichten von Dr. Claas, der höflich nachfragte, wie der Stand der Untersuchung bezüglich des illegalen Wissensdiebstahls in seinem Unternehmen war. Diese Mails besaßen eine gewisse Normalität. Es war Joschs Arbeit, die er in den meisten Fällen mochte. Er wünschte sich sein altes Leben zurück. Je länger er darüber nachdachte, umso mehr ärgerte es ihn. Er war nicht bereit, das aufzugeben, was er sich jahrelang aufgebaut hatte, und nahm sich vor, den Fall nach der Rückkehr aus Albanien wieder aufzunehmen, um entsprechende Ergebnisse zu liefern. Zwar schwebte Kassandra nach wie vor im digitalen Nirwana, aber dieses Problem würde er lösen. Schließlich hatte er noch zwei Wochen Zeit. Er entschuldigte sich bei Dr. Claas und teilte ihm kurz mit, dass er bisher nichts Eindeutiges gefunden hatte, aber er würde den Fall innerhalb der gegebenen Zeit abschließen. Er schrieb ihm nicht, dass dies mehr eine Hoffnung als eine Gewissheit war.

Indessen tippte Vladimir den Bericht für die Polizeibehörde, wie sie es besprochen hatten. Es widerstrebte Josch. In ihm brodelte der Aufstand, er wollte nicht ein Lakai dieses Systems werden. Reichte es nicht, dass das Syndikat sie in ihren Krallen hatte? Vielleicht war das BKA jener Strohhalm, der sie irgendwann vor dem Absaufen bewahrte. Selbst Helena hatte die Aktion befürwortet, da es in der gegenwärtigen Situation wichtig sei, jede Verbindung zu nutzen. Dennoch hieß es abzuwarten, denn das BKA würde nicht direkt reagieren, zumal sein Bruder nicht offiziell für sie arbeitete, aber hoffentlich begriff einer der Beamten, welche Gefahr von dieser Organisation ausging.

Vladimir drehte sich zu ihm um. »Soll ich sie um Hilfe bitten?«

»Würde es etwas bringen?«

»Kann ich mir nicht vorstellen.« Sein Bruder legte eine kurze Pause ein. »Es gibt etwas, was ich dir schon längst hätte erzählen sollen, obwohl ich es nicht darf. Ich arbeite nicht freiwillig für das BKA. Es ist einige Jahr her, als sie mich dabei erwischt haben, wie ich einen ihrer Server gehackt habe. Es gab bisher keine Anklage, aber dafür musste ich für sie arbeiten. Inkognito und ohne Rückendeckung. Sollte ich auffliegen, helfen sie mir auf gar keinen Fall. Selbst die Aufträge sind nur quasi echt. Wenn sie jemand zurückverfolgt, würden sie irgendwo auf den Fidschis ins Leere laufen. Es gibt nirgends eine direkte Verbindung zum BKA. Und wenn ich nicht tue, was sie von mir verlangen, lande ich im Gefängnis.«

Josch dachte kurz über Vladimirs Geständnis nach und meinte schließlich frustriert: »Das ändert auch nichts mehr. Schreib den Bericht fertig und wir werden sehen, wie sie reagieren.«

Sein Bruder wendete sich wieder dem Monitor zu und Josch las die letzte Zeile der Mail: *Sollte ich die nächsten Tage überleben, so werde ich Ihnen den endgültigen Bericht zusenden.*

Beim Mittagessen war es Helena, die die Frage aufwarf, wie es denn nun weitergehen sollte. Nüchtern analysierte sie die Lage und entwickelte ein Szenario, in dem sich die Brüder in Schutzhaft nehmen lassen würden. Das war aber weder für Josch noch für Vladimir eine Option. Zu ungewiss war der Ausgang, zumal keiner von ihnen eine blütenweiße Weste hatte. Die Polizei würde ihnen einen Strick aus ihrer illegalen Hackertätigkeit drehen. Josch überraschte Helenas Verhalten. Sie war nicht so durchgeknallt, wie er anfangs gedacht hatte. Die Trauer um ihren Mann hatte sie womöglich zu diesem Fanatismus getrieben, der ihr in ihrem einsamen Leben eine Leidenschaft schenkte, damit die Ungerechtigkeit niemals vergessen werden würde.

Ein Klingeln durchfuhr den Raum, Vladimir zog sein Handy aus der Tasche, doch er schüttelte den Kopf und das Läuten verstummte nicht. Es war Joschs Smartphone. Verwundert schaute er auf die Nummer und zögerte, denn eigentlich interessierte ihn nicht, warum Yamamoto anrief. Aus Pflichtbewusstsein gegenüber einem Kunden nahm er das Gespräch an.

»Guten Tag, Herr Wilder. Wie ich erfahren habe, haben Sie das Serverproblem leider sehr schnell gelöst.«

»Guten Tag, Herr Yamamoto. Entschuldigen Sie bitte, ich verstehe nicht so ganz, was Sie meinen. Gibt es wieder Probleme?«

»Sie haben es nicht verstanden, wie es mir scheint.«

»Was sollte ich nicht verstanden haben?« Josch war verwirrt und dachte für einen Moment nach, ob er den Auftrag missverstanden hatte.

»Ich muss zugeben, dass ich Sie diesbezüglich und in anderen Dingen unterschätzt habe. Mir wurde mitgeteilt, dass es Ihnen gelungen ist, Ihren Bruder zu befreien. Was die Lage für mich etwas erschwert hat, allerdings nun auch keine Rolle mehr spielt.«

Josch schloss für einen Moment die Augen, um sich zu konzentrieren und seine Gedanken zu sortieren. Woher wusste der Deutschjapaner das? Eine Vielzahl von Szenarien schossen ihm durch den Kopf, doch keine ergab einen Sinn. Er tippte die Freisprechtaste, damit Vladimir und Helena das Gespräch mitverfolgen konnten.

»Was haben Sie mit der Entführung meines Bruders zu tun?«

»Das dürfte unerheblich sein. Ich kann mir nicht vorstellen, dass Sie Albanien verlassen können. Sie sollten sich auf einen längeren Aufenthalt dort einstellen, um uns nicht ein weiteres Mal in die Quere zu kommen.«

Der Mann sprach in der Mehrzahl, was auch Helena aufgefallen war. Ihre Lippen bewegten sich ohne einen Laut. Sie formten das Wort *Syndikat*.

»Ich hatte nie die Absicht, Ihnen oder Ihrer Organisation in die Quere zu kommen.«

»Es wäre einfacher gewesen, Sie hätten wie geplant noch ein paar Tage an dem Server rumgespielt. In der Zeit wäre Ihr Bruder mit etwas schmerzlicher Zuwendung sicherlich kooperativer gewesen und wir hätten einen Zugang zu seiner Cloud bekommen. Durch Ihren Bruder haben wir erfahren, dass Sie einen direkten Zugang zu seiner Datenbank haben. Folglich schickten wir Ihnen die Videos, damit Sie nicht auf die Idee kommen, in unseren Daten zu schnüffeln, sondern sich auf eine sinnlose Suche nach Ihrem Halbbruder konzentrieren. Da Ihnen die finanziellen Mittel dazu fehlten, haben wir Sie mit einer kleineren Zuwendung unterstützt. Doch leider haben wir Sie unterschätzt und nicht einkalkuliert, dass Sie ihn finden. Durch Ihre Befreiungsaktion lassen Sie uns keine andere Wahl, es sei denn, Sie überlassen uns die Daten.«

»Herr Yamamoto, ich sehe keinerlei Veranlassung dazu. Ganz im Gegenteil, wenn ich Ihnen die besagten Daten überlasse, haben Sie keinen Grund mehr, uns am Leben zu lassen. So besteht die Chance, dass wir eine Lösung finden, die uns beiden entgegenkommt.« Ein kurzes Schweigen folgte, in dem Josch überlegte, ob es so klug war, sich mit einem Syndikat anzulegen, dessen Größe und Macht er nicht einschätzen konnte.

»Wir verhandeln nicht und somit gibt es nur eine Lösung. Senden Sie uns unsere Dateien und löschen Sie gegebenenfalls alle Kopien oder ich kann für das Leben von Muriel Andersen nicht garantieren.« Worauf Yamamoto auflegte.

Als er Muriels Namen hörte, fühlte Josch sich, als hätte

ihm jemand ein Stück Leben ausgesaugt. Er nahm seine Umgebung nicht mehr wahr. Zu sehr kämpfte er mit der brachialen Überforderung. Seine Freundschaft zu Muriel stand zwar erst am Anfang, aber dennoch bestand eine unausgesprochene Verbindung zwischen ihnen. Obwohl sie seine Akte kannte, gab sie sich mit ihm ab. Sie schien ihn sogar zu mögen, wofür er nicht einmal eine Rolle zu spielen brauchte. Sie war ihm weitaus wichtiger, als ihm klar gewesen war. Sein Bruder redete auf ihn ein, doch er hörte ihn nicht. Das Denken hatte ausgesetzt. Wie von einem Urinstinkt getrieben, rannte er raus. Er lief den steinigen Weg hinter dem Haus hinauf. Nach 300 Metern schaffte sein Körper den Anstieg nicht mehr. Die linke Brustseite schmerzte, das Seitenstechen bohrte sich durch bis zum Zwerchfell und er schnaufte wie ein Nilpferd, das den Sprint seines Lebens hinter sich hatte. Er sackte auf die Knie. Flucht war keine Alternative. Wohin auch?

Die frische Luft in seinen Lungen beruhigte den Drang davonzurennen. Josch schaute auf die Bergwelt von Albanien und dachte über das Gespräch nach. Er fragte sich, warum er Yamamoto geglaubt hatte, dass er Muriel entführt hatte. Er stand auf und eilte zum Haus zurück.

Als er durch die Tür kam, fing Vladimirs Geschnatter wieder an. Josch hob die Hand. »Sei mal bitte für einen Moment ruhig.« Sein Bruder schwieg augenblicklich. Josch wählte eine Nummer. Ein Freizeichen folgte nach dem anderen, bis der Anrufbeantworter ranging. »Muriel, wenn du die Nachricht hörst, bringe dich sofort in Sicherheit. Yamamoto will dir etwas antun. Es tut mir leid.« Es gab tausend Gründe, warum sie nicht ans Telefon ging. Josch kramte in seiner Tasche, durchsuchte den Geldbeutel und zog letztendlich ihre Visitenkarte raus, die sie ihm bei ihrem ersten Treffen auf dem Polizeirevier gegeben hatte. Er erreichte nur einen Kollegen, der ihm sagte, dass sie nicht im Dienst sei. Josch war nahe daran, ihm mitzuteilen, dass sie in höchster Gefahr sei, doch er bedankte sich nur.

»Wer ist diese Muriel?«, hakte Vladimir lautstark nach, als das Telefonat beendet war.

»Eine Freundin.«

»Seit wann hast du denn eine Freundin?«

»Sie ist nicht so eine Freundin, im Grunde ist sie nur eine Bekannte. Aber wir müssen jetzt zurück nach Deutschland.«

»Moment mal, habe ich etwas nicht mitbekommen? Gerade erklärst du mir, dass sie nur eine Bekannte ist, und nun sollen wir Kopf und Kragen dafür riskieren? Oder sind uns etwa Flügel gewachsen, sodass wir wie zwei strahlende Engelchen über die Grenze fliegen können?«

Vladimirs Einwand war durchaus berechtigt und Josch brauchte einen Moment, um seine Gefühle und Gedanken zu sortieren. »Ich kann mir nicht vorstellen, dass du es verstehst. Aber sie ist ein außerordentlicher Mensch. Ich habe so jemanden zuvor noch nicht getroffen. Vielleicht waren es nur Kleinigkeiten für sie, aber sie tat Dinge, die mir etwas bedeuten. Sie hat sich rührend um meine Uhr gekümmert, als ich in der Ausnüchterungszelle war. Muriel war da, als Kassandra gehackt worden war. Sie schaute sich mit mir die Videos an und obwohl sie keinen Grund hatte, blieb sie und ließ mich nicht alleine. Dann hat sie die Videos analysieren lassen, ohne dass ich es von ihr verlangt habe. Vielleicht bin ich zu sentimental, aber ich hoffe auf eine Freundschaft, an die ich schon lange nicht mehr geglaubt habe. Wobei ich sagen muss, dass sie mich mit ihrer aufdringlichen Art immer wieder herausfordert, aber gleichzeitig fühle ich mich lebendig dabei. Es mag Zufall gewesen sein, oder auch nicht − auf jeden Fall lass ich es nicht zu, dass ihr unseretwegen etwas Schlimmes passiert.«

»Und das alles nur, weil du so ein umwerfender Typ bist«, sagte Vladimir im schnippischen Ton.

»Natürlich nicht. Anfangs sollte ich ihr bei der Ermittlung von irgendwelchen Internetkriminalitäten aushelfen, wozu es nicht gekommen ist. Dann gab ich ihr einen Tipp, als ihre Mutter erpresst wurde.«

»Dann haben wir es doch. Eine Hand wäscht die andere.«

»Wie gesagt, du verstehst es nicht. Sie hat mehr für mich getan als ich für sie. Aber unabhängig von Muriel müssen wir trotzdem unbedingt zurück nach Deutschland.«

»Und verrätst du mir auch den Grund?«

»Das Syndikat und Yamamoto sind unberechenbar. Vielleicht schnappen sie sich Muriel, aber wer sagt, dass es dabei bleibt? Wir sollten unsere Mütter in Sicherheit bringen.«

Sein Bruder zuckte erschrocken zusammen. Die Diskussion fand ein jähes Ende und Josch wandte sich an Helena: »Wie schnell kannst du Vladimir einen Pass besorgen?«

»Ein oder zwei Wochen wird das schon dauern.«

»Die Zeit haben wir nicht! Wie kommen wir über die Grenze?«

»Das ist schwierig. Seit die Polizei dem Terror den Kampf angesagt hat, haben sie die Kontrollen verschärft und das Risiko, geschnappt zu werden, ist hoch. Und wenn sie euch erwischen, landet ihr erst einmal für eine unbestimmte Zeit im Gefängnis. Ich würde es nicht versuchen. Es wäre sinnvoller, du fliegst ohne Vladimir nach Deutschland zurück.«

»Und du kümmerst dich um ihn?«

Helena presste die Lippen zusammen und verzog dabei das Gesicht, als würde sie sich gegen das Schlucken eines ekelhaft schmeckenden Gebräus sträuben.

»Ist schon in Ordnung. Ich nehme ihn mit und außerdem sind wir als Team ohnehin um einiges besser.«

»Und wenn sie euch dann beide erwischen?«

»Einen oder zwei, es macht nicht wirklich einen Unterschied. Wir haben nur eine Chance, wenn sie keinen von uns kriegen.« Gedanklich durchforstete Josch alle Möglichkeiten. Zuerst fiel ihm Lilli ein, aber die hatte sich bisher nicht gemeldet und er konnte die Entscheidung ihres Teams nicht einschätzen. »Wie lange würdest du brauchen, dass Vladimir als Frau durchgeht?« Dann zögerte er kurz und fügte hinzu: »Könntest du uns deinen Pass leihen?«

Ohne weitere Erklärungen abzuwarten, wendete Helena sich zu Vladimir und griff sein Kinn. Sie musterte sein Gesicht und schaute dann auf die Kleider, die er trug. »Eine ordentliche Rasur und eine Menge Schminke sind schon notwendig. Aber ich denke, ich hätte ein paar Klamotten, die ihm passen. Ich sag mal zwei Stunden.«

»Moment mal, was habt ihr beiden vor? Ihr glaubt doch nicht, dass ich mich als Frau verkleide. Die Nummer könnt ihr vergessen.«

In Josch fing der Ärger an zu kochen. Aufgebracht antwortete er seinen Bruder: »Du wirst dich als Frau verkleiden! Hättest du dich nicht vom BKA erwischen lassen, wären wir überhaupt nicht in diese Scheiße geraten. Und auch wenn ich es nachvollziehen kann, aber du hast meinen Namen verraten und wegen dir sind die Kerle hinter uns her. Es ist mir völlig egal, was du willst oder was du nicht willst. Zieh dich jetzt um und mach dich fertig! Es geht um mehr als deinen Stolz.«

Vladimirs Augen weiteten sich und zeigten blankes Entsetzen. Josch starrte ihn ohne ein Blinzeln auffordernd an. Nach einer Weile senkte sein Bruder wie ein Schuljunge den Kopf, der sich für etwas schämte. Mit hängenden Schultern führte Helena ihn am Arm ins Nachbarzimmer. Sie hatte verstanden, dass sie für Reue oder Ähnliches jetzt keine Zeit hatten.

Josch setzte sich indessen an den Rechner und suchte einen Flug raus. Er buchte zwei Plätze um 21 Uhr von Tirana, sie hatten also sieben Stunden Zeit. Das war knapp, denn sie würden für die 120 Kilometer bis zum Flughafen geschätzte drei Stunden brauchen. Helena kam noch einmal zurück und legte ihm ihren Ausweis hin. »Danke.« Und als Antwort bekam Josch von ihr das erste Lächeln, seit sie sich begegnet waren.

»Kannst du uns nach Tirana fahren? Ich würde dir den

Jaguar überlassen und ihn später dann wieder gegen deinen Pass eintauschen?«

»Kein Problem, wann soll es losgehen?«

»Wir sollten spätestens in zwei Stunden unterwegs sein.«

Helena nickte und verschwand durch die Folie in den Nebenraum.

Josch versuchte ein weiteres Mal, Muriel auf dem Handy zu erreichen. Wieder nahm der Anrufbeantworter das Gespräch an. Er hinterließ keine Nachricht mehr. Sie würde sehen, dass er angerufen hatte. Die Unruhe in ihm wandelte sich zur Furcht. Yamamoto hatte womöglich nicht geblufft. Er nahm seine goldene Repetieruhr, strich mit dem Daumen über die edle Gravur und ließ ihn mit einem vertrauten Gefühl aufschnappen. Es war kurz nach halb zwei.

Kapitel 31

In der Nähe des Flughafens stand Vladimir in einem Schuhgeschäft und betrachtete die Frau, die er im Spiegel sah. Seine verschlissenen Herrenschuhe wären jedem Zollbeamten aufgefallen. Die neugekauften Stoffschuhe passten, wenn sie seine Erscheinung auch nicht retteten. Da ihm die Hosen von Helena zu eng waren, hatte sie ihm einen längeren dunklen Rock aus ihrem bescheiden ausgestatteten Kleiderschrank rausgesucht. Dazu trug er eine weite unmoderne Strickweste, die seine Figur derart verunstaltete, dass er als Mann unmöglich zu erkennen war. Die hellbraune Bluse war kaum darunter zu sehen. Der BH mit den Socken in den Körbchen störte ihn am meisten. Das zu enge Teil spannte über seinem Rücken und die Träger schnitten ihm in die Schultern. Zu guter Letzt hatte Helena ihn geschminkt, mit einem Schwämmchen Make-up aufgetragen, seine Augen mit einem Concealer kaschiert, und obwohl er sich vehement dagegen gewehrt hatte, seinen Mund mit blassrotem Lippenstift auf weiblich getrimmt. Seine Haare waren die größte Herausforderung gewesen. Sie hatte sie mehr schlecht als recht kurz geschnitten und sie dann mit Haarspray in eine noch gerade akzeptable Form gebracht. Aus ihm eine ansehnliche Frau zu machen, schien dabei nicht die Aufgabe gewesen zu sein. Zumindest ähnelte sein Gesicht ein wenig dem Foto in Helenas Pass und dies sollte genügen.

Vor drei Wochen hätte er sich niemals vorstellen können, Frauenkleider zu tragen, doch nun war es eine Bagatelle. Joschs ausgesprochene Vorwürfe hatten Vladimir hart getroffen und nie zuvor hatte er sich derart um seine Mutter gesorgt. Er allein trug die Verantwortung. Erst hatte er sich vom Syndikat erwischen lassen, dann den eigenen Bruder mit dem Verrat in Gefahr gebracht. Seit dem Anruf von diesem Yamamoto hatte Josch tiefe Sorgenfalten auf der

Stirn und sprach kaum noch ein Wort. Schon bevor sie losgefahren waren, war sein Bruder am Grübeln gewesen. So hatte er ihn bisher nur selten erlebt.

Als sie den Sicherheitsbereich des Flughafens betraten, wurde es Vladimir dann doch mulmig. Helenas Vergangenheit als Untergrundkämpferin und ihre heutigen Aktivitäten als Kritikerin des Systems waren keine guten Voraussetzungen, um ohne Fragen mit ihrem Pass durch die Kontrollen zu kommen. Sollte er auffliegen, so hatte Josch beschlossen, alleine nach Deutschland zurückzufliegen. Der Zoll würde ihn zwar in Gewahrsam nehmen, aber dort wäre er zumindest sicher und sein Bruder würde sich um ihre Mütter kümmern.

Der Zollbeamte sah auf den Pass, kontrollierte grimmig für zwei Sekunden sein Gesicht und gab ihm die Papiere wortlos zurück. Vladimirs Nerven waren angespannt, doch er maßregelte sich selbst, nahm ohne Hektik den Ausweis entgegen und folgte ohne Eile den Hinweisschildern. Als er in die Nähe der Sicherheitskontrolle kam, zog er die Schultern nach vorn, senkte den Kopf bei schleppenden Schritten zu Boden und schnaufte ein wenig, als würde ihm das Gehen eine große Last sein. Eine Beamtin sah ihn mitfühlend an und so trippelte er direkt auf sie zu. Doch sie zeigte ihm nur den Weg zu einer anderen Kollegin, die ihn millimeterweise mit dem Metalldetektor abscannte. Schließlich herrschte in Albanien Terrorgefahr. In den endlosen Sekunden hoffte Vladimir, dass sie ihn nicht zur Körpervisite schickte. Mit einer routinemäßigen Handbewegung gab sie ihm das Zeichen weiterzugehen. Dieses Mal war sein Seufzer echt, als er mit wackeligen Beinen den Bereich verließ. Er hatte es geschafft. Die nächste Kontrolle war erst wieder in Deutschland, und falls er dort auffallen würde, waren seine Chancen wesentlich besser, die Situation zu erklären, als hier in einem Land, in dem er nicht einmal die Sprache verstand. Josch stand bereits am Fenster und schaute auf den Flugplatz hinaus. Sie hatten vereinbart, kein Wort miteinander zu sprechen, bis sie in Deutschland vor dem Flughafen waren.

Mit jedem Kilometer, den sie im Flugzeug zurücklegten, wuchs in Vladimir ein Gefühl des Glücks. Er war frei und lebte. Als der Flieger in der Dunkelheit in Frankfurt aufsetzte, eroberte ihn eine unvorstellbare Freude, endlich zu Hause angekommen zu sein. Es war kurz vor zwölf, als er auf die Grenzkontrolle zuging, doch die war nur spärlich besetzt. Keiner der Beamten interessierte sich für ihn und so stand er zehn Minuten später neben Josch draußen vor dem Ankunftsterminal.

»Was hast du jetzt vor?«, fragte er seinen Bruder, der noch immer nachdenklich angespannt wirkte und keine Spur von Müdigkeit zeigte.

»Schau nicht hin. Hinten links stehen zwei Asiaten in Anzügen und beobachten uns.«

Die Panik packte ihn. Die Erinnerung an den Sack über seinem Kopf war auf einen Schlag so gegenwärtig, dass er das eiskalte Wasser auf seinem Gesicht zu spüren schien. Er brauchte einen Moment, um sich zu orientieren. Vor ihm war die Zufahrt, zwei Autos standen auf dem Parkstreifen und schräg gegenüber fuhr ein Taxi weg. Nein, er war nicht in diesem verfluchten Keller. Noch leicht benommen von dem kurz aufkommenden Horrorszenario sah er, wie Josch in die andere Richtung nickte. Verwirrt folgte er dem Blick seines Bruders. Eine Frau in hochhackigen Schuhen und grauem Kostüm kam mit fünf breitschultrigen Kerlen auf sie zu.

Über Joschs Gesicht zog sich ein Lächeln. Er nahm Vladimir am Arm und zog ihn in ihre Richtung, bis sie dieser geschäftsmäßigen Frau gegenüberstanden. Ohne die erleichterte und zugleich freudige Miene aufzugeben, sagte er zu ihr: »Danke Lilli, es freut mich ungemein, dass du hier bist. Ich hoffe, du konntest die Angelegenheit mit deinem Team klären.«

Diese Begegnung ergab für Vladimir im Moment keinen

nachvollziehbaren Sinn, doch fühlte er sich sicherer. Zumindest ihren Namen hatte er schon einmal gehört.

»Hallo Josch. Ich bin froh, dass es dir gut geht, auch wenn du nicht danach aussiehst.« Sie gab ihm die Hand und ließ sie beim Weitersprechen eine Weile nicht los. »Und was das Team angeht, haben wir beschlossen, dir weiterzuhelfen, auch wenn wir ohne Ausnahme nichts mit der Polizei zu tun haben wollen. Als wir die Sachlage etwas genauer analysierten, war uns klar, dass jeder von uns in diese Situation hätte geraten können. Es blieb also uns nichts anderes übrig. Einen Kollegen im Stich zu lassen, ist keine Option. Aber wer ist diese Frau bei dir?« Sie lächelte belustigt. »Ich dachte, du würdest mit deinem Bruder zurückkommen.« Lilli musterte Vladimir vom Kopf bis zu den Schuhen.

»Wir mussten etwas improvisieren.« Die Miene seines Bruders wurde ernster. »Aber wir werden beobachtet. Die Asiaten dort drüben gehören mit größter Wahrscheinlichkeit zu dieser Organisation.«

»Wir haben sie bereits gesehen. Ich hatte mir schon gedacht, dass sie auch die deutschen Flugplätze kontrollieren werden. Deswegen habe ich ein wenig Verstärkung mitgebracht.«

»Woher wusstest du, dass wir jetzt in Frankfurt ankommen? Ich hatte das Handy im Flugzeug ausgeschaltet und somit konntest du mich nicht orten.«

»Passagierlisten sind zwar nicht öffentlich, aber werden nicht sonderlich geschützt. Dein letzter Standort war der Flughafen von Tirana und mit deinem echten Namen war die Suche ein Leichtes.« Dabei zwinkerte Lilli Josch zu. »Wir sollten fahren, das Team wartet bereits.«

»Ich hoffe, es macht dir nichts aus, dass wir noch einen Umweg fahren. Ich würde gerne noch unsere Mütter abholen und sie in Sicherheit bringen.«

»Kein Problem, wir sind ohnehin mit drei Wagen da.«

Auf der Fahrt riefen Josch und Vladimir ihre Mütter an,

natürlich reagierte jede mit großer Sorge, dass etwas passiert sei. Es war für sie schon ungewöhnlich genug, dass der Sohn überhaupt anrief, aber mitten in der Nacht war das ein eindeutiges Signal für eine Katastrophe. Vladimir hatte mit Josch zuvor besprochen, ihnen nicht allzu viel Kummer zu bereiten, was bei beiden nicht im Ansatz funktionierte. Sie kannten ihre Söhne und die runtergespielte Geschichte einer Vorsichtsmaßnahme glaubten sie nicht. Als sie jeweils an der entsprechenden Tür klingelten, öffnete jede der schon älteren Damen angezogen und bereits mit leichtem Gepäck in der Hand. Vladimir nahm seine Mutter in den Arm und die Tränen ließen sich nicht mehr zurückhalten.

Ohne eine Bemerkung wegen der Frauenkleider streichelte sie ihm wie früher über den Kopf. »Es wird alles gut«, sagte sie mit dem gütigsten Lächeln, das er je von einem Menschen gesehen hatte.

Ihre Mütter hatten seit der Zeit der Beerdigung ihres gemeinsamen Vaters kein Wort miteinander gewechselt. Doch heute Nacht begrüßten sie sich. Sie schienen beide etwas zu ahnen und wollten es ihren Söhnen nicht schwerer machen als nötig. Josch gab Anweisung, sie in einem Hotel in der Nähe von Lillis Zentrale unterzubringen. Allerdings konnte er sich mit zwei Einzelzimmern nicht durchsetzen. Sie nahmen ein Doppelzimmer, um Geld zu sparen. Ein Bodyguard würde vor ihrer Tür Wache schieben, was sie aber nicht wussten. Lilli gab diese Anweisung erst, als die Mütter in ihrem Zimmer verschwunden waren.

Vladimir fiel ein Stein vom Herzen und er bedankte sich für die Fürsorge bei seinem Bruder mit einem leichten Schlag auf die Schulter. Josch verstand es.

Dann fuhren sie vom Hotel das kurze Stück zu Lillis Zentrale. Vladimir erwartete einen kleineren Raum mit ein paar Rechnerarbeitsplätzen, aber das Ganze stellte sich als klimatisierte Halle ohne Wände heraus, in der mindestens 30 Leute verteilt an unzähligen Monitoren saßen. Nachdem die Hälfte der Plätze frei war, wurde klar, dass dort für gewöhnlich noch mehr Spezialisten arbeiteten.

Lilli grüßte den einen oder anderen mit Vornamen und schritt auf eine Besprechungsecke zu. »Wie wäre es mit einem Kaffee? Ich denke, es wird eine lange Nacht.«

Beide nahmen ihr Angebot gerne an und kurz darauf saßen sie mit dampfenden Kaffeetassen an einem Tisch. »So Josch, jetzt kläre mich mal auf, was heute Nacht noch ansteht.« Vladimir war gespannt, denn er hatte nicht die geringste Ahnung, was sein Bruder vorhatte.

»Muriel wurde mit hoher Wahrscheinlichkeit von Yamamoto entführt und wir müssen sie finden. Sie ist Polizistin und hat mit der ganzen Angelegenheit nichts zu tun. Das Syndikat arbeitet scheinbar immer nach demselben Muster und versucht mit Erpressung und Folterung seine Forderungen durchzusetzen.«

»Wäre es nicht besser, wir würden der Polizei die Sache übergeben? Schließlich ist sie eine von ihnen«, äußerte sich Lilli.

»Das ist der nächste Schritt. Gleich morgen früh gehen wir das an. Zuerst muss dein Team versuchen, sie zu finden. Ich habe bereits auf ihrem Revier angerufen, aber sie ist nicht zum Dienst erschienen.«

»Wie ist ihr vollständiger Name?«

»Muriel Andersen.«

Vladimir war fasziniert von dieser Frau. Lilli wirkte in dem Businessoutfit so ungemein sexy und war gleichzeitig souverän. Ihre Ausstrahlung war phänomenal und doch hatte sie etwas, das ihn aus unerklärlichen Gründen an ihrer Erscheinung störte.

Sie nahm zwei Finger in den Mund und ein gellender Pfiff hallte durch die übergroße Zentrale. Es dauerte keine zehn Sekunden, dann standen Männer und Frauen im Halbkreis um sie herum.

Einer von ihnen preschte vor: »Lilli, was ist los?«

»Jungs und Mädels, ihr müsst eine Muriel Andersen finden. Sie ist Polizistin aus der Stadt und es ist absolut unklar, wo sie steckt. Verfolgt bitte jede Spur und lasst die Suchalgorithmen parallel laufen.« Wie auf Kommando nickten alle. »Danke.« Damit beendete Lilli ihre kurze Ausführung und Vladimir war überrascht. Niemand stellte eine Frage und nicht mal ein Murren war zu hören. Jeder schien zu wissen, was er zu tun hatte. Es war offensichtlich. Sie vertrauten ihrer Anführerin.

Lilli entschuldigte sich kurz und folgte einem Mann in einen abgelegeneren Bereich. Vladimir sah ihr nach, dann drehte er sich seinem Bruder zu. »Was ist das denn für eine Hammerbraut? Ich glaub es nicht. Ich dachte immer, du würdest dich nur im Bordell vergnügen, dabei hast du gleich zwei Freundinnen. Bist du jetzt zum Weiberhelden mutiert?«

Josch sah ihn ernst an. »Ich denke, du organisierst dir erst einmal ein paar Klamotten und dann fangen wir an zu arbeiten.« Sein Bruder stand auf und ging in die gleiche Richtung, in der Lilli zuvor verschwunden war.

Ohne recht zu wissen, wie er hier an andere Kleidungsstücke rankommen sollte, trottete er auf eine Gruppe von Männern zu. Keiner von ihnen schien älter als 25 zu sein.

»Jungs, kann ich irgendwo duschen und aus den Klamotten raus?«

Alle vier gafften ihn entweder mit großen Augen oder mit heruntergefallener Kinnlade an. Vladimir wurde klar, dass er für die Nerds ein Phänomen war. Männerstimme und altbackenes Weiberoutfit kannten sie wahrscheinlich nur aus irgendwelchen Fake-Videos.

Einer hob die Augenbrauen und zeigte auf eine nicht weit gelegene Tür. »Dort können Sie sich frisch machen.«

»Danke. Und habt ihr vielleicht auch noch eine Hose und ein Shirt für mich?« Die musternden Blicke und das darauf folgende Grinsen verrieten ihm, was die jungen Leute von ihm hielten. »Nein, ich bin keine Frau. Und ja, ich musste mich verkleiden. Und nochmals nein, es hat keinen Spaß gemacht. Und außerdem heiße ich Vladimir.«

»Ach so, wenn das so ist, dann komm mit. Ich denke, ich müsste noch etwas dahaben.«

Nach 20 Minuten fühlte sich Vladimir frisch geduscht wesentlich wohler. In einer blauen Jogginghose und einem Shirt, das noch nie ein Bügeleisen gesehen hatte. Passende Schuhe gab es leider nicht, aber die Stoffschuhe störten ihn weniger. Als er in das hallenartige Großraumbüro zurückkehrte, schaute er sich um. Einige Leute diskutierten miteinander, aber die meisten saßen konzentriert vor ihren Monitoren. Alle waren am Arbeiten. Er entdeckte Josch und Lilli und marschierte mit schnellen Schritten zu ihnen hinüber.

Lilli hielt ein Tablet in der Hand und ihre Stimme klang angespannt. Vladimir hörte nur einen Teil ihrer Worte: »Die Lage ist ernst. Diese Organisation ist absolute Profiliga. Wenn wir nur die möglichen Betrügereien für die Fördergelder in Europa betrachten, würde ich schätzen, dass es hier um mehrere Hundert Millionen geht.«

»Woher habt ihr die Informationen?«, fragte Vladimir dazwischen.

»Das war nicht weiter schwierig, die Zuweisung von Fördergeldern ist weitgehend öffentlich einsehbar. Wir haben die Anträge und die Verläufe miteinander verglichen und vorrangig diejenigen untersucht, die nach unserer Einschätzung auffällig waren. Die Vorgehensweise des Syndikats war zwar durch die staatlichen Verwaltungsapparate vorgegeben, jedoch schien immer ein überschaubarer Personenkreis von den gleichen Experten und Spezialisten involviert. Zudem hatten sie alle eine direkte oder indirekte Verbindung zu einem Land: Japan.«

»Wieso sind die Betrügereien bisher nicht aufgefallen? Es muss doch irgendjemand bemerkt haben, dass hier Millionen in den Wind geschossen werden?«, fragte Josch verwundert.

Lilli legte eine Strähne hinter ihr Ohr und dachte kurz nach, bevor sie antwortete: »Die Anträge sind sehr professionell und hochgradig wissenschaftlich fundiert. Aber der Hauptgrund dürfte wohl sein, dass das Syndikat sich immer auf Themen konzentriert hat, die den aktuellen Nerv der Zeit trafen. Viele Anträge wurden im Bereich der sauberen Energieerzeugung bewilligt, die notwendigen Investitionen waren horrend. Die Entwicklung einer Batterie im Bereich der Elektromobilität war im Gegenzug ein kleines Projekt, aber es wurde genau im richtigen Moment beantragt und durch die Größe fiel es nicht weiter auf. Daher fielen die Prüfungen eher bescheiden aus. Es war deutlich herauszulesen, dass Deutschland hochinteressiert an einer Lösung war, um unabhängig zu sein und mit allen Mitteln den sechsjährigen Vorsprung der Amerikaner einzuholen.«

Es klang banal und nicht weiter kompliziert. Mit einem Mal hatte Vladimir das Gefühl, dass die Zusammenhänge völlig simpel waren. »Dann sollten wir die Japaner auffliegen lassen.«

Josch drehte sich ruckartig zu ihm um. »Nein! Wir wissen nun, mit wem wir es zu tun haben. Aber als Erstes müssen wir Muriel finden.«

Über das straighte Verhalten seines Bruders war Vladimir überrascht. Normalerweise gab er den Ton an, wenn sie gemeinsam an einem Projekt arbeiteten. Josch schien wild entschlossen zu sein, diese Frau zu retten. Er hatte sich verändert. »Was wäre dann der zweite Punkt?«

Die Antwort kam nicht sofort. Als Vladimir ihn ansah, ahnte er, was sein Bruder dachte. Er hatte seine Stirn in tiefe Falten gelegt und wägte vermutlich ab, ob er ihm vertrauen konnte.

»Wenn Muriel in Sicherheit ist, wird es Zeit, dem Syndikat zu zeigen, dass wir keine wehrlosen Hampelmänner sind. Wir werden ihnen einen gehörigen Denkzettel verpassen.«

Lilli nickte bedächtig, als wüsste sie, von was Josch redete.

Kapitel 32

Die Nacht forderte ihren Tribut. Josch fühlte sich erschöpft und mit jeder Minute fiel es ihm schwerer, einen klaren Gedanken zu fassen. So setzte er sich an einen Tisch in der Küchenecke und hoffte, ein Kaffee würde seine Lebensgeister wieder wecken. Obwohl überall die Uhrzeit auf Rechnern und Handys verfügbar war, nahm Josch seine Repetiertaschenuhr heraus und öffnete in lieb gewonnener Achtsamkeit den goldenen Deckel. Kein Wunder, dass er so fertig war – die Zeiger standen auf drei Uhr. Sein Blick streifte als Nächstes durch Lillis Zentrale. Er beobachtete das Treiben der überwiegend jungen Leute, die wirkten, als würde ihnen die Nachtschicht nicht im Geringsten etwas ausmachen. Er fühlte sich alt.

Halb links von sich entdeckte er Vladimir, der mit zwei Spezialistinnen im Studentenalter vor einem übergroßen Monitor saß. Seit jeher war sein Bruder ein Chauvinist, der diese Frauen womöglich nur anbaggerte, um sich mit einem One-Night-Stand zu versorgen. Josch fluchte innerlich über die Notwendigkeit, seinem Bruder einen weiteren Anschiss zu verpassen. Er trank noch zwei Schluck aus der Kaffeetasse und überwand mit aufkommendem Ärger die nach einem Bett schreiende Müdigkeit, um dann mit schnelleren Schritten hinüberzustampfen.

Kaum war er in der Nähe, hörte er die Diskussion unter den dreien. Sie unterhielten sich lebhaft über den effektiven Abgleich zwischen den Ortungsdaten vom Handy und den aufgezeichneten Videos, um eine präzise Wegeliste von Muriel zu erstellen. Josch war erleichtert, dass er sich dieses Mal in seinem Bruder getäuscht hatte. »Kann ich euch irgendwie unterstützen?«, fragte er mehr aus Verlegenheit.

Vladimir schaute auf. »Das Smartphone deiner Freundin lässt sich bis jetzt nicht orten. Entweder ist der Akku leer oder es wurde ausgeschaltet. Die Ausbeute der aufgezeichneten Straßenvideos bringt uns auch nicht weiter, obwohl wir die gesamte Stadt und einen Teil Deutschlands durchkämmt haben. Außerdem kostet es viel Zeit, über jedes Video die Gesichtserkennung laufen zu lassen. Deswegen haben wir angefangen, die Videotreffer samt Datum und Uhrzeit mit den letzten Ortungsdaten zu synchronisieren, damit wir vielleicht ein mögliches Ziel berechnen können, das außerhalb ihrer gewöhnlichen Standorte liegt.«

»Habt ihr schon etwas gefunden?«

»Leider nein. In den Tagen zuvor war sie entweder zu Hause oder auf dem Revier. Zwischendurch machte sie ein paar Einkäufe und streifte durch ein paar Schuhgeschäfte. Nichts Außergewöhnliches. Wobei wir noch nicht alle Daten analysiert haben.« Josch rieb sich sein Kinn, worauf Vladimir weitersprach: »Ich weiß, es ist nicht viel, aber gerade haben wir nichts anderes.«

»Wo war Muriels letzte Position?«

»Gestern Abend in der Nähe ihrer Wohnung.«

»Kann es sein, dass sie sich außerhalb von Europa befindet?«

»Eine andere Gruppe ist dran, aber soweit ich das mitbekommen habe, wird es ein paar Tage dauern, bis sie zumindest einen Teil der ausländischen Anbieter gehackt haben, um an die Funkmastdaten für die Triangulation zu kommen.«

Eine Hand legte sich auf Joschs Schulter. Er roch den blumigen Duft von Rosen, der von den hölzernen Noten des Lavendels unterstrichen wurde. Neben ihm stand Lilli. »Mach dir nicht zu große Sorgen, wir finden Muriel.«

Ohne den Blick vom Monitor abzuwenden, antwortete er: »Wir arbeiten schon seit Stunden und haben bisher nicht die geringste Spur. Habt ihr den Server durchsucht, auf dem ihr den Stream von Vladimir gefunden habt?«

»Ja. Wir haben allerdings bisher keine einzige Übereinstimmung gefunden. Das meiste sind private Videos und nirgends ist deine Muriel zu finden. Aber wir suchen intensiv weiter und nehmen uns jeden Server vor, der dafür infrage kommt.«

»Ihr Handy lässt sich nicht orten und selbst auf den Aufzeichnungen der Straßenkameras ist sie nicht zu sehen. Sie kann doch nicht vom Erdboden verschluckt sein. Irgendwie muss sie von ihrer Wohnung weggekommen sein.«

»Hat Muriel einen Wagen?«

»Ja, einen neueren Audi TT.« Josch dachte kurz nach. »Vielleicht ist der sogar mit diesem Notfallsystem ausgestattet. Soweit ich mich erinnere, kann der Autohersteller bei einem Unfall oder einem Diebstahl den Wagen orten, wenn GPS und eine SIM-Karte installiert sind. Der Standort wird dann direkt übers Handynetz übertragen.«

Lilli hob den Zeigefinger. »Keine schlechte Idee. Komm mit, wir reden mal mit Pascal. Der ist zwar ein hochbegabter Linguistik-Experte für Fremdsprachenverschlüsselungen, aber zwischendurch übertrage ich ihm gern andere Aufgaben, damit er sein grasverqualmtes Köpfchen etwas anstrengen muss und nicht nur über den Wolken schwebt. In letzter Zeit hat er an einer Transportverfolgung gearbeitet und dabei auch die Ortungssysteme moderner Lkws genutzt.«

»Wozu braucht ihr das?«

»Josch, ich mag dich wirklich, mehr sogar, aber du musst nicht alles wissen, was wir hier treiben«, erwiderte Lilli mit einem charmanten Lächeln, als sie auf eine stoffbezogene Stellwand zugingen.

Dahinter saß weit zurückgelehnt ein großgewachsener schlanker Mann von Mitte zwanzig. Seine Arme waren auf der Brust verschränkt, die Füße lagen auf dem Tisch und hinter seinem rechten Ohr klemmte eine selbstgedrehte Zigarette.

Lilli stupste ihn vorsichtig, worauf er nur mit einem Murren reagierte. Dann strich sie ihm mit der Hand über den Kopf und sagte sanft: »Pascal, wach auf.«

Ohne erschrocken zu sein, beugte er sich nach vorne und rieb sich die Augen mit den Händen. Er brauchte ein paar Sekunden, bis er sie noch leicht benommen ansah. »Sorry, Lilli. Es war ein verdammt langer Tag.«

Sie strich ihm ein weiteres Mal durch die Haare. »Alles gut. Kannst du uns mit einem Notfallsignal bei einem Audi weiterhelfen?«

Pascal schüttelte sich kurz, stellte die Füße auf den Boden und schob den Bürostuhl näher an den Tisch. »Sollte gehen, wenn er die entsprechende Ausstattung hat. Habt ihr eine Fahrzeugnummer für mich?«

Lilli sah zu Josch hinüber, der nur unwissend die Schultern hob, worauf sie sagte: »Nein, die musst du dir selbst besorgen. Der Name der Fahrzeughalterin ist wahrscheinlich Muriel Andersen.«

Der junge Mann nahm die Zigarette hinter seinem Ohr hervor und steckte sie, ohne sie anzuzünden, wie ein betagter Journalist aus einem alten Film in den Mund. Dann hackte er mit zwei Fingern auf der Tastatur herum und Josch dachte, dass ein Tippkurs für einen Hochbegabten wohl zu trivial sei. Wenig später loggte sich Pascal auf dem Server der Zulassungsstelle ein und grinste. »Die haben schon seit drei Monaten das Kennwort nicht mehr geändert. Wäre aber auch nicht schlimm gewesen. Renes Programm knackt das mittlerweile in 47 Sekunden.« In der Suchroutine fand er mehrfach den Namen. »Kennt ihr die Marke und den Typ?«

»Audi TT«, sagte Lilli.

»Da ist er schon. Ich hole mir die Fahrzeugnummer und überprüfe dann mal, ob der Hersteller das Fahrzeug überwacht.«

Josch sah Pascal zu, wie er sich bei einigen Autohändlern versuchte einzuhacken. Beim vierten hatte er Erfolg. »Es ist nicht so auffällig, wenn ich den Umweg über einen Server mache, der sich öfters bei Audi einwählt. Jetzt brauchen wir noch einen Rechner, der eingeschaltet ist und bei dem der Zugang mit Passwort im Browser gespeichert ist.« Der Scan dauerte nur wenige Sekunden, allerdings ohne Erfolg. »Pech gehabt, ich versuche es bei einem anderen Händler.« Die Prozedur wiederholte sich einige Male und Josch sah ihm mit wachsendem Respekt zu. Nach einer Viertelstunde hatte Pascal einen Rechner mit den Zugangsdaten gefunden. »Geht doch! Auf die Bequemlichkeit der User ist Verlass.«

Das Einwählen war unspektakulär. Schon bald waren die GPS-Daten auf dem Monitor zu sehen, bei Google Maps eingetragen und es stellte sich heraus, dass der Wagen keine fünf Meter von Muriels Wohnung entfernt stand. Joschs Verzweiflung wuchs.

»Werden auch ältere Positionsdaten gespeichert?«, fragte Lilli.

»Die Datenspeicherung ist eher grob und die Zeitintervalle sind recht groß. Es ist kein System zur Nachverfolgung, sondern eigentlich nur zur Standortbestimmung.«

»Versuchst du es trotzdem?«

»Klar. Ich hole mir nur schnell einen kleinen Aufputscher und dann mache ich mich an die Arbeit.«

»Danke, mein Lieber.«

Lilli zog Josch zur Seite. »So kommen wir nicht weiter. Wir brauchen unbedingt eine klarere Richtung. Wie ist dieser Yamamoto überhaupt an Muriel rangekommen?«

Josch erzählte ihr von dem Abendessen und wie die beiden zusammen geturtelt hatten.

»Und woher kennst du diesen Mann?«

»Ich bekam einen Auftrag von ihm per Mail, dass ich einen Server in einem Online-Bordell absichern sollte. Der Job war relativ einfach.«

»Hast du zu diesem Zeitpunkt gewusst, dass dein Bruder entführt worden war?«

»Ja, ich habe den Auftrag nur angenommen, weil ich das Geld für deine Anzahlung brauchte. Kassandra und Vladimirs System sind gehackt worden und völlig unbrauchbar. Ich hatte keine andere Wahl.«

»Wer ist Kassandra?«, fragte Lilli etwas verwirrt.

»So nenne ich mein Rechnersystem zu Hause.«

Sie schmunzelte für einen Moment. »Josch, findest du den ganzen Aufriss nicht etwas überspannt? Ich begreife nicht, warum die einen solchen Aufwand betreiben.«

Er legte seine Hand auf die Stirn, schloss die Augen und sortierte für einen Moment die eigenen Gedanken. »Yamamoto arbeitet für das Syndikat. Sein Auftrag wegen des Servers und die Angriffe auf mein System waren Ablenkungsmanöver, damit ich mich nicht mit den Daten beschäftige, die Vladimir gefunden hat.«

»Was ist an diesen Daten denn so besonders?«

»Das wissen wir nicht, aber es scheint weniger um die Daten zu gehen. Sondern mehr um die Zusammenhänge. Wir vermuten, dass damit die Arbeitsweise des Syndikats ersichtlich wird. Und dies scheinen sie mit allen Mitteln verhindern zu wollen.«

»Und welchen Sinn hatte dann die Entführung von Vladimir?«

»Sie haben wie auch immer herausgefunden, dass er ihre Server geknackt hat, und wollten ihn dazu bringen, dass er ihnen die Daten zurückgibt. Wobei unsere Systeme so aufgebaut sind, dass zwar ein Zugang von außen möglich ist, aber Dateien löschen funktioniert nur an den hauseigenen Systemen.«

»Deswegen sind sie auch wie der Teufel hinter euch her. Und was liegt näher, als einen nahestehenden Menschen zu entführen, um euch dann zu erpressen?«

»Sieht so aus. Sie hatten auch nicht damit gerechnet, dass ich Vladimir finde und befreie. Darum befürchte ich das Schlimmste bei Muriel. Das Syndikat wird nicht aufgeben.«

»Wie willst du aus der Sache wieder rauskommen?«

»Das besprechen wir später, denn ich brauche dich und dein Team dafür. Zuerst suchen wir diesen Deutschjapaner. Vielleicht ist Muriel bei ihm oder er hat sie irgendwo hingebracht.« Josch zog sein Handy aus der Tasche und zeigte ihr die Telefonnummer, mit der ihn Yamamoto angerufen hatte.

Lilli und er gingen hinüber zu dem großen Besprechungsbereich. Nach einem grellen lauten Pfiff erschien die Truppe erneut und hörte gespannt auf ihre Worte: »Wir ändern den Plan. Wir suchen nun einen Yamamoto. Er hat mit höchster Wahrscheinlichkeit Muriel entführt. Wenn wir ihn finden, besteht die Möglichkeit, dass sie in seiner Nähe war oder ist. Also Leute, wir starten das ganze Programm von vorn.«

Wieder folgte weder ein Murren oder gar ein Widerspruch, stattdessen eilten die Leute an ihre Plätze zurück. Nach einer halben Stunde stellte sich heraus, dass Yamamoto mit einem Prepaid-Handy angerufen hatte. Josch und das Team wussten allerdings, dass es entgegen der allgemeinen Vorstellung durchaus zu orten war. Das Gerücht herrschte nur in Filmen. Die Mobilfunkanbieter speicherten auch diese Funkmastdaten. Der Zugang auf dessen Server war kein größeres Problem und so dauerte es nicht lange, bis die letzten Standorte von Yamamoto verfügbar waren. Auf Lillis Tablet schaute Josch mit ihr die Liste durch. Dabei kam ihm eine Adresse bekannt vor, die der Deutschjapaner in den letzten Stunden zweimal besucht hatte. Es war das *Elektrochemische Technologiezentrum*, das ECTZ.

»Lilli, kannst du mir einen Wagen leihen? Ich muss sofort dorthin.«

»Was willst du dort?«

»Muriel befreien, was denn sonst?«

»Ich werde dir keinen Wagen leihen.« Dabei strich sie sanft seinen Unterarm und gab ihm damit nicht die Gelegenheit, sich über ihre Ablehnung aufzuregen. »Josch, du hattest bisher verdammtes Glück, dass dich das Syndikat nicht erwischt hat. Selbst Vladimirs Befreiung hat nur deswegen funktioniert, weil niemand geglaubt hat, dass du so blöd bist, deinen Bruder aus der Gewalt von bewaffneten

Profis aus Albanien zu befreien. Ein zweites Mal werden sie diesen Fehler nicht begehen. Es wäre idiotisch, auf direkten Konfrontationskurs zu gehen. Dieser Yamamoto ist gefährlich! Wir sind Hacker und keine Antiterrortruppe. Wir können im Moment nichts anderes tun, als weiter zu beobachten.«

Lilli hatte recht. In Josch steigerte sich die Verzweiflung zu einer kochenden Wut. Er war wieder in seiner Hilflosigkeit gefangen. Doch dieses Mal rannte er nicht raus, stattdessen zog er ein paar Kreise durch die Halle und kam letztendlich zu ihr zurück. »Kannst du mir eine Liste aller Standorte von diesem verdammten Bastard ausdrucken?«

»Was willst du damit?«

»Ich werde morgen früh direkt mit Vladimir zum BKA fahren und diesem Lechner die Liste vorlegen. Die haben nämlich eine Antiterrortruppe.«

»Das klingt doch schon mal nicht schlecht, wenn du mich und das Team aus der Sache rauslässt.«

»Ich halte mich an unsere Vereinbarung. Ich würde einen Freund niemals verraten.«

»Viel lieber wäre ich deine Freundin. Aber was nicht ist, kann ja noch werden.«

Er sah ihr Schmunzeln, was nur für einen Moment anhielt. »Jetzt erklärst du mir noch, was du vorhast, und dann solltest du dich hinlegen, damit du für morgen fit bist.«

Kapitel 33

Es war unfassbar. Kurz nach acht Uhr am Morgen standen Josch und Vladimir in der Lobby eines Baus der 70er-Jahre, der mit miserablem Geschmack auf modern getrimmt worden war. Sie diskutierten mit einem Beamten in Uniform, ob ihr Anliegen von Bedeutung wäre.

»Eine Polizistin, also eine Kollegin von Ihnen, wurde mit höchster Wahrscheinlichkeit entführt!«, keifte Josch.

»Dafür ist Herr Lechner nicht zuständig«, erwiderte der Polizist trocken, der mit schmalen Schultern und einem hemdspannenden Bauchansatz vor ihm stand.

»Und wer verdammt noch mal ist in diesem Gebäude dafür zuständig?«

»Da muss ich erst nachsehen. Am besten Sie setzen sich in den Wartebereich und ich höre nach, ob der Kollege schon im Haus ist.«

Josch war bereit, diesen Mann so lange anzustarren, bis er ihm die erwartete Antwort gab. Doch Vladimir drückte mit einer Hand fest gegen seine Schulter, sodass er sich vom Polizisten abdrehte. »Beruhige dich. So kommen wir nicht weiter.«

Es würde nichts bringen, dem stoischen Beamtentum mit Sturheit zu begegnen. Josch hatte definitiv zu wenig geschlafen. Sein Puls pochte in den Schläfen und seine Hände zitterten. Er musste runterkommen, ansonsten würde er hier nichts erreichen. Mit einem letzten mürrischen Blick auf den Polizisten begab er sich in den Wartebereich. Vladimir marschierte hinter ihm, als wollte er ihm den Weg zurück versperren. Sie setzten sich. Doch Josch fand keine Ruhe und so pilgerte er durch die Vorhalle mit seinen Händen auf dem Rücken von einer Wand zur anderen. Seine Blicke streiften immer wieder den Polizisten, der nun tatsächlich telefonierte.

Ein Mann mit blonden Haaren und dünngesätem Dreitagebart schritt lässig in billigem Anzug gerade durch die Eingangstür, als der Beamte auflegte. »Herr Lechner, hier sind zwei Herren, die nach Ihnen gefragt haben.«

Stampfend wechselte Josch den Kurs und schritt direkt auf diesen Schnösel zu. »Mein Name ist Georg Wildner und dort drüben sitzt mein Bruder Vladimir Kalinin. Ich gehe davon aus, dass Sie bereits darüber informiert sind, dass eine Kollegin von einem japanischen Syndikat entführt wurde.«

Lechner blieb stehen und musterte ihn erst mit leicht zur Seite geneigtem Kopf. Josch roch das aufdringliche süß-herbe Rasierwasser. Der Beamte übte sich noch für Sekunden mit einer für Polizisten üblichen strengen Erscheinung, doch dann hob er den Arm zur Aufforderung. »Herr Wildner, das sollten wir besser in meinem Büro besprechen.«

Eine Etage höher angekommen, öffnete ihnen Lechner die Tür zu einem Raum. Zwar ähnelte dieser einem Arbeitsplatz, aber durch die gerahmten übergroßen Poster von amerikanischen grinsenden Superbullen mit Knarre kam in Josch das Gefühl auf, er wäre wahrhaftig im falschen Film. Der Beamte bot ihnen an, Platz zu nehmen. Vladimir setzte sich, doch er selbst war zu aufgebracht und zog es vor zu stehen.

Nachdem Lechner einen schmalen Ordner aus der Schublade hervorgekramt hatte, sah er Vladimir eindringlich an. »Herr Kalinin, ich habe Ihren Bericht gelesen und soweit ich beurteilen kann, haben Sie die selbst verschuldete Entführung ohne Schaden überstanden. Allerdings muss ich anmerken, dass Ihre Ausführungen wenig informativ sind. Es interessiert mich nicht, wie Sie gefoltert wurden oder wie Ihr Bruder Sie befreit hat. Sie arbeiten für uns, wenn auch nicht freiwillig, aber ich erwarte Ihre hundertprozentige Unterstützung und nicht diesen Mist, den Sie abgeliefert haben.«

Vladimir sagte kein Wort und Josch war verwirrt. Sie waren nicht hier, um sich über die Qualität eines Berichtes zu unterhalten. Hatte Lechner nicht verstanden, worum es hier ging? Oder war dieser Ermittler durch die Bürokratie so abgestumpft, dass er schlichtweg den Bezug zur Realität verloren hatte? Josch setzte an, um ihm zu widersprechen, als Lechner weitersprach: »Aber ich werde darüber hinwegsehen, wenn die Daten, die Sie mitgebracht haben, fundierte Beweise beinhalten, damit ich diesem Syndikat endlich das Handwerk legen kann.«

So lief der Hase also. Josch versuchte, sich seine tobende Entrüstung nicht anmerken zu lassen, und legte sich seine nächsten Worte zurecht. »Herr Lechner, ich kann Ihr Engagement nachvollziehen, aber wir sind nicht hier, um Ihnen die besagten Daten zu überreichen. Das hat noch Zeit. In erster Linie ist es wesentlich wichtiger, eine Polizistin zu befreien. Sie wurde meiner Meinung nach von einem Takashi Yamamoto entführt und befindet sich in größter Gefahr.«

»Wer soll dieser Yamamoto sein?«

»Er ist Mitglied des Syndikats und wir haben bereits Nachforschungen angestellt und eine Liste seiner möglichen Aufenthaltsorte erstellt.«

»Der Name sagt mir nichts. Er wird nur irgendein Handlanger sein, der keinerlei Bedeutung hat. Ihre Liste, wo auch immer Sie die herhaben, ist nicht von Belang. Sie sollten mir nun die Daten geben, damit ich endlich an die Drahtzieher des Syndikats rankomme.«

Joschs Unmut pochte mit 180 Schlägen. Der Kerl war nur an seinem persönlichen Erfolg interessiert. »Und was ist mit Frau Andersen?«

»Meinen Sie die Polizeibeamtin Muriel Andersen?«

»Genau.«

»Was glauben Sie, wie viele Entführungsmeldungen die Polizei jede Woche von den ganzen Spinnern bekommt? Obwohl ich zugeben muss, dass die Entführung einer Polizistin mal etwas Neues ist.«

»Nehmen Sie uns nicht ernst?«, fragte Josch fassungslos.

»Würden Sie das tun? Es ist schon ziemlich unglaubwürdig, wenn zwei Männer am Empfang des BKA erscheinen und gleich von einer Entführung sprechen.« Der BKA-Beamte zwinkerte kurz und grinste mit leicht geneigtem Kinn überheblich. »Für gewöhnlich wird die Person erst einmal vermisst. Oder haben Sie entsprechende Beweise?«

Die Andeutung von Yamamoto war lediglich ein Hinweis und dass Muriel aktuell nicht zu finden war, bewies überhaupt nichts. Dennoch verspürte Josch ein von Sorge geplagtes, schmerzhaftes Ziehen in der Magengegend. Das Syndikat hatte es nicht nötig, leere Drohungen auszusprechen.

Lechner winkte ab, als er keine direkte Antwort bekam. »Selbst wenn sie entführt wurde, dann ist sie noch immer Polizistin und wird die Lage durchaus im Griff haben. Sie wurde darauf trainiert mit schwierigen Situationen umzugehen. Nach der Auswertung der Informationen von Herrn Kalinin werde ich die Sachlage klären und Weiteres veranlassen. Vielleicht ist es Ihnen nicht bewusst, aber es handelt sich hierbei nicht um ein Computerspiel, sondern um einen Fall der nationalen Sicherheit.«

Josch fiel es immer schwerer, nicht auf diesen arroganten Blindgänger loszugehen. »Ich kann mir nicht vorstellen, dass es ein gutes Bild auf die Polizei wirft, wenn herauskommt, dass eine mögliche Entführung einer Beamtin ignoriert wurde, nur weil ein paar Informationen der sogenannten nationalen Sicherheit als wichtiger deklariert wurden.«

Mit einem Ruck schnellte Lechner aus seinem Stuhl. Er stemmte die Hände auf den Tisch und brüllte mit hochrotem Kopf los: »Erstens sagte ich bereits, dass ich mich darum kümmere, und zweitens wird nichts davon an die Öffentlichkeit gelangen. Haben Sie mich verstanden? Wenn herauskommt, dass Deutschland sich von ein paar Schlitzaugen bescheißen lässt, wäre das eine internationale Blamage.« Dann setzte er sich wieder und hob den

Finger zur Warnung. »Und drittens, glauben Sie bloß nicht, dass ich mir von ein paar angestaubten anmaßenden Hackern die Karriere versauen lasse.«

Mit dieser heftigen Reaktion hatte Josch nicht gerechnet. Aber er hatte genug Erfahrung, um zu wissen, dass er es bei diesem selbstgefälligen, egoistischen Arsch mit Krawatte und billigem Anzug nicht auf die Spitze treiben durfte. »Herr Lechner, lassen Sie uns vernünftig miteinander reden. Frau Andersen ist eine gute Bekannte von mir und hat nichts mit dem Fall zu tun. Sie sollten sie suchen und wenn sie wohlbehalten gefunden wird, werden wir Sie bei der Aufklärung gegen das Syndikat unterstützen.«

Ein Knall folgte, als Lechner mit der flachen Hand auf die Tischplatte schlug. »Mir ist Ihre Meinung völlig gleichgültig. Gerade Sie sollten sich nicht als Moralapostel aufspielen. Ich entscheide hier, was passiert, und ich setze die Prioritäten. Herr Kalinin hat einen Auftrag erhalten und hat Folge zu leisten. Und somit sollten Sie so vernünftig sein, mir die Daten verdammt schnell zu übergeben. Des Weiteren ist Ihre sogenannte Unterstützung wohl eher ein schlechter Scherz. Falls Sie es vergessen haben. Wir sind die Profis!«

So kamen sie nicht weiter. Entweder ignorierte dieser Polizist seine Ausbildung völlig oder an ihm nagte die fehlende Selbstbestätigung, um seinen Narzissmus zu befriedigen. Diese Menschen waren immun für Ratschläge und vertrugen nicht den kleinsten Ansatz von Kritik. Josch vollzog gedanklich mehrere Strategien, als wäre es ein Schachspiel, bei dem der nächste Zug das Spiel entscheidet. Das Problem war nur, dass sie beide auf der gleichen Seite spielten. Ihr gemeinsamer Gegner war das Syndikat. Lechner war bereit, einen unbeteiligten Bauern für seine große Offensive zu opfern, das war eindeutig. Andererseits hatte Josch nicht die geringste Ahnung, wo Muriel überhaupt war, geschweige denn, wie er sie befreien konnte. In seiner ausweglosen Situation schüttelte er den Kopf. Lechner schien dies falsch zu interpretieren und tobte mit zu Schlitzen verengten Augen ein weiteres Mal los. »Wenn Sie mir nicht die Daten aushändigen, dann kommt das einem Landesverrat gleich und ich verspreche Ihnen, ich werde Sie so lange verfolgen, bis ich Sie eigenhändig für Jahrzehnte ins Gefängnis stecken kann. Sie können sicher sein, dass ich bis jetzt schon genug Anklagepunkte habe.«

Es war dringend an der Zeit, schnellstmöglich aus diesem Inferno der Sinnlosigkeit herauszukommen. Je länger Josch versuchte, mit diesem durchgeknallten Bullen zu reden, desto mehr spitzte sich die Lage zu. In einer besänftigenden Haltung hob er die Hände. »Sie haben mich missverstanden. Ich mache mir nur große Sorgen um Muriel. Ich denke, dass Sie sicherlich das Richtige tun werden. Wir werden Ihnen die Daten schnellstmöglich zur Verfügung stellen. Allerdings kann das etwas dauern, denn wir müssen erst unsere Systeme wieder zum Laufen bringen, da diese vom Syndikat fast zerstört worden sind.«

Der Zugang wäre zwar direkt möglich, aber Josch hatte beschlossen zu lügen. Er brauchte Zeit für die Vorbereitung seines Plans, den er mit Lilli besprochen hatte. Zudem gab er die naive Hoffnung nicht auf, dass Lechner in der Zwischenzeit nach Muriel suchen würde.

Der Beamte setzte sich und lehnte sich zurück. »In Ordnung, wie lange wird es dauern?«

»Ein paar Tage.«

»Sie melden sich umgehend bei mir, sobald Ihre Systeme wieder laufen.«

»Sie hören von uns. Auf Wiedersehen.«

Josch und sein Bruder verließen das Büro ohne ein Händeschütteln. Als sie im Auto saßen, fuhr ihn Vladimir an. »Sag mal, hast du sie nicht mehr alle, dich mit dem BKA anzulegen? Kannst du dir vorstellen, was dieses Gespräch für uns bedeutet?«

Er nickte bedächtig und blickte Vladimir mit strengem Blick an. »Es bedeutet, dass wir unsere Zeit verschwendet haben und Muriel noch immer in Gefahr ist.«

Kapitel 34

»Wie ist es gelaufen?«, fragte Lilli, als sie in die Zentrale zurückkehrten, in der mittlerweile wesentlich weniger los war. Manche von den Hackern hatten sich wohl nach der durchgemachten Nacht eine Runde aufs Ohr gelegt. Lilli hatte sich derweil umgezogen. In Jeans und Shirt sah sie das erste Mal etwas verlottert aus. Die tiefen Ringe unter ihren Augen verrieten ihre Müdigkeit und das fehlende Make-up ließ ihre männlichen Züge durchschimmern.

So richtig hatte Josch das Gespräch mit Lechner noch nicht verdaut. Einerseits war er wütend auf den BKA-Beamten und andererseits fühlte er sich als Versager, da er für Muriel nichts erreicht hatte. »Wenn ich beschissen sage, dann wäre das eine maßlose Untertreibung.«

»Also ist genau das passiert, was wir erwartet haben.«

»Nicht so ganz. Lechner wollte unbedingt die Daten haben und machte Druck. Aber wir dachten ja, dass er unseren Hinweis auf Muriels Entführung zumindest ernst nehmen würde und eine Suche veranlasst. Aber die Sache schien ihn nicht im Geringsten zu interessieren. Der will sich nur mit Vladimirs Informationen profilieren, um die Karriereleiter weiter hochzukommen.« Über Lillis Besorgnis wunderte er sich, denn sie kannte Muriel nicht und hatte keinen Grund, ihn mit so traurigen Augen anzuschauen. »Was ist los?«

»Ich mache mir Sorgen um dich.«

»Um mich? Ich bin nicht derjenige, der in Gefahr ist.«

»Im Moment nicht, aber du bist nicht der Typ, der tatenlos zuschaut, wenn einer Freundin vielleicht etwas passiert ist. Dieser Lechner scheint nichts zu unternehmen. Nach der Aktion mit deinem Bruder habe ich die böse Vorahnung, dass du die Sache selbst in die Hand nimmst und dich in eine Gefahr bringst, die du nicht einschätzen kannst.«

Er ließ sich seufzend auf einen Bürostuhl plumpsen und sah auf den Monitor, auf dem ein Scan von Videodaten lief. Das Gesichtserkennungsprogramm punktierte markante Stellen, die es immer wieder ohne Erfolg mit Muriels Bild verglich. Däumchen drehen und abwarten war für Josch, als würde er sie im Stich lassen.

Auch wenn das Treiben in der Zentrale ruhiger geworden war, so wusste er dennoch, dass die Programme im Hintergrund liefen und vollautomatisch nach Muriel suchten. Somit war er hier als Hacker überflüssig. Er musste doch etwas tun können, auch wenn es nur der Griff nach einem Strohhalm war. Lilli stand neben ihm und strich ihm tröstend über seine Schulter. Es war ihm dieses Mal noch unangenehmer als sonst, wenn sie ihn berührte, und so schnellte er auf, stellte sich einige Schritte von ihr weg. »Wir brauchen einen Bolzenschneider.«

»Einen virtuellen oder einen echten?«, schmunzelte sie.

»Einen, mit dem man Eisendrähte oder Dickeres durchschneiden kann.«

»So etwas habe ich nicht, da musst du schon in den nächsten Baumarkt fahren. Und überhaupt, was willst du mit einem solchen Teil?«

Mit der Hand rieb sich Josch schneller als gewöhnlich das Kinn.

Sein Plan war nicht sonderlich clever, aber tatsächlich fiel ihm nichts Besseres ein. »Ich werde mit Vladimir zum ECTZ fahren. Yamamoto muss einen Grund gehabt haben, dass er zwei Mal dort gewesen ist. Ich weiß, es ist nicht viel und wirkt wie eine Verzweiflungstat, aber wenn ich nur hier rumsitze, werde ich noch verrückt.«

»Und was bitte schön willst du mit einem Bolzenschneider? Vielleicht die Büchse der Pandora öffnen?«

»Ich habe dir doch von Helena aus Albanien erzählt. Wenn ihre Annahme stimmt, dann ist dort keiner mehr und irgendwie müssen wir durch den Zaun kommen, um auf das Gelände zu gelangen.«

»Wenn du meinst«, erwiderte Lilli und ihr Gesicht offenbarte, dass sie nichts von dem geplanten Vorhaben hielt.

»Leihst du mir einen Wagen?«

»Neben der Tür ist ein Schlüsselkasten. Nimm dir den Golf, der ist am unauffälligsten.«

»Danke.« Worauf Josch Vladimir anschaute, der die ganze Zeit am Rande des Tisches gestanden hatte und ihn überrascht fragend ansah. »Komm, wir müssen zum Baumarkt.«

Lilli rief ihm hinterher: »Josch, egal was du dort findest, pass bitte auf dich auf!«

Ohne sich zu ihr umzudrehen, nahm er seinen Laptop vom Tisch und hob zur Verabschiedung nur die Hand. Auf dem Weg zur Tür schubste er Vladimir an, der sich kopfschüttelnd noch keinen Zentimeter bewegt hatte.

Da Josch nicht die geringste Ahnung hatte, was einen Bolzenschneider ausmachte, nahm er im Baumarkt das massivste und teuerste Teil, das er im Regal fand. An der Kasse packte er ihn in eine größere Tasche, die zu seiner Verwunderung fast vier Euro kostete. Anschließend fuhren sie in Richtung des Industriegebietes, auf dem sich das *Elektrochemische Technologiezentrum* befand.

Vladimir hatte die halbe Fahrt mit langer Miene schweigend neben ihm im Wagen gesessen. »Die Aktion ist völlig schwachsinnig und wird überhaupt nichts bringen«, polterte er los, als sie gerade an einer Ampel standen.

»Vielleicht. Aber hätte ich, nachdem ich die Videos über deine Folterung erhalten hatte, Trübsal geblasen und über die Sinnlosigkeit in der Welt gejammert, würdest du nicht hier sitzen, sondern wärst immer noch in diesem Loch in Albanien.«

Sekunden vergingen und danach sprach Vladimir in einem gemäßigteren Ton. »Josch, sei mir nicht böse. Aber ich glaube, du verrennst dich. Erstens kann dieser Kerl sonst etwas dort anstellen und es hat nichts mit deiner

Muriel zu tun. Zweitens bekommst du mit einem Bolzenschneider keine Tür auf.«

»Es muss einen Grund geben, warum Yamamoto dort bereits zwei Mal war, und den muss ich rauskriegen. Wir haben sonst keine Spur und es besteht zumindest eine kleine Chance, dass wir einen Hinweis finden, wo Muriel ist. Außerdem habe ich bei meinem letzten Besuch eine Wanze im Büro des Geschäftsführers platziert und die hat hoffentlich etwas aufgezeichnet, mit dem wir weiterkommen.«

»Nicht schlecht, Bruderherz. Deswegen hast du den Rechner mitgenommen. Ich nehme an, die Wanze hat einen Transmitter und wir können die Aufzeichnung außerhalb des Gebäudes abrufen?« Vladimir bekam als Antwort ein Nicken.

Es war kurz nach sieben und die Dämmerung würde erst in mehreren Stunden einsetzen. Für den Fall, dass doch jemand im ECTZ war, parkte Josch den Wagen abseits auf einem abgelegenen Schotterplatz, der vom Gebäude aus nicht zu sehen war. Er packte den Laptop zum Werkzeug in die Tasche, bevor sie ausstiegen. Dann mussten sie zweihundert Meter laufen, bis sie das Gelände erreichten. Das Tor war zu und es standen keine Autos davor.

Vladimir pfiff kurz auf. »So groß hatte ich es mir nicht vorgestellt. Der Schuppen macht schon etwas her. Die scheinen echt zu wissen, mit welcher Show man einige Millionen abkassieren kann.«

In einem großen Bogen liefen sie auf die Rückseite, wo zum Glück keine Kameras installiert waren und sie niemand von der Straße aus sehen konnte. Mit dem Bolzenschneider schnitt Josch mit Leichtigkeit ein Loch in den Zaun. Das Teil war sein Geld wert. Die zehn Meter zum Gebäude rannten sie, wobei er schon leicht außer Atem kam. Anschließend kontrollierten sie die Türen und Fenster, die sie erreichten, ohne in den Weitwinkel der Überwachungskameras zu gelangen. Wie erwartet, waren alle verschlossen. In einer Art Außenlager für Gerümpel verschanzten sie sich hinter ein paar alten hochgestapelten Paletten, wo Josch den Rechner auspackte. Das Bluetoothsignal der Wanze war stark genug und so spielte er die digitale Aufzeichnung auf den Laptop herunter, was mehr als zehn Minuten dauerte. Es war knapp gewesen. Der Akku des 4 Zentimeter kleinen Winzlings hielt zwar fast 300 Stunden, doch die Restdauer betrug noch 5 Prozent. Die Investition von 70 Euro für dieses Mini-Diktiergerät hatte sich gelohnt. Obwohl das Abhörgerät eine Sprachaktivierung besaß, war die Datei über 32 Stunden lang. Josch spielte nur die letzten zehn Minuten ab. Es war die Stimme von Pawlowski zu hören, der scheinbar über Lautsprecher telefonierte. Der Geschäftsführer wurde darüber informiert, dass der Auftrag erfolgreich abgeschlossen sei, und er solle alle Maschinen und Geräte für den Überseetransport in die Container verladen. Yamamoto oder Muriel wurden leider mit keiner Silbe erwähnt.

Als die Aufzeichnung zu Ende war, fragte Vladimir: »Und jetzt? Es macht keinen Sinn, hier weiter zu hocken. Die sind alle ausgeflogen.«

Josch rief Lilli an und fragte, ob Yamamotos Prepaid-Handy zu orten sei. Nach einer kurzen Wartepause verneinte sie seine Frage. Entweder war es ausgeschaltet oder der Deutschjapaner hatte es weggeworfen.

»Wir warten. Wir haben sowieso nichts Besseres zu tun«, gab er Vladimir als Antwort, der sogleich mit einer langen Miene reagierte.

Seit zwei Stunden lungerten sie auf der Rückseite des ECTZ herum. Die Dämmerung hatte mittlerweile eingesetzt, als sie die Lichter eines Wagens auf der Straße bemerkten, der langsamer wurde. Dicht an der Wand schlichen die Brüder zur Vorderseite des Gebäudes, um nicht von den Kameras erfasst zu werden. Das Auto hielt vor dem verschlossenen

Tor. Eine Person stieg aus und schritt zu einem der Pfosten, kurz darauf setzte sich der Mechanismus in Bewegung und das Tor öffnete sich mit einem ratternden Geräusch. Der Fahrer stieg wieder ein und parkte den Wagen direkt vor dem Haupteingang, wo die Außenbeleuchtung ansprang. Beim Aussteigen erkannte Josch die Person. Es war Yamamoto in Anzug und Krawatte und er schleppte eine Einkaufstüte zum Eingang. War es jetzt klug, ihn aus der Deckung heraus abzufangen und zur Rede zu stellen? Josch überlegte. Es war für ihn unmöglich, diesen kaltwirkenden und kontrollierten Mann einzuschätzen. Er besann sich auf Lillis Worte und so gab er seinem Bruder ein Zeichen, dass sie sich erst einmal ruhig verhalten würden.

Nachdem Yamamoto durch die Eingangstür verschwunden war, flüsterte Vladimir: »Wir brauchen Verstärkung.«

In seinen Augen las Josch die gleiche Angst, als er ihn aus dem Keller in Albanien befreit hatte.

»Reiß dich zusammen, Vladimir. Falls er uns entdeckt, sind wir immer noch zu zweit gegen einen.« Josch wusste gerade nicht, ob er dies mehr zu seinem Bruder oder zu sich selbst gesagt hatte. Er spürte, wie ihm die Nerven flatterten und ihm der Schweiß am Rücken hinunterlief. Es machte einen gewaltigen Unterschied, die Gefahr nur zu erahnen oder sie tatsächlich zu kennen. Das Syndikat tötet für seine Belange und Yamamoto war einer von ihnen.

Es waren Minuten vergangen, seit der Deutschjapaner in das Gebäude gegangen war. Sie hatten zwei Möglichkeiten. Die eine war zu warten, bis er wieder herauskam, was ihnen rein informativ überhaupt nichts brachte. Und die andere war, ihm zu folgen, um eventuell eine Idee davon zu bekommen, warum Yamamoto bereits das dritte Mal hier war. Die Polizei zu verständigen wäre sinnlos, schließlich war nichts Ungesetzliches vorgefallen und einen Zusammenhang mit dem Verschwinden von Muriel würden sie ihm nicht abnehmen. Lilli um Verstärkung zu bitten, wäre ebenfalls vergebens. Sie hatte ihm bereits geraten, nicht den Helden zu spielen und abzuwarten.

Josch drehte sich zu seinem Bruder. »Ich gehe rein und du bleibst hier. Wenn ich in zehn Minuten nicht zurück bin, rufst du die Polizei.«

»Vergiss es. Wir sind zusammen hergekommen und ich werde dich nicht im Stich lassen. Wie gesagt, wir sind zu zweit. Sollte er einen von uns erwischen, kann der andere die Polizei verständigen.«

Obwohl Vladimirs Plan nicht besser war als sein eigener, war es Josch wesentlich wohler dabei, nicht allein hineinzugehen. »Gut, wir gehen zusammen.«

Die Tür war nicht verschlossen. Die Anmeldung sowie der Eingangsbereich lagen im Halbdunkel. Es brannte lediglich das Licht in einem Flur, aber keine der abgehenden Türen stand offen. Sie wussten somit nicht, wohin Yamamoto gegangen war. Vladimir blieb zurück, während Josch vorsichtig einen Raum nach dem anderen kontrollierte. In der Dunkelheit erkannte er allerdings nur ein paar zurückgelassene Stühle und Tische. Hinter einer breiten Doppeltür schimmerte es hell, als er sie einen Spalt breit aufzog. Josch lugte hindurch. Es war der Eingang zur Produktionshalle, die auf den ersten Blick riesig wirkte. Da er niemanden entdeckte, gab er seinem Bruder ein Zeichen, ihm zu folgen. Mit schnellen leisen Schritten durchquerten sie einen fast leer stehenden Raum, in dem nur ein ausgeschalteter Kaffeeautomat stand. Sie versteckten sich erst einmal hinter einer teilverglasten Wand. Josch lauschte. Nein, er hatte sich nicht geirrt. Er hörte tatsächlich, wie eine Frauenstimme von der anderen Seite der Halle her schimpfte. Sie wechselten von einer Deckung zur nächsten, bis sie endlich nah genug waren, um die Stimme zu erkennen.

Vladimir flüsterte ihm ins Ohr: »Muriel?«

Josch nickte.

»Dann lass uns verschwinden. Wir wissen nun, wo sie ist.«

Er schüttelte den Kopf und zog seinen Bruder in einen nahe liegenden Teil der Halle, der nicht beleuchtet war. Hinter mit Schrott gefüllten Gitterboxen versteckten sie sich ein weiteres Mal.

»Und nun?«, fragte Vladimir im Flüsterton.

»Jetzt warten wir ab.«

Kapitel 35

Ihr Arm schmerzte, der an der unnachgiebigen Kette hing. Muriel trat mehrfach nach diesem Mistkerl, ohne ihn ein einziges Mal richtig zu treffen. Dabei schnitt ihr die Eisenmanschette tiefer in ihr Handgelenk.

Der stechende Schmerz fachte ihre Wut noch mehr an und sie holte zu einem wiederholten Fußtritt aus, der Yamamotos Bein jedoch nur streifte. Seine kalt wirkenden Augen taktierten sie kurz und ohne weitere Reaktion fuhr er fort, die eingepackten Sandwiches und eine verschlossene Wasserflasche auf das andere Ende des Bettes zu legen. Er hatte keine Eile, stattdessen nahm er sich Zeit und öffnete ohne Hast die Verpackungen. Jede seiner Bewegungen wirkte kontrolliert und in dem maßgeschneiderten schwarzen Anzug mit der perfekt sitzenden Krawatte wirkte er wie eine Maschine, die ohne Gefühl und Anteilnahme handelte.

Nachdem sie vor Stunden erwacht war, hatte sie für eine Weile darauf gehofft, dass er gleich kommen würde und es noch immer ihr Spiel war. Als er dann endlich das erste Mal erschien, bestätigten sich ihre Zweifel. Ihre Gemeinsamkeit bestand nicht mehr. Hatte es sie überhaupt gegeben?

Er erklärte ihr nüchtern, sie sei ein Joker für seinen Auftrag, und sie kam zu dem Schluss, dass Josch ebenfalls etwas mit der Sache zu tun hatte. Yamamoto betrachtete sie wie ein Objekt. Sie fühlte sich nicht mehr als seine Watashi, sondern als eine Gefangene. Er benutzte sie für etwas, das nichts mit Gefühlen zu tun hatte und nicht einen Funken Zuneigung oder Liebe beinhaltete.

Seine Worte klangen hart: »Sei vernünftig. Iss etwas. Es wird nicht mehr lange dauern.«

Sie hielt inne, setzte den Fuß ab. »Du kannst mich mal. Was dauert nicht mehr lange?«

Ohne ihr eine Antwort zu geben, verließ er den Raum.

Yamamoto zog die Tür zu, aber sie hörte keinen Schlüssel oder ein Schloss, das verriegelt wurde. Wozu auch, er musste die Tür nicht absperren. Sie hing wie ein nicht kläffender Köter an der Kette und hatte einen Auslauf von einem Meter. Sie würdigte das Essen keines Blickes, zu sehr war ihr Verstand damit beschäftigt, wie sie sich befreien konnte. Sie stemmte ihre Beine gegen die Wand und griff mit beiden Händen die Metallkette. Aber egal, wie fest sie daran zog, die Halterung gab keinen Millimeter nach. Bei dem Versuch durchfuhr sie ein brennender Schmerz an ihrem Handgelenk, der so stark war, dass sie aufschrie und ihr die Tränen kamen. In ihrem Leid, was über das Körperliche hinauswuchs, gab sie nach einem weiteren Versuch auf. Es brachte nichts. Sie hatte in ihrer Ausbildung gelernt, dass es besser ist, seine Kräfte zu sparen, als sie an nichts bringende Aktivitäten zu verschwenden. Es war wichtig, die Kontrolle über sich so lange wie möglich aufrechtzuerhalten. Erschöpft und wütend zugleich verkroch sie sich in die Ecke der Pritsche, zog die Knie an die Brust und weinte.

Ihre Wangen waren nach den letzten Tränen wieder getrocknet, als sie das leise Knarren der Tür hörte. Muriel schaute auf. Im Türrahmen stand Josch zusammen mit einem hageren Kerl. Sie war weder überrascht, noch hegte sie den geringsten Zweifel. »Arschloch Nummer zwei erscheint auf der Bühne. Willst du mir jetzt den Nachtisch servieren?«, pöbelte sie ihn an. Es war für sie eine kleine Genugtuung, dass ihm sein entspanntes Lächeln verging und seine Miene nun von ernsten Zügen durchzogen wurde.

»Und für die Braut reißen wir uns ein Bein aus? Wirklich klasse«, sagte der Mann, den sie nicht kannte.

Josch trat an das Bett heran und schien Muriel zu ignorieren. Sie war nahe daran, ihre Haltung aufzugeben und ihn mit einem wütenden Tritt gegen das Knie zu attackieren. Doch zu ihrer Überraschung inspizierte er die

Kette und musterte die Manschette an ihrem Handgelenk. »Vladimir, wo ist der Bolzenschneider?«

»Draußen, ich habe ihn am Zaun gelassen.«

»Würdest du ihn bitte holen? Aber pass auf, der Deutschjapaner könnte wieder zurückkommen.«

Mit einem Grummeln wandte sich der Fremde ab und stakste mit einer Hand zur Faust geballt aus dem Raum. Mit dem Blick auf die geöffnete Tür hörte Muriel Joschs Worte: »Ist sonst alles in Ordnung mit dir?«

In ihr brodelte die Wut, ohne genau zu verstehen, was gerade geschah. »Sieht das für dich aus, als wäre irgendetwas in Ordnung, du Dreckskerl? Weiß Gott, vielen Leuten hätte ich eine solche miese Nummer zugetraut, aber nicht dir. Wie blöd muss ich gewesen sein, dass ich dachte, dir mit dem Abendessen einen Gefallen zu tun. Du widerst mich an. Glaub bloß nicht, dass ich mich von dir oder sonst einem Arsch für irgendetwas benutzen lasse.«

Josch setzte sich neben Muriel aufs Bett. Sie hatte den unbändigen Drang, mit Fäusten auf ihn einzuschlagen, ihm seine Visage zu polieren. Aber etwas hielt sie davon ab. Warum war er hier und befreite sie, wenn er mit Yamamoto gemeinsame Sache machte? Ihre Beine zitterten und die Unterlippe bebte, als würde sie in eisiger Kälte stehen. Er legte seine Hand vorsichtig auf ihren Unterarm. Sie schlug sie weg. Dann sagte er mit leiser, schon fast sanfter Stimme zu ihr: »Muriel, ich weiß nicht, wer dir was erzählt hat. Aber ich habe dich niemals für irgendetwas benutzt. Dieser Deutschjapaner hatte die ganze Sache eingefädelt, um mich und meinen Bruder unter Druck zu setzen. Er arbeitet für ein Syndikat und dabei geht es um eine Menge Geld. Das Einzige, was du mir vorwerfen kannst, ist die Tatsache, dass ich wie ein Idiot in seine Falle getappt bin und das erst viel zu spät erkannt habe. Ich muss mich bei dir entschuldigen, weil ich dich in diese Sache mit hineingezogen habe.«

»Du arbeitest nicht mit Yamamoto zusammen und hast

nichts von seinem Plan gewusst?« Dabei kullerten dicke Tränen ihre Wangen herunter, die einen kleinen, einen klitzekleinen Teil ihrer Enttäuschung wegschwemmten.

Josch sah ihr tief in die Augen und schüttelte dabei verneinend den Kopf.

»Verfluchter Kackendreck! Als Polizistin hätte ich etwas ahnen müssen, stattdessen habe ich mich wie ein hormongesteuerter, idiotischer Teenager in den Kerl verschossen. Es war zu schön, um wahr zu sein. Zu aufregend und doch wollte ich unbedingt daran glauben, dass es dieses Mal mehr sei. Verdammter Mist, ich fühlte mich bei ihm, als wäre ich etwas Besonderes. Erlebte eine Art von Wertschätzung, die nichts als Verarsche war.«

»Muriel, das kann jedem passieren. Wir sind alle nur Menschen. Wir sehnen uns nach Aufmerksamkeit und jeder von uns träumt davon, den einen zu finden, der zu uns passt. Wer von uns wünscht sich keine Zukunft, in der wir nicht alleine sind und wo die Einsamkeit vergessen wird?«

»Mein Chef wird das mit Sicherheit anders sehen! Außerdem werden sich die Kollegen die Mäuler zerreißen und ich werde zum Gespött auf dem Revier.«

Joschs Blicke wanderten auf ihrem Kleid herunter. »Du bist garantiert das bestaussehendste Gespött, das es jemals bei der Polizei gegeben hat.«

Sie boxte ihm feste auf den Oberarm. »Habe ich dir heute schon gesagt, was für ein Riesenarsch du bist.« Als er sich mit schmerzverzerrtem Gesicht neben ihr krümmte, konnte sie wieder lachen.

Vladimir kam mit dem Werkzeug zurück und er schien sich über die verändernde Situation zu wundern. Womöglich hatte er damit gerechnet, dass Muriel seinem Bruder an die Gurgel gegangen wäre. Tatsächlich hatte nicht viel dazu gefehlt. Doch sosehr sie die Enttäuschung schmerzte und ihre Gefühle sie fast innerlich zerrissen, war sie froh darüber, dass sie sich in Josch getäuscht hatte.

Dann zuckte Vladimir nur kurz mit den Schultern, kam

auf sie zu und durchtrennte ein Glied der Kette auf beiden Seiten. »Wir sollten uns vom Acker machen und keinen weiteren Besuch abwarten.«

Zur Bestätigung stand Josch auf und half Muriel beim Aufstehen. Bei den ersten Schritten gaben ihre Beine sofort nach und sie hakte sich bei ihm ein. Fürsorglich zog er sie seitlich näher an sich heran und legte dabei seine andere warme Hand auf ihren kalten Unterarm. So rasch wie möglich bewegten sie sich durch das notbeleuchtete Gebäude, um letztendlich in einer rabenschwarzen Nacht durch ein Loch im Zaun in die Freiheit zu schlüpfen. Auf dem Weg zum Wagen erwachten Muriels Lebensgeister und als sie im Auto saß, war sie froh darüber, dass sie sich bei diesem Seniorhacker getäuscht hatte.

Während der Fahrt erzählte ihr Josch von den gesuchten Informationen und Daten, die das Syndikat und das BKA unbedingt haben wollten, und dem damit in Verbindung stehenden riesigen Subventionsbetrug. Sie hörte ihm zwar eine längere Zeit zu, war aber weder in der Verfassung den Sinn noch die Zusammenhänge zu verstehen. Zu sehr war sie damit beschäftigt, nicht von ihren Gefühlen überrannt zu werden, und sie kämpfte des Öfteren gegen die aufkommenden Tränen an.

Nach einem kurzen Schweigen verlor sich der sachliche Ton in Joschs Stimme und drängte damit ihre vorherrschenden Emotionen in den Hintergrund. »Wir sind alle in Lebensgefahr, Muriel. Yamamoto und vor allem das Syndikat werden nicht aufgeben, bis sie haben, was sie wollen.«

»Dann sollten wir die Kollegen einschalten«, sagte sie, ohne lange darüber nachzudenken.

Worauf Josch lachte. »Wie schon erwähnt, die Polizei oder besser gesagt das BKA ist informiert.«

»Das ist doch gut, dann sind wir bald außer Gefahr.«

Die Brüder grunzten mit einem kurzen, wohl mehr abfällig gemeinten Gelächter im Duett und Muriel ahnte, dass die Dinge nicht so liefen, wie sie sollten. Doch in ihrem Kopf fingen die Gedanken und Gefühle wieder an zu pendeln. Das Gehörte und vor allem die erleichterte Stimmung überforderten sie. Sie sehnte sich nach ihrem Schlafzimmer und dem Bett, in das sie sich nur noch verkriechen wollte. Doch sie musste sich das Selbstmitleid für später aufheben. Deshalb setzte sie sich auf und fragte die beiden Männer: »Was gibt es da zu lachen?«

»Sagen wir es mal so. Wir scheinen bei der falschen Stelle nach Unterstützung gefragt zu haben. Uns wird nichts anderes übrig bleiben, als die Sache alleine durchzuziehen«, gab ihr Josch als Antwort.

»Aha, und das bedeutet was?«

»Wir werden die Daten dem Syndikat übergeben.«

Mit Entsetzen wurde der hagere Mann neben Josch laut: »Wir werden was? Hast du jetzt komplett den Verstand verloren? Auch wenn der Besuch beim BKA echt scheiße gelaufen ist, so sind die Bullen unsere einzige Chance, lebend aus der Sache rauszukommen. Wenn wir dem Syndikat die Daten geben, haben sie genau das, was sie wollten und dann werden sie uns die Lichter ausblasen, damit wir ihnen nie wieder in die Quere kommen.«

Josch sah seinen Bruder für einen kurzen Moment an. »Beruhige dich! Wie besprochen bekommt das BKA einen Zugang. Aber dem Syndikat überreichen wir ein Geschenk, über das sie sich nicht sonderlich freuen werden.«

Muriel wurde zunehmend unruhiger. Sie konnte dem Gesagten nicht folgen und vielleicht spielte es auch keine Rolle, aber sie musste ihren Einwand loswerden: »Ihr wisst schon, dass ich mich im Revier melden und dort einen vollständigen Bericht abliefern muss?«

»Dazu ist morgen noch genug Zeit. Wir bringen dich erst einmal ins Hotel und dann sehen wir weiter.« Josch wählte eine Nummer auf seinem Smartphone und erzählte einer Lilli kurz zusammengefasst von der Befreiung der Polizistin und erkundigte sich, ob die besprochenen Vorbereitungen liefen wie geplant. Für Muriel war es nun eindeutig zu viel. Sie legte den Kopf zurück und schaute in die Nacht hinaus, die ihr genauso leer und trostlos schien, wie sie sich fühlte.

Kapitel 36

Mit einer Tasse Kaffee in der Hand saß Muriel bei ihrem Chef im Büro. Der hochgewachsene schlanke Mann, der seine grauen Haare im perfekten Kurzhaarschnitt trug, behandelte sie unerwartet. Seit sie ihn kannte, hatte er sich ohne ein persönliches Wort dienstlich distanziert verhalten und nun bot er ihr auf eine holprige, fürsorgliche Art Kekse an, die er aus einer Schublade seines Schreibtischs herausgenommen hatte. »Frau Andersen, ich kenne Sie gut genug und weiß, dass Sie ungern Schwäche zeigen. Aber mir läge viel daran, wenn Sie sich in diesem Fall helfen lassen würden. Ich habe mit unserem Psychologen gesprochen und er wird sich Zeit für Sie nehmen, sobald Sie bereit dafür sind.«

Es widerstrebte ihr. Von jeher hatte sie ihre Probleme alleine gelöst und wäre niemals auf die Idee gekommen, einen Seelenklempner zu besuchen. Doch dieses Mal vermischte sich ihr Privatleben mit dem Beruflichen und es fühlte sich für sie an, als hätte sie einen Teil ihrer Kontrolle über die Lage, über ihr Leben verloren. »Ich werde es mir überlegen.«

Ihm war deutlich anzusehen, dass die Antwort nicht seiner Vorstellung entsprach, doch statt darüber mit ihr zu diskutieren, schnaufte er leicht durch. »Was wissen Sie von Ihrem Entführer?«

Sie holte ihre Notizen aus der Handtasche und legte sie auf den Tisch. »Ich habe angefangen, einen Bericht zu schreiben. Es ist nicht viel. Meine Recherche im Internet ergab keine Treffer, ich habe nicht einmal ein Bild von ihm gefunden.«

Ihr Chef überflog das Handgeschriebene. »Sind Sie in der Verfassung, dass der Kollege ein Phantombild erstellt?«

Ein weiteres Mal zog sie ein Papier aus ihrer Tasche. Es war eine Skizze von Takashi Yamamoto, die sie in der fast schlaflosen Nacht gezeichnet hatte.

»Sie haben Talent.«

»Danke.«

»Haben Sie weitere Informationen?«

»Nein, das ist alles, was mir eingefallen ist.«

»Ich werde die Fahndung einleiten und Sie machen erst einmal eine Woche Urlaub. Es sei denn, Sie sind noch immer in Gefahr. Dann müssen wir entsprechende Maßnahmen für Ihre Sicherheit treffen und Sie dürfen auf keinen Fall alleine bleiben.«

In diesem Moment wurde ihr bewusst, wie Josch sich um sie kümmerte. Seit ihrer Befreiung war sie quasi nie alleine gewesen. Selbst im Hotel neben den Zimmern von Josch und Vladimirs Müttern hatten Lillis Bodyguards die ganze Nacht auf dem Flur Wache geschoben. Doch dies ihrem Vorgesetzten zu erzählen, hätte sie in Erklärungsnot gebracht. »Ich denke nicht, dass ich noch in Gefahr bin, und außerdem bin ich nicht alleine.«

»Frau Andersen, melden Sie sich noch umgehend beim BKA. Herr Lechner bat darum.«

»Damit habe ich gerechnet und werde bei ihm vorbeifahren.«

Bei ihrer Verabschiedung übergab er ihr seine Visitenkarte: »Auf der Rückseite steht meine private Handynummer. Ich erwarte jeweils morgens und abends einen Anruf von Ihnen.«

Sie dankte ihm für die Telefonnummer und für seine Fürsorge. Doch sie sagte ihm nicht, wie erleichtert sie darüber war, dass er die Vorwürfe, die sie sich selbst machte, mit keinem Wort erwähnt hatte.

Als sie später in Joschs Wagen saß, hielt sie die Tränen der Überforderung nur mühsam zurück.

»Können wir losfahren?«, bat sie ihn.

»Ist nicht so gut gelaufen?«, fragte er, als er den Motor startete.

»Sei mir nicht böse, aber ich will im Moment nicht darüber reden.«

»Und du bist sicher, dass du wirklich mitkommen willst zum BKA?«

»Ich habe keine Wahl. Es ist eine Anordnung von meinem Chef, bevor ich meinen Urlaub nehme.«

Den Rest der Fahrt sagte sie kein Wort mehr und Josch schwieg ebenso. Wobei sie froh gewesen wäre, er hätte ihr etwas erzählt, was sie für eine Weile ablenkte. Stattdessen polterten die Geschehnisse in ihrem Kopf herum und ihr Magen rebellierte immer schmerzhafter. Takashi hatte ihre Zuneigung mit Füßen getreten und seine von ihr geglaubte Wertschätzung war pure Berechnung gewesen. Er hatte sie gedemütigt und für seine Zwecke missbraucht. Nichtsdestotrotz schämte sie sich! Es würde eine Weile dauern, ihre Gefühle mit Sachlichkeit zu verbannen und wieder zu der gewohnten Rationalität zurückzufinden.

Im Büro des BKA grinsten sie die Poster von den Schauspielern an, die sich in lächerlich gestellten Posen an ihre Schießeisen klammerten, als wären diese die Lösung für jedes Minderwertigkeitsgefühl. Lechner hatte zwar keine Waffe in der Hand, aber Muriel fiel auf, wie er zwischendurch den am Gürtel seitlich hängenden Halfter antastete, als müsste er das Vorhandensein der eigenen Pistole kontrollieren. Jedoch war sein Grinsen nur eine angewiderte Grimasse, als sie ihm ausführlicher von den Begegnungen mit Yamamoto erzählte. Dieses Mal saß Josch neben ihr und rieb sich wie so oft in letzter Zeit das Kinn. Bisher hatte er sich nicht geäußert. Was hätte er auch sagen sollen?

»Sie wissen schon, dass Sie als Polizistin eine Verantwortung tragen, die nicht nach Dienstschluss endet? Sie haben wegen ein paar infamer Sexspielchen die Kontrolle verloren und dazu eine Ermittlung im höchsten Maße gefährdet oder gar zunichtegemacht«, donnerte Lechner die Worte gegen sie.

»Sie hatte keine Ahnung von den Vorgängen und hätte beim besten Willen nichts ändern können«, erwiderte Josch in neutralem Ton.

»Ich glaube als ihr Verteidiger wären Sie eine verdammte schlechte Wahl. Sie haben nicht einmal eine Vorstellung, welche katastrophale Auswirkung dies auf die Untersuchung hat. Die internationalen Ermittlungen laufen schon seit eineinhalb Jahren und nach unseren Schätzungen hat das Syndikat mehr als 300 Millionen Euro weltweit an Subventionen und Fördergeldern illegal einkassiert. Es sind hochrangige Personen verwickelt. Einige von ihnen sind aktive Mitglieder und die anderen werden erpresst oder folgen aus eigenem Interesse den Forderungen. Selbst unsere Politiker haben sich von den Aussichten auf den technologischen Fortschritt blenden lassen und diese Gelder gewährt. Es wäre für unser Land eine internationale Blamage, wenn dies an die Öffentlichkeit käme. Und dann kommen Sie, Herr Wildner, und führen eine dilettantische Befreiungsaktion durch, die ich Ihnen mehr als deutlich untersagt hatte. Sie haben uns alle Optionen genommen, ein Mitglied dieser Verbrecher zu identifizieren, und damit war auch eine Verfolgung zu den Drahtziehern unmöglich. Yamamoto wird untertauchen und es ist unberechenbar, was das Syndikat als Weiteres unternehmen wird. Es wäre besser gewesen, Sie hätten sich aus der Sache rausgehalten.«

»Wenn ich darauf hinweisen darf, hat das BKA meinen Bruder mit illegalen Nachforschungen beauftragt.« Dabei war Josch aufgestanden und trottete langsam durch den Raum, als wollte er kein bewegungsloses Ziel sein.

Lechner rieb mit dem Handballen über das Leder seines Halfters. Mit ausgestrecktem Finger zeigte dann der BKA-Beamte auf Muriel. »Diese Polizistin hat absolut unprofessionell gehandelt, wenn nicht sogar fahrlässig, da sie durch ihr Verhalten zwei törichte Zivilisten in Gefahr gebracht hat.«

Es war eine Sache, einen Fehler begangen zu haben, aber sich etwas vorwerfen zu lassen, was so nicht der Wahrheit entsprach, brachte Muriel auf. »Das stimmt so nicht. Ich habe nichts getan, um andere in Gefahr zu bringen. Eigentlich hatte ich damit gerechnet, dass mich die Kollegen suchen und befreien. Aber bisher hat keiner von einer Suchaktion gesprochen. Und ich hatte Glück, dass mich Josch und Vladimir befreit haben.«

»Sie sind eine Schande für die Polizei, Andersen. Sie stellen Ihr eigenes Wohlergehen über das der anderen und erlauben sich ein Urteil über die Vorgehensweise Ihrer Vorgesetzten. Wäre ich Ihr Dienststellenleiter, ich würde Sie bis zu Ihrer unverdienten Pension zum Strafzettelschreiben von Parksündern verdonnern.«

Für Muriel war es mehr als offensichtlich: Lechner war ein arroganter Arsch und er suchte für seinen selbstverbockten Mist einen Sündenbock. Erst hatte er einen Hacker illegal beschäftigt und weder dessen Verschleppung noch die Folterung mitbekommen. Ebenso hatte er die Entführung einer Polizeikollegin zu lange ignoriert. Er würde, ohne mit der Wimper zu zucken, ihre Karriere ruinieren, um jeden seiner Fehler zu vertuschen.

Bevor die Besprechung völlig aus dem Ruder lief, fragte sie beschwichtigend nach: »Was erwarten Sie von mir?«

Der BKA-Beamte schwieg für einen Moment. Statt sie mit weiteren Vorwürfen zu bombardieren, beruhigte er sich. »Wir brauchen eine genaue Beschreibung von diesem Yamamoto und eine detaillierte Darstellung der Vorgänge. Außerdem bringen Sie Ihre selbst ernannten Retter zur Vernunft, damit sie mit uns kooperieren und endlich mit ihren amateurhaften Aktionen aufhören. Ansonsten kann ich für nichts garantieren.«

Es war Josch, der sich mit einem leicht entrüsteten Zischen meldete: »Was wollen Sie uns denn garantieren? Wollen Sie uns vor dem Syndikat beschützen, was nach Ihren eigenen Worten Einfluss bis in die obersten Ebenen hat?«

Lechner grinste mit einer selbstgefälligen Überheblichkeit. »Ich habe nicht behauptet, dass ich Ihren Schutz garantiere, und ich werde mein Handeln vor Ihnen mit Sicherheit nicht rechtfertigen. Aber dennoch habe ich ein Angebot für Sie und es wäre besser, Sie würden es annehmen.«

Das Gespräch dauerte noch eine weitere halbe Stunde, bevor Muriel mit Josch das Gebäude verlassen durfte. Lechner hatte ihn dermaßen unter Druck gesetzt, dass er letztendlich ohne den geringsten Widerspruch zustimmte, dem BKA die Datenbank von Vladimir mit den Informationen über das Syndikat zur Verfügung zu stellen. Dabei kam Muriel sich als unbedeutend und sogar als Marionette vor. Niemand interessierte sich für sie. Sie hatte in Urlaub zu gehen, den Mund zu halten und sich gefälligst aus der Sache rauszuhalten. Nachdem Josch kooperierte, wurde von ihr nichts mehr erwartet, außer den Bericht mit einer Beschreibung abzuliefern.

Zu ihrer Verwunderung änderte sich Joschs Stimmung schlagartig, als sie im Wagen saßen. Er schien nicht im Geringsten verärgert zu sein und wählte eine Nummer über die Freisprecheinrichtung.

»Hallo Lilli, ich werde Muriel mit in die Zentrale bringen. Ich kann sie auf keinen Fall alleine lassen.«

»Es wird wohl das Beste sein. Wie ist es sonst gelaufen?«

»Vom BKA haben wir mit keiner Unterstützung zu rechnen. Wie vereinbart habe ich dich und dein Team nicht erwähnt und nicht mal eine Andeutung gemacht von dem, was wir vorhaben.«

Im Normalfall hätte Muriel nachgefragt, was mit diesem rätselhaften Telefonat gemeint war. Aber ihr war im Moment alles zu viel. Sie war erleichtert, dass Josch sie nicht in das einsame Hotelzimmer zurückschickte. Er war der Einzige, dem sie zurzeit vertraute.

Kapitel 37

Als Josch mit Muriel die Zentrale betrat, nahm sie niemand wirklich wahr. Die Leute waren emsig am Arbeiten. Entweder tippten sie, diskutierten miteinander oder fluchten über Probleme, die sich gerade nicht lösen wollten. Eine spürbare Anspannung lag in der Luft, die jeder von diesen Hackern anders aufnahm. Vladimir hatte den ganzen Morgen auf seinen Bruder gewartet und war nicht erfreut darüber, dass er Muriel mitbrachte. Es verkomplizierte alles. Es wäre ihm niemals in den Sinn gekommen, einer Polizistin so weit zu vertrauen, um sie in die Hackerzentrale mitzubringen. Sie trottete etwas verdattert hinter seinem Bruder her und schien nicht bei sich zu sein, sondern abgetaucht in eine andere Welt. Vladimir sprang auf und seine Aufregung wuchs mit jedem Schritt, den er Josch näher kam. Sie hatten es besprochen, waren einer Meinung gewesen: Muriel durfte auf keinen Fall Kontakt zu Lilli oder anderen dieses Teams haben. Es gab zwei Gründe, weshalb: Die Sicherheit, nicht aufzufliegen und die Polizistin nicht in die Bredouille mit ihrem Job zu bringen.

Kaum hatte er seinen Bruder erreicht, bekam er von ihm ein Zeichen, dass er wüsste, dass ihr Erscheinen gegen die Vereinbarung war. »Ich habe es mit Lilli besprochen. Ich konnte Muriel unmöglich alleine lassen, zumal ich nicht ganz unschuldig bin an ihrer Misere.«

Vladimir war sprachlos. Es war nicht Josch, der sie dahin gebracht hatte. Er alleine war mit seinem Versagen und dem Verrat daran schuld. Sein Ärger verflog schlagartig und das schlechte Gewissen hagelte wie Eisregen auf ihn ein. Lilli eilte mit hohen Schuhen klackernd hinzu. Ihr war die durchgearbeitete Nacht in ihrem adretten hellblauen Kostüm kaum anzusehen. Sie reichte Muriel die Hand. »Es freut mich sehr, dass es dir gut geht.«

Die Polizistin wurde sichtlich aus ihren Gedanken gerissen und starrte die Frau verwirrt an. Dann schaute sie sich in der mit Technik vollgestopften Halle um und blickte Lilli schließlich verwundert an: »Obwohl wir uns nicht kennen, habe ich das Gefühl, dass ich mich bei Ihnen bedanken muss.«

»Gern geschehen, aber es war eine Teamleistung. Aber nenne mich bitte Lilli. Wir sind hier alle per Du, denn wir sehen uns als Familie, obwohl die meisten nicht miteinander verwandt sind.«

Muriel hob darauf eine Augenbraue und schien zu ahnen, dass sie auf die Frage, wo sie eigentlich sei, keine Antwort bekommen würde.

»Wie sind die Verhandlungen mit Lechner gelaufen?«, fragte Vladimir.

Josch drehte sich zu ihm. »Das BKA will schnellstmöglich einen Zugang zu deiner Datenbank, damit sie mit der Auswertung der Dokumente und Dateien beginnen können. Lechner ist überzeugt davon, dass sie dem Syndikat dieses Mal das Handwerk legen werden.«

»Was springt für uns heraus? Wie werden sie uns beschützen?« Das Lachen von Josch klang im Ansatz wie einst das Kichern von Ernie aus der Sesamstraße. Vladimir konnte es nicht einordnen. Veralberte sein Bruder ihn gerade oder was sollte das Theater? Er ärgerte sich darüber. »Was ist daran so komisch?«

»Eigentlich nichts. Aber sie werden uns nicht beschützen. Lechner hat uns lediglich Straffreiheit angeboten, wenn wir ihm die Daten liefern.«

»Hat der einen Knall? Wir haben den größten Teil seines Jobs gemacht und dafür ist er so gnädig, uns nicht ins Gefängnis zu stecken?«

Josch gab diese lächerliche Haltung auf und seine Miene wurde ernst. »So ist es. Das BKA kann uns nicht schützen! Dazu müssten sie zugeben, dass sie dich als illegalen Schnüffler engagiert haben. Damit steckt Lechner in seiner eigenen Zwickmühle fest. Einerseits ist er sich bewusst, welche gravierende Fehler er gemacht hat, und versucht sie mit allen Mitteln unter den Teppich zu kehren. Andererseits lechzt er nach dem Ruhm. Er sieht sich selbst schon als Held, der Deutschland vor einer großen Schande bewahrt hat. Zudem will er die Dateien unbedingt haben. Er ist fest davon überzeugt, dass diese Namen und Aktivitäten der Mitglieder des Syndikats enthalten. Mit denen er Beweise bekommt, um das ganze Netzwerk zu zerschlagen und um die Großen hinter Gitter zu stecken.«

»Woher will er das wissen? Er kennt die Daten nicht und ich habe nie irgendwelche Namen gefunden. Alle Dokumente, die ich durchgeschaut habe, waren mit codierten Signaturen versehen«, erwiderte Vladimir verwundert.

Josch hob die Augenbrauen und nickte nachdenklich. »Die verschlüsselten Unterschriften sind mir auch aufgefallen und da ich keine Namensliste hatte, war es mir unmöglich, einen Verfasser zuzuordnen. Aber dies habe ich Lechner nicht gesagt, das soll er selbst feststellen. Schließlich setzt er uns mit einer möglichen Strafanzeige unter Druck, damit wir nur das tun, was für ihn dienlich ist. Ansonsten haben wir die Klappe zu halten.«

»Das Ganze ist ein Witz, oder?«

»Es spielt keine Rolle. Wir müssen mit dem BKA zusammenarbeiten oder es zumindest so aussehen lassen. Wir geraten sonst noch mehr ins Kreuzfeuer und für Muriel hätte es unter Umständen Konsequenzen, die sie nicht verdient hat.«

»Wie soll das ablaufen?«, hakte Vladimir nach. In ihm brodelte es. Er empfand es als eine Ungerechtigkeit, dass das Gesetz nicht auf ihrer Seite war, obwohl sie gegen denselben Gegner kämpften.

»Lechner hat uns erzählt, dass er bereits ein Team zusammengestellt hat, das direkt mit der Auswertung beginnt, sobald sie den Zugang haben. Wenn die Dateien stichhaltige Beweise liefern, wovon er ausgeht, werden sie mit der japanischen Polizei kooperieren und so schnell es geht jeden möglichen Fall zur Anklage bringen.«

»Wir können unmöglich warten, bis Lechner die Daten ausgewertet hat. Es kann Jahre dauern, bis das BKA gegen das Syndikat genügend Beweise zusammenhat, um etwas zu unternehmen. Es sind Gigabytes an Informationen und außerdem haben sie nicht einmal die besten Algorithmen. Es geht hier nicht um primitiv ausgeführte Verbrechen, sondern sie managen eine Organisation und planen Verluste genauso wie Niederlagen ein. Das Syndikat arbeitet wie ein wirtschaftliches Unternehmen, zwar illegal, aber nicht anders.«

Josch sah ihn fragend an. »Worauf willst du eigentlich hinaus?«

»Nehmen wir als Beispiel den einen deutschen Autohersteller, der seine Kunden mit Abgaswerten beschissen hat? Die tingelten von einem Gericht zum anderen und im Endeffekt bekommen sie nach Jahren ein Bußgeld, feuern ein paar Verantwortliche und liefern ein Software-Update, das sie fast nichts kostet. Für die war es nur ein kalkuliertes Risiko, das in die Hose ging, und jetzt geht alles weiter wie zuvor.« Vladimir wartete ein paar Augenblicke, bis sein Bruder verständnisvoll nickte. »Das Syndikat wird es genauso durchziehen. Sie werden von einer Gerichtsinstanz zu nächsten ziehen, das eine oder andere Mitglied opfern und ansonsten laufen ihre Geschäfte weiter wie bisher. Im Gegensatz zum Autohersteller werden sie uns aber mit höchster Wahrscheinlichkeit zwischendurch umbringen. Egal was passiert, es wird uns den Hals kosten.«

Josch hatte ihm aufmerksam zugehört, reagierte aber nicht überzeugt, sondern sagte zu ihm: »Wir haben in diesem Fall keine andere Wahl. Du solltest dich an die Arbeit machen und den Zugang für das BKA freischalten. Schick ihnen auch deine bisherigen Auswertungen, damit sie wissen, wo sie anfangen sollen.«

Vladimir wollte widersprechen, als sich Josch zu Lilli drehte. »Wie weit seid ihr mit dem Computervirus?«

Sie wippte etwas unsicher mit dem Kopf. »Es ist nicht einfach, einen Trojaner so zu modifizieren, dass er von Profis nicht direkt gescannt werden kann. Wir haben uns für eine Variante entschieden, die sich selbst vermehrt. Damit die Kopien nicht direkt erkannt werden, verändert der Trojaner selbstständig den Programmcode von seinen Nachkömmlingen. Er mutiert praktisch wie ein biologischer Virus, bei dem der Impfstoff mit jeder Generation mehr und mehr versagt.«

Anerkennend hob Josch die Augenbrauen. »Aber wenn ich es recht verstehe, gibt es noch Probleme?«

»Nicht so ganz. Wir arbeiten zurzeit daran, die Reproduktionsrate zu erhöhen. Im Grunde ist es genauso wie in der Natur, die meisten Mutationen sind unbrauchbar und werden direkt von den Virenscannern erkannt. Die Erstellung eines perfekten Virus würde zu lange dauern. Deswegen erzeugen wir eine möglichst große Anzahl von Mutationen und hoffen, dass einige nicht entdeckt werden und sie ihre Aufgabe erledigen. Aber wir können nur vage einschätzen, wie viele Reproduktionen tatsächlich erforderlich sind.«

»Wie lange wird es dauern, bis ihr so weit seid?«

»Die Optimierungen laufen bereits und wir testen parallel. Aber realistisch betrachtet haben wir nur einen besseren Prototypen, der sich nicht einmal im Alpha-Teststatus befindet. Deswegen wäre es von Vorteil, du würdest so viel Zeit wie möglich herausschinden, bevor du dem Syndikat die Daten mit dem Virus schickst. Mit jeder Stunde werden unsere Erfolgsaussichten besser.«

Josch sah besorgt aus. »Was würde passieren, wenn Yamamoto die Dateien sofort will?«

Lilli zog die Schultern hoch, winkelte die Arme an und öffnete dabei ihre Hände. »Ich kann für nichts garantieren. Wie gesagt, es ist ein absoluter Prototyp, den es in dieser Form bisher nicht gab. Auf unseren Systemen läuft er weitgehend mit der entsprechenden Performance. Wir müssten ihn eigentlich noch auf anderen Rechnern testen, was wir nicht können. Denn wenn wir ihn an die Hacker-gemeinschaft rausgeben, wäre das Risiko zu groß, dass das Syndikat davon Wind bekommt. Zusätzlich wissen wir zu wenig von den Systemen und Programmen des Syndikats, um den Virus entsprechend anzupassen. Wir versuchen alles, aber ich kann dir nicht sagen, wie lange sie brauchen, um ihn zu isolieren.«

»Aber wir hätten einen Virus, der funktionieren könnte?«, hakte Josch nach.

»Ja, mehr kann ich leider nicht versprechen.«

»Ich werde versuchen, so viel Zeit wie möglich rauszu-schlagen, aber ich habe nichts in der Hand. Es ist gefähr-lich, Yamamoto ist unberechenbar. Macht bitte weiter, es ist unsere einzige Chance, die wir haben.«

Lilli nickte kurz und verließ mit schnellen Schritten die Runde.

Muriel stand da und schüttelte entsetzt mit dem Kopf. »Ihr habt nicht allen Ernstes vor, dem BKA einen Virus zu schicken?«

»Nein, wir planen den Virus dem Syndikat mit den Daten mitzuschicken. Das BKA bekommt einen direkten Zugang zu der Datenbank meines Bruders und kann unbeschadet die Informationen herunterladen, die sie brauchen.«

Vladimir war überrascht. Zum einen hatte Josch ihm nichts von der Übergabe der Dateien an das Syndikat er-zählt und zum anderen hatte er den damit mitgelieferten Virus mit keinem Wort ihm gegenüber erwähnt. Gleich-gültig, welche Argumente es dafür gab oder wie Vladimir es drehte, Josch vertraute ihm nicht mehr und er verstand es. Schließlich war er es, der seinen eigenen Bruder ver-raten hatte.

Kapitel 38

Es war angenehm für Josch, endlich vor dem Rechner zu sitzen und sich damit zu beschäftigen, was er beherrschte. Er hatte Lilli nach einem Platz zum Arbeiten gefragt. Mit vier Monitoren, zwei Tastaturen und den beiden Mäusen fühlte es sich fast wie zu Hause an, obwohl der auf Gesundheit getrimmte Stuhl alles andere als bequem war. Die Zentrale war modern eingerichtet und die Arbeitsplätze mit Stellwänden oder meterhohen Grünpflanzen separiert, dennoch empfand Josch die Größe der Halle als ungemütlich. Er war die Anwesenheit von so vielen Menschen nicht gewohnt und fühlte sich unwohl. In dem Moment vermisste er seinen einsamen Keller mit dem beharrlich knirschenden Ledersessel. Doch Josch war nicht der Typ, der lange haderte, und so fing er mit der Arbeit an.

An diesem späten Nachmittag war die Zeit gekommen, den Virus in die Dateien einzupflanzen. Als Erstes baute er die Verbindung zu Vladimirs Cloud auf. Es würde selbst mit Highspeed-Zugang einige Minuten dauern, bis er alles runtergezogen hatte. Beim Betrachten des Fortschrittbalkens deklarierte er ein weiteres Mal für sich, was die eigentliche Aufgabe des Trojaners war. Das primäre Ziel war, möglichst viele Rechner von den Mitgliedern des Syndikats zu infizieren. Der Virus würde dann die Festplatte nach Mailprogrammen durchsuchen und falls eines oder mehrere vorhanden wären, kopierte er die Kontakte über das Internet auf einen sicheren Server. Damit hatten sie nicht nur das Mitglied entlarvt, sondern kannten gleichzeitig dessen Verbindungen und würden endlich erfahren, wer ihre Gegner waren. Je mehr Kontaktdaten der Virus sammeln würde, desto klarer erschienen die Strukturen und das Netzwerk verlor den Mythos eines unbekannten Feindes.

Der Download umfasste mehr als 200.000 Dateien und

die Tatsache überwältigte Josch für einige Sekunden. Er hatte zwar schon im Vorfeld darüber gegrübelt, aber die Vielzahl von Dokumenten und die noch größere Anzahl von den darin befindlichen Informationen überschritten bei Weitem, was er in der Vergangenheit bearbeitet hatte. Mit einer kleinen Programmroutine wäre es nicht schwer gewesen, alle Dateien zu verseuchen. Dies erschien ihm zu profan und obwohl der Virus neu war, würde sich die Gefahr der Entdeckung erheblich erhöhen. In Joschs Plan würde das Syndikat die Echtheit nach dem Herunterladen kontrollieren. Dies war nur möglich, wenn involvierte Mitglieder die Inhalte der Dateien prüften. Mit dem Öffnen der Dokumente würde der Virus aktiv werden und das war ihre Chance.

Er stellte sich die Frage, was überhaupt so relevant war, damit es mit hoher Wahrscheinlichkeit gecheckt wurde. Ein schnöder Ansatz war, die Dateien mit dem Virus zu infiltrieren, die im Dateimanager entweder alphabetisch oder nach Datum sortiert an oberster Stelle standen. Aber Josch wollte an die Drahtzieher ran, an die Leute, die im Syndikat etwas zu sagen hatten. Die würden nach den wichtigen Dateien sehen und nicht willkürlich auf die erstbesten klicken. Somit schloss er diese Vorgehensweise aus.

Es waren Dateien auszuwählen, die für Josch eine noch unbekannte Brisanz besaßen. So bedeutend, dass sie von den Kontrolleuren geöffnet wurden. Diese Aufgabe konnten nicht irgendwelchen Lakaien des Netzwerkes ausführen, sondern nur jene, die eine gewisse Stellung im Syndikat besaßen und die Inhalte kannten, um sie zu überprüfen. Dabei nahm Josch an, dass es sich dennoch um gewöhnliche Computernutzer handelte, die ihren Rechner auf einem bescheidenen Sicherheitsstandard fuhren und es ihnen nicht direkt auffiel, wenn ein Virus ihre Kontaktdaten verschicken würde. Aus eigener Erfahrung wusste er, wie oft die User die Sicherheitssysteme abschalteten, denn sie waren nervig und blockierten so manche Tätigkeiten und verlangten ständig nach einer anzuklickenden Bestätigung.

Dennoch blieb das Problem, welche Dateien mit dem Virus zu infizieren waren. Eine Lösung sah Josch in der Vorgehensweise, die ihnen Helena gezeigt hatte. Sie hatte ein KI-Programm benutzt, das Unmengen von Informationen in Kategorien einordnet und diese dann in ihrer Häufigkeit sortiert. Josch würde eine Weile brauchen, bis er die Software wieder entsprechend zum Laufen gebracht hatte, und entschied, erst einmal den Übersetzer zu starten, der für die Hunderttausenden Dateien einige Stunden benötigen würde.

Danach kümmerte er sich um den Algorithmus und die Regeln, die dafür nötig waren. Helena hatte mit ihrem Programm das Wissen in den Dateien kategorisiert und daraus die verbundenen Aktivitäten des Syndikats ermittelt. Die Aufgabe schien ähnlich. Josch brauchte in seinem Fall nicht das Wissen, sondern er suchte nach den herausragenden Informationen, die von möglichst vielen Mitgliedern kontrolliert und damit gelesen wurden. Ansonsten schlummerte der Virus in irgendwelchen Dateien und brauchte unter Umständen ewig, bis er überhaupt aktiviert wurde. Je länger sich Josch mit dem Problem beschäftigte, desto komplexer wurde die Umsetzung. Seine Achtung für Helena wuchs. Mit ihrer Erfahrung und ihren Kenntnissen hätte sie das Programm mit Leichtigkeit erstellt.

Nach einer Weile beschloss er, die Dokumente in Themen einzuordnen und diese als übergeordnete Kategorie zu wählen. Er war froh darüber, dass die Umsetzung nicht sonderlich aufwendig war, da er Programme aus der künstlichen Intelligenz gefunden hatte, die ganze Textabschnitte in einem Satz zusammenfassten. So reduzierten sich die Informationen erheblich und gleichzeitig hatte er eine Häufigkeitsverteilung, wie oft das Thema vorkam.

Aber war ein Themenbereich deswegen wichtig, nur weil er oft erwähnt wurde? Josch stutzte bei der Überlegung. Er sah die Liste der Ergebnisse durch und erkannte, dass die häufigsten Themen mehr oder weniger Small Talk waren. Er musste seinen Ansatz erweitern. Das nutzlose Gequatsche endete meist schnell und deswegen entschied er sich, Themen auszuwählen, die eine längere Reaktion erzeugten, was er mit der Anzahl der Antworten gleichsetzte. Helena hatte Wissen kategorisiert und er benutzte Themen. Aus ihren resultierenden Aktivitäten wurden bei ihm Reaktionen. Er war verwundert darüber, wie sich ihre Arbeitsweisen ähnelten. Er passte sein Programm entsprechend an und startete es.

Der Fortschrittsbalken der Berechnungen änderte sich relativ schnell. Josch war schon klar, dass Lillis Rechnerkapazität die von Kassandra um einiges überstieg. Aber die Power überraschte ihn doch. Die Übersetzung und die erste grobe Kategorisierung, die in Albanien eine Nacht gedauert hatten, schaffte dieses System in weniger als 20 Minuten.

Das Ergebnis waren hintereinandergereihte Dokumente, ähnlich wie in einem virtuellen Karteikasten. Für die Auswertung verwendete Josch ein kleines Programm, das die Resultate in einer Grafik darstellte. Das Ganze entsprach einem Ablaufdiagramm, wo oben die einzelnen Themen erschienen und sich darunter Ketten von Reaktionen und Verzweigungen bildeten. Nach seinem Verständnis waren die Themen umso relevanter, je mehr Dokumente an der Kette hingen. Es war für ihn nicht logisch, den Virus in der obersten, ältesten Datei zu verstecken, sondern in der letzten, die gleichzeitig die aktuellste war.

Nachdem Josch glaubte, das komplexe Problem schon gelöst zu haben, erkannte er gleich darauf die daraus entstehende Schwierigkeit. Es waren zu viele Dateien und das hätte wiederum zur Folge, dass damit ein regelrechter Schwall von Viren auf die Computer des Syndikats losgehen würde. Die Gefahr der Entdeckung wäre zu groß und dann würde das ganze Vorhaben nur in einem Strohfeuer enden. Um in die Tiefe des Netzwerkes einzudringen, durfte der Virus nicht an der Oberfläche entdeckt werden. Die Kunst des Hackens bestand nicht nur im Durchdringen von Schutzbarrieren, sondern lange unentdeckt zu bleiben oder am besten überhaupt nicht erwischt zu werden.

Zufällig stellte Josch auch fest, dass manche Dokumente mehrfach in verschiedenen Ketten auftauchten. Sein Algorithmus funktionierte nicht oder vielmehr die Regeln, die er zum Aussortieren auswählte. Leicht resigniert fing er wieder von vorne an. Auswahl präzisieren und damit reduzieren, aber wie? Im Normalfall hätte er die Verfasser analysiert und von jedem nur ein Dokument genommen. Die gleiche Kontaktliste mehrfach zu bekommen, war völlig überflüssig. Aber damit entstand ein neues Problem. Die Textdateien hatten keinen zuordenbaren Absender und sie waren nur mit einer PGP-Signatur unterschrieben. Zwar war damit die Datei für jeden lesbar, aber nur die Empfänger konnten die digitale Unterschrift entschlüsseln und zudem änderte sich diese, je nachdem, wer mit wem kommunizierte. So etwas zu knacken, würde selbst auf einer Supermaschine ewig dauern. Josch musste einen Weg finden, den Verfasser durch seine Wortwahl und dessen Stil zu erkennen, um die Anzahl der Dokumente zu minimieren und den Virus effektiv zu positionieren. Aber er hatte nicht die geringste Ahnung, ob es mit einem vertretbaren Aufwand zu realisieren war.

Vielleicht war dieser Pascal, der Linguistikexperte aus Lillis Team, in der Lage, ihm dabei zu helfen? Es war schon kurz nach 23 Uhr, als Josch aufstand, um sich auf den Weg zu dem jungen Spezialisten zu machen, als Muriel mit Tränen in den Augen neben ihm stand. Er brauchte ein paar Augenblicke, bis er seine virtuelle Welt gedanklich verlassen hatte und er ihre Traurigkeit als etwas Reales erkannte. Dann griff er nach einem Stuhl, der in der Nähe stand und rollte ihn zu Muriel hinüber. Sie setzte sich, kramte ein Taschentuch aus ihrer Tasche und verwischte damit die ohnehin schon verschmierte Schminke zu noch unschöneren Schatten. Josch unterließ es, sie darauf hinzuweisen.

Als sie beide Hände auf ihren Schoß gelegt hatte, sagte er: »Es tut mir so leid, dass ich dich in die Angelegenheit mit reingezogen habe, und glaube mir, ich versuche alles, damit wir wieder aus der Sache rauskommen.«

»Josch, ich mache dir keinen Vorwurf. Die Dinge sind geschehen und du hättest nichts ändern können. Allerdings steht meine Welt gerade auf dem Kopf und ich kann mich nicht mehr auf meine Sachlichkeit verlassen. Es kommt mir vor, als würden mich meine Gefühle in ein schwarzes Loch reißen.«

»Gefühle, gleichgültig in welcher Form, geben dem Dasein einen Wert und die Sachlichkeit dient nur dazu, dass wir funktionieren.«

Ihre nach unten gezogenen Mundwinkel hoben sich zu einem Lächeln. »Wenn das lebenswert sein soll, dann ziehe ich die Rationalität vor. Ich schwebe in einem Dunst von Empfindungen, die für mich völlig chaotisch sind. Ich kämpfe ständig darum, die Kontrolle zu behalten.«

»Was bringt dich so durcheinander? Doch nicht etwa dieser Deutschjapaner?«

Muriels kurzes Aufflackern der Erheiterung verlor sich und sie sah Josch mit einer Traurigkeit an, die sein ohnehin schon angeschlagenes Gewissen noch tiefer sinken ließ.

»Eigentlich sollte ich diesen Dreckskerl hassen, aber das gelingt mir nur mit dem Verstand. Mein anderer Teil hält sich an den Erinnerungen und Empfindungen fest, als wäre es etwas, das unvergesslich bleiben sollte.«

Josch stutzte für einen Moment. Es überraschte ihn, denn er hatte die freche, kecke Polizistin als eine Frau gesehen, die ihr Leben von der Vernunft steuern ließ, und nun wurde sie von einem emotionalen Chaos herumgewirbelt. »Was fasziniert dich so an diesem Verbrecher?«

Sie hob das Kinn und wischte sich mit einer Hand die mittlerweile wieder feuchte Wange ab. »Er war anders als die Männer, mit denen ich bisher zusammen war. Ich dachte immer, es würde an mir liegen, dass ich von meinen Beziehungen enttäuscht wurde. Je länger ich mit einem Mann zusammen war, umso mehr verlor sich etwas und ich hatte den Eindruck, als würde von mir eine immer größere Stärke erwartet werden und ich müsste mich dafür verbiegen. Bei Takashi brauchte ich das nicht, er war der erste Mann, der keine Bestätigung von mir verlangte. Er sah einen Teil von mir, den ich bisher verdrängt hatte. Ich trug keine Last, sondern es fühlte sich befreiend an.«

Ihre Worte ergaben für Josch nur wenig Sinn. Das, was sie erzählte, überforderte seine Vorstellung von dieser eigenartigen Beziehung zwischen einer Polizistin und einem, der sie entführt hatte. Vielleicht war es eine Art von Liebe, aber in solchen Dingen kannte er sich so gut aus wie ein Kamel im Bergsteigen. »Jede Erfahrung macht uns reicher. Dabei wachsen wir nicht mit dem Glück, sondern mit dem Leid. Du wirst jemanden finden, der dich versteht, mit dem du das teilen kannst, was dir etwas bedeutet. Die Zeit wird deine Wunden heilen.«

Muriel schaute ihn mit leeren Augen an. »Es geht nicht darum, was passieren kann, sondern um das, was ich verloren habe. Nimm es mir nicht krumm, aber Floskeln helfen mir gerade nicht.« Sie stand auf, gab ihm einen Kuss auf die Wange. »Trotzdem danke. Ich fahre zurück ins Hotel und werde mein Selbstmitleid mit einem Grauburgunder pflegen und dich in Ruhe weiterarbeiten lassen.«

Josch sah ihr nach, wie sie mit selbstbewusstem Gang die Halle verließ. Gerne hätte er ihr etwas gesagt, was sie getröstet oder ihr helfen würde, aber in solchen Dingen hatte er schlichtweg keine Erfahrung.

Kapitel 39

Mit den Füßen auf dem Tisch lag Pascal regelrecht in seinem weit nach hinten gelehnten Stuhl. Mit Abstand betrachtet, machte es den Anschein, als würde er schlafen. Josch zog seine goldene Repetieruhr heraus. Es war bereits nach Mitternacht, dennoch trat er näher. Die Augen des jungen Mannes starrten allerdings auf einen der Monitore.

»Woran arbeitest du?«, fragte Josch mit leicht spöttischem Unterton.

Die Antwort kam sofort: »An den Programmroutinen, um den Virus und die entstehenden Mutationen zu checken. Ich habe sämtliche bekannten Virenscanner eingesetzt, um zu prüfen, ob die Varianten von denen entdeckt werden«, antwortete der junge Mann, der beim genauen Hinsehen aussah, als würde es ihm nicht das Geringste ausmachen, die halbe Nacht durchzuarbeiten.

»Und wie sieht es aus?«

Pascals Kopf schwankte etwas hin und her. »Der ursprüngliche Virus wird nicht entdeckt. Seine Abkömmlinge besitzen aber Codeabschnitte, die bei dem einen oder anderen Scanner eine Alarmmeldung auslösen.«

»Wie hoch ist die Wahrscheinlichkeit?«

»Knapp über 20 Prozent werden als gefährlich eingestuft. Aber die anderen arbeiten schon daran, wobei ich nicht glaube, dass sie das Problem komplett lösen können. Vielleicht müssen wir die Mutationsrate runtersetzen, damit der Virus nicht so schnell entdeckt wird.«

Mit der genetischen Programmierung kannte sich Josch nicht aus und er würde hierbei nicht helfen können. Da die Quote so hoch war, war es umso wichtiger, den Muttervirus gezielt einzusetzen. »Pascal, hast du Zeit, mir bei einem anderen Problem zu helfen?«

Der Mann mit dem Joint hinter dem Ohr nahm spontan

die Füße vom Tisch und setzte sich auf. »Klar, die Routinen laufen automatisch. Was brauchst du?«

Erst erklärte ihm Josch das Vorhaben, den Virus nur in bestimmte Dateien platzieren zu wollen, und beschrieb dann seine Strategie von der Themenauswahl. »Aber es funktioniert nicht richtig. Manche Dokumente erscheinen mehrfach und das Regelwerk lässt sich nicht weiter einschränken. Ich sehe die einzige Möglichkeit darin, die Verfasser auf Basis ihres Schreibstils zu erkennen und damit die eindeutige Auswahl zu treffen.«

Pascal winkte ab. »Eine Schreibstilanalyse in einer Sprache ist schon eine Herausforderung. Wenn du mit einem automatisierten Übersetzer arbeitest, kannst du das gleich vergessen. Ich denke, ich schaue mir erst einmal deine Kategorisierung an.«

Sie gingen hinüber zu Joschs Arbeitsplatz, wo Pascal den Algorithmus und die Ergebnisse analysierte. Der junge Mann versank hoch konzentriert vor den Monitoren. Nach einer Weile wandte er sich zu Josch, der nichts anderes getan hatte, als neben ihm zu sitzen und zu warten.

»Das Problem liegt in der Deklaration der Themenwahl. Die sind zu allgemein und deswegen wirft das System eine Menge unnützen Kram raus. Ich nehme an, es liegt an deiner primitiven Superierung, bei der machen viele Anfänger Fehler.«

Es hörte sich wie eine Beleidigung an, aber für Überheblichkeit blieb keine Zeit und noch weniger, dem jungen Kerl ein Kompetenztheater vorzuspielen. Er schien zu wissen, wovon er redete.

»Erkläre es mir. Ich habe keine Ahnung, was Superierung ist, geschweige denn, wo ich sie überhaupt angewandt haben soll«, gestand Josch.

»Kein Problem. Aus der Superierung entstehen sogenannte Superzeichen, also Wörter, die Fähigkeiten oder Eigenschaften zu einem aussagekräftigen Begriff zusammenfassen. Du hast dies voraussichtlich einem Programm überlassen und die Dokumente danach durchsuchen lassen?«

Josch nickte, ohne zu wissen, was daran falsch sein sollte.

»Selbst die besten Routinen der künstlichen Intelligenz mit ungeeigneten Eingangsparametern liefern eher bescheidene Ergebnisse. Sie können nicht unterscheiden, ob das generierte Superzeichen im Kontext steht, also in dem Fall für eine spezielle Suche überhaupt eine Rolle spielt. Zeig mir mal deine Liste.«

Mit ein paar Klicks hatte Josch die Themenliste, die von seinem Programm erzeugt wurde, auf dem Schirm. Pascal warf nur einen kurzen Blick darauf und grinste. »Hier siehst du schon das Problem. Ich kann mir nicht vorstellen, dass Begriffe wie *Abendessen*, *Angebot* oder Aufgabe für das Syndikat so relevant sind, dass jemand direkt das Thema anklickt. Uns wird nichts anderes übrig bleiben, als die Liste von Hand zu überarbeiten.«

Durch die Halle rief eine helle Frauenstimme nach Pascal. Josch klopfte dem jungen Mann mit ehrlich gemeinter Anerkennung auf die Schulter. »Danke für deine Hilfe, ich komme schon klar und wenn ich nicht weiterkomme, weiß ich, wo ich dich finde.«

»Alles klar, Alter.« Und damit war Pascal schon auf dem Weg zurück zu seinem Arbeitsplatz.

Das Auswählen der Begriffe war eine Sisyphusarbeit. Nachdem Josch endlich den Algorithmus mit den relevanten Superzeichen gefüttert hatte, nahm er seine Repetieruhr und klappte den goldenen Deckel auf. Acht Uhr. Er hatte die ganze Nacht durchgearbeitet und sein Körper sehnte sich nach Schlaf. Die anschließende Neuberechnung mit den überarbeiteten Themengebieten brauchte 20 Minuten und die Ketten endeten in knapp 3000 Dokumenten. Josch war mit dem Ergebnis zufrieden. Da sich das Syndikat bisher nicht gemeldet hatte, lockte ihn der Gedanke, sich eine Pritsche für ein kleines Nickerchen zu suchen.

Der Gedanke platzte wie eine Seifenblase, als Vladimir auf ihn zukam und entrüstet sagte: »Lechner hat sich bei mir gemeldet. Der Zugang würde angeblich nicht korrekt funktionieren und sie bekommen nur zusammenhanglosen Wortsalat heraus. Ich soll gefälligst umgehend meinen Arsch zum BKA bewegen. Diese verdammten Amateure sind überfordert, nur weil sie mit ihrem tabellarischen Verständnis nicht mit einer objektorientierten Datenbank klarkommen.«

Für einen kurzen Moment schloss Josch die Augen, öffnete sie träge wieder und antwortete: »Hör auf, dich unnötig aufzuregen. Fahr hin und kläre die Sache. Aber bitte, sag denen kein Wort darüber, dass wir dem Syndikat die Dateien schicken.«

»Hältst du mich für bescheuert, oder was?« Ohne eine Antwort abzuwarten, drehte sich Vladimir um und rauschte in Richtung Ausgang davon.

Mit den Ellenbogen stützte sich Josch auf dem Tisch ab, legte die Hände großflächig auf sein Gesicht und schloss dahinter die Augen. Die Müdigkeit war bleischwer und zugleich pushte ihn das Rattern in seinem Kopf auf. Es gab zu viele Unbekannte, eine übergroße Ungewissheit und noch mehr Eventualitäten. Aber nun aufzugeben, nur weil er müde war und anfing, an dem Vorhaben zu zweifeln, kam jetzt nicht mehr infrage. Die Suche nach der Pritsche würde warten müssen. Zumal er nie eine Alternative zu seinem bisherigen Plan gesehen hatte. Er stand auf und machte sich auf den Weg nach draußen, um frische Luft zu schnappen. Er hatte die Ausgangstür noch nicht erreicht, da klingelte und piepste sein Handy in den verschiedensten Tönen. Erschrocken sah er aufs Display. Josch hatte Nachrichten auf sämtlichen Messenger, E-Mail-Accounts und sogar als SMS erhalten. Er öffnete drei davon, jede enthielt den gleichen Text: *Wir kennen alle Ihre Geheimnisse. Schicken Sie uns die Daten.*

Nun war es so weit, das Syndikat forderte seine Informationen zurück. Ohne sich an jemanden direkt zu richten, rief er in die Halle: »Ich brauche jetzt den Virus!«

Ein Gemisch von Flüchen mit brummendem Gestöhne hallte als Antwort vom Team zurück. Mit schnellen Schritten eilte er zu seinem Arbeitsplatz. Kurz davor schnitt ihm Lilli den Weg ab.

»Josch, wir arbeiten noch daran. Warum willst du jetzt den Virus?«

Er hielt ihr die Nachricht auf seinem Handy hin. Sie drehte den Kopf leicht weg. Sie hatte verstanden, dass ihr Einwand nichts ändern würde. »Es tut mir leid, aber ich muss den Virus noch platzieren. Wir arbeiten mit dem, was wir haben, und alles andere wird sich zeigen.«

»Dann steh hier nicht rum, sondern lass uns diesem gottverdammten Syndikat beweisen, dass sie sich den falschen Gegner ausgesucht haben«, antwortete ihm Lilli und ballte dabei eine Hand zur Faust.

Da die Absender der Nachrichten auf seinem Handy nur eine willkürliche Kombination von Zahlen und Buchstaben waren, gab es für Josch nur eine Person, der er eine Antwort schicken konnte. Er schrieb Yamamoto eine Ein-Wort-SMS: *Wohin?*

Sein Atem ging schneller, der Nacken war zu einem Brocken verspannt und sein Herz schien eingepfercht in einem Betonklotz zu schlagen, als er wieder auf dem unbequemen Stuhl saß. Es war keine Angst, die Josch quälte, sondern Ungewissheit. Noch immer war das Syndikat ein unergründliches Geheimnis, dessen Größe und Möglichkeiten er beim besten Willen nicht einschätzen konnte. Zwei Dinge waren gewiss: Sie besaßen Macht und die entsprechenden Mittel.

Wie aus dem Nichts stand eine junge Frau mit Hornbrille und Strickjacke neben ihm. Josch war so in Gedanken vertieft gewesen, dass er ihr Kommen nicht bemerkt hatte.

Der weibliche Nerd übernahm ohne Kommentar die

Maus und öffnete einen Ordner im Dateimanager: »Hier findest du alle besprochenen Varianten des Trojaners.«

Josch wollte sich noch bedanken, doch sie hatte sich danach eiligst abgedreht und war mit Blick zum Boden hinter der nächsten Stellwand verschwunden.

Einen Virus in einer Datei zu verstecken, war für ihn eher Routinearbeit. Das Team hatte ihm den passenden Code bereits vorbereitet, sodass keine Modifikationen mehr erforderlich waren. Josch fing mit den Bildern im JPEG-Format an, bei denen es möglich war, den Virus hinter den Pixeln zu verbergen. Wenn es von einem Bildbetrachter geöffnet wurde, reaktivierte sich der Schädling und attackierte den Rechner. Der überwiegende Teil der 3000 ausgewählten Dateien waren allerdings Office-Dokumente und PDFs. Einen Trojaner mit einem Makro zu aktivieren, war nicht mehr zeitgemäß, zumal die Office-Programme von sich aus immer eine Makrowarnung herausgaben.

Allerdings war das auch nicht notwendig. Bekanntlich hatten alle größeren Programme Hunderte von Fehlern, bei denen sie häufig auf den falschen Speicherbereich zugriffen. Einige verwertbare Programmfehler waren seit Jahren im Darknet bekannt und die Hackergemeinschaft hütete sie und achtete tunlichst darauf, dass nichts davon nach außen trat. Denn schließlich waren es genau diese Fehler, die die ideale Grundlage für ihre meist illegale Arbeit bildeten. Josch waren einige von den Geheimnissen bekannt. Er musste nur den Virus mit einer speziellen Kennung an einer bestimmten Stelle in das Dokument kopieren. Beim Laden der Datei kopierte eine fehlerhafte Routine den Trojaner in den ausführbaren Speicher und es dauerte meist keine Sekunde, bis der Virus aktiv war. Josch schrieb ein kleines Script und integrierte automatisch den Schädling an der richtigen Stelle im jeweiligen Dokument.

Sein Handy vibrierte kurz. Yamamoto hatte auf seine SMS geantwortet und teilte ihm die Adresse und die Zugangsdaten für einen FTP-Server mit. Der Hinweis, die Dateien anschließend zu löschen, war absurd, denn dies konnte nicht einmal das Syndikat kontrollieren. Josch wusste aber, dass es darum nicht ging. Kaum hatte er die Nachricht gelesen, bemerkte er, dass ein Teil des Teams hinter ihm stand und ihn beobachtete. Er ließ sich davon nicht irritieren und nahm sich die PDFs vor. Bei diesem Dateiformat war es sogar ein Feature, dass sie Programmausschnitte für die interaktive Nutzung ausführten. Der Benutzer konnte dies nicht einmal verhindern. Die Virenscanner überprüften zwar die Datei, aber da der Trojaner neu war, würde er mit ziemlicher Sicherheit nicht entdeckt werden. Eine kurze Anpassung des Skripts verrichtet die Arbeit und nach zwei Stunden waren die 3000 ausgewählten Dateien mit dem Virus infiziert.

Josch spürte, wie ein Teil des Teams ihn noch immer beobachtete. Er drehte sich um und sah in Gesichter, die vorwitzig, gespannt und voller Erwartung waren. Da ihm nichts Besseres einfiel, fragte er in die Runde, in der Lilli in vorderster Reihe stand: »Habe ich etwas vergessen?«

Es folgte keine Antwort, nur manch einer zuckte mit den Schultern. Es war eine seltsame und doch beruhigende Reaktion, wenn selbst diesen Spezialisten nichts dazu einfiel. Er wandte sich wieder der Tastatur zu und gab die Kommandos ein, um die 200.000 Dateien inklusive der 3000 verseuchten mit einer AES-Verschlüsselung zu komprimieren. Währenddessen roch er zuerst Lillis Parfüm und spürte anschließend ihre Hand auf seinem Rücken. Der von Yamamoto mitgeteilte Zugang zum Server funktionierte wie erwartet problemlos. Mit einem Klick schickte Josch das Datenpaket auf die Reise. Er hörte die leisen Schritte des Teams, die sich wieder in der Halle verstreuten. Nur die Hand von Lilli blieb.

Kapitel 40

Obwohl die Arbeit getan war und Josch jetzt nichts mehr beeinflussen konnte, fand er keine Ruhe. Lilli war sichtbar angespannt. Sie hatte ihre Souveränität zwar nicht verloren, doch ihre Augenlider flatterten, als sie sich bei ihm entschuldigte, da angeblich weitere Projekte warteten. Eine Zeit lang trottete er ohne Ziel von einem Schreibtisch zum anderen.

Eine junge Frau, die einen Kopf kleiner war als er, stellte sich ihm in den Weg. Sie biss sich auf die Unterlippe, bevor sie mit einem kaum hörbaren Zittern in der Stimme fragte: »Was wird passieren, wenn das Syndikat den Virus entdeckt, bevor er überhaupt aktiv wird?«

Andere in der Nähe drehten sich um und warteten gespannt auf Joschs Antwort. Für einen Moment starrte er ins Leere. »Dann haben wir die erste Runde verloren.«

Von der Seite kam ein stämmiger Kerl mit Ketchup-Flecken auf seinem karierten Hemd. »Haben wir denn überhaupt eine Chance?«

Zwei weitere platzierten sich mit verschränkten Armen zu dem kleinen Kreis und schauten ihn mit drängenden Blicken an. Ohne es je erlebt zu haben, wusste Josch, dass er hier verhört wurde.

Eine aggressive weibliche Stimme schallte aus dem Hintergrund: »Und was haben überhaupt wir damit zu tun?«

Er horchte auf. Sollte er diesen jungen Menschen erklären, dass er Lilli beauftragt hatte? Dass sie ihn mit ihrem Team weit über das Vereinbarte unterstützte? Es schien nicht richtig zu sein und Josch war erleichtert, als die junge Frau vor ihm sagte: »Claire, reg dich ab! Lilli hatte uns die Entscheidung überlassen, ob wir mitmachen oder nicht. Wir waren dafür und jetzt müssen wir damit klarkommen.«

Die kleine Ansammlung nickte enttäuscht und einige waren dabei die Gruppe zu verlassen, als der Typ mit fleckigem Hemd das Wort ergriff: »Was wird beim Syndikat abgehen?«

Alle drehten sich erneut zu Josch um.

»Ich habe nur eine vage Vorstellung, aber ich denke, dass die Bosse des Syndikats die Sache mit entsprechendem Nachdruck verfolgen. Es wird ein paar Programmierer geben, die die Daten auf die Schnelle überprüfen und versuchen werden, die Verschlüsselung zu knacken. Da sie das auf die Schnelle nicht schaffen, wird der Druck steigen. Sie werden keine Alternative haben und das Passwort von mir anfordern. Danach werden sie hoffentlich die Daten schnellstmöglich zur Durchsicht weitergeben. Irgendwann werden sie feststellen, dass wir ihnen einen Virus geschickt haben, und sie werden ihr Netzwerk mit allen Mitteln schnellstmöglich abriegeln, damit keine weiteren Informationen mehr verschickt werden.«

Einige winkten ab und der Pulk löste sich auf und sie ließen Josch alleine stehen. Er wusste, wie schwammig sich seine Vermutung anhören musste, aber er wollte diese Menschen nicht belügen. Nachdenklich schritt er weiter und achtete darauf, niemandem zu nahe zu kommen. Irgendwann blieb er dann vor dem Riesenmonitor von über drei Metern Diagonale stehen, der als schwarzes Rechteck einen Teil der Hallenwand verdeckte. Wenn der Trojaner die Kontaktdaten sendete, würden sie es hier sehen. Josch bemerkte, wie einige der Teammitglieder immer wieder auf die Anzeige schielten, obwohl es viel zu früh war. Das Syndikat hatte das Passwort zum Entpacken nicht und in der kurzen Zeit war es unmöglich, es zu knacken. Dennoch stand er selbst davor und starrte die leere Mattscheibe an.

»Josch, ist alles okay bei dir?«, hörte er Muriels Stimme hinter sich und es kam ihm vor, als würde ein heller Sonnenstrahl seine dunklen Gedanken verbannen.

»Noch ist alles in Ordnung. Wir müssen abwarten, bis das Syndikat das Passwort für das Archiv anfordert und die

Bombe hochgeht. Aber was machst du hier, wolltest du dich im Hotel nicht mal richtig ausschlafen?«

»Schlaf hat mein Chaos im Kopf nur stundenweise zugelassen. Und heute Morgen hat mich das Nichtstun im Hotelzimmer in den Wahnsinn getrieben. Ich habe Hummeln im Hintern und wollte erst aufs Revier fahren, aber ich bin im Urlaub und dort würde ich ohnehin nichts erfahren. Also bin ich hiergekommen.« Sie kniff die Lippen zusammen und schaute ihn mit großen Augen an. Josch lächelte, worauf sie weitersprach: »Ich dachte, ihr schickt dem Syndikat ihre Daten mit dem Virus? Welches Passwort brauchen die denn dazu noch?«

»Wir haben denen den Virus in einer komprimierten verschlüsselten Datei geschickt, um den Virenscanner beim Herunterladen zu umgehen. Damit das Syndikat das Archiv entpacken kann, brauchen sie zuerst das Passwort.«

»Jetzt mal ehrlich, Josch, die sind doch nicht blöd, die werden wohl ein Passwort knacken können.«

»Grundsätzlich stimmt das, aber bisher gibt es keinen Algorithmus, der eine AES-Codierung direkt entschlüsseln kann. Dies funktioniert nur mit der althergebrachten Brute-Force-Methode.«

Muriel sah ihn skeptisch an und sagte darauf: »Du sprichst in Rätseln. Welchen Zusammenhang sollte ich erkennen bei einer Methode, die *rohe Gewalt* heißt?«

Die Übersetzung klang komisch und Josch schmunzelte. »Entschuldige mein Fachchinesisch. Ich versuche, mich verständlicher auszudrücken. Also, wir haben alle Dokumente zusammen komprimiert, weil eine gepackte Datei den ursprünglichen Code verändert und die Virenscanner darin keinen Virus erkennen können. Jedoch werden diese sogenannte Archive mittlerweile von den Scannern selbst entpackt und anschließend auf Schädlinge untersucht. Diese werden dann als Archivbomben bezeichnet. Damit dies nicht geschieht, habe ich die komprimierte Datei verschlüsselt, sodass ein Passwort benötigt wird, und das kann nur mit der Brute-Force-Methode geknackt werden. Was nichts anderes bedeutet, als sämtliche Passwörter auszuprobieren. Dies würde selbst mit mehreren Rechnern ein paar Tage dauern, da nicht nur Klein- und Großbuchstaben berücksichtigt werden müssen, sondern auch alle Sonderzeichen.«

»Das verstehe ich. Aber warum sollte der Virenscanner nicht Alarm schlagen, wenn sie die Dateien entpackt haben?«

Josch rieb sich das Kinn. »Guter Einwand! Dafür müsste der Virenscanner manuell gestartet werden. Wir hoffen, dass sie das in dem ganzen Treiben nicht in Betracht ziehen. Deswegen der Aufwand mit dem Passwort. Des Weiteren hat Lillis Team einen neuen Virus entwickelt und ihn durch verschiedene Virenscanner laufen lassen. Bisher waren es nur die Mutationen, also die Abkömmlinge des ursprünglichen Virus, die von einigen Scannern erkannt wurden. Die Chancen sollten also nicht schlecht stehen, dass wir bereits Kontaktdaten von den Mitgliedern des Syndikats bekommen, bevor sie den Virus entdecken.«

»Was passiert, wenn sie ihn direkt entdecken?«

Josch überlegte kurz, die gleiche Frage hatte ihm die junge Frau eben auch gestellt. Doch erst jetzt verstand er die Tragweite und ihm wurde bewusst, dass er die letzten Tage blind gewesen war und keinerlei Gegenmaßnahmen getroffen hatte.

Nach seinem Plan rechnete er mit der Arroganz des Gegners, der keinen Gegenangriff erwarten würde. Die Spielerei mit dem Passwort diente nur als Ablenkung. Doch Joschs eigene Strategie hatte nicht alle Eventualitäten berücksichtigt und war damit nichts anderes als überheblich.

Sein Handy klingelte kurz. Schnell sah er aufs Display und las die Nachricht von Yamamoto, der das Passwort umgehend forderte. Der Schreck ließ ihn für einen Moment nicht atmen. Er hatte zwar mit der Mitteilung gerechnet, aber vorher hatte er nicht an die weitreichenden Konsequenzen gedacht. Seine Hände zitterten. Josch starrte Muriel für zwei Sekunden an, dann ließ er sie ohne ein Wort der Erklärung stehen und rannte zu Lilli hinüber. »Du musst die Zentrale sofort auflösen! Ich habe einen Fehler gemacht.«

Überrascht sah sie ihn an. »Das ist grundsätzlich kein Problem. Es wird ungefähr eine halbe Stunde dauern, bis die Festplatten von allen Rechnern unwiderruflich gelöscht sind. In 35 Minuten sind wir hier raus. Aber sag mir zuerst, welchen Fehler wir gemacht haben sollen.«

Er nahm sein Handy in die Hand. »Ich habe Yamamoto damit eine Nachricht geschickt.«

»Du Idiot, damit kann er dich orten.« Sogleich nahm sie zwei Finger in den Mund und pfiff lauter als je zuvor, dann rief sie in die Halle: »Rückzug, Zentrale auflösen!« Es folgte eine sekundenlange Stille, plötzlich klackerten von überall her die Tastaturen, als liefen die Tastenanschläge um die Wette.

Josch hatte eine halbe Stunde. »Ich werde dem Syndikat das Passwort schicken, vielleicht reicht die Zeit.«

Lilli zeigte ihre Entrüstung mit einem bösen Blick. Josch hatte sie und ihr Team auf ein Pulverfass gesetzt. Sie rief mit ihrem Handy jemanden an und er hörte ihre Worte: »Jungs, ihr müsst die Zentrale sofort von außen komplett absichern! Es kann sein, dass wir gestürmt werden.« Damit war das Telefonat beendet und nach einem tiefen Schnaufen drehte sie sich zu Josch um. »Ja, mach das, schlimmer kann es nicht werden.«

Mit noch immer zitternden Fingern, die nicht so recht die richtigen Stellen treffen wollten, schickte er Yamamoto das Passwort. Es war die Kombination aus mehreren Groß- und Kleinbuchstaben. Die Anfangsbuchstaben eines Spruches: Hochmut kommt vor dem Fall. HokovodeFa.

Damit der Virus überhaupt aktiv wurde, musste eine der verseuchten Dateien von einem Mitglied des Syndikats geöffnet werden. Josch zweifelte. Solange keines seiner ausgewählten Dokumente angeklickt wurde, waren sie alle in Lebensgefahr. Das Syndikat hatte Vladimir nach Albanien entführt und nicht einmal das BKA hatte es mitbekommen. Muriel war als Polizistin in die Gewalt von Yamamoto geraten, ohne dass es jemand bemerkt hatte. Wie lange würde es dauern, bis ein Überfallkommando von japanischen Anzugträgern die Zentrale stürmt?

Lilli war übernervös. Sie knetete ihre Finger und schien ähnliche Gedanken zu haben. Nachdem sie das Treiben ihrer Leute für einen Moment beobachtet hatte, sah sie zu ihm herüber und sagte hektisch: »In einer halben Stunde sind die Festplatten sauber, dann muss ich das Team in die sicheren Unterkünfte schicken. Wir lassen nur den Zugang zu dem Server laufen, auf dem die Kontaktdaten vom Virus eintreffen sollten. Dieser deaktiviert sich in zwei Stunden.« Dann drehte sie sich um und eilte zu einer Gruppe, die panisch diskutierte.

Kapitel 41

Als Polizistin gehörte sie nicht hierher und sie kam sich fehl am Platz vor. Josch hatte sie stehengelassen und war mit blankem Entsetzen zu Lilli gelaufen. Muriel beobachtete die beiden und hörte, wie sie ihn einen Idioten nannte. Mit einem Pfiff befahl die Teamleiterin den Rückzug. Nach einem kurzen Gespräch war Lilli verschwunden und Josch stand alleine. Er betrachtete den schwarzen Riesenmonitor, der an der Wand der Halle hing. Muriel ahnte, dass sie mit ihrer letzten Frage etwas ausgelöst hatte. Die Zentrale glich einem Hornissennest, alle waren in Aufruhr und attackierten die Tastaturen ihrer Rechner, als würde es um ihr Leben gehen.

Muriel ging hinüber und stellte sich neben Josch, was er scheinbar nicht wahrnahm. »Haben wir verloren?«, fragte sie vorsichtig.

Erst bekam sie keine Antwort von dem Mann, der sie gerettet hatte. Seine Erscheinung schien mit jeder Sekunde zu altern und an Kraft zu verlieren. So hatte sie ihn das letzte Mal gesehen, als er auf den Foltervideos seinen Bruder erkannt hatte. Einige Personen verließen hastig die Halle, andere tippten noch immer wie die Wahnsinnigen und es hörte sich an, als würden Dutzende von Spechten klopfen.

Dann sah Josch sie an und sie erkannte seinen niedergeschlagenen Mut. Er sprach leise und langsam: »Ich war blind von der Idee, dass ich einen Gegner schlagen könnte, den ich nicht einmal kenne. Mit meiner eigenen Arroganz habe ich so viele Menschen in Gefahr gebracht, statt nur die Verantwortung für meine Familie zu übernehmen.«

Muriel atmete tief durch. »Wenn wir alles abwägen, uns jede Konsequenz überlegen und immer die perfekte Lösung suchen, dann werden wir nicht mehr handeln, sondern nur noch abwarten. Du hast die Hilfe angenommen, die dir angeboten wurde, und hast dabei einen Fehler gemacht.« Dann boxte sie ihm auf den Arm und er verzog schmerzend das Gesicht. »Also beweg deinen Arsch und hör auf mit diesem Trauerspiel.«

»Sagst du mir auch, was ich machen soll?«

Aus dem Nichts erschien eine unscheinbare grüne Zeile auf dem Wandbildschirm. Josch fokussierte die Zeichen und war völlig perplex. Muriel wusste damit nichts anzufangen und in ihr stieg eine Nervosität der Ungewissheit auf.

Einer von Lillis Team kam vorbei, schaute kurz auf die Nachricht und schrie in die Halle: »Hey Leute. Es geht los!«

Nun stürzten von allen Seiten Frauen und Männer zum Monitor und blickten auf diese eine Zeile, als wäre sie das Unfassbare in Textform. Es folgten drei, vier weitere Nachrichten und die Gesichter der anderen zeigten vor Anspannung kaum eine Regung.

Für Muriel war es unmöglich, zu erkennen, was gerade in den Leuten vorging. Sie tippte Josch an die Schulter. »Was bedeutet das? Ist etwas schiefgelaufen?«

Ohne sie anzuschauen, sagte er: »Die ersten Daten kommen rein.«

»Das Syndikat schickt die Daten wieder zurück?«

In dem Moment sahen sie beide, wie ein Muskelprotz im Laufschritt auf Lilli zukam. Um das Getöse zu übertönen, sagte er lauter: »Vier unserer Leute sichern die Zentrale von außen ab. In fünf Minuten kommen noch sechs Mann dazu.« Die Teamleiterin bedankte sich bei ihm mit einem kurzen Lächeln.

Die Schultern von Josch sackten herab, dann drehte er sich zu Muriel und nahm sie in den Arm. Fest drückte er sie und sprach ihr dabei ins Ohr: »Nein, es bedeutet, dass einige der verseuchten Dokumente angeklickt wurden und der Virus funktioniert. Er schickt die ersten Kontaktdaten von den Mitgliedern des Syndikats.« Dann hielt er sie noch fester und sie spürte seine Erleichterung.

Im Hintergrund gab Lilli die Anweisung: »Los geht's. Wir sollten uns nicht zu früh freuen. Markus, Maurice, Stefanie und Tamara, ihr analysiert die ersten Daten und der Rest trifft weitere Vorbereitungen, um die Zentrale zu räumen.« Währenddessen füllte sich der Monitor mit neuen Zeilen. Die Gruppe verharrte für einen Augenblick, um die Anzeige zu betrachten, und ihre Gesichter wurden von einer erlösenden Heiterkeit eingenommen, bevor sie zurück zu ihren Schreibtischen gingen.

Josch nahm Muriel an die Hand und zog sie quer durch den Raum. Er schien selbst nicht zu wissen, wohin er wollte. Schließlich fragte er eine junge Frau, wo die Daten vom Virus analysiert werden würden. Sie zeigte schmunzelnd auf eine Tischgruppe und Josch marschierte los und hielt dabei noch immer Muriels Hand ganz fest.

Kaum angekommen fragte er die Spezialisten: »Und? Sind es Kontaktdaten vom Syndikat?«

Keiner der vier unterbrach seine Arbeit oder reagierte auf die Frage. Sie gaben nur hoch konzentriert Kommandos ein. Josch sah auf die Displays und seine Stirn kräuselte sich unter der Anspannung. Ein lautes Klackern von Frauenabsätzen war von der anderen Seite zu hören, das zielgerichtet näher kam. Muriel erkannte Lilli, die sich mit verschränkten Armen vor der Brust neben sie stellte.

»Also Jungs und Mädels, was habt ihr?«, fragte die Chefin des Teams.

Dieses Mal reagierten die vier nacheinander.

»Scan auf Viren abgeschlossen, alles sauber.« »Datenbestand entspricht dem vorgegebenen Muster, keine Unregelmäßigkeiten zu erkennen.«

»Erste Kontaktdaten werden validiert und mit Internetdaten verifiziert.«

Muriel war über den militärischen Stil der Antworten verwundert. Bisher waren die Leute hier immer locker drauf gewesen, aber nun wirkte ihr Verhalten maschinengleich. Keine Emotionen, es zählten nur Ergebnisse.

Lilli fragte: »Wie lange werdet ihr brauchen für den Echtheitsnachweis der ersten Kontakte?«

Ein Mann drehte sich zu ihr und grinste schelmisch. »So lange, bis wir fertig sind.«

Mit einer Hand wuselte Lilli ihm durchs Haar und lachte ihn an. »Klar, was sonst. Komm Josch, ich spendiere uns einen Kaffee und wir lassen die Neunmalklugen ihre Arbeit machen.«

Muriel folgte ihnen in eine einstmalig extravagante Sitzecke. Die Sessel aus Leder waren abgenutzt und sie konnte sich gut vorstellen, wie sich darin die Hacker lümmelten und dabei ihre Füße auf den massiven mit Kratzern überzogenen Holztisch ablegten. Lilli setzte sich, schlug ihre Beine übereinander und Josch plumpste auf das Polster. Sein Seufzen war meterweit zu hören.

Muriel stutzte und wand sich dann an die Leiterin des Teams: »Wo finde ich den Kaffee?«

Lilli streckte ihren Rücken durch. »Entschuldige, ich bin völlig durch den Wind. Die Anspannung, ob der Virus funktioniert, war schon stressig genug. Aber dann noch die Gefahr, dass wir von dem Syndikat gestürmt werden, hat dem Ganzen die Krone aufgesetzt.«

Muriel war erstaunt: »Wieso habt ihr nicht die Polizei gerufen?«

»Mit denen will ich nichts zu tun haben.« Lilli ignorierte das kurz aufkommende Entsetzen der Polizistin. »Nimm bitte Platz, ich werde mich um den Kaffee kümmern.« Worauf sie hinter einer Stellwand verschwand und kurz darauf das Mahlen einer Maschine zu hören war. Muriel setzte sich auf das Zweiersofa und bemerkte, wie durchgesessen es war.

Nach ein paar Minuten servierte Lilli auf einem Tablett drei Kaffeetassen und eine Schale mit Plätzchen. Muriel war von Lillis kontrolliertem Verhalten irritiert und fragte: »Wie wird es jetzt weitergehen?«

»Im Moment können wir nichts weiter tun. Die Bodyguards bewachen die Zentrale. Ein Teil von meinem Team bereitet die Evakuierung vor und die anderen analysieren die Kontaktdaten. Wir müssen abwarten.«

Josch hatte bisher kein Wort gesagt und Muriel sah zu ihm rüber. Mit dem Kinn auf der Brust war er eingeschlafen. Auch Lilli hatte es bemerkt und schüttelte ungläubig den Kopf. »Jeder geht anders um mit Stress. Aber wir sollten ihn schlafen lassen. Er hat die ganze Nacht durchgearbeitet und kann jetzt ohnehin nichts mehr machen«, sagte Lilli und setzte sich Muriel gegenüber auf den Sessel.

»Was geschieht, wenn der Virus nicht die erwarteten Kontaktdaten schickt?«, wagte Muriel die Frage, nachdem sie sich nochmals vergewissert hatte, dass Josch tatsächlich schlief.

»Wahrscheinlich, dass sie den Virus entdeckt haben.«

»Und dann?«

»Lass uns darüber nachdenken, wenn es so weit ist. Allerdings bin ich mir sicher, dass Josch nicht aufgeben wird. Vladimir lebt und du lebst, das ist erst einmal das Wichtigste.«

Ein Mann mit kariertem Pullunder und schwarzer Nickelbrille kam vorbei: »Lilli, würdest du mal kommen?«

»Entschuldige, die Arbeit ruft. Bleib ruhig sitzen, es wird eine Weile dauern. Ich sage euch direkt Bescheid, sobald ich etwas weiß.« Sie folgte eilig dem Nerd. Die Kaffeetasse hatte sie stehengelassen.

Muriel nippte ein paar Mal am Kaffee, nahm sich zwei von den Keksen und stellte dann die Tasse auf den Tisch. Das Getöse von unverständlichen Stimmen und das unregelmäßige Tastenklackern lullte sie ein. Sie spürte, wie die Müdigkeit so langsam ihre Gedanken eroberte. Seit ihrer Entführung hatte sie kaum ein Auge zugetan, aber sie wollte nur ein wenig dösen, um nichts Wichtiges zu verpassen.

Nach einer Weile wachte Muriel von einem bunt gemischten Kichern auf. Sie war doch eingeschlafen. Vielleicht für eine Stunde oder waren es zwei. Sie hatte keine Ahnung, wie lange es gewesen war. Vor ihr standen im Halbkreis einige Leute aus dem Team und vornedran Lilli. Sie hatte ein geöffnetes Laptop auf der Hand. Josch lag mit seitlich hängendem Kopf im Sessel und schlief.

»Wir haben Neuigkeiten. Gute Neuigkeiten«, sagte die Teamführerin.

Muriel rückte hinüber zu Josch und rieb ihm über den Unterarm. »Wach auf, du Schlafmütze.«

Das von ihm kommende Grummeln erzeugte ein Gelächter. Verdattert richtete er sich auf und rieb sich mit einer Hand über das Gesicht. Nachdem sein Blick etwas an Klarheit gewonnen hatte, fragte er: »Was ist los?«

»Das solltest du dir selbst ansehen«, gab ihm Lilli als Antwort und stellte den übergroßen Laptop auf den Tisch, damit sie beide das Display sehen konnten. Es zeigte ein Organigramm, doch Muriel hob nur kurz die Schultern an, da die Auflösung zu klein war, um etwas zu erkennen.

Josch rieb sich ein weiteres Mal die Augen. »Was ist das?«

»Die Kontaktdaten, die der Virus geschickt hat, sind echt. Wir haben sie analysiert und ein Diagramm erstellt. Die Linien sind die bereits gefundenen Verbindungen des Netzwerkes des Syndikats.« Lilli zoomte in einen Bereich und es wurde ein Kästchen deutlich. Darin war ein Bild, ein Name und weitere persönliche Angaben zu erkennen. »Aus den Kontaktdaten konnten wir fast die Hälfte der Mitglieder identifizieren.« Sie machte eine Pause, sah Josch mit einem Blick an, den Muriel als Anerkennung verstand, und dann rief sie. »Du hast es geschafft!«

Worauf die vor ihnen stehende Menge anfing zu klatschen, die Freude steigerte sich und Pfiffe wurden laut.

Josch hob die Hand und die Menge verstummte. »Was ist mit dem Syndikat, haben sie versucht uns anzugreifen?«

»Nein, draußen ist alles ruhig und auch sonst haben sie bisher nicht reagiert.«

Seine Augen strahlten vor Freude und Erleichterung. Er

war für einen Moment sprachlos, dann wischte er sich eine Träne von der Wange und stand auf. »Ich hätte es ohne euch nicht geschafft. Ich kann euch nur danken, obwohl ihr so viel mehr verdient hättet.«

Kapitel 42

Lechner hatte Vladimir mit cholerischem Geschwätz zu dem Kollegen Dorschneider gebracht. Ein Mann, wohl Anfang fünfzig, mit Jeans und Kapuzenpulli, der mit stoischer Gelassenheit den aufbrausenden BKA-Beamten darauf hinwies, dass sie ihn nicht mehr bräuchten und er Bescheid bekäme, wenn der Zugang funktioniere.

Nachdem Lechner gegangen war, nahm sich Dorschneider die Zeit und erläuterte Vladimir im ruhigen Ton, wie ihre Arbeitsweise aussah und welche Fälle sie überwiegend auf den Tisch bekamen. Die Abteilung der Cyberkriminalität des BKA war anders als erwartet. Besonders die Ausmaße der Kinderpornografie und die rücksichtslose Zerstörung von Existenzen verursachten ihm ein schlechtes Gewissen. Als Hacker hatte er nie nachgefragt, was seine Auftraggeber mit den von ihm beschafften Informationen anfingen. Er hatte diese Gedanken verdrängt. Nachdem ihm Dorschneider jedoch die Konsequenzen zeigte, wuchs in Vladimir ein Schuldgefühl, obwohl er nie einem Menschen direkt etwas angetan hatte.

Nach einer halben Stunde gingen sie hinüber zu einem jüngeren Kollegen, der ihm erklärte, welches Problem sie mit dem Zugang hatten. Es war nicht die Auswertung der Datenbank, sondern Vladimir hatte eine Sicherheitsfunktion vergessen zu erwähnen, und so lieferte sein System nur kryptische Daten. Er erklärte den beiden Beamten die simple Dechiffrierung, die nichts anderes war als eine Verschiebung der Buchstaben im Alphabet. Dorschneider und sein Kollege lachten. »Darauf hätten wir auch selbst kommen können.« Sie bedankten sich, was Vladimir befremdlich vorkam. Dennoch freute er sich darüber.

Am Nachmittag kam er in Lillis Zentrale zurück, die längst nicht mehr so voll besetzt war, wie er sie verlassen hatte.

Zu seiner Verwunderung war der Rest der Leute überschwänglich positiv gelaunt. Die Anspannung der letzten Tage war verflogen. Mit suchendem Blick durchkämmte er die einzelnen Abschnitte und entdeckte Josch bei einer kleineren Gruppe, die sich amüsiert unterhielt.

Vladimir marschierte hinüber und fragte seinen Bruder: »Was ist denn hier los?«

»Wir sind aus dem Schlimmsten raus. Wie ist es beim BKA gelaufen?«

»Der Zugang läuft und sie scheinen erst einmal zufrieden zu sein. Aus was sollen wir raus sein? Kannst du mir einmal erklären, warum ihr nichts Besseres zu tun habt, als hier rumzustehen und zu gackern?«

»Beruhige dich. Wir haben dem Syndikat die Daten mit dem Virus geschickt und alles hat nach Plan funktioniert. Sie haben den Trojaner zuerst nicht entdeckt und er hat eine Menge von Kontakten geschickt.«

»Sie wissen von dem Virus? Verdammte Scheiße! Sie werden uns jagen wie ein Wolfsrudel im Blutrausch.«

»Du hast es nicht verstanden«, antwortete ihm Josch mit einer Gelassenheit, die Vladimir zur Weißglut brachte.

»Was gibt es da zu verstehen? Du hast die Meute auf uns gehetzt. Statt nur die Daten zu schicken und sie zu löschen, hast du ihnen den Krieg erklärt«, gab Vladimir aufgebracht zurück.

»Es ging nie um die Daten. Das Syndikat hätte niemals kontrollieren können, welche wir ihnen schicken und ob wir sie auch anschließend löschen. Es sollte eine Demonstration ihrer Macht sein. Es ging um Prinzipien. Keiner bestiehlt das Syndikat und falls doch, kann er froh sein, wenn er die Konsequenzen überlebt. Es ist wie bei den meisten Diktaturen, sie regieren und funktionieren aufgrund der Angst der anderen. Mit der Rückgabe der Daten sollten nur die Verhältnisse geklärt werden, wer der Stärkere und wer der Schwächere ist. Dennoch hätte sich damit nichts geändert. Wir haben gegen ihre Regeln verstoßen und sie hätten uns früher oder später umgebracht.«

Vladimir schüttelte den Kopf. »Und die Lösung war, ihre Regeln ein weiteres Mal zu brechen?«

»Ja, aber mit einem Unterschied.«

»Welchen?«, blökte Vladimir seinen Bruder an.

»Die Dokumente, die du ihnen gestohlen hast, waren alle mit nicht nachvollziehbaren Signaturen versehen. Es war unmöglich herauszufinden, wer dahinter steht. Jetzt haben wir die Kontaktdaten mit Namen der Mitglieder. Wir kennen nun unsere Gegner und das wissen sie nun auch.« Josch zog ihn zu einem Monitor und zeigte ihm das Organigramm.

Erst betrachtete Vladimir die Darstellung, dann nahm er sich die Maus und vergrößerte einzelne Ausschnitte. Das Netzwerk war wesentlich größer, als er es für möglich gehalten hatte. Zudem ahnte er, dass das nur ein kleiner Teil war. Eingehend studierte Vladimir die Namen und Bilder. Einige der Personen kannte er aus der Presse und diversen News. Bedeutende Persönlichkeiten aus Politik und Wirtschaft. Das Netzwerk war ein geheimer Bund von Leuten mit Einfluss und Geld.

Zwar hatte er nur eine blasse Ahnung von Joschs Plan gehabt. Glaubte allerdings nie daran, dass dieser egal auf welche Art und Weise überhaupt funktionieren würde. Nun stierte er den Bildschirm an. Was hatte sein Bruder getan? Statt diesen Reichen und Mächtigen die bisher nutzlosen Dokumenten und Informationen zu überlassen, hatte er sie herausgefordert. Die eigene Folterung war nur ein Anfang gewesen, nun würde sein Tod ein Geschenk der Gnade sein. Panik stieg in ihm auf. »Wir müssen die Namen Lechner geben. Er ist der Einzige, der die Mittel und Möglichkeiten hat, uns irgendwie aus diesem Wahnsinn rauszubekommen.«

Josch ließ sich von seinem panischen Anfall nicht beeindrucken, stattdessen reagierte er abgeklärt: »Lechner würde vielleicht wie ein Kojote auf Treibjagd gehen, wenn er die Informationen in seine schmierigen Klauen bekäme. Aber er sagte uns bereits, dass er uns nicht beschützen würde, und somit hätten wir nichts gewonnen. Und überhaupt, wenn das Syndikat mitbekommt, dass das BKA ihre Namen kennt, wüssten sie, dass sie von uns kommen. Dann würden sie uns und jeden vom Team bis in den Tod jagen.«

Kalter Schweiß lief Vladimir den Rücken runter. Die Ausweglosigkeit wurde ihm bewusst und alles erschien sinnlos. Er verstand nicht, wie sein Bruder so gelassen sein konnte. »Was hast du mit deinem Plan erreicht, außer weitere Menschen in Gefahr gebracht zu haben?«

»Wieso ist das Syndikat so mächtig? Warum sind wir überhaupt in Gefahr gewesen?«, fragte Josch.

So recht wusste Vladimir nicht, was sein Bruder von ihm wollte, schließlich war die Antwort offensichtlich. »Weil sie Geld und Einfluss haben.«

Josch rieb sich in alter Manier sein Kinn, bevor er antwortete: »Ein großer Teil davon wird wohl stimmen, aber ich denke, dass das Wissen über die dunkle Seite der Menschen und deren Schwächen ausschlaggebend ist. Sie konnten uns deswegen so unter Druck setzen, weil sie es geschafft haben, dich zu entführen. Weil sie damit erfahren haben, wer ich bin, und gleichzeitig haben sie sich weiteres Wissen über Yamamoto besorgt. Das Geld und die Macht haben dabei zwar die Möglichkeiten geschaffen, aber was uns tatsächlich fast zur Verzweiflung gebracht hat, dass wir nicht wussten, wie wir aus ihrem Gedächtnis wieder verschwinden können.«

»Ich kann deinem Anflug von Philosophie nicht folgen. Dein Geschwätz bringt uns überhaupt nichts. Mit deiner Aktion hast du sie nur weiter angestachelt.«

Josch stand da und feixte für einen Moment über das ganze Gesicht. »Sie werden nicht emotional handeln. Du warst es doch, der mir erklärt hat, dass sie wie ein Konzern arbeiten und Risiken einkalkulieren. Damit sie die Lage einschätzen können, werden wir ihnen genau das Organigramm schicken, das wir bereits erstellt haben.«

Nun hatte Josch endgültig den Verstand verloren. Vladimir fiel das Atmen schwer bei der Vorstellung, das Syndikat weit über die Spitze zu reizen. »Du bist völlig wahnsinnig. Genau weil wir wissen, wer ein Teil von ihnen ist, werden sie alles unternehmen, um das Problem wieder ungeschehen zu machen.« Dabei zog er die Daumenspitze als Andeutung eines Schnittes über seinen Hals.

»Sie werden nichts dergleichen tun. Sie wissen zwar alles von uns, aber wir kennen jetzt auch einige ihre Mitglieder, zudem haben wir noch deine Dokumente und können die Codes der Unterschriften knacken. Es steht Remis. Unentschieden. Wir kennen ihre Namen und die damit verbundenen illegalen Unternehmungen. In ihrer Arroganz haben sie nicht mit einem neuentwickelten schön verpackten Virus gerechnet, der ihre Geheimnisse entblößt. Und sie waren blind genug, um uns mehrfach zu unterschätzen. Dennoch haben sie nichts an Macht verloren, aber einen Gegner gefunden, dem sie teilweise ausgeliefert sind.«

»Dann gibst du die Information doch ans BKA weiter?«, fragte Vladimir.

»Auf keinen Fall. Das Syndikat wird uns in Ruhe lassen, solange wir nichts gegen sie unternehmen. Sie werden zwar jeden Schritt von uns beobachten, um uns als Risiko einzuschätzen, aber ihnen wird klar sein, dass wir uns abgesichert haben und wenn einem von uns etwas passiert, wird das Internet von ihren Machenschaften mit Beweisen überflutet. Die kleinste Provokation würde einen Krieg auslösen. Jetzt sind die Kräfte in einem Gleichgewicht und dabei sollten wir es auch belassen.«

Selbst das Durchschnaufen beruhigte Vladimir nicht. Er spürte den Puls an seinem Hals schlagen und es rauschte in seinen Ohren. Joschs Plan war der reinste Irrsinn gewesen, aber je länger er darüber nachdachte, wurde ihm klar: Das war ihre einzige Möglichkeit zu überleben. Das Syndikat hätte sich nicht mit der Rückgabe der Daten abgefunden. Ihn und seinen Bruder umzubringen wäre nur ein Befehl ohne Konsequenzen gewesen, jedoch hatte Josch mit der Aktion das Risiko für das Syndikat deutlich erhöht und jede Reaktion darauf war für das Netzwerk nicht mehr kalkulierbar. Mit seinen eigenen Schlussfolgerungen beruhigte sich Vladimir, dennoch brauchte er jetzt etwas, um alles zu verdauen. »Ich gehe mir ein Bier holen. Willst du auch eins?«

»Mach mal, ich muss noch ein paar Arbeiten abschließen«, antwortete Josch.

Mittlerweile waren drei Stunden nach dem Eintreffen der ersten Nachricht vom Virus vergangen, als die Flut der Kontaktdaten vom Syndikat schlagartig verebbte. Entweder hatten ihre Gegner die Schädlinge isoliert oder das Netzwerk vollständig vom Netz getrennt. Josch hatte zwischenzeitlich allen im Team eine Kennung gegeben, mit der sie an die gesicherten Daten kamen. Das war ihre Lebensversicherung. Würde einem von ihnen etwas passieren, so hatten sie die Möglichkeit, einen Teil des Syndikats zu vernichten. Vladimir hoffte nur inständig, dass dies nie der Fall sein würde.

Es war nichts weiter mehr zu tun. Das Organigramm hatte Josch an Yamamoto geschickt und das Team war in den letzten Zügen, die Zentrale aufzulösen. Die Nerds würden einige Wochen warten, bis sie woanders vielleicht wieder zusammenkamen. Vladimir und sein Bruder hatten sich mit Muriel von allen verabschiedet, um ihre Mütter vom Hotel abzuholen, damit sie endlich wieder zurück in ihre Wohnungen konnten. Lilli stand am Ausgang und wartete auf ihn. Ihr Lächeln genauso wie die langen Beine unter dem kurzen Rock waren atemberaubend. Vladimir war fasziniert von dieser Frau, doch ignorierte sie ihn und trat vor Josch. »Ich erwarte dich am übernächsten Freitag in meinem Apartment. Wir haben noch eine Rechnung offen.«

Sein Bruder gab ihr keine Antwort, sondern empfahl sich mit einem zustimmenden Nicken. So langsam wurde es für Vladimir zur Gewohnheit, dass er nicht die geringste Ahnung davon hatte, was eigentlich zwischen Josch und Lilli lief.

Kapitel 43

Der Wecker ihres Handys hatte Muriel geweckt. Die Dunkelheit um sie herum ließ nur Schatten ahnen. Sie hockte in ihrem Bett und kontrollierte, ob jemand neben ihr lag, doch der Platz war seit sehr langer Zeit leer. Dennoch war sie sich nicht sicher, ob sie geträumt hatte und ob es tatsächlich geschehen war. Sie schaltete die Nachttischlampe an. Sie war allein, aber zumindest nicht mehr im Hotel.

Vor einer Woche hatte ihr Josch einen Stick gegeben und behauptet, sie sei nun sicher. Dann hatte er sie nach Hause gefahren. Auf dem USB-Speicher waren alle Informationen des Syndikats gespeichert. Auf ihrem Handy waren die meisten Mitglieder von Lillis Team als Kontakte hinterlegt, an die sie sich wenden sollte, sobald etwas Ungewöhnliches passierte. Mehrfach hatte er ihr eingebläut, sie solle unbedingt anrufen, auch wenn es nur eine Kleinigkeit sei.

Im Bad schaltete Muriel die Lampe über dem Spiegelschrank an. Sie betrachtete ihre müden Augen. Ihre Gedanken verließen allmählich den Nebel der schläfrigen Benommenheit und die Erinnerungen der unwirklichen Geschehnisse kamen zurück. In der Nacht hatte Muriel von dem letzten Treffen in Takashis Wohnung geträumt. Darin hatte er sie nicht betäubt, sondern sie mit einnehmender Leidenschaft geküsst. Lippen eroberten sich gegenseitig und Zungen tanzten miteinander im Rausch der reinen Gier. Seine Hände streiften über ihren Körper und mit der Zeit wanderten die Küsse wie ein prickelnder Schauer an ihrem Hals herunter. Obwohl es nur ein Traum gewesen war, spürte sie es, als sie vor dem Spiegel die Augen schloss. In ihrer nächtlichen Fantasie hatte er langsam den Reißverschluss ihres blauen Kleides geöffnet und dann die Träger abgestreift, sodass sie nackt vor ihm stand. Worauf Takashi etwas Abstand von ihr nahm, um ihren Körper mit kontrollierter Lust zu betrachten. Nach einer Weile hob er die Hand und umkreiste mit seinen Fingerspitzen die blumenförmige Klemme, die ihre Brustwarze verzierte. Diese Achtsamkeit und sein Begehren erzeugte in ihr eine Sehnsucht, verführt zu werden, und ihre Erregung steigerte sich in sanften Wellen.

In Muriels Traum hatte er sie ins Schlafzimmer geführt, wo er ihre Hände auf den Rücken fesselte. Sie war nicht erschrocken, als Takashi sie anschließend auf den Hintern schlug. Die Schläge steigerten sich in ihrer Härte und doch war es kein Leiden. Vielmehr pendelte sich der Schmerz mit der Erregung auf, als ob sie eine Einheit bildeten. Doch erst als sie die kalten ledernen Riemen als beißende Hiebe auf ihrer Haut spürte, stieg in ihr eine befriedigende Genugtuung ihres Verlangens auf. Ihre Lust überschlug sich mit jeder Pein, die er ihr schenkte. Doch dies war und würde nie geschehen.

Vor dem Spiegel in der realen Welt schüttelte sie den Kopf. Sie sehnte sich in diesem Augenblick nach seiner Souveränität und das Verlangen nach dem derben Lustschmerz kroch in ihr hoch, als hätte sie es erlebt und wüsste genau, wie es sich anfühlt. Ihre Empfindungen waren so widersprüchlich, zumal er es gewesen, der sie benutzt und entführt hatte. Aber ihre Wut deswegen war nicht mehr als ein schwelendes Feuer. Es glimmte, entflammte jedoch nicht. Denn aus einem für sie nicht nachvollziehbaren Grund glaubte sie daran, dass Takashi nur im Auftrag gehandelt hatte. Womöglich arbeitete er nicht einmal freiwillig für das Syndikat.

Verlor sie nun vollends ihre Urteilsfähigkeit? Sie rechtfertigte sein Handeln, ohne Genaueres zu wissen, und dann spürte sie die eigentliche innerliche Wut. Dieser Mann hatte sie in seinen Bann gezogen, den sie trotz allem nicht aufgab. Ihre intensiven Gefühle ließen sich nicht leugnen, auch wenn sie ihr unbekannt und nur aus einer Fantasie entstanden waren. Sie ärgerte sich darüber, denn nie zuvor hatte sie eine derartige Sehnsucht nach einem Menschen und seiner einnehmenden Nähe empfunden. Sie konnte sie nicht einordnen und noch viel weniger verstehen. Diese Zuneigung für einen Mann, der es verstand, sie zu kontrollieren und die drängende Hingabe um Schmerz zu erfahren, war für Muriel völlig absurd.

Aber sollte sie sich dafür schämen? Sie wusste, dass diese Neigung nur eine Facette war und nicht die Erfüllung aller ihrer Sehnsüchte. Sie hatte so manchen Sex bisher genossen, der zärtlich sanft war oder nur den lustvollen Trieb befriedigte. Aber in ihr schlummerte seit jeher das Bedürfnis, auch etwas anderes zu fühlen. Die Kontrolle abzugeben und im Mittelpunkt einer Leidenschaft zu stehen, in der sie gehorchte. In ihrem Traum hatte sie es erlebt und nun loderte es als Fiktion, aber doch gegenwärtig. Sich auch nur im Ansatz darauf einzulassen, war paradox. Sie stemmte ihre Hände auf den Rand des Waschbeckens, um sich an etwas Realem festzuhalten. Muriel betrachtete ihr Spiegelbild und verdrängte in diesem Moment ihre Gedanken, um in die Normalität zurückzukehren. Sie wusch sich, putzte sich die Zähne, machte sich die Haare und zog sich an. Im Spiegel sah ihr eine schlanke Frau mit züchtig geflochtenen Zopf und korrekt gebügelter Uniform entgegen.

Doch die äußerliche Ordnung half ihr nicht, das innere Chaos zu bändigen. Die Entführung und die verrückte Zeit in Lillis Hackerzentrale waren zu viel gewesen. Gerne hätte sie die Klamotten in die Ecke geworfen und sich wieder unter die Decke verkrochen, um sich nicht einer Welt stellen zu müssen, die sich für sie verändert hatte. Sie atmete tief durch, betrachtete die Person im Spiegel und ließ einen Teil der Vergangenheit Revue passieren. Sie war Polizistin und sie liebte ihre Arbeit mit all den Schwierigkeiten. Vor drei Wochen hatte sie noch ihre Karriere geplant und sich mit Josch getroffen, damit er ihr bei einem Fall half. Genau hier wollte sie einsteigen oder vielmehr wieder anfangen.

Sie ging hinaus in den Flur und nahm die Schlüssel ihres Audi TT aus der Schale. Weitermachen lautete die Parole, und dieses Mal ohne illegale Unterstützung, sondern alles nach Vorschrift, gleichgültig, wie lange es dauerte. Muriel brauchte Struktur und nicht irgendeine Gefühlsduselei, die sie nur aus ihrem Lebenskonzept brachte.

Auf der Fahrt zur Dienstelle polterten die immer wieder aufkommenden Empfindungen gegen ihren Verstand. Muriel wurde bewusst, dass sie jemanden zum Reden brauchte, vielleicht sogar einen Therapeuten. Es war nicht ihr Ziel, die Entführung zu verarbeiten. Sie wollte auch nicht über Takashi hinwegkommen, denn sie war nicht bereit, ihre kurzen eindringlichen Erinnerungen an ihn und die damit verbundenen Fantasie aufzugeben. Aber sie hatte endlich zu lernen mit ihren Gefühlen umzugehen. Es war keine Lösung, sie ständig wegzusperren. Sie hatte sich mit den Jahren in ihrer Sachlichkeit verkrochen und funktionierte damit besser als so manche andere Person, aber sie lebte nicht.

Kapitel 44

In den letzten eineinhalb Wochen schien Joschs Welt wieder in ihrem gewohnten Gang zu watscheln. Mit Vladimir zusammen hatte er ihre Systeme wieder zum Laufen gebracht. Die beiden letzten Nächte waren sie damit beschäftigt gewesen, alle möglichen Testangriffe von Hackerkollegen abzuwehren, zwar mit etwas Nacharbeit, aber zumindest nur bis *Defcon 3*. Am schlimmsten war Lillis Team gewesen, die droschen mit Attacken auf die Rechner ein, als würde ihre Ehre davon abhängen. Letztendlich hielten die Barrieren und die Brüder waren zufrieden.

Helenas Pass hatte Josch ihr mit einem Kurier geschickt, um absolut sicherzugehen, dass sie ihn bekommt. Um den Jaguar wollte er sich später kümmern. Die alte Luxuskarre hatte einiges mitgemacht und es wäre ein Wunder, wenn sie den langen Weg zurückschaffen würde.

Er hatte Dr. Claas vertröstet, nachdem Kassandra nach sämtlichen Verbindungen erfolglos gesucht hatte. Es gab keine Anzeichen von Firmenspionage, was sein Auftraggeber nicht glauben wollte. Sie vereinbarten, dass Josch in den nächsten Wochen den Firmenserver präparieren würde, sodass jeder Datendiebstahl auffiel. Obwohl er es als rausgeschmissenes Geld empfand, war Dr. Claas angetan von der Idee. Josch sollte es recht sein, schließlich würde es dem eigenen Kontostand zugutekommen.

Weder Yamamoto noch das Syndikat hatten sich bei ihm, seinem Bruder oder anderen Mitgliedern aus Lillis Team gemeldet. Aber er und Vladimir fühlten sich beobachtet. Es waren keine Männer mit Anzügen oder sonstige auffällige Personen. Dennoch meinten sie, das eine oder andere Gesicht schon einmal gesehen zu haben, und dies passierte zu oft, um nur Zufall sein zu können. Damit hatte Josch gerechnet, das Syndikat würde sie für eine lange Zeit beobachten. Dies war der Preis und es störte ihn weniger, als er gedacht hatte. Er war froh darüber, sein altes Leben zumindest zum überwiegenden Teil wiederzuhaben. Allerdings war noch nicht alles durchgestanden. Heute hatte er das Treffen mit Lilli in ihrem Apartment, und obwohl er sie mochte, fühlte er sich unwohl.

Vor ihrer Wohnung standen die beiden Bodyguards, die ihn und Vladimir damals auch am Flughafen abgeholt hatten. Doch dieses Mal glichen die Blicke der beiden Hünen nicht denen von zum Kampf bereiten Rottweilern, sondern sie begrüßten Josch freundlich und gaben ihm sogar die Hand.

»Tolle Nummer, die du abgezogen hast. Ich habe zwar nur einen Teil von dem verstanden, aber es scheint ein grandioses Ding gewesen zu sein«, sagte der ältere der beiden Männer.

»So würde ich es nicht bezeichnen. Außerdem hätte ich es nicht geschafft, wenn ich nicht die Unterstützung eines super Teams gehabt hätte.«

»Hauptsache, es hat funktioniert. Und jetzt solltest du reingehen. Lilli erwartet dich schon.« Dabei öffnete er die Tür und bat ihn mit einer Handbewegung einzutreten.

In dem fast dunklen Penthouse überwog das Licht, das von draußen durch das Panoramafenster schimmerte. Da Josch Lilli nicht sah, trat er vor das Fenster und betrachtete die Stadt und die beleuchteten Straßenzüge. Es war nicht anders, als er das erste Mal hier gewesen war. Selbst seine Gefühle hatten sich nicht geändert.

»Es scheint ein Ritual zu sein, dass du am Fenster stehst, wenn du hier bist«, hörte er Lilli sagen.

Josch drehte sich zu ihr um. Sie trug ein blaugraues Satinkleid mit weißen Spitzen am knielangen Bund und den halblangen Ärmeln. Der Ausschnitt betonte ihre Brüste und ihr langes Haar verbarg einen Teil des verführerischen Anblicks. Als sie auf ihn zukam, klackten ihre Schritte in den grauen High Heels auf dem mattschwarzen Marmorboden. »Du siehst umwerfend aus«, sagte er.

»Danke, es freut mich, dass ich dir gefalle.«

Sogleich bereute Josch sein Kompliment, das zwar ehrlich gemeint war, aber nicht diesen Eindruck erwecken sollte.

»Wie wäre es mit einem Cocktail?« Lilli schritt wie ein Modell selbstsicher und mit geschmeidigem Wanken ihres Hinterns zu einer gläsernen Anrichte, auf der zwei Gläser mit orangefarbenem Schimmer standen. »Sex on the Beach gefällig?«

»Nein, danke.«

Mitten in der Bewegung stockte sie, um dann die Richtung zu wechseln. Sie setzte sich auf die Couch, legte ein Bein über das andere und lehnte sich zurück. »Dann eben nicht. Wie geht es dir?«

Ohne sich vom Fenster wegzubewegen, antwortete er: »Das Leben geht wieder seinen gewohnten Gang. Das Einzige, was ein wenig nervt, ist dieser Lechner. Er drängt Vladimir und mich ständig, für ihn zu arbeiten, ansonsten würde er seine Drohung wahr machen und uns wegen diverser Datenschutzverletzungen und anderer Delikte hinter Gitter bringen. Da wir aus der Nummer nicht rauskommen, unterstützt ihn mein Bruder bei der Analyse der Daten und ich schicke ihm gelegentlich ein paar nutzlose Informationen.« Josch erkannte im Dämmerlicht, dass Lilli wenig Interesse zeigte. Es war wohl nicht die Antwort, die sie erwartet hatte.

»Und was ist mit deiner Freundin Muriel, kommt sie zurecht?«

»So richtig weiß ich es nicht. Ich habe auch ihr die Kontaktdaten vom Syndikat als Sicherheit gegeben und meine Hilfe angeboten. Doch als wir das letzte Mal miteinander telefoniert haben, wirkte sie kalt und distanziert. Sie konzentriere sich erst einmal wieder auf ihre Arbeit und alles andere würde sich ergeben. Auf meine Frage, wie es ihr geht, bekam ich keine Antwort.«

»Willst du dich nicht zu mir setzen?« Dabei lehnte sich

Lilli etwas nach vorn und ihr Ausschnitt offerierte mehr Einblick auf ihre weiblichen Rundungen.

»Ich stehe lieber.«

Dieses Mal verzog sie ihr Gesicht. »Ich verstehe.« Worauf sie nach ein paar Augenblicken zu einem Tablet griff, das auf dem kleinen Beistelltisch lag. Mit einem Wisch aktivierte sie das Display. »Dann sollten wir uns um das Finanzielle kümmern. Nach meiner Rechnung ergeben sich für dich 38 Tagessätze, die sich auf mehrere Teammitglieder verteilen. Bei einem Freundschaftspreis von 3.500 Euro pro Tag ergibt sich eine Summe von 133.000 Euro, die du mir schuldest. Wenn ich die Anzahlung verrechne, bleiben noch 128.000 Euro.«

Josch versuchte seine Verwunderung über die detaillierte Kostenrechnung zu verbergen, indem er sich wieder zum Fenster drehte. »Das ist eine Menge Geld.«

»Geld ist relativ, je nachdem, wie viel man davon hat. Aber in deinem Fall bestünde die Möglichkeit, den Betrag einzulösen.« Sie schien auf eine Reaktion von ihm zu warten, doch als diese nicht kam, sprach sie weiter: »Ich habe deine Abneigung durchaus bemerkt, aber du kennst mich nicht wirklich. Überwiegend bin ich für dich die Leiterin eines professionellen Hackerteams und durch mein ursprüngliches Geschlecht als Mann lehnst du mich ab. Ich kann dich nur bitten, zehn Tage und Nächte mit mir zu verbringen. Deine Schuld wäre damit beglichen und du könntest entscheiden, wie es mit uns beiden weitergeht.«

Während ihres Vorschlages hatte sich Josch bereits umgedreht und sah diesen unglaublichen Menschen an. Langsam kam er auf sie zu und setzte sich neben sie, allerdings mit einem diskreten Abstand. »Ich müsste lügen, wenn ich dich als Frau nicht überwältigend finden würde. Und ich verstehe nicht im Geringsten, was für einen Narren du an mir gefressen hast. Ich bin ein Mann ohne Geld und Anerkennung, der seine besten Jahre hinter sich hat und sein Leben damit verbringt, für andere Leute im Internet zu schnüffeln.«

Lilli rückte etwas näher und legte ihre Hand auf sein Bein. »Ich kenne viele Männer, doch keiner hat diese Leidenschaft. Als du mich im *AlcStreamer* geküsst hast, war es, als würden wir die Welt mit all ihren Regeln verlassen. Ich fühlte mich als Frau von dir angenommen und zutiefst begehrt.«

»Ich war betrunken und habe mich anschließend aus dem Staub gemacht, als ich dich mehr zufällig an der falschen Stelle berührt habe.«

»Es war eine natürliche Reaktion. Du hattest es nicht erwartet. Und doch sitzt du hier. Kennst du den Film *Notting Hill* mit Julia Roberts und Hugh Grant?«

»Nein, tut mir leid, den habe ich nie gesehen«, antwortete Josch.

»Darin gibt es eine Szene, in der sie in seinem Buchladen steht. Sie sagt zu ihm: *Ich bin nur ein Mädchen, das einen Jungen darum bittet, es zu lieben.*«

Josch senkte zuerst den Kopf und sah zum Boden. »Ich bewundere dich und bin oft hingerissen von deiner Erscheinung. Ich mag dich wirklich, aber ich kann dich nicht lieben, Lilli.« Worauf er den Blick hob und sie ansah. Er war sich nicht sicher, aber er glaubte, eine Träne zu sehen.

»Ich nehme an, du wirst mir das Geld zurückbezahlen?«

Er nahm ihre Hand, die noch immer auf seinem Bein lag. »Ich habe keine andere Wahl.« Dabei entzog sie ihm ihre Hand. »Selbst wenn ich dein Angebot annehmen könnte, würde ich dich damit betrügen und das hättest du nicht verdient. Ich weiß noch nicht, wie ich dir das Geld zurückbezahlen soll. Vielleicht werde ich mein Haus verkaufen.«

Sie unterbrach ihn. »Das wird nicht nötig sein. Du kannst es mir in Raten zurückzahlen oder als Seniorhacker für mich arbeiten. Wir finden einen Weg.«

Ihren Vorschlag empfand Josch als bewundernswertes Entgegenkommen, schließlich hatte er sie gerade abserviert. Diese Frau war einzigartig und er bereute, dass er seine Gefühle für sie nicht ändern konnte. »Können wir trotzdem Freunde bleiben?«

Jetzt sah er, dass sie weinte. Ihre Tränen waren kullernde Rinnsale auf ihren Wangen, als sie ihm antwortete: »Nein, wir werden keine Freunde bleiben. Ich würde die Traurigkeit nicht aushalten, wenn ich dich treffe, dafür habe ich mich zu sehr in dich verliebt. Es ist besser für uns beide, wenn wir uns aus dem Weg gehen. Und solltest du als Seniorhacker für mich arbeiten, wirst du die Aufträge von einem meiner Mitarbeiter bekommen.«

»Entschuldige, es war ein egoistischer Vorschlag von mir. Ich denke, ich sollte jetzt gehen oder hast du noch etwas zu klären?«

Lilli sagte nichts. Sie saß, ohne sich zu rühren da. Ihre braunen Augen waren die einer Frau, die wegen ihrer eigenen Entscheidungen litt. Doch gleichzeitig sah Josch eine Persönlichkeit, die mehr als einen Schmerz in sich tragen konnte und deswegen niemals aufgeben würde. Er stand auf, ging zur Tür, bevor er sie öffnete, hörte er sie sagen: »Was hast du jetzt vor?«

Mit einem Lachen wandte er sich zu ihr: »Sparen und alles dafür tun, dass du dein Geld bekommst. Ich werde wohl meinen Lebensstil ordentlich herunterschrauben müssen. Aber das hatte ich ohnehin vor.« Er öffnete darauf die Tür, wo sogleich die beiden Bodyguard zu sehen waren. »Lilli?«

»Ja, Josch.«

»Danke für alles.«

»Du hast die Rechnung dafür bekommen.«

Die Nüchternheit der Antwort überraschte ihn nicht. Dann rang er eine Weile mit sich selbst. Er wollte sie nicht weiter verletzen, aber ihr dennoch ein kleines Stück von ihren Gefühlen zurückgeben. Er sagte es, bevor er ihre Wohnung verließ. »Ich werde unsere Küsse niemals vergessen.«